쇠종
살인자

로베르트 반 훌릭 장편소설

쇠종 살인자

The Chinese Bell Murders

명판관 디 공 시리즈

황금가지

THE CHINESE BELL MURDERS
by
Robert Hans Van Gulik

Copyright ⓒ 1958 by Robert Hans Van Gulik

All rights reserved

Korean Translation Copyright ⓒ 2005 by Goldenbough

Korean edition is published by arrangement with
Robert Hans Van Gulik Estate.

이 책의 한국어판 저작권은
Robert Hans Van Gulik Estate와 독점 계약한
(주) 황금가지에 있습니다.

저작권법에 의해 한국 내에서 보호를 받는 저작물이므로
무단 전재와 무단복제를 금합니다.

차례

푸양 전도
6

쇠종 살인자
9

이 소설에 대하여
333

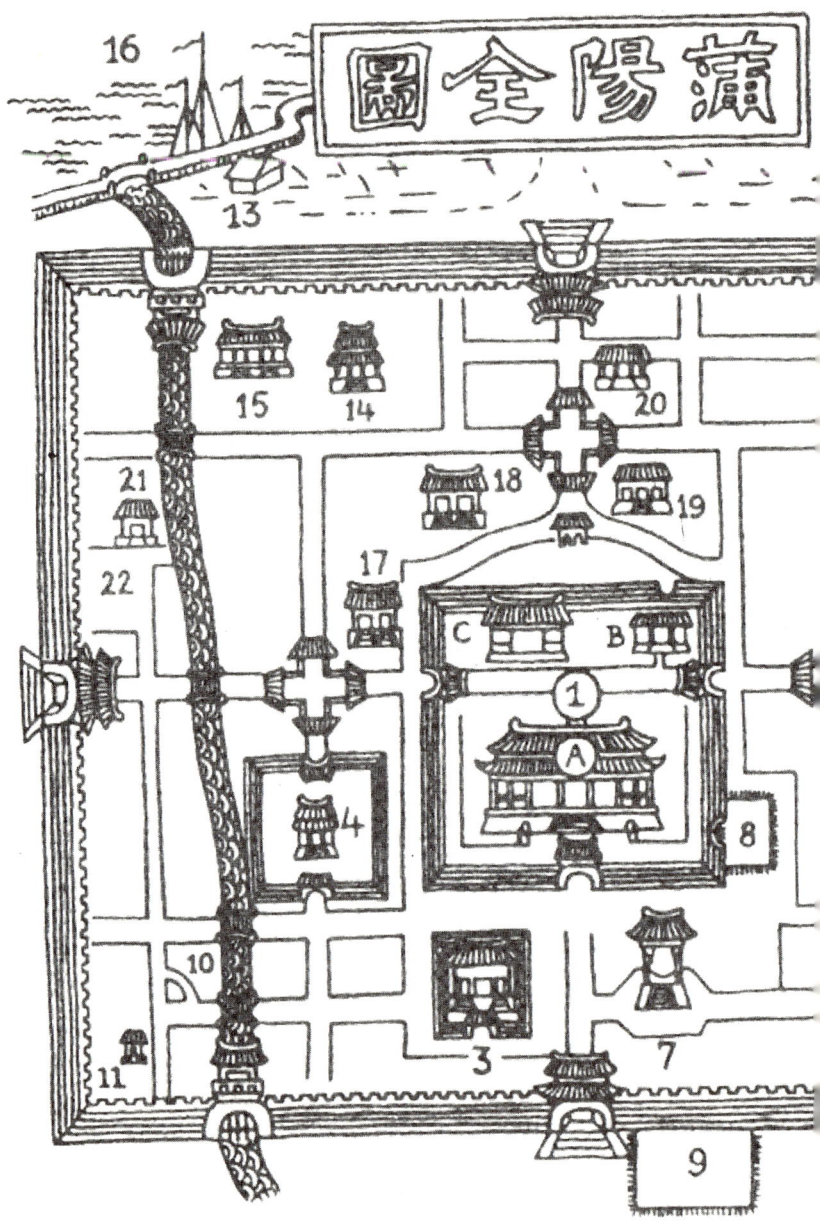

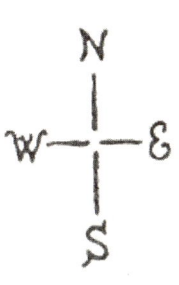

푸양 전도(浦陽全圖)

1. 관아:
   (A) 본청
   (B) 집무실
   (C) 영빈관
2. 수비대
3. 도신각(都神閣)
4. 공자 사당
5. 전신각(戰神閣)
6. 고루(鼓樓)
7. 종루(鍾樓)
8. 옥
9. 처형대
10. 반월로(半月路)
11. 량 부인의 집
12. 보자사(普慈寺)
13. 린판의 농장
14. 월지원(越知院)
15. 린판의 저택
16. 운하
17. 바오 장군의 집
18. 완 판관의 집
19. 링 행회장의 집
20. 황 행회장의 집
21. 진미 게 요리점
22. 수산 시장

★ 이 책에 쓰인 본문 종이 e-Light는 국내 기술로 개발된 최신 종이로, 기존에 쓰이던 모조지나 서적지보다 더욱 가볍고 안전하며 눈의 피로를 덜게끔 한 단계 품질을 높인 고급지입니다.

한 골동품 수집가가 골동품 점에서 기이한 체험을 하고,
디 공이 푸양 수령으로 부임한다.

판관은 백성의 어버이 노릇을 해야 하나니
어질고 선한 이는 감싸고 늙고 병든 이는 거두어야 한다.
모든 범죄자는 엄벌로 다스려야 하나
응징이 아니라 예방을 우선으로 삼아야 한다.

아버님께 물려받은 차 농장을 알차게 가꾸던 내가 동문 밖의 시골 별장에서 한가로운 은퇴 생활에 들어간 지도 어언 여섯 해로 접어들었다. 그곳에서 마침내 나는 여가생활에만 온전히 몰입할 수 있는 시간적 여유를 얻었다. 나의 취미는 다름 아니라 형벌과 수사의 역사에 관한 자료를 수집하는 일이다.

지금 우리의 명 제국은 태평천하를 누리고 있어 범죄와 폭력 행위는 가뭄에 콩 나듯 일어나는 터라 나는 수수께끼 같은 범죄와 통찰력 있는 판관의 사건 해결에 관한 자료는 어차피 과거에서 찾을

수밖에 없다는 결론에 쉽사리 도달했다. 연구에 푹 빠져 지내 오는 동안 나는 이름난 범죄 사건과 관련된 신빙성 높은 자료는 물론 잔혹한 살인에 실제 사용된 무기, 고대의 흉기와 기타 범죄사에 관련되어 있는 수많은 유물들을 산더미처럼 수집했다.

이런 내가 가장 아끼던 물건은 수백 년 전에 활약했던 명수사관 디 공이 실제로 사용했던 박달나무로 만든 타원형의 재판봉이었다. 앞머리에서 인용한 시가 바로 재판봉에 새겨져 있었다. 기록에 따르면 디 공은 관에서 재판을 주재할 때 나라와 백성에 대한 자신의 엄중한 책무를 한시라도 잊지 않기 위해 이 재판봉을 애용했다고 한다.

앞에 인용한 시는 기억을 더듬어 적은 것이다. 그 재판봉이 이제 내 수중에 없는 탓이다. 지난여름, 그러니깐 두 달 전에 끔찍한 경험을 한 나는 범죄 연구에 대한 흥미를 하루아침에 잃어버려 수집해 두었던 각종 범죄와 관련된 유물을 깨끗이 정리해 버렸다. 그 후 도자기 수집으로 관심을 돌린 나는 뜻밖에도 이 차분한 취미가 나의 성정과 잘 맞아떨어짐을 깨달았다.

그러나 한가로운 생활에 안주하기 전에 내가 해야 할 일이 한 가지 있다. 지금도 유난히 나를 잠 못 이루게 하는 진절머리 나는 한 사건에 대한 기억을 머리에서 말끔히 지워 버리는 일이다. 불쑥불쑥 찾아드는 그 악몽에서 벗어나기 위해서는 내 앞에 가슴 섬뜩하게 나타났던 그 야릇한 비밀을 털어 내야 하는 것이다. 그래야만 나에게 깊은 충격을 안겨 주었고 나를 미치기 일보 직전까지 몰아넣었던 그 무시무시한 경험을 비로소 망각의 늪으로 빠뜨릴 수 있으리라.

유난히도 맑은 이 가을 아침에 나는 단아한 정자에 앉아, 가녀린 손길로 국화를 어루만지는 두 부인의 우아한 자태를 넋을 잃고 바라보고 있다. 내가 그 운명의 날에 벌어졌던 일을 감히 되짚어 보기로 결심할 수 있었던 것은 이런 평온한 분위기 덕분이리라.

8월하고도 아흐레 오후 느지막한 시간이었다. 그 날짜는 영원히 나의 뇌리에 아로새겨져 있을 것이다. 한낮에 무더위가 기승을 부리더니 오후로 접어들자 설상가상으로 날이 푹푹 쪄 대었다. 몸이 축 처지는 데다 왠지 마음도 뒤숭숭하여 나는 가마를 타고 바람이나 쐬기로 마음먹었다. 행선지를 묻는 가마꾼들에게 나는 충동적으로 루의 골동품 점으로 가자고 일렀다.

'금룡(金龍)'이라는 그럴싸한 상호를 내건 그 골동품점은 공자 사당 맞은편에 있었다. 주인 루는 탐욕스러운 작자였으나 골동품에는 제법 안목이 있어서 범죄나 수사의 역사와 관련된 흥미로운 골동품을 심심치 않게 보여 주고는 했다. 골동품이 수북이 쌓인 그 가게에만 들어서면 나는 시간 가는 줄을 몰랐다.

가게는 종업원 혼자서 지키고 있었다. 그 친구 말로는 주인의 몸이 극도로 안 좋다는 것이었다. 주인은 더 값진 물건을 보관하는 이 층 별실에 있다고 했다.

이 층에 올라가니 루가 오만상을 찌푸리면서 두통을 호소했다. 그는 숨 막히는 열기를 막느라고 덧문을 꽁꽁 닫아 두고 있었다. 자주 들락거린 방이었지만 어둠침침한 가운데 보고 있으려니 왠지 낯설고 어색한 느낌이 들어 그냥 나갈까 하는 생각도 들었다. 하지만 바깥의 불볕 더위를 생각하니 엄두가 나지 않았다. 나는 여기서 잠시 죽치고 있기로 마음먹고 루에게 물건을 보여 달라고 했다. 그러고는 커다란 안락의자에 앉아서 학익선을 열심히 부쳤다.

루는 특별히 보여 드릴 만한 물건이 없다고 중얼거렸던 것 같다. 그는 건성으로 이리저리 둘러보더니 방 한구석에서 검은 옻칠을 한 경대를 가져와서 내 앞 탁자 위에 놓았다.

루가 먼지를 터는 동안 나는 그 물건을 뜯어보았다. 네모난 상자 위에 반질반질한 은 거울을 세워 놓는 평범한 경대였다. 거울은 관리가 머리 위에 검은 탕건을 쓸 때 들여다보는 그런 거울이었다. 표면의 옻칠이 조금 벗겨진 것으로 보아 상당히 오래된 물건 같았지만 그런 흔해 빠진 경대는 골동품 수집가에게는 별다른 가치가 없었다. 그때 나의 눈길이 거울 가장자리에 새겨진 한 줄의 작은 글자들에 가서 박혔다. 나는 앞으로 다가가 그것을 읽었다.

"푸양 디 대인 집무실의 관물."

나도 모르게 튀어나오려는 가쁨의 탄성을 가까스로 눌렀다. 다른 것도 아니고 그 유명한 디 공의 손때가 묻은 거울이라니! 지난 시절의 역사 기록을 볼 것 같으면, 디 공은 장쑤성(江蘇省)의 지방 읍인 푸양 수령으로 봉직하던 중 까다로운 사건 세 건을 뛰어난 기지로 해결하였다고 전해진다. 그러나 불행하게도 그 혁혁한 업적의 자세한 내용은 전해지지 않고 있었다. '디'라는 성은 흔한 성이 아니었으므로 이 거울은 분명히 디 공의 물건이라고 보아야 했다. 나는 정신이 번쩍 들었다. 우리 중화 제국에서 이제껏 활약했던 수사관 가운데 첫 손가락에 꼽히던 인물이 쓰던, 값으로 따질 수 없는 귀중한 유물을 미처 알아보지 못한 루의 무지를 나는 속으로 다행스레 여겼다.

짐짓 태연한 표정을 지으면서 나는 의자에 몸을 깊숙이 파묻고

골동품점에서의 기이한 경험

루에게 차 한 잔을 청했다. 그리고 루가 아래층으로 내려가자 벌떡 일어나 경대 앞으로 가서 요모조모 살폈다. 거울 밑의 상자 서랍을 천천히 여니 판관의 탕건이 접혀진 채 그 안에 들어 있었다!

나는 그 오래된 비단 탕건을 조심스럽게 폈다. 고운 먼지가 솔기에서 떨어졌다. 몇 군데 좀이 슬었을 뿐 탕건은 멀쩡했다. 바르르 떨리는 손으로 경건하게 탕건을 들었다. 위대한 디 공이 재판을 주재할 때 썼던 그 탕건이라고 생각하니 나도 모르게 손이 떨려 왔다.

무엇 때문인지 지금 생각해 보아도 잘 모르겠지만 나는 주제넘은 짓인 줄도 모르고 그 귀중한 유품을 한 번 써 보았다. 그리고 잘 맞는지 보려고 거울까지 들여다보았다. 반질반질한 표면에 세월의 때가 묻어 거울에는 어슴프레한 그림자밖에 떠오르지 않았다. 그런데 돌연 그 그림자가 또렷한 형상으로 바뀌어 갔다. 상당히 낯설어 보이는 초췌한 얼굴이 이글거리는 눈매로 나를 쏘아보고 있었다.

바로 그 순간 고막을 찢는 천둥 소리가 귓전을 때렸고 삽시간에 주위가 캄캄해지면서 깊디깊은 나락으로 떨어지는 듯한 느낌을 받았다. 나는 시간과 장소의 감각을 모두 잃어버렸다.

두터운 구름 층 사이에 나는 둥실 떠 있었다. 구름은 차츰 사람의 모습을 띠어 갔다. 벌거벗은 처녀가 얼굴을 볼 수 없는 사내에게 처참하게 능욕당하는 모습이 어렴풋이 눈에 잡혔다. 그 여자를 도우러 달려가고 싶었지만 발이 떼어지지 않았다. 도와달라고 고함을 지르고 싶었지만 소리 역시 나오지 않았다. 나는 소용돌이에 휘말린 듯 모골이 송연해지는 끔찍한 경험에 잇달아 빠져 들어갔다. 무력한 구경꾼이었는가 하면 어느새 고통에 시달리는 당사자로 변해 있었다. 고약한 냄새가 풍기는 썩은 물웅덩이 밑으로 서서히 가라앉는데 고운 여인 둘이 나를 구하러 나타났다. 내가 사랑하는 두 부인과 비슷하다는 느낌을 얼핏 받았다. 그러나 그들이 내민 손을 막 붙잡으려는 찰나 세찬 물살에 몸이 휩쓸리고 말았다. 나는 물거품 치는 소용돌이로 빙빙 빨려 들어갔다. 소용돌이의 한복판에서 점점 밑으로 가라앉고 있었다. 언뜻 정신을 차려 보니 나는 비좁고 어둑어둑한 공간에 갇혀 있었고 천 근 같은 무게가 나를 무지막지하게 짓누르고 있었다. 빠져나오려고 안간힘을 썼지만 사방을 더듬어 보아도 손가락에 와 닿는 것은 반질반질한 강철 벽이었다. 질식하기 일보 직전에 돌연 압력이 느슨해졌다. 나는 허겁지겁 허파에 신선한 공기를 채워 넣었다. 그리고 몸을 움직이려고 용을 썼지만 이게 웬일인가, 팔다리가 바닥에 붙어 떨어지지 않았다. 손목과 발목은 두꺼운 밧줄에 휘감겨 있었고 밧줄 끝은 뿌연 안개에 묻혀 있었다. 밧줄이 조여 드는 느낌이 왔다. 끊어질 듯한 통증이 팔다리로 몰려왔고 무어라 말할 수 없는 공포가 가슴을 옥죄었다. 나는 겁에 질려 비명을 지르기 시작했다. 그러다가 깨어났다.

나는 식은땀에 후줄근히 젖은 채 루의 이 층 방바닥에 누워 있었다. 루는 옆에 쪼그리고 앉아 겁에 질린 목소리로 내 이름을 부르고 있었다. 디 공의 탕건은 내 머리에서 떨어져서 산산조각난 거울 파편 사이에 놓여 있었다.

나는 루의 부축을 받으며 일어나 떨리는 몸을 가누지 못하면서 안락의자에 주저앉았다. 루는 재빨리 차 한 잔을 가져와 나의 입술을 축여 주었다. 찻주전자를 가지러 아래층으로 내려온 직후에 비가 억수처럼 퍼붓더니 '꽝' 하고 벼락이 쳐서 루는 덧문을 걸려고 후다닥 이 층으로 올라왔다가 바닥에 쓰러진 나를 발견했다고 말했다.

나는 향기로운 차를 마시면서 한동안 침묵을 지켰다. 잠시 후 루에게 가끔 몸이 안 좋아 이럴 때가 있다고 장황하게 둘러대면서 가마를 불러 달라고 했다. 나는 억수처럼 쏟아지는 빗속을 뚫고서 가마를 타고 집으로 향했다. 가마꾼들이 가마에다 유포(油佈)를 덮었지만 집에 오니 몸은 흠뻑 젖어 있었다.

나는 곧바로 침대에 누웠다. 물 먹은 솜처럼 몸이 무거운 데다 머리가 빠개질 듯이 아파 왔다. 큰 부인은 기겁을 하고 의원을 불러왔다. 의원이 왔을 때 나는 헛소리를 하고 있었다고 한다.

한 달 반을 심하게 앓았다. 큰 부인은 자기가 열심히 기도를 하고 신의각(神醫閣)에 매일같이 향불을 피워 올린 정성 덕에 내 병이 나은 것이라고 주장하지만, 나의 병석을 번갈아 지키면서 노련한 의원이 지어 준 탕약을 달여 대령한 것은 나의 두 작은 부인들이고 그녀들의 헌신적인 간병 덕분에 건강을 되찾을 수 있었음을 나는 알고 있다.

내가 자리를 털고 일어나자 의원은 루의 골동품 점에서 무슨 일이 있었느냐고 물었다. 끔찍한 경험을 다시 떠올리자니 넌더리가 나서 그저 갑자기 어지러웠다고만 말했다. 의원은 미심쩍은 눈길로 나를 바라보았지만 꼬치꼬치 캐묻지는 않았다. 하직 인사를 하면서 의원이 지나가는 듯이 말을 던졌다. 예전의 끔찍한 죽음과 관련 있는 물건을 만지면 그런 악성 발작이 일어날 수도 있다는 것이었다. 그런 물건은 좋지 못한 기운을 내뿜는데, 그 물건을 너무 가까이 접한 사람의 마음이 거기에 휘말리는 수가 있다는 것이었다.
 노련한 의원이 물러가자 나는 곧바로 가령(家令)을 불러들여 내가 그동안 모아 놓은 범죄 관련 자료를 커다란 궤짝 네 개에다 꾸려서 큰 부인의 외숙인 황에게 보내라고 지시했다. 큰 부인은 자기 외숙부가 이 세상에서 제일인 줄 알고 있지만, 처삼촌은 송사(訟事)를 밥 먹듯이 벌이는 비열하고 역겨운 인물이었다. 나는 정중한 글을 한 통 띄워 그 안에다 민법과 형법을 뚜르르 꿰고 있는 처삼촌님의 박학다식함에 대한 깊은 존경의 염을 조금이나마 나타내려는 뜻에서 내가 수집한 범죄 관련 자료를 모두 드리고 싶다고 적었다. 그자가 법조문까지 들먹여 가면서 우리 집안의 값나가는 땅 일부를 집어삼킨 이후로 나는 황을 사람 취급하지 않기로 작정한 터였음을 덧붙이련다. 내가 모아 놓은 자료를 연구하다가 그도 언젠가 그 소름 끼치는 유물의 일부에 손이 닿아 루의 골동품 점에서 내가 겪었던 끔찍한 경험을 하게 되기를 은근히 바랐다.
 이제 나는 디 공의 탕건을 눌러썼던 그 짧은 순간에 내가 겪었던 일의 전모를 가급적 일관된 줄거리로 털어놓을 작정이다. 현실에서 믿기 어려운 형태로 내가 체험한 아득한 옛날의 세 가지 범죄 사건에 대한 이 진술이 실제 사건과 얼마만큼이나 부합하는지, 혹시나 열에 들뜬 머리가 지어낸 허구가 아닌지 그것은 독자 여러분의 너그러운 판단에 맡기련다. 나는 구태여 역사적 기록에 의거하여 사실 여부를 일일이 확인하지는 않았다. 그것은 앞에서도 말한 대로 내가 범죄와 수사의 역사에 대한 연구에서 이제 완전히 손을 뗴었기 때문이다. 그 불길한 주제들은 더 이상 나의 관심거리가 아니다. 송대의 도자기 명품을 수집하는 이즈음의 생활이 나는 더없이 만족스러울 뿐이다.

　새로운 임지 푸양으로 온 첫날밤이었다. 디 공은 관아 본청 뒤에 자리한 집무실에서 의자에 앉아 재판 기록을 읽는 데 몰두하고 있었다. 각종 장부와 문서가 수북이 쌓여 있는 책상 위에는 커다란 놋쇠 촛대가 불을 밝히고 있었다. 가물거리는 불빛이 수령의 녹색 능라 관복과 반질반질한 검은 비단 탕건에 어른거렸다. 이따금 판관은 숱이 많은 검은 턱수염을 쓰다듬거나 길게 자란 콧수염을 어루만졌다. 그러나 눈은 코앞의 문서에서 한시도 떼지 않았다.
　판관 맞은편의 작은 책상 앞에는 판관의 오른팔 격인 홍량이 재판 기록을 들추어 보고 있었다. 턱 밑의 헝클어진 가느다란 흰 수염, 빛이 바랜 고동색 도포에 작은 빵 모자를 쓴 비쩍 마른 노인이었다.
　'곧 자정이 될 터인데.'
　홍량은 생각했다. 그는 가끔 가다 맞은편 책상 앞에 앉아 있는 훤칠하고 어깨가 떡 벌어진 인물을 살그머니 훔쳐봤다. 자신이야 오후 나절에 늘어지게 낮잠을 잔 터이지만 디 공은 온종일 단 한 번도 쉴 짬이 없었음을 홍량은 알고 있었다. 주인의 강인한 체질을 익히 아는 바이지만 그래도 홍은 걱정스러웠다.
　원래 홍은 디 공의 부친이 부리던 하인으로 디 공이 어렸을 때는 디 공을 노상 안고 다녔다. 디 공이 공부를 마무리 짓기 위해 장안으로 왔을 때 홍이 시중을 들었고, 벼슬을 받아 지방으로 가게 되었을 때도 함께 따라나섰다. 푸양은 디 공이 지방 수령으로서 세 번째 부임하는 곳이었다. 그동안 홍은 든든한 친구요 조언자 역할을 해 왔다. 디 판관은 공사를 막론하고 허심탄회하게 자신의 고민거리를 털어놓았고 그때마다 홍은 귀중한 조언을 해 주었다. 홍의 위치를 공식화하기 위해 판관은 그를 관아의 수형리로 임명했는데, 그 이후에 사람들은 그를 '홍 수형리'라고 불렀다.

문서를 대강대강 훑어보면서 홍 수형리는 오늘은 판관 어른이 참 바빴던 날이었다고 생각했다. 판관이 부인과 자제, 하인을 거느리고 푸양에 도착한 것은 아침 나절이었다. 도착하자마자 판관은 관아 안에 있는 영빈관으로 직행했고 다른 사람들은 관아 북쪽에 자리 잡은 판관의 관저로 갔다. 그곳에서 판관의 큰 마님은 가령의 도움을 받으면서 이삿짐 부리는 일을 감독하고 집 안을 정리하기 시작했다. 디 공은 집 안을 둘러볼 겨를도 없었다. 무엇보다도 먼저 전임자인 펑 판관으로부터 관아의 인감을 건네받아야 했다. 그 의식이 끝나자 판관은 선임 기사관, 포두에서 옥리, 순라꾼에 이르기까지 관에 딸린 이속 전체를 소집했다. 점심때는 상다리가 부러져라 진수성찬을 차려 떠나는 수령을 대접했다. 디 공은 관례에 따라 펑 판관 일행을 성문 밖까지 배웅했다. 관아로 돌아온 후에는 문안 인사를 온 푸양 고을의 유지들을 맞이하느라 정신이 없었다.

집무실에서 저녁을 먹는 둥 마는 둥 한술 뜨고는 관아의 문서를 검토하는 작업에 들어갔다. 아전들은 문서실에서 가죽으로 된 자료를 날라 오느라 꽁무니가 닳도록 뛰어다녔다. 그들은 몇 시간이 지나서야 일에서 놓여 났지만 판관은 아직도 쉬려는 기색이 아니었다.

드디어 판관은 앞에 있던 장부를 옆으로 밀어 놓고 의자 등에 몸을 기댔다. 그러고는 짙은 눈썹을 내리깔고 홍 수형리를 바라보더니 빙긋 웃으며 입을 열었다.

"따끈한 차 한 잔 주겠는가?"

홍 수형리는 재빨리 일어나 보조 책상에 놓여 있던 찻주전자를 가져왔다. 차를 따르는데 디 공이 말했다.

"푸양은 참으로 하늘의 축복을 받은 고장일세. 기록을 보니 땅이 기름진 데다가 홍수나 가뭄으로 피해를 보는 일도 없으니 농부들에게는 살맛 나는 곳이로세. 제국을 남북으로 가로지르는 대운하에 맞닿아 있으니 교통의 요충지로서 누리는 이점도 한두 가지가 아니고 말이지. 서문만 벗어나면 천혜의 포구에 나라의 배와 장사꾼의 배가 북적거리니 오가는 사람도 많고 그러다 보면 자연히 커다란 상점이 쑥쑥 뻗어 나가기 마련. 대운하와 그리로 흘러드는 강에는 물고기 또한 많으니 가난뱅이도 배를 채울 수 있다 이 소리거든. 게다가 제법 큰 수비대가 주둔해 있고 영세한 음식점이나 상점에 대해서는 세금 징수도 너그러운 편이라. 그러니 이 고을 백성들은 배를 두드리며 편안히 살고 세금도 꼬박꼬박 낼 수밖에. 전임 수령인 펑 판관은 오죽 성실하고 유능했는가 말이야. 최근 기록까지 빠짐없이 꼼꼼히 정리되어 있구먼그래."

수형리의 얼굴에 화색이 돌았다.

"다 어르신의 복입지요. 사실 지난번 임지에서는 골치 아픈 일이 한두 가지가 아니었습니다. 어르신께서 건강을 해치실까 봐 소인은 얼마나 근심을 했는지 모릅니다."

몇 오라기 안 되는 턱수염을 잡아당기면서 수형리가 말을 이었다.

"재판 기록을 훑어보니 여기 푸양은 범죄가 거의 없는 곳이더군입쇼. 몇 건 일어난 범죄도 제때제때 해결되었고 말입니다. 현재 계류 중인 범죄가 딱 하나 있습니다. 잔혹한 강간 치사 사건인데, 전임 펑 수령께서 며칠 만에 해결하셨지요. 내일 관련 문서를 자세히 검토하면 아시겠지만, 몇 군데 미진한 구석만 보완하시면 사건은 깨끗이 마무리될 것입니다."

디 공의 눈썹이 치켜 올라갔다.

"수 형리, 때때로 미진한 구석이 심각한 문제를 낳지! 그 사건을 상세히 들어 보세."

홍 수형리는 계면쩍은 표정을 짓더니 설명에 들어갔다.

"정말이지 간단한 사건입니다. 작은 푸줏간을 하는 샤오라는 자의 딸이 자기 방에서 능욕당한 채 시체로 발견되었습니다. 나중에 보니 그 처녀는 왕이라는 서생과 그렇고 그런 사이였습니다. 샤오는 왕을 범인으로 지목했습니다. 펑 판관이 증거와 증인을 확보하여 왕이 범인이라는 사실을 밝혔지만, 본인은 범행 사실을 극구 부인했습니다. 펑 판관은 고문으로 왕을 신문했습니다만 왕은 끝내 자백을 하지 않은 채 혼수 상태에 빠졌습니다. 떠날 날짜가 다가오는 바람에 펑 판관은 그 선에서 손을 놓을 수밖에 없었지요. 살인범을 찾아냈고 고문 취조를 정당화할 만한 충분한 증거도 확보되었기 때문에 사건은 사실상 종결된 것이나 다름없습니다."

디 공은 수염을 쓸면서 생각에 잠겼다가 한참 만에 다시 입을 열었다.

"사건의 전모를 알고 싶은데."

홍 수형리가 고개를 떨구었다.

"벌써 자정입니다. 어르신. 오늘 밤은 푹 주무시는 게 낫지 않을까요? 이 사건을 검토할 시간은 내일도 얼마든지 있습니다."

다 공이 고개를 저었다.

"자네는 방금 사건의 골격만 이야기했을 뿐이네만, 내 눈에는 벌써 모순점이 보여. 골치 아픈 행정 문서만 잔뜩 읽어서 그런 사건이라도 풀어야 머리가 좀 맑아지겠네. 자네도 차 한 잔 들지 그러나. 느긋하게 앉아서 사건의 개요를 알려 달라고."

홍 수형리는 우겨 보아야 소용없다는 것을 알았다. 단념하고 자기 책상으로 돌아가서 몇 가지 문서를 들여다본 다음 보고에 들어갔다.

"지금부터 열흘 전, 그러니깐 이 달 열이렛 날에 남서 구역의 반월로라는 거리에서 작은 푸줏간을 경영하는 샤오푸한이라는 사내가 정오 심리가 한창 열리고 있는 관아로 울면서 들이닥쳤습니다. 그는 세 명의 증인을 동반하고 있었는데, 그 면면을 볼 것 같으면 남부 구역을 담당하는 가오 포리, 샤오의 가게 맞은편에 사는 재단사 롱, 푸주한 행회장이었습니다.

푸주한 샤오는 서생 왕시엔중에 대한 고발장을 제출했습니다. 이 왕이라는 친구는 가난한 서생으로 푸줏간 근처에 살고 있지요. 샤오의 말인즉슨, 왕이 자기의 외동딸 춘위(純玉)를 방 안에서 죽이고 금비녀 한 쌍을 훔쳐 갔다는 것입니다. 샤오는 왕이 벌써 여섯 달 전부터 자기 딸과 불륜 관계를 맺어 왔다고 주장했습니다. 시체는 다음날 아침 집안일을 거들지 않는 처녀를 이상히 여긴 가족들에 의해 발견되었습니다."

디 공이 도중에 끼어들었다.

"그 샤오라는 푸주한은 팔푼이든지 시러베 자식이든지 둘 중 하나임이 분명타! 과년한 딸년이 자기 집 지붕 밑에서 불장난을 벌이도록 방치하다니 그것이 갈보집이 아니고 무어란 말이더냐! 집구석이 그 모양이니 강간에다 살인까지 당하지!"

홍 수형리는 머리를 흔들었다.

"아니옵니다, 어르신. 샤오 푸주한의 이야기를 들을 것 같으면 전혀 다른 각도에서 사건을 볼 수밖에 없습니다."

디 공이 반월로에서 벌어진 강간 치사 사건을 검토하고,
그의 뜻밖의 발언에 홍 수형리가 놀란다.

디 공은 두 손을 낙낙한 소매 안에 파묻고는 무뚝뚝하게 말했다.
"듣고 있네!"
홍 수형리의 말이 이어졌다.
"사건이 있던 날 아침까지만 하더라도 샤오 푸주한은 춘위에게 남자가 있다는 사실을 까맣게 모르고 있었습니다. 하인을 쓸 형편이 안 되었기 때문에 집안일은 두 모녀가 도맡아했다고 합니다. 춘위는 빨래를 널고 바느질을 하는 골방을 쓰고 있었습니다. 그 골방은 점포에서 조금 떨어진 창고 위에 있었지요. 그런데 그 골방에서 나는 소리는 거의 들리지 않는다고 합니다. 펑 판관의 지시에 따라 실험을 해 보았더니 처자의 골방에서 아무리 큰 소리를 질러도 안방이나 이웃집에 정말로 들리지가 않더랍니다.
왕 서생으로 말씀드릴 것 같으면 중앙의 이름 있는 집안 자제랍

니다. 그런데 양친이 모두 타계하고 집안싸움이 벌어져 알거지 신세가 되었다는군요. 이 차 과거 시험을 준비하고 있는데 반월로에서 벌어먹고 사는 장사꾼의 아이들에게 글을 가르치면서 근근이 입에 풀칠을 했다고 합니다. 샤오 푸주한네 바로 맞은편에 있는 노재단사 롱의 가게 위 다락방에 세를 얻어 살았고요."

"불장난은 언제부터 시작되었는가?"

디 공이 물었다.

"반 년쯤 되었답니다. 춘위와 사랑에 빠진 왕 서생은 처자의 방에서 밀회를 가졌습니다. 왕은 자정 무렵 창문을 통해 몰래 들어갔다가 동이 터 올 무렵 자기 방으로 살그머니 돌아왔다고 합니다. 재단사 롱의 증언에 따르자면 몇 주가 지나면서 자기가 왕의 밀회를 눈치 채고 혼구멍을 냈다고 합니다. 그 창피스러운 일을 처자의 아버지한테 고해 바치겠다고 으름장을 놓았다는군요."

"그 재단사는 나무랄 데 없는 사람이로구먼."

판관은 지당한 처사라는 듯 고개를 끄덕이며 맞장구를 쳤다.

수형리는 앞에 놓인 두루마리 문서를 잠시 들여다보고 다음 말을 이었다.

"왕은 아무리 보아도 간악하기 이를 데 없는 녀석입니다. 롱에게 무릎을 꿇더니만 자기들은 깊이 사랑하는 사이가 되었다고 매달렸다는 겁니다. 그러면서 이 차 과거 시험에 붙는 대로 처녀와 결혼을 하기로 다짐을 했다지요. 과거에 급제하는 날에는 샤오 푸주한에게 푸짐한 예물을 안기고 색시와 함께 살 집도 마련할 수 있을 터이니까요. 왕은 또 비밀이 탄로 나는 날에는 과거 응시 자격을 박탈당할 것은 불을 보듯 뻔한 노릇이고 그렇게 되면 모두가 불행해지고 만다고 은근히 공갈을 때리더랍니다.
 재단사 롱은 왕이 글을 열심히 읽는다는 사실은 알고 있었기에 올 가을 시험에는 틀림없이 붙을 것이라고 믿었지요. 언젠가는 벼슬길에 오를 명문가의 자손이 이웃집 처자를 색시감으로 점찍었다는 사실에 은근히 뿌듯한 마음도 들었을 터이고요. 해서 입 다물고 있기로 약속했답니다. 양심에 좀 켕기지만 몇 주만 지나면 왕이 춘위에게 정식으로 청혼을 할 터이고 그렇게 되면 일이 원만하게 풀리지 않겠는가라고 마음을 다독거리면서 말이지요. 춘위가 헤픈 처녀가 아니라는 사실을 확인해야 안심이 될 것 같기에 롱은 그 뒤로 푸줏간 안팎을 눈여겨보았답니다. 롱 노인 말로는 춘위가 아는 남자는 왕밖에 없었고 춘위의 방에 드나든 남자도 그 하나뿐이었다는군요."
 디 공은 차를 한 모금 마시더니 못마땅한 표정을 지었다.
 "그건 그렇다고 치세. 하나 춘위, 왕 서생, 롱 재단사, 이 세 사람의 처신은 골백번 욕을 얻어먹어도 싸!"
 "그 점은 전임 사또께서도 따끔히 짚고 넘어갔습니다. 비행을 묵인한 롱 재단사나 집안 단속을 소홀히 한 샤오 푸주한이나 모두 혼구멍이 났습지요. 열이렛날 아침 춘위가 살해당했다는 소식을 들은 롱 재단사는 그토록 믿었던 왕에게 말 못할 배신감을 느꼈습니다. 그 길로 샤오에게 달려가서 춘위와 왕의 밀회를 아는 대로 까발렸지요. 본인의 말을 그대로 읽어 드리겠습니다. '불초 소생은 그 날강도 왕 자식이 지저분한 욕망을 채우기 위해 춘위를 데리고 노는 동안 그 더러운 작태를 눈감아 주었습니다. 춘위가 결혼하자고 나서니까 놈은 처녀를 죽이고 돈 많은 여편네와 놀아나기 위

디 공이 홍 수형리와 사건을 논의한다.

해 처녀의 금비녀를 훔쳐 갔습니다!' 억장이 무너지고 화가 머리 끝까지 치솟은 샤오 푸주한은 가오 포리와 푸주한 행회장을 불렀습니다. 그들은 머리를 맞댄 뒤 왕이 살인범이라는 데 의견의 일치를 보았지요. 행회장이 작성한 고발장을 들고 왕의 그 추잡스러운 범죄를 고발하기 위해 관아로 우르르 몰려온 것입니다."

"그때 왕은 어디 있었나? 성문 밖으로 내뺐는가?"

디 공이 캐물었다.

"아닙니다. 곧바로 잡혔습니다. 푸주한 샤오의 진술을 모두 들은 펑 판관께서는 포리를 풀어 왕을 잡아들이라고 분부했습지요. 왕은 재단사네 이 층에 있는 자기 하숙방에서 붙들렸습니다. 해가 중천에 떴는데도 아직 나자빠져 있다가 포리들 손에 이끌려 관아로 붙들려 갔지요. 펑 판관께서는 놈에게 푸주한 샤오의 고발장을 들이밀었고요."

디 공은 허리를 쭉 펴더니 몸을 앞으로 숙여 팔꿈치를 책상 위에 괴면서 이야기에 깊은 관심을 나타냈다.

"이제 왕 서생이 자기를 어떻게 변호했는지 그 내용이 퍽이나 궁금하구먼."

홍 수형리는 몇 가지 문서를 고르더니 그것을 훑어보고 나서 입을 열었다.

"그 날강도는 사사건건 둘러대는굽쇼. 한마디로 말해서……."

디 공이 손을 들어 말을 잘랐다.

"왕 본인의 말을 듣고 싶다. 진술서를 그대로 읽어 보게!"

홍 수형리는 조금 당황해서 무언가 말을 하려다 마음을 바꿔 먹고 심드렁한 목소리로 왕 서생의 재판 진술 기록을 한 자 한 자

읽어 내려가기 시작했다.

"사또 앞에 무릎을 꿇고 있는 이 어리석은 놈은 수치심과 굴욕감에 몸둘 바를 모르겠사옵니다. 불초는 남의 입에 오르내린 적이 없는 순결한 처녀와 연애질을 한 도저히 씻기 어려운 죄악을 저질렀습니다. 소인은 그저 방에 처박혀 글을 읽으며 세월을 보내고 있었습니다다만 우연히도 길 맞은편에 춘위의 방이 있었습니다. 반월로의 막다른 골목 끄트머리였습지요. 춘위가 창가에서 머리를 빗는 모습을 이따금 보고서 소인은 저 처녀를 장차 저의 배필로 삼을 것이라고 마음먹었습니다.

그렇게 마음만 먹어 놓고 시험이 끝날 때까지 얌전히 있었으면 얼마나 좋았겠습니까. 그랬더라면 지금쯤 어엿한 자리에 올라 남부럽지 않은 예물을 건네며 매파에게 다리를 놓아 달라고 청을 넣었을 터이고, 그럼 춘위의 부친께서도 격식과 법도에 어긋나지 않은 저의 진심을 알아주셨을 것이옵니다. 그런데 어느 날 저는 춘위와 골목에서 마주치게 되었습니다. 참다 못한 저는 끝내 춘위에게 말을 걸고야 말았습니다. 이야기를 주고받으며 춘위도 제게 연정을 품고 있다는 사실을 알아차렸으면 철모르는 처녀를 올바른 길로 이끌었어야 마땅하거늘 이놈의 정욕은 오히려 처녀의 열정을 부추기고 말았습니다. 저는 골목에서 춘위를 몇 번 더 만났습니다. 얼마 뒤 저는 단 한 번만 춘위의 방에 몰래 들어가게 해 달라고 졸라 허락을 얻어 냈습니다. 약속한 날 밤 늦게 저는 춘위의 창 아래에 사다리를 놓고 안으로 들어갔습니다. 그리고 미리 혼례식을 올리지 않는 한 하늘이 절대로 용인하지 않을 여염집 처녀와의 쾌락을 즐겼습니다.

기름을 부으면 불길이 더욱 치솟듯이 죄악에 물든 정욕은 더 잦은 만남을 부채질했습니다. 사다리가 야경꾼이나 야심한 밤의 통행인에게 혹 발견될까 봐 저는 춘위를 꼬드겨 하얀 천을 창문 아래로 줄처럼 길게 늘어뜨리게 했습니다. 줄의 한쪽 끝은 춘위의 방 침대 다리에 묶어 두고 말이지요. 제가 밑에서 줄을 잡아당기면 춘위는 창문을 열고 줄을 잡아당겨 제가 올라가는 것을 돕곤 했습니다. 우연히 지나치다가 이 천을 본 사람이 있다면 아마 깜박 잊고 거두어들이지 않은 빨래려니 생각했을 것입니다."

디 공은 주먹으로 책상을 두드려 수형리의 말을 끊었다.

"미꾸라지 같은 녀석! 명색이 과거를 준비하는 서생이라는 자가 도둑이나 강도에게나 어울릴 간계를 꾸미다니, 잘하는 짓이다!"

"앞서도 말씀드렸습니다만 왕은 질이 안 좋은 놈입니다. 하여간에 그놈의 진술을 마저 읽어 보겠습니다.

그러던 어느 날 롱 재단사가 저의 비밀을 알게 되었습니다. 사리를 중시하는 그분은 샤오 푸주한에게 알리겠다고 야단이었습니다. 그러나 저는 하늘이 내린 그 따끔한 경고를 못 알아보고 소갈머리 없게도 그분에게 애걸복걸했습니다. 결국 입을 다물어 주겠다는 다짐을 받아냈지요.

그럭저럭 반년이 흘러갔습니다. 그러나 하늘은 인류가 파괴되는 것을 더 이상 묵과할 수 없었던가 봅니다. 죄 없는 불쌍한 춘위와 죄 많고 비열한 이놈은 하늘의 응징을 받았으니까요. 열엿새 되는 날 밤 저는 또다시 춘위를 찾아가기로 했습니다. 그런데 그날 오후 친하게 지내는 동료 서생 양푸가 저를 찾아와서 하는 말이 장안에 계시는 자기 아버님께서 아들의 생일을 축하한다며 은 닷 냥을 보내왔다는 것이었습니다. 친구는 성내 북쪽 구역에 있는 오미관(五味館)에서 조촐한 자축연이라도 벌이자며 저를 초대했습니다. 술도 곁들인 자리였는데 평소 저의 주량보다 조금 과하게 마셨습니다. 양푸와 헤어져 차가운 밤거리로 나섰을 때는 완전히 고주망태가 되어 있었습니다. 저는 집에 돌아가 한두 시간 드러누워 있다가 술이 어지간히 깬 다음 춘위를 찾아가기로 마음먹었습니다만, 그만 길을 잃고 말았습니다. 오늘 새벽녘에야 비로소 정신을 차리고 보니 허물어진 집터의 가시덤불 한가운데 누워 있더군요. 가까스로 몸을 추스르고 일어났지만 머리는 천근처럼 무거웠습니다. 방향 감각도 없이 비틀비틀 걷다 보니 어찌어찌 큰길이 나타나더군요. 집에 도착하자 바로 제 방으로 올라갔고 침대에 쓰러져서 그대로 잠에 곯아떨어졌지요. 나리께서 보내신 포졸들이 저를 잡으러 왔을 때 백년해로를 약속한 처자가 횡액을 당했다는 사실을 처음으로 알았습니다."

홍 수형리는 낭독을 그치고 판관의 얼굴을 언뜻 살피고는 코웃음 치며 말을 이었다.

"이제 가식과 기만으로 똘똘 뭉친 그놈의 오리발이 시작됩니다. 만일 사또께서 그 불행한 처자에게 몹쓸 짓을 저지른 죄과로, 또는 그 처자의 죽음을 간접적으로 야기한 죄과로 저에게 극형을 내리신다면 그 벌을 달게 받아들이겠사옵니다. 사랑하는 여인을 잃고 평생토록 어두운 장막에 싸여 구차한 목숨을 이어 가 본들 무슨 의미가 있겠사옵니까. 하오나 춘위의 죽음을 복수하기 위해서, 제 가문의 명예를 지키기 위해서 저에게 걸려 있는 강간 치사 죄 혐의를 저로서는 단호히 부인할 수밖에 없습니다."

수형리는 문서를 내려 놓더니 집게손가락으로 그것을 툭툭 치면서 말을 이었다.

"잔학한 범죄에 대한 추상 같은 응징을 피하려는 술책이 아니고 무엇이겠습니까. 놈은 처녀를 건드린 죄과는 인정하면서도 살인은 하지 않았다고 악착같이 우기고 있습니다. 처녀를 건드린 죄는 어디까지나 쌍방의 합의에 의한 것이라는 명백한 증거까지 있는 이상 기껏해야 매 오십 대의 벌을 받는데 반해 살인범은 형장에서 수치스럽게 죽어 가야 한다는 사실을 너무도 잘 아는 탓이지요."

홍 수형리는 기대에 찬 눈빛으로 바라보았지만 디 공은 가타부타 말이 없었다. 판관은 천천히 차 한 모금을 들이켰다. 그리고 질문을 던졌다.

"왕의 진술에 펑 판관은 어떻게 반응했는가?"

수형리는 두루마리 문서 하나를 들여다보았다. 잠시 후 그가 입을 열었다.

"당장은 왕 서생을 더 이상 추궁하지 않고 곧바로 정식 수사에 들어갔습니다."

"지당한 판단이로고! 범행 현장 조사 기록이나 검시관의 검시 소견서 같은 것은 없나?"

홍 수형리는 두루마리 문서를 좀더 펼쳤다.

"있습니다, 어르신, 여기 자세하게 모두 기록되어 있습니다. 펑 수령은 수하들을 거느리고 반월로로 갔습니다. 골방에 들어가니 뼈대가 굵고 몸이 잘 빠진 처녀가 알몸으로 드러누워 있었습니다. 방년 열아홉쯤 되어 보였다는군요. 얼굴이 일그러졌고 머리카락은 헝클어져 있었습니다. 요는 꼬깃꼬깃 접혀 있고 베개는 바닥에 떨어져 있었지요. 침대 다리에 한쪽 끝이 묶인 흰색 천이 바닥에 나뒹굴고 있었습니다. 춘위가 속옷을 넣어 두었던 함은 열린 채였고요. 침대 맞은편 벽에는 커다란 빨래 통이 놓여 있었고 구석배기에는 금이 간 거울이 있는 낡아 빠진 작은 경대가 있었습니다. 다른 가구로는 침대 앞에 엎어져 있는 목재 발 디딤판뿐이었습니다."

"범인의 신원을 파악할 만한 단서는 없었나?"

디 공이 끼어들었다.

"없었습니다. 집안 구석구석을 샅샅이 뒤졌지만 털끝만 한 단서도 발견되지 않았습니다. 있다면 춘위가 받은 것으로 보이는 연시 정도입니다. 화장대 서랍 안에다 꼭꼭 싸서 잘 모셔 두었더군요. 물론 일자무식 처녀였지만 말입니다. 왕 서생이 보낸 연시였습니다.

부검에 대해서 말씀드리면, 검시관은 사인이 질식사라고 밝혔습니다. 피살자의 목에 커다란 상처가 두 개 나 있었는데, 그것은 범인이 목을 누르면서 남긴 손자국으로 보입니다. 이 밖에도 가슴과 팔에 파랗게 멍이 들거나 퉁퉁 부은 곳이 수없이 발견된다고 적었는데, 이것은 처녀가 심한 몸싸움을 벌였다는 것을 말해 줍니다. 마지막으로 검시관은 질식하기 전이나 도중에 처녀가 능욕당했음을 보여 주는 구체적인 증거가 있다고 덧붙였습니다."

수형리는 두루마리 문서의 남은 내용을 재빨리 훑어보고 나서 다음 말을 이었다.

"그 다음 며칠 동안 펑 수령은 몹시 번거로웠을 텐데도 모든 증거를 일일이 정밀 검토했습니다. 이를테면……"

"그 대목은 건너뛰어도 좋다. 펑 판관이 그 작업을 완벽하게 해냈으리라고 믿으니까. 요점만 말하게나. 내가 알고 싶은 것은 가령, 그날 반점의 자축연에 대해서 양푸가 어떻게 진술했나 하는 점이네."

"양푸의 진술은 친구인 왕의 진술 내용과 조목조목 일치합니다만 다 하나, 왕이 음식점에서 나갈 때 그렇게 인사불성이 될 정도는 아니었다고 말하고 있습니다. 양푸는 '가볍게 취했다' 라는 표현을 썼습니다. 덧붙여 말씀드리자면 왕은 잠들어 있다가 깨어났다는 장소의 위치를 밝히지 못하고 있습니다. 펑 수령은 그것을 알아내기 위해 별별 수단을 다 썼습니다. 포졸들을 딸려 보내 왕더러 성안에 있는 모든 폐가를 직접 다녀 보게 했는가 하면 폐가의 구체적 모양새를 왕의 진술을 통해 알아내려고 갖은 노력을 기울였지요. 하지만 다 헛수고였습니다. 왕의 몸에서 깊은 찰과상이 발견되었고 그가 입고 있던 옷에도 최근에 찢겨 나간 흔적이 있었습니다. 왕은 가시덤불을 헤치고 나가다가 그렇게 되었다고 해명했습니다.

펑 사또는 이틀에 걸쳐서 왕의 거처와 왕이 갔을 만한 곳을 샅샅이 조사했지만 없어진 금비녀는 발견하지 못했습니다. 샤오 푸주한이 기억을 더듬어 금비녀의 생김새를 그려 주었습니다. 그 그림은 이 기록에 첨부되어 있습니다."

디 공이 손을 내밀자 홍 수형리는 두루마리에서 얇은 종이 한 장을 떼어 내서 판관의 책상에 놓았다.

"보통 솜씨가 아니로군. 물 찬 제비 한 쌍을 나타낸 이 부분은 정말 공을 들였어."

"샤오 푸주한 말로는 이 금비녀가 가보였다고 합니다. 하지만 이 금비녀를 꽂고 다니는 사람에게는 재앙이 내린다는 말이 있어 안주인이 장롱 깊이 넣어 두었다고 합니다. 그런데 몇 달 전에 춘위가 그걸 쓰겠다고 고집을 피우는 바람에 할 수 없이 내주었다는 겁니다. 다른 장신구를 사 줄 형편이 못 되었으니까요."

판관은 아쉬운 듯 고개를 저었다.

"가엾은 처녀로고."

그는 한 마디 뱉더니 잠시 후 질문을 던졌다.

"펑 판관은 최종 판결을 어떻게 내렸는가?"

"그저께 펑 판관은 확보되어 있는 증거를 정밀 분석했습니다. 먼저 없어진 금비녀가 발견되지 않았다는 점을 언급했지요. 그러나 그것이 왕의 결백을 입증하는 증거가 될 순 없다고 보았습니다. 금비녀를 안전한 곳에 숨길 수 있는 시간은 얼마든지 있었으니까요. 왕의 변호도 그럴싸했지만 웬만큼 공부한 선비라면 그 정도의 이야기는 얼마든지 꾸며 낼 수 있다는 것이 펑 수령의 판단이었습니다.

뜨내기 강도의 소행일 가능성 또한 희박하다는 결론이 나왔습니다. 반월로에 영세 상인들이 집결해 있다는 것은 삼척동자도 다 아는 사실이니까요. 금품을 노리는 도둑이 들었다면 푸줏간이나 지하 창고를 털지 하릴없이 지붕 밑 성냥갑만 한 골방을 노리겠느냐는 거지요. 모든 증인의 진술과 왕 본인의 진술을 종합할 때 밀회를 알고 있었던 것은 남녀 당사자와 롱 재단사뿐이었습니다."

홍 수형리는 두루마리 문서에서 눈길을 떼면서 비시시 웃었다.

"그 롱 재단사는 올해 일흔 살이 다 된 꼬부랑 할아범이라 용의 선상에서 바로 배제되었습니다."

디 공이 고개를 끄덕이더니 다시 캐물었다.

"펑 판관은 어떻게 언도를 내렸지? 가급적이면 그 내용을 그대로 들려주게."

홍 수형리는 다시 두루마리에 고개를 묻고 읽어 내려가기 시작했다.

"피해자가 다시금 결백을 부르짖자 판관은 주먹으로 재판대를 내리치며 호통을 쳤습니다.

개보다 못한 놈, 나는 벌써 꿰뚫어 보고 있다! 반점을 나온 뒤 네 놈은 곧장 춘위의 집으로 갔다. 얼마 전부터 마음속으로는 이미 작정해 놓았지만 소심한 성격 탓에 하지 못한 이야기를 술기운을 빌려 기어이 하고 만 게야. 싫증이 나서 이제 너와의 관계를 정리해야겠다는 소리 아니었겠나. 말다툼이 벌어지고 급기야는 춘위가 부모님을 불러오겠다며 문으로 달려가는 사태가 벌어졌지. 네 놈은 뜯어말렸고. 몸싸움이 벌어지는 과정에서 네 놈의 음탕한 본능이 고개를 들었다. 처녀를 강제로 범하고 목을 졸라 죽인 게지. 만행이 끝나자 네 놈은 처녀의 옷 궤짝을 뒤져 금비녀를 꺼내 달아났다. 강도의 소행으로 위장하려고 말이야. 이제 네 놈의 죄상을 이실직고하렷다!"

문서를 죽 읽던 홍 수형리는 고개를 들었다가 다시 계속 읽어 내려갔다.

"왕 서생이 결백을 주장하자 펑 수령은 포졸들에게 매 오십 대를 내려치라고 명령했습니다. 삼십 대를 넘어서자 왕은 까무러치고 말았습니다. 독한 식초를 코 밑에 갖다 대어 깨어나게 했지만 정신이 오락가락하는 것을 보고 펑 수령은 취조를 거기서 끝냈습니다. 그리고 그날 저녁 펑 수령의 전근을 알리는 훈령이 도착하는 바람에 사건을 끝까지 매듭지을 수가 없게 되었습니다. 하지만 그는 최종 취조 내용을 기록한 문서 끄트머리에다 짧은 소견을 적어 놓았습니다."

"어디 한번 보세!"

홍 수형리는 문서를 끝까지 펼친 다음 판관에게 건넸다.

판관은 눈앞에 문서를 가져가더니 큰 소리로 읽었다.

"서생 왕시엔중의 죄상은 의심할 바 없이 밝혀졌다는 것이 본인이 숙고 끝에 내린 결론입니다. 피고의 자백을 어느 정도 이끌어낸 뒤 사형 중에서도 극형에 처해야 마땅하다는 조언을 드립니다. 서명자 푸양 수령 펑이."

디 공은 두루마리를 다시 천천히 말았다. 그리고 옥으로 만든, 종이를 눌러 두는 서진을 집어 들어 만지작거렸다. 홍 수형리는 책상 앞에 서서 기대에 찬 눈으로 판관을 바라보았다.

느닷없이 판관이 서진을 내려놓았다. 그는 자리에서 일어나 수하를 물끄러미 쳐다보았다.

"펑 판관은 유능하고 양심적인 수령이다. 그가 성급하게 결론을 내린 것은 출발 시한을 앞두고 산적한 업무를 처리해야 했기 때문이겠지. 충분한 시간적 여유를 가지고 이번 사건을 조사했더라면 그와는 전혀 다른 결론에 도달했을 것이다."

어리둥절해하는 수형리의 얼굴을 보고 디 공은 빙그레 웃었다. 그러고는 재빨리 덧붙였다.

"왕 서생이 소심하고 무책임한 젊은이라는 점에는 전적으로 공감하는 바야. 당연히 엄벌에 처해야지. 그러나 왕은 춘위를 죽이지 않았다네!"

홍 수형리는 입을 열려고 했으나 판관이 손을 들어 막았다.

"더 이상 말 않겠네. 관련 인물들을 만나 보고 범행 현장을 내 눈으로 보기 전까지는 말일세. 내일 오후 심리 때 이 사건을 다루기로 하겠네. 그럼 자네도 내가 어찌하여 그런 결론에 이르렀는지 이해하게 되겠지. 그건 그렇고 몇 시나 되었나, 수형리?"
 "자정을 한참 지났습니다, 어르신."
 수형리는 몹시 곤혹스러운 표정으로 말을 이었다.
 "솔직히 말씀드려서 저는 왕이 범인이라는 결론에 추호의 하자도 없다고 생각합니다. 내일 머리가 맑아졌을 때 사건 기록을 처음부터 다시 읽어 보겠습니다."
 고개를 갸웃거리면서 수형리는 촛대 하나를 집어 들었다. 어두운 복도를 지나 관아 북쪽에 자리한 관저로 가야 할 판관의 앞길을 비추려는 것이었다. 그러나 디 공은 수형리의 팔을 붙들었다.
 "그럴 필요 없네, 수형리. 이런 늦은 시각에 식구들을 깨우고 싶지 않으이. 오늘은 다들 파김치가 되어 있을 게야, 자네도 물론이고! 처소로 가서 쉬게나. 오늘 밤은 여기 의자에서 쉬겠네. 자, 가서 한숨 푹 자라고!"

디 공이 첫 심리에 들어가고, 타오간이 절 이야기를 한다.

다음날 아침 일찍 수형리가 조반을 쟁반에 얹고 사처로 들어가니 판관은 벌써 몸단장을 끝낸 뒤였다.

디 공은 김이 모락모락 피어 오르는 죽 두 그릇과 소금 절인 야채를 먹은 다음 수형리가 따라 준 뜨거운 차를 마셨다. 창호지를 바른 창문에 아침 해가 붉은 햇살을 던지자 수형리는 촛불을 끄고 판관이 발까지 내려오는 묵직한 초록 능라 관복을 입는 것을 거들었다. 하인들이 자기의 탕건 경대를 보조 책상 위에 갖다 놓은 것을 보고 디 공은 뿌듯해졌다. 그는 경대 서랍을 열고 빳빳한 깁으로 된 날개가 달린 판관의 검은 탕건을 조심스레 머리에 얹었다.

그러는 사이에 포졸들은 구리 기둥을 박아 넣은 관아의 육중한 문을 열었다. 이른 시각인데도 재판을 보러 온 사람들이 문 밖에 즐비하게 늘어서 있었다. 푸줏간집 딸의 강간 치사 사건은 조용한 푸양 고을을 들쑤셔 놓았던 것이다. 사람들은 새로 부임한 사또가

이 사건을 어떻게 매듭 지을지 자못 궁금한 모양이었다.

입구를 지키던 억센 문지기가 거대한 구리 징을 뎅뎅 울리자 구경꾼들은 관아 안에 있는 널찍한 재판정으로 줄지어 들어갔다. 사람들의 눈길은 재판정 한쪽 끝에 솟아오른 단과 주단이 덮인 재판대로 쏠려 있었다. 잠시 후에 모습을 나타낼 신임 수령을 보기 위해서였다.

선임 기사관이 판관이 사용할 집기를 재판대 위에 가지런히 얹어 놓았다. 오른쪽에는 가로 세로 두 치 정도의 직사각형으로 된 관인(官印)이 인주와 함께 놓여 있었다. 가운데에는 적먹과 흑먹을 정시에 갈 수 있는 쌍벼루가 각각의 먹에 쓸 붓과 함께 있었다. 왼쪽에 있는 것은 기사관이 사용할 백지와 서식 기록지였다.

여섯 포졸이 서로 얼굴을 마주 본 채 두 줄로 재판대 앞에 서 있었다. 그들은 채찍과 쇠사슬과 수갑과 관아에서 쓰는 무시무시한 형구까지 들고 있었다. 우두머리 격인 포두는 약간 떨어져서 재판대 가까이에 있었다.

드디어 재판대 뒤편의 휘장을 한쪽으로 젖히고 디 공이 나타났다. 판관은 높다란 의자에 앉았고 홍 수형리가 그 옆에 버티고 섰다.

디 공은 방청인으로 꽉 찬 장내를 잠시 둘러보면서 천천히 수염을 어루만지더니 이윽고 재판봉을 두드려 개정을 선언했다.

"지금부터 본 재판정의 오전 심리를 거행한다."

방청인에게 실망스러운 노릇이었지만 판관의 손은 적먹을 쓰는 붓으로 가지 않았다. 옥리 앞으로 지시문을 보내 피의자를 재판대로 데려오게 할 생각이 없다는 소리였다.

디 공은 선임 기사관에게 고을 행정에 관련된 통상 업무 기록을 올리도록 지시하고 그것을 느긋하게 처리해 나갔다. 그 일이 끝나자 포두를 불러 세워 관아에 속한 모든 아전들의 봉급 지불 내역을 캐물었다.

짙은 눈썹을 찌푸리며 포두를 못마땅한 눈초리로 바라보던 판관은 기어이 화를 터뜨리고 말았다.

"동전 한 꾸러미가 빈다. 돈이 어디로 간 것인지 해명하라."

포두는 우물쭈물거리기만 할 뿐 왜 차이가 나는지 제대로 설명하지 못했다.

"빈 돈은 너의 녹봉에서 까기로 하겠다."

판관이 매몰차게 말했다.

그는 팔걸이 의자에 등을 묻었다. 홍 수형리가 가져온 차를 마시면서 판관은 방청인 중에서 하소연을 털어놓는 사람이 없는지 살폈는데 아무도 나서는 사람이 없자 재판봉을 들고 폐정을 선언했다.

디 공이 재판석을 떠나 집무실을 향해 사라지자 청중 사이에서 볼멘소리가 터져나오기 시작했다.

포졸들이 호통을 쳤다.

"물러들 가시오! 실컷 구경했으니 어서들 가란 말이오. 괜시리 바쁜 사람 묶어 놓지 말고들."

청중이 재판정에서 모두 빠져나가자 포두가 바닥에 침을 퉤 뱉더니 야속한 듯 고개를 가로저었다. 그러고는 주위에 서 있던 젊은 포졸들에게 불만을 털어놓았다.

"너희들도 젊었을 때 때려치우는 게 좋아. 이놈의 개뼉다귀 같은 푸양 관아는 사람 살 동네가 못 된다고. 봐라, 지난 삼 년 동안 우리가 은화 한 닢까지 꼬치꼬치 따지고 드는 펑 판관을 모시느라 얼마나 고생을 했느냐? 꼬장꼬장한 수령 밑에서 호된 시집살이는 이제 할 만큼 했다고 생각했지. 그런데 이 양반은 한술 더 뜨는구나. 기가 막혀서! 그깟 동전 한 꾸러미 비는 것을 가지고 낯을 붉히다니. 우리 같은 포졸은 뭘 먹고 살라는 거야. 거 참 희한키도 하지. 우리한테 만만한 것은 부패한 수령인데 왜 그런 사람은 이 푸양에 코빼기도 비치지 않냐 이 말씀이야!"

포졸들이 술렁거리는 가운데 디 공은 갈색 어깨띠가 달린 파란색의 수수한 도포를 입은 호리호리한 사내의 도움을 받으며 집무실에서 입는 편한 옷으로 갈아입고 있었다. 사내의 얼굴은 거무튀튀하고 길쭉했다. 왼쪽 뺨에는 동전만 한 점이 나 있었고 거기에 제법 긴 수염이 세 오라기 삐죽 돋아 있었다.

사내의 이름은 타오간으로 디 공이 총애하는 형리 가운데 하나였다. 몇 해 전까지만 하더라도 그는 사기 행각을 벌이면서 불안정한 생활을 하고 있었다. 그 바닥에서 잔뼈가 굵다 보니 야바위, 공갈, 인감 및 서명 위조, 자물쇠 따기, 기타 도회 불량배들이 써먹는 각종 사기술에 도통해 있었다. 그러다가 디 공의 배려 덕분에 곤경에서 벗어난 이후로 사람이 달라졌다. 그는 충심으로 판관을 보필했는데 약삭빠른 머리에다 구린내 나는 일을 짚어 내는 데 천부적인 소질을 갖고 있었기에 판관으로서는 더없이 요긴하게 써먹을 수 있는 부하였다.

디 공이 책상 앞에 앉자 우락부락한 사내 둘이 들어와서 공손히 인사를 했다. 두 사람 모두 검은 어깨 끈이 달린 기다란 갈색 도포를 입고 있었다. 머리 위에 쓴 탕건은 끝이 뾰족했다. 이들은 디 공의 나머지 수하인 마중과 차오타이였다.

마중은 곰처럼 떡 벌어진 어깨에 키는 여섯 자가 족히 넘었다. 억센 턱의 커다란 얼굴은 짧은 코밑수염만 남겨 두고 말끔히 면도가 되어 있었다. 체구가 우람했지만 몸놀림은 날랜 권법가처럼 민첩했다. 그는 젊어서는 부패한 관리의 경호원 노릇을 했다. 어느 날 주인이 과부의 돈을 강탈하는 것을 보고 울컥한 마중은 주인을 초주검으로 만들어 놓은 다음 목숨을 부지하기 위해 그 길로 달아나서 '녹림회'에 들어갔다. 산적이 되었다는 소리다. 그러던 어느 날 장안 밖에서 디 공 일행을 덮쳤지만 판관의 인품에 감화되어 도둑질을 그만두고 판관의 충직한 부하가 되었다. 용감무쌍하고 기운이 항우 장사라서 디 공은 위험한 범인을 검거하거나 그 밖에 궂은 일에 나설 때는 늘 마중을 앞세웠다.

차오타이는 녹림회 시절부터 마중과 한솥밥을 먹었다. 마중처럼 기운이 넘쳐 나지는 않았지만 활을 잘 쏘았고 검술도 출중했다. 무엇보다도 남다른 끈기와 집요함을 갖추고 있어 뛰어난 수사관으로서 능력을 인정받고 있었다.

"자, 성안을 한번 둘러보았을 테지. 소감이 어떤가?"

마중이 입을 열었다.

"어르신, 펑 사또는 어진 수령이었던 것 같습니다. 백성들은 근심 걱정 없이 잘 살고 있습니다. 음식점에서는 맛있는 음식을 저렴한 가격에 팔고 있으며 술맛 또한 기가 막히더군요. 하여간에 큰 고생은 안 할 것 같습니다."

차오타이도 맞장구를 쳤다. 그러나 타오간의 길쭉한 얼굴에는 미심쩍은 표정이 떠올랐다. 그는 아무 말 하지 않고 뺨의 점 위로 난 긴 수염 몇 가닥을 손가락으로 만지작거렸다. 디 공은 그를 쳐다보았다.

"생각이 다른가, 타오간?"

타오간이 말문을 열었다.

"솔직히 말씀드리면 본격적으로 수사에 나서야 할 듯한 일을 우연히 알게 되었습니다. 소인은 커다란 찻집을 차례대로 돌면서 버릇처럼 이 고을의 돈줄을 누가 쥐고 있는지 한번 알아보려고 했지요. 가만히 보니까 운하를 중심으로 물자 교역을 하여 재산을 모은 상인이 십여 명 되고 대지주도 네댓 명 되었습니다. 하지만 북쪽 변두리에 있는 보자사의 주지승 칭더(精德)의 재산에 비하면 새 발의 피더군요. 칭더는 새로 지은 지 얼마 되지 않은 대사찰의 주지승으로 휘하에 예순 명의 중을 거느리고 있습니다. 그런데 그 중이라는 것들이 근검절약하며 도 닦을 생각은 하지 않고 술 마시고 고기나 뜯으면서 백성들을 등쳐먹고 산다 이 말씀입니다."

디 공이 도중에 말을 잘랐다.

"개인적으로 중들한테는 관심이 없다. 더할 나위없이 현명한 공자님과 그 뛰어난 제자 분들의 가르침에 만족하고 있으니까. 인도에서 이역인들이 검은 옷을 나부끼며 들여 온 그 교리에 개입할 필요성을 나는 느끼지 못한다. 그러나 조정에서는 불교의 교리도 일반 백성의 도덕적 교화에 힘쓰는 한 크게 어긋난 가르침은 아니라는 지혜로운 판단 아래 불교 승려와 사원도 보호하기로 아량을 베풀었다. 불교가 번성한다면 그것은 조정의 뜻에 크게 어긋난 것은 아니며, 따라서 우리는 쓸데없는 비난을 삼가야 할 줄로 안다!"

훈계를 들었음에도 타오간은 여전히 그 문제에서 손을 뗄 눈치가 아니었다. 잠시 머뭇거리다가 타오간이 입을 떼었다.

"웬만하면 저도 주지승이 부자라고 해서 허물을 잡지는 않습니다. 그렇지만 이건 너무 심한 겁니다. 일설에 따르면 승방이 태자의 궁궐만큼 호사스럽게 꾸며져 있다는군요. 대웅전의 불전에 놓은 제기도 모두 순금이라고……."

디 공이 수하의 말을 툭 잘랐다.

"그런 시시콜콜한 이야기는 듣고 싶지 않네. 더구나 그것은 뜬소문이 아닌가. 자네가 말하고 싶은 게 뭔가?"

타오간이 답변에 나섰다.

"어르신, 제가 틀렸을지도 모르지만 그 산더미 같은 재산의 이면에는 왠지 추잡스러운 흑막이 자리 잡고 있을 것 같은 예감을 지울 길이 없습니다."

"호, 듣고 보니 그럴싸하군. 하나 요점만 말하게."

티오 간이 말을 이었다.

"잘 알려진 사실이지만 보자사의 주된 수입원은 대웅전 안에 서 있는 거대한 관음상입니다. 백단목을 깎아 만든 그 관음상은 백 년도 전에 만든 것이라 합니다. 몇 해 전까지만 하더라도 그것은 잡초가 무성한 정원에 둘러싸인 황량한 대웅전 안에 있었지요. 절은 가까운 암자에 중 셋이 사는 정도였습니다. 찾아오는 신도도 얼마 없어서 그들이 남기고 가는 시줏돈으로는 중 셋에서 입에 풀칠하기도 어려웠지요. 그래서 매일같이 바리때를 들고 저잣거리로 탁발을 하러 다녔습니다. 그래야 부족한 수입을 벌충할 수 있었으니까요. 그러다가 지금으로부터 오 년 전 떠돌이 중 하나가 이곳에 눌러 붙었습니다. 비록 차림새는 남루했지만 키가 훤칠하고 용모도 준수했습니다. 그 중은 '칭더'라고 자기 법명을 밝혔지요. 그로부터 일 년쯤 세월이 흐르자 관음 목각상이 영험하다는 소문이 퍼졌습니다. 아이를 못 낳는 부부도 그 절에 와서 불공을 드리면 거짓말처럼 자식을 얻는다는 것이었습니다. 그 무렵에는 이미 그 절의 주지를 자처하고 나선 칭더가 아이를 원하는 여인에게 대웅전 내부의 관음상 바로 맞은편에 긴 의자를 놓고 거기서 하룻밤 동안 지성으로 불공드릴 것을 요구했습니다."

타오간은 살짝 주위를 둘러보고 나서 하던 말을 이었다.

"몹쓸 소문이 번지는 것을 막기 위해 주지는 여인이 대웅전 안으로 들어간 뒤 자기 손으로 문을 종이로 밀봉한 다음 남편에게 그 위에 도장을 찍도록 했습니다. 더욱이 남편도 절에 남아 그날 밤을 중들의 처소에서 묵도록 했지요. 다음날 아침 남편이 직접 대웅전의 문을 따고 이상이 있나 확인했습니다. 이런 식으로 절을 찾아온 사람은 열이면 열 아이를 낳게 되자 소문은 삽시간에 퍼져 나가 전국 각지에서 아이를 얻은 사람들이 절에다 듬뿍듬뿍 돈을 놓고 갔습니다. 얼마 뒤 주지는 대웅전을 근사하게 다시 짓고 승방도 크게 넓혔습니다. 벌써 중의 숫자가 예순 명을 넘었으니까요. 절 안마당은 어여쁜 정원처럼 꾸며 금붕어가 노니는 연못도 만들고 수석도 갖다 놓았습니다. 지난해에는 절에 하룻밤 묵으러 오는 여인들을 위해서 그럴듯한 요사채도 몇 채 지었습니다. 사찰 전체를 높은 담으로 두르고 으리으리한 솟을대문을 삼 층으로 올렸습니다. 방금 저도 보고 왔습니다마는."

거기서 타오간은 말을 끊고 디 공의 말을 기다렸다. 그러나 판관은 침묵을 지켰다. 그러자 타오간이 다시 입을 열었다.

"어르신께서 어떤 생각을 하고 계신지는 모르겠습니다. 그러나 만에 하나 저와 비슷한 생각을 갖고 계신다면 이와 같은 일이 계속되도록 방치해서는 아니 될 줄로 압니다!"

디 공은 수염을 쓰다듬더니 신중하게 입을 열었다.

"세상에는 우리네 범부의 머리로는 이해되지 않는 일이 얼마나 많은지 모른다. 관음상에 영험함이 있음을 당장에 부정한다는 것은 나로서는 섣부르다는 생각이 드는군. 좌우지간 당분간은 자네도 손이 조금 비고 하니 보자사에 관해서 좀더 캐 보기로 하세나. 보고를 기다리겠네."

말을 끝낸 판관은 앞으로 당겨 앉으며 책상 위에서 두루마리 문서 하나를 들었다.

"여기에 현재 재판에 계류 중인 반월로 강간 치사 살인 사건이 모두 기록되어 있다. 어젯밤 수형리와 이 문제를 좀 논의했지. 아침 시간을 이용해서 이 기록을 다들 읽어 보도록. 이따가 정오 개정 때 이 흥미진진한 사건을 방청하는 것도 좋겠지. 그래야……."

판관의 말은 노인의 출현으로 거기서 끊겼다. 노인은 판관의 가령이었다. 큰절을 세 번 하고 나서 가령이 입을 열었다.

"큰 마나님께서 오전 중에 혹 짬을 내실 수 있거들랑 집 안 정리가 제대로 되었는지 한번 둘러보아 주실 것을 여쭤라 하셨습니다."

디 공은 쓸쓸히 웃더니 홍 수형리에게 말했다.

"그러고 보니 푸양에 오고 나서 아직 내 집 문턱을 넘어 보지 못했구먼. 내가 안사람들에게 너무 무심했나 보이."

판관은 일어섰다. 그는 긴 소매 안에 손을 넣으면서 수하들에게 말했다.

"정오 심리에 참석하면 왕 서생을 범인으로 모는 논리에 허점이 있다는 것을 알게 될 거야."

그러고는 복도로 걸어 나갔다.

왕 서생이 신문을 받고, 디 공은 조사를 위해
범행 현장으로 간다.

디 공은 정오 심리를 알리는 징 소리가 울리기 한참 전에 집무실로 돌아왔다. 홍 수형리와 나머지 세 수하가 그를 기다리고 있었다.

판관은 관복을 입고 검은 탕건을 머리에 얹은 다음 재판정으로 통하는 작은 문으로 들어섰다. 오전 심리가 싱겁게 끝났지만 푸양 사람들의 기대감은 여전히 만만치가 않았다. 재판정에는 입추의 여지가 없을 정도로 방청인들이 빽빽이 들어차 있었다.

자리에 앉은 디 공은 포두에게 샤오 푸주한을 데려오도록 지시했다.

재판대로 다가오는 푸주한을 판관은 물끄러미 내려다보았다. 그리고 정직하기는 하지만 머리가 잘 안 돌아가는 평범한 소상인이라고 단정했다. 푸주한이 무릎을 꿇자 디 공은 입을 열었다.

"자식을 잃은 어버이의 아픈 심정을 본인도 이해하는 바이다. 전임 펑 판관이 그대에게 집안 단속을 소홀히 한 책임을 단단히 물었다고 들었으니 그 문제를 다시 거론하지는 않겠다. 그러나 증거와 관련하여 몇 가지 확인하고 싶은 내용이 있다. 따라서 이번 사건을 종결 짓는 데는 다소 시간이 걸릴 수도 있다는 점을 알아 두기 바란다. 그러나 정의의 심판은 반드시 내려질 것이며 그대의 의식 춘위를 살해한 범인은 법의 응징을 받고 말리라는 것을 분명히 약속한다."

샤오 푸주한은 감사의 뜻으로 몇 마디 중얼거렸지만 판관이 손짓을 하자 옆으로 물러섰다.

디 공은 앞에 놓인 문서를 들여다보고 나서 말했다.

"검시관은 앞으로 나서라!"

판관은 상대를 슬쩍 훑어보았다. 검시관은 야무진 젊은이 같았다. 판관이 입을 열었다.

"자네의 기억이 아직 생생한 동안 부검과 관련해 두세 가지 확인하고픈 것이 있네. 먼저 희생자의 신체적 특징에 대한 전반적인 소견을 듣고 싶은데."

"여부가 있겠사옵니까. 처녀는 나이에 비해 키가 컸고 단단한 몸집을 갖고 있었습니다. 아침부터 밤늦게까지 집안일을 하면서 틈틈이 가게 일도 도왔던 것 같더군요. 신체적으로 특별히 이상한 곳은 없었습니다. 일을 많이한 사람이 그렇듯이 튼튼하고 강단 있는 체질이었습니다.

"손도 자세히 살폈는가?"

"살폈지요. 펑 수령께서 특별히 그 부분에 각별한 관심을 나타내셨습지요. 천 쪼가리 같은 것이 손톱 밑에 박혀 있으면 범인이 입었던 옷에 대한 중요한 단서가 되는 셈이니까요. 하지만 그 처녀는 집안일을 도맡아하는 그 나이 또래의 여느 처녀들처럼 손톱이 짧았기 때문에 이렇다 할 단서가 발견되지 않았습니다."

디 공은 고개를 끄덕였다.

"검시 보고서에는 희생자의 목에 범인의 손자국인 것으로 보이는 파란 멍이 남아 있다고 하더군. 그중에는 손톱 자국도 남아 있다고 했고. 그 손톱 자국에 대해 좀더 상세히 설명하게!"

검시관은 잠시 생각에 잠겼다가 답변에 나섰다.

"손톱 자국은 흔히 볼 수 있는 반달 모양이었습니다. 깊이 파고든 것 같지는 않습니다만 몇 군데 피부가 상해 있었습니다."

"이 추가 설명을 기록에 첨부하여라."

디 공은 지시했다.

판관은 검시관을 내보내고 피고 왕 서생을 데려오라고 명령했다. 포졸들이 왕 서생을 재판대 앞으로 끌고 오자 디 공은 그를 날카롭게 뜯어보았다. 서생이 으레 입는 길고 파란 도포를 걸친 중키의 젊은이였다. 몸놀림은 자연스러웠지만 가슴팍이 좁고 등이 구부정한 것이 운동과는 거리가 먼 샌님임을 한눈에 알 수 있었으니 온종일 책만 파 온 것이 분명했다. 호감을 주는 얼굴이었고 이마가 넓은 것이 총기가 흘렀지만 입술은 얇았다. 왼쪽 뺨에는 긁힌 자국이 있었는데 아무렇게나 치료한 흔적이 역력했다.

"네 놈이 선비의 명예를 더럽힌 바로 그 녀석이로구나! 경전을 공부하여 드높은 가르침을 접하는 영광을 얻었으매, 배우지 못한 순진한 처녀를 꼬드기는 추잡한 목적에 머리를 써서 처녀를 더러운 욕정의 노리갯감으로 삼다니. 그것도 모자라서 여자를 능욕하고 죽이기까지 했단 말이냐. 눈곱만큼도 정상 참작의 여지가 없으니 네 놈을 법에 따라 엄벌에 처하리라. 네 놈의 변호를 들을 생각은 추호도 없다. 이번 사건의 전모를 다룬 기록에서 죄다 읽었다. 한마디로 웃기는 수작이야. 내 몇 가지 더 물어볼 터이니 이실직고 하렸다!"

디 공은 앞으로 당겨 앉아 문서를 스윽 훑어보고 나서 말했다.

"네 놈의 진술을 보면 열이렛날 아침 고가의 폐허에서 눈을 떴다고 했는데, 그곳의 주변 정경을 자세히 말해 보아라!"

왕이 떨리는 음성으로 말했다.

"나리. 아뢰옵기 황송하오나 소생은 나리의 분부를 받들 처지가 못 되옵니다. 당시는 아직 해가 떠오르지 않았습니다. 동녘이 밝아오기 전의 어슴푸레한 빛 속에서 제가 확인할 수 있었던 것이라고는 무너진 담처럼 보이는 벽돌 무더기와 저를 둘러싸고 있던 빽빽한 가시덤불뿐이었습니다. 그 두 가지는 지금도 기억에 생생합니다. 가까스로 몸을 일으켰지만 머리는 여전히 무거웠고 눈은 침침하여 그만 벽돌에 걸려 넘어지고 말았습니다. 가시가 제 옷을 찢고 얼굴과 몸을 할퀴었습니다. 그때 저는 어서 이 살풍경한 곳을 빠져나가야겠다는 생각뿐이었습니다. 작은 골목길을 꼬불꼬불 돌아 발길 닿는 대로 터벅터벅 걸었던 기억이 어렴풋이 납니다. 정신을 차리려고 줄곧 머리를 숙이고 있었지요. 밤새 뜬눈으로 저를 기다렸을 춘위를 걱정하면서……."

디 공은 포두에게 손짓을 보냈다. 포두는 기다렸다는 듯이 왕 서생의 턱에 한 방 갈겼다.

"이놈! 감히 거짓을 말하려 하는구나. 묻는 말에 정직하게 답하렸다."

판관이 호통을 쳤다. 그러고는 포졸들에게 지시했다.
"이자의 몸에 난 상처를 드러내라!"
포두는 왕의 옷깃을 부여잡고 그를 일으켜 세웠다. 두 포리가 왕의 옷을 거칠게 찢어 내렸다. 왕은 외마디 비명을 질렀다. 사흘 전 채찍을 맞았던 등짝이 아직도 아물지 않았던 것이다. 디 공은 가슴팍과 팔, 어깨에 깊이 패인 매 자국을 보았다. 곳곳에 멍도 들어 있었다. 판관은 포두에게 턱짓을 보냈다 포리들은 다시 옷을 어깨로 끌어올리는 번거로운 절차도 없이 왕을 강제로 무릎 꿇렸다. 디 공은 문초를 재개했다.
"희생자와 너, 롱 재단사 말고는 너희들의 밀회를 아는 사람이 아무도 없다고 말했다. 그것은 이치에 어긋나는 진술임이 분명타. 지나가던 사람이 너 모르는 사이에 불장난을 보았을 수도 있지 않느냐!"
왕이 답변에 나섰다.
"집을 나서기 전에 말입니다. 발자국 소리에 귀 기울이면서 언제나 길 양쪽을 살폈습니다. 간혹 야경꾼이 나타날 때도 있었는데 그러면 저는 그들이 지나갈 때까지 기다렸습지요. 그런 다음 쏜살같이 길을 가로질러 샤오의 가게 옆으로 난 어두컴컴한 골목으로 들어갔습니다. 일단 그곳에 이르면 안전했지요. 반월로를 지나가는 행인이 있다 해도 그늘에 웅크리고 있으면 발각당할 염려가 없었거든요. 위험한 순간이 있다면 춘위의 방으로 기어오를 때였습니다만 그때는 춘위가 창가에서 망을 보고 있다가 누군가 나타나면 알려 주었지요."
디 공 개탄했다.

"과거를 준비한다는 녀석이 좀도둑처럼 야밤중에 남의 집에나 기어들고! 가관이구먼! 좌우지간 한 번이라도 미심쩍은 일이 벌어진 적이 없는지 머리를 쥐어 짜내 보아라."

왕 서생은 한동안 생각에 잠겼다. 그러더니 천천히 입을 열었다.

"그러고 보니 지금으로부터 두 주 전에 조금 기분 나쁜 경험을 했습니다. 문 앞에 서서 길을 건너려고 막 주위를 살피는데 야경꾼이 지나가는 것이었습니다. 우두머리로 보이는 사람이 딱딱이를 치고 있었지요. 저는 그들이 반월로를 지나갈 때까지 기다렸습니다. 길 끄트머리까지 가서 팡 의원의 진맥원 앞에 켜져 있는 호롱불을 돌아 사라지는 모습을 제 눈으로 똑똑히 보았습니다.

그런데 제가 맞은편의 캄캄한 골목으로 뛰어가는데 갑자기 딱딱이 소리가 다시 들리지 뭐겠습니까. 그것도 아주 가까이에서요. 저는 벽에 몸을 바짝 붙인 채 어둠 속에서 숨죽이고 서서 불안에 떨었지요. 딱딱이 소리가 그치길래 야경꾼들이 호각을 불 줄로 알았습니다. 저를 도둑으로 보고 말이지요. 그런데 아무 일도 일어나지 않더라 이겁니다. 쥐 죽은 듯 조용하기만 했습니다. 아무래도 내가 무언가에 씌워 착각을 했나 보다. 나중에는 그렇게 생각할 수밖에 없었습니다. 저는 숨어 있던 곳에서 나와 춘위의 창가에 드리워져 있던 끈을 잡아당겨 제가 왔다는 사실을 알렸습니다."

디 공은 고개를 돌려 바로 옆에 서 있던 홍 수형리에게 소곤거렸다.

"새로운 사실이군. 적어 놓도록 하게!"

그러고는 왕 서생에게 언짢은 표정을 지으며 말했다.

"너는 판관을 우롱할 참이로구나! 그렇게 멀리 가 있던 야경꾼

디 공이 왕 서생의 진술을 듣는다.

이 어떻게 그 짧은 시간에 도로 올 수 있단 말이냐!"

판관은 다시 선임 기사관에게 명령을 내렸다.

"왕 피고가 진술한 내용의 요지를 추려서 낭독하고 본인의 확인을 받은 후 손도장을 찍게 하라."

선임 기사관은 진술 내용을 커다란 목소리로 읽었다. 왕 서생은 자기가 한 말과 다르지 않음을 인정했다.

"손도장을 받아 내라!"

판관이 포리에게 명령했다.

포리들은 다시 왕을 거칠게 일으켜 세우고 왕의 엄지손가락에 강제로 인주를 묻힌 다음 디 공이 재판대 가장자리에 밀어 놓은 문서에 찍으라고 명령했다.

왕은 부들부들 떨면서 시키는 대로 손도장을 눌렀다. 판관은 왕의 곱고 가녀린 손에 시선이 갔다. 글을 읽느라 경황이 없어서인지 손톱도 길게 자라 있었다.

"피고를 다시 옥에 가두라!"

호령한 다음 디 공은 일어서서 화가 난 듯 기다란 소맷자락을 휘날리면서 재판대를 떠났다. 집무실로 통하는 문을 막 들어서자 뒤에서 방청인들이 술렁거리는 소리가 들렸다.

포두가 고함을 질렀다.

"다들 나가시오. 다들 나가시오. 여기가 공연이 끝나도 뭉기적거릴 수 있는 극장이라도 되는 줄 아시오? 썩 나가요들! 우리가 다과라도 내올 줄 알고 이러고 있는 거요?"

마지막 방청인이 재판정 밖으로 나가자 포두는 시무룩한 표정으로 부하들에게 돌아섰다.

포두가 장탄식을 내뿜었다.

"걱정된다, 걱정돼! 우리가 학수고대하는 수령은 멍청하고 게으른 양반이 아니더냐. 그런데 하늘도 무심하시지. 멍청한 데다 부지런하기까지 한 양반을 모시게 되었으니! 거기다가 노랭이짓까지 하니 죽을 맛이로군."

젊은 포리가 물었다.

"사또께서는 왜 고문을 하지 않는 겁니까? 그렇게 골골하는 책벌레는 손과 발목을 으깨 놓기 전에 채찍 한 대만 맞아도 있는 것 없는 것 다 불 텐데. 진작에 쉽게 끝낼 수 있는 사건 아닙니까!"

그러자 또 한 포리가 나섰다.

"이렇게 꾸물거릴 필요가 어디 있답니까? 왕 그 자식은 알거지 중의 알거지입니다. 어디 국물이라도 얻어먹을 수 있다는 희망이 있어야지요."

"머리가 잘 안 돌아가서 그러는 거야. 왕의 혐의점은 수정처럼 투명히 드러났는데도 수령은 또다시 '증거 입증' 운운하니 말이야. 자, 식당에 가서 밥이나 먹자. 늦게 가면 그나마 얻어먹지도 못해."

포두가 벌레 씹은 얼굴로 말했다

한편 디 공은 편한 갈색 도포로 갈아입고 집무실의 커다란 안락의자에 앉아서 차오타이가 부어 준 차를 만족스러운 미소를 지으며 마시고 있었다.

홍 수형리가 들어왔다.

"왜 그리 풀이 죽어 있나, 수형리?"

판관이 물었다.

홍 수형리는 고개를 흔들었다.

"관아 밖에서 잠시 군중들 틈새에 섞여 있다가 그들이 나누는 이야기를 들었습니다. 솔직히 말씀드려서 방청인들은 이 사건의 일 차 공판을 못마땅하게 여기는 모양입니다. 신문하는 내용에 알맹이가 없다는 것입니다. 그들은 왕의 입에서 범죄 자백을 얻어 내는 것이 핵심이라고 생각하는데 사또께서는 그 일에 실패했다고 보는 게지요."

판관이 입을 열었다.

"자네의 말이 내가 훌륭한 판관이 되기를 바라는 충정에서 나온 것임을 모른다면 나는 자네를 몹시 꾸짖고 싶은 심정이네. 나랏님께서는 정의를 베풀라고 나를 이 자리에 보내셨지, 백성의 비위나 맞추라고 보내신 것이 아니야."

디 공은 차오타이에게 고개를 돌리며 말했다.

"가오 포리를 불러오게."

차오타이가 나가자 홍 수형리가 물었다.

"판관께서 야경꾼과 관련된 왕의 진술에 그토록 비중을 두신 것은 그 야경꾼들이 이 범죄와 관련이 있다고 보시기 때문이었습니까?"

디 공은 고개를 설레설레 저었다.

"아니, 그렇지는 않아. 오늘 왕 서생이 털어놓은 사건을 설사 몰랐다고 하더라도 전임 펑 판관이 범행 현장 부근에 있었던 사람을 모두 수사하는 과정에서 야경꾼을 철저히 조사했으니 크게 달라질 일은 없지. 야경꾼 우두머리는 본인은 물론 다른 두 명의 부하도 그 사건과 아무 관계없음을 입증할 수 있었네."

차오타이가 가오 포리를 데리고 왔다. 가오는 판관 앞에서 넙죽 절을 했다. 디 공은 못마땅한 표정으로 포리를 바라보았다.

"자네가 그 창피스러운 사건이 벌어진 구역의 담당 포리구먼. 자네의 구역에서 일어나는 말썽은 아무리 사소한 말썽이라도 모두 자네 책임이라는 것을 모르는가? 좀더 근무에 만전을 기하도록 해! 근무 시간에 술집이나 투전판 기웃거릴 생각하지 말고 틈나는 대로 순찰을 돌도록!"

포리는 황급히 무릎을 꿇고 머리가 땅에 닿도록 큰절을 세 번 했다. 디 공이 말을 이었다.

"이제 범죄 현장을 둘러볼 터이니 우리를 반월로로 안내하게. 대강 분위기만 파악할 작정일세. 자네 말고도 차오타이와 포졸 넷을 데리고 갈 것이야. 나는 신분을 드러내지 않을 터이니 홍 수형리가 앞장서도록 하지."

디 공은 검은 탕건을 썼다. 일행은 서쪽 옆문을 지나 관아를 빠져나갔다. 차오타이와 가오 포리가 선두에 나서고 포졸 네 명이 후미에 따라붙었다.

그들은 일단 큰길을 따라 남쪽으로 나아갔다. 한참을 걸어가니 도신각 뒷담에 당도했다. 거기서 서쪽으로 방향을 트니까 오른편으로 공자 사당의 반질반질한 녹색 기와가 척 눈에 들어왔다. 그들은 시의 서쪽 구역을 남북으로 가로지르는 강을 다리로 건넜다. 포장로는 거기서 끝이 났다. 이제부터는 서민들이 사는 동네였다. 포리가 왼쪽으로 방향을 틀었다. 길 양편에 작은 가게들과 쓰러져 가는 집들이 다닥다닥 붙어 있었다. 다시 좁고 구불구불한 골목길로 접어들었다. 이곳이 반월로였다. 가오 포리는 일행을 샤오의 가게로 데려갔다.

가게 앞에 당도하자 구경꾼들이 모여들었다. 가오 포리가 소리를 질렀다.

"수령의 분부를 받고 과아에서 범행 현장을 조사하기 위해 나오신 분들이다. 썩 비키지 못할까! 공무 수행을 방해하지 말아라!"

가게는 아주 비좁은 샛길 모퉁이에 있었고 담벽에는 창문이 없었다. 가게에는 약 삼 미터 뒤로 지하실이 있었다. 가게와 지하실을 잇는 담벽 꼭대기에서 약간 올라간 지점에 처녀가 기거했던 다락방의 창이 보였다. 골목 맞은편의 다른 모퉁이에는 창문이 뚫려 있지 않은 행회장 집의 높다란 벽이 솟아 있었다. 골목을 돌아 큰 길로 나서니 롱 재단사의 집이 골목 초입 바로 맞은편에 위치해 있었다. 재단사집의 다락방에서 골목으로 비스듬히 고개를 돌리면 처녀의 방에 나 있는 창문을 볼 수 있었다.

홍 수형리가 가오 포리에게 몇 가지 판에 박힌 질문을 던지는 동안 디 공은 차오타이에게 지시를 내렸다.

"저 창문으로 올라가 보게나!"

차오타이는 빙긋 웃더니 소매자락을 걷어 올리고 껑충 뛰어 담 꼭대기를 움켜잡았다. 몸을 끌어올리는 한편 벽돌 몇 개가 떨어져 나간 담 중간쯤에다 오른발을 비집어 넣었다. 천천히 담 위로 올라선 차오타이는 벽에 몸을 바싹 붙이고 창턱에 걸친 다음 훌쩍 안으로 들어갔다.

밑에서 지켜보던 디 공은 고개를 끄덕였다. 차오타이는 다시 창턱을 빙글 타고 넘었다. 그리고 잠시 창턱에 매달려 있더니 그대로 손을 놓고 다섯 자는 되어 보이는 바닥으로 떨어졌다. 꽃에 앉은 나비처럼 사뿐히 내려앉았기 때문에 전혀 소리가 나지 않았다. 가오 포리는 희생자의 방을 보여 주려고 했지만 디 공은 홍 수형리 쪽을 보며 고개를 흔들었다. 수형리가 무뚝뚝하게 내뱉었다.

"보고 싶은 것은 보았으니 이만 돌아간다."

일행은 천천히 걸어서 관아로 돌아왔다.

포리가 공손히 인사를 하고 물러간 다음 디 공은 수형리에게 한마디 했다.

"방금 현장을 둘러본 것으로 나의 심증은 더욱 굳어졌네. 마중을 불러오게."

잠시 후 마중이 나타나서 판관에게 인사를 꾸벅 했다.

"마중, 어렵고 위험할 수도 있는 임무를 자네에게 맡겨야겠네."

"분부만 내리십시오."

마중은 들뜬 표정으로 대꾸했다.

"다름 아니고 질이 안 좋은 떠돌이 깡패로 변장을 해 주어야겠어. 껄렁껄렁한 놈들이 자주 드나드는 곳을 돌아다니면서 사이비 도인이나 탁발승, 또는 그렇게 차려입고 다니는 불한당을 찾아보라고. 자네가 찾아야 할 사람은 키가 크고 체격이 좋아. 그렇다고 해서 자네가 녹림회 시절에 어울리던 그런 의적들을 떠올리면 착각이지. 놈은 허구한 날 싸움질과 계집질로 세월을 보내느라 심신이 곯아 문드러진 더러운 종자야. 아귀 힘이 유난히 세고 뭉툭한 손톱은 끝이 갈라져 있어. 놈을 발견했을 때 놈이 어떤 옷을 입고 있을 거라고 딱히 점치기는 어려우나 모르긴 몰라도 낡은 가사를 걸치고 있을 것이야. 놈도 제 딴에는 중이랍시고 탁발승이 행인의 관심을 끌어 모으기 위해서 두드리는 목탁을 갖고 다니리라는 것만큼은 분명해. 놈을 알아볼 수 있는 마지막 증거는 놈이 정교하게 만든 순금으로 된 비녀를 갖고 있거나 아니면 최근까지 갖고 다녔다는 사실이 될 것이야. 대략 이 정도이니 머릿속에 잘 담아 두게나."

"그 정도면 충분합니다. 한데 이자가 누구인가요? 무슨 범죄를 저질렀나요?"

디 공은 웃으며 말했다.

"아직 놈을 만나지 못했으니 이름은 모르겠구먼. 하지만 놈이 저지른 범죄는 알려 줄 수 있네. 샤오 푸주한의 딸을 능욕하고 살해한 악당이 바로 그놈이야!"

"그렇다면 오기가 발동하는군요!"

마중은 들뜬 표정을 지으며 서둘러 인사를 하고 나갔다.

홍 수형리는 아까부터 디 공이 마중에게 하는 이야기에 영문을 몰라 하고 있었다.

"소인은 뭐가 뭔지 하나도 모르겠습니다."

참다 못한 수형리가 하소연했다.

디 공은 빙긋이 웃었다.

"자네도 나와 똑같이 보고 들었으니 결론은 자네가 내리도록 하게나."

타오간이 절을 찾아가고, 중 셋이 사기꾼에게 감쪽같이 당한다.

그날 오전 타오간은 판관의 집무실을 나서자마자 수수하면서도 색다른 구석이 있는 외출복으로 갈아입고 관직이 없는 사대부가 즐겨 쓰는 검은 탕건을 썼다.

그런 차림으로 북문을 거쳐 북쪽 교외로 향했다. 작은 식당이 눈에 띄길래 거기서 간단한 음식을 시켰다.

이 층 창가에 자리를 잡으니 격자창을 통해 곡선미가 흐르는 보자사의 지붕이 눈에 들어왔다. 음식 값을 치르고 종업원에게 말을 걸었다.

"절간 한번 으리으리하구먼! 저런 데서 부처님의 자비를 받는 스님들은 얼마나 신심이 깊을꼬!"

종업원이 코웃음쳤다.

"저 중대가리들이 얼마나 신심이 깊은지는 모르지만 정직하게 살아가는 사람 중에는 저놈들 목을 비틀어 버리고 싶어하는 사람이 얼마나 많은지 모릅니다."

"말이면 다하는 줄 아나! 독실한 불자를 앞에 두고서 못하는 소리가 없군."

타오간은 짐짓 화가 난 척했다.

종업원은 샐쭉하더니 타오간이 선심을 써서 탁자 위에 남겨 둔 돈도 본체만체하고 휭 하니 가 버렸다. 타오간은 잘되었다 싶어 돈을 다시 소매 안에 찔러 넣고 식당 문을 나섰다.

몇 걸음 만에 절간의 삼 층짜리 솟을대문 앞에 이르렀다. 타오간은 돌계단을 올라가 안으로 들어갔다. 곁눈으로 훔쳐보니 중 셋이 문간방에 앉아 있었다. 중들은 타오간을 뜯어보고 있었다. 타오간은 서서히 문으로 들어서다가 느닷없이 걸음을 멈추고 소맷부리를 더듬으면서 마음의 갈피를 못 잡는 듯 좌우를 살폈다.

나이 든 중 하나가 밖으로 걸어 나와 공손히 물었다.

"도와드릴까요?"

"고맙기도 하셔라. 소생은 도를 닦는 불자이온데 초라합니다만 관음상께 바칠 봉헌물을 갖고 왔습니다. 그런데 그만 집에다가 잔돈을 두고 왔지 뭡니까. 그래서 향을 살 돈이 없습니다. 아쉽지만 돌아가서 다음날을 기약해야겠습니다."

그렇게 말하면서 소매에서 훌륭한 은괴를 하나 꺼내더니 손바닥 위에 올려놓았다.

중은 은괴를 보고 눈이 화등잔만 해지더니 부랴부랴 말을 이었다.

"제가 향 살 돈을 빌려 드리면 안 될까요?"

그는 말을 끝내기가 무섭게 문간방으로 들어가더니 동전 각각 쉰 냥씩을 꿴 꾸러미 둘을 들고 나타났다. 타오간은 감사해하면서 그것을 받았다.

절 안마당으로 들어선 타오간의 눈길을 끈 것은 바닥에 깔려 있는 매끌매끌한 석판이었다. 양편에 들어선 객실 또한 특이했다. 정면에는 가마가 두 량 서 있었고 하인과 중이 부지런히 들락거리고 있었다. 안마당을 두 차례 통과하자 높은 대웅전이 나타났다.

대웅전은 삼 면이 대리석 단으로 둘러싸여 있고 역시 매끄러운 대리석 포석이 바닥에 깔린 확 트인 안마당을 내려다보고 있었다. 타오간은 폭이 넓은 계단을 올라가 단을 지나 희미한 빛이 새어나오는 대웅전의 높다란 문지방을 타고 넘었다. 관음상은 예상했던 것보다 훨씬 컸다. 금박을 입힌 대좌가 관음상을 받치고 있었고 두 개의 대형 촛대가 제단 위의 향로와 제기를 환하게 비추고 있었다.

타오간은 세 번 큰절을 한 다음 주변에 있는 중들의 시선을 의식하여 동전 꾸러미를 넣어 둔 왼쪽 소매를 시주함에 부딪치도록 흔들어 돈이 떨어지는 것처럼 소리를 내면서 나무로 된 커다란 시주함에 오른손으로 돈을 떨어뜨리는 시늉을 했다. 그리고 합장한 채 한동안 서 있다가 다시 세 번 큰절을 하고 대웅전을 나섰다. 대웅전의 오른편으로 꺾어 들어갔더니 닫힌 문이 앞길을 막았다. 그 문을 열고 들어갈까 말까 망설이고 있는데 중 하나가 빼꼼히 열고서 물었다.

"큰스님을 뵈러 오셨소?"

타오간은 길을 잘못 들었다고 둘러대면서 발길을 돌렸다. 다시 대웅전을 지나 이번에는 왼쪽 모퉁이를 돌아들었다. 그곳은 지붕을 넓게 올린 복도였고 복도를 따라가 보니 좁은 비상 계단이 밑으로 나 있었다. 계단 아래편에는 다음과 같은 경고문이 붙어 있었다.

죄송하지만 절 관계자가 아닌 분은 이곳에서 돌아가 주시기 바랍니다.

이 정중한 경고문을 묵살하고 타오간은 재빨리 문을 열고 들어갔다. 아름답게 꾸며진 정원이 나왔다. 꽃이 만발한 관목과 인조석 사이사이로 꼬불꼬불한 길이 나 있었다. 푸른 나무 위로 저 멀리 보이는 지붕에 얹힌 파란 기와와 작은 별채의 붉은 옻칠을 한 서까래가 반들거리고 있었다.

타오간은 절에서 하룻밤 지내려고 온 부인네들이 이곳에 묵는 모양이라고 생각했다. 커다란 관목 두 그루 사이로 몸을 숨긴 타오간은 외투를 벗은 다음 그것을 뒤집어서 다시 입었다. 그 옷은 타오간이 특별히 만든 옷이었다. 안감은 일꾼들이 입는 올이 성긴 삼베였고 군데군데 헝겊으로 기운 자국이 있었다. 그는 탕건을 척척 접어서 소매 안에 우겨넣었고 더러운 헝겊 쪼가리를 머리에 질끈 동여맨 다음 각반이 드러나도록 도포를 말아 올렸다. 마지막으로 소매 안에서 파란 보자기를 꺼냈다. 이것은 타오간이 독창적으로 고안한 물건 가운데 하나였다. 확 펼치면 사람들이 물건을 쌀 때 애용하는 파란 보자기로, 포개면 얼기설기 꿰매어 만든 자루가 되었다. 모양은 사각형이었지만 별의별 모양으로 접거나 펼칠 수 있게 바느질이 되어 있었다. 안에 박아 둔 열두 개의 대나무 살을 이리저리 맞추어 빨랫감을 담는 네모난 자루에서 책을 잔뜩 우겨 넣은 타원형의 보따리에 이르기까지 못 만드는 모양이 없었다. 산전수전 다 겪으면서 이 발명품 덕을 톡톡히 보아 온 터였다.

타오간은 대나무 살을 요리조리 짜 맞추어 자루 안에 목공 연장이 들어 있는 것처럼 보이게 했다. 그렇게 꾸미기까지는 별로 시간이 걸리지 않았다. 어느새 타오간은 등에 멘 연장 꾸러미가 약간 무거운 듯 어깨를 축 늘어뜨리고 걸어갔다.

길은 아취가 있는 작은 요사채로 이어졌다. 옹이투성이인 늙은 소나무가 요사채에 그림자를 드리우고 있었다. 구리 손잡이를 달고 붉은 옻칠을 한 이중문은 열려 있었고 문 안쪽에서 젊은 중 둘이 바닥을 쓸고 있었다.

티오 간은 높은 문지방을 타고 넘더니 뒷벽에 붙여 놓은 큰 의자로 아무 말 없이 걸어갔다. 그러고는 바닥에 퍼질러 앉아서 줄자를 꺼내 의자의 치수를 재기 시작했다.

중 하나가 입을 열었다.

"가구를 또 바꾼답니까?"

"상관하지 마시우. 가난한 목공이 돈 몇 푼 버는 게 그렇게도 배가 아프쇼?"

타오간은 퉁명스럽게 대꾸했다.

두 중은 깔깔 웃더니 자리를 떴다. 혼자 남은 타오간은 벌떡 일어서서 주위를 둘러보았다.

뒷벽에 높다라니 뚫린 둥그런 구멍을 제외하면 그 방에는 창문이라고는 없었다. 그 구멍은 어린아이도 잘 빠져나가지 못할 정도로 앙증맞았다. 아까 치수를 재려는 시늉을 했던 의자는 단단한 흑단으로 만든 것이었는데 깎은 솜씨가 기가 막힌 데다 상감 장식까지 새겨져 있었다. 이불과 베개는 모두 야들야들한 능라였다. 그 옆에는 자단을 깎아 만든 조그만 탁자가 있고 차를 끓이는 작은 화로와 도자기로 만든 고급 다기가 그 위에 놓여 있었다. 한쪽 벽에는 비단이 걸려 있었는데 거기에는 눈부신 색채로 관음상이 그려져 있었다. 맞은편 벽에는 자단으로 만든 우아한 화장대가 놓여 있었다. 그리고 그 위에 향로와 커다란 촛대 두 개가 보였다. 그 밖의 가구라고는 낮은 발 디딤판뿐이었다. 중들이 방금 전 청소를 하고 환기를 했는데도 방 안에는 짙은 향내음이 아직도 짙게 깔려 있었다.

타오간이 혼잣말을 했다.

'슬슬 비밀 통로를 찾아내 볼까.'

처음에는 가장 가능성이 높은 곳을 뒤졌다. 바로 비단 그림 뒷편의 벽이었다. 사방을 톡톡 두드리면서 홈이 나 있지 않은지, 비밀 입구가 있음직한 흔적은 없는지 눈을 까뒤집고 살폈지만 별 무소득이었다. 이어서 나머지 벽면을 꼼꼼히 조사했다. 벽에 붙어 있던 의자까지 밀어내고 세심하게 살폈다. 화장대 위까지 기어 올라가서 높다라니 나 있는 창이 사실은 큰데 일부러 작게 보이는 것처럼 만든 것은 아닌지 조그만 창 주위를 일일이 더듬어 보았다. 그러나 그 모든 노력이 헛수고였다.

타오간은 은근히 부아가 치밀었다. 기관에 관한 한 자신을 따라올 사람이 없다는 자부심이 있던 터이니 무리도 아니었다.

타오간은 생각에 잠겼다.

'낡은 저택에는 비밀 문이 주로 바닥에 나 있지. 이 요사채는 지난해에 만든 것이다. 물론 중들이 벽에다 비밀 통로를 만들었을 가능성을 배제할 수는 없지만, 그렇게 되면 공사가 너무 요란해져서

외부인의 의심을 살 수밖에 없었을 것이다. 그렇다면 결론은 하나뿐이다.'

타오간은 의자 앞의 바닥 공간에 깔려 있던 두꺼운 양탄자를 둘둘 만 다음 두 손과 무릎을 대고 엎드렸다. 그리고 바닥 돌을 하나하나 확인하면서 칼을 홈에다 후벼 넣었다. 그러나 애쓴 보람이 전혀 없었다.

요사채에서 오래 뭉그적거릴 수 있는 처지도 아니었던지라 그만둘 수밖에 도리가 없었다. 나오는 길에 묵직한 이중문의 돌쩌귀도 잠시 살폈지만 의심스러운 흔적은 발견되지 않았다. 아주 정상적인 문이었다. 타오간은 한숨을 내쉬고 이중문을 닫은 다음 마지막으로 자물쇠를 살폈지만 역시 이상이 없었다.

그는 정원을 가로질렀다. 도중에 중 세 명과 마주쳤지만 그들은 커다란 연장 꾸러미를 둘러멘 심술스러운 상판의 노목공을 조금도 의심하지 않았다.

정원을 막 빠져나오기 직전 타오간은 관목 사이에 몸을 숨기고 처음 복장으로 바꿔 입은 다음 문을 나왔다.

느긋하게 여러 개의 안마당을 통과하면서 중들의 처소와 부인을 따리온 남편들이 묵는 방이 어디쯤에 있는지 눈여겨보았다.

정문 가까이에 이르러 경비실 쪽으로 걸어가니 아까 들어올 때 보았던 중 세 명이 여전히 자리를 지키고 있었다.

"빌려 주신 돈 잘 썼수다."

타오간은 나이 든 중에게 깍듯이 예를 갖추었지만 소매 안에서 동전 꾸러미를 꺼낼 기미는 전혀 보이지 않았다. 그냥 서 있게 하기가 어색했던지 나이 든 중은 앉아서 차라도 한잔 드시라고 권했다.

타오간은 점잖게 그 제안을 받아들였다. 네 사내가 둥근 탁자에 둘러앉아 절에서 내놓은 쓰디쓴 차를 마시게 되었다.

타오간은 스스럼없이 말을 붙였다.

"스님네들은 동전 쓰기를 죽기보다 싫어하시나 보구려. 아까 빌려 주신 돈 꾸러미는 쓰지를 못했습니다. 향 값으로 동전 몇 푼을 떨어뜨리려고 보니깐 꾸러미에 매듭이 없지 않겠소이까. 그걸 어떻게 푼다지요?"

젊은 중이 한마디 던졌다.

"요상한 말씀을 하시는군요. 그 꾸러미를 보여 주시지오."

타오간은 소맷보리에서 엽전 꾸러미를 꺼내 중에게 내밀었다. 중은 그것을 손에 감고 빙빙 돌렸다.

"보십시오. 이게 매듭이 아니고 뭐란 말입니까!"

그가 의기양양해서 말했다.

타오간은 눈길 한 번 주지 않고 엽전 꾸러미를 도로 받으면서 나이 든 중에게 말했다.

"이건 분명히 사기요! 이 엽전 꾸러미에 매듭이 있는지 없는지 우리 쉰 냥씩 걸고 내기를 할까요?"

"얼마든지!"

젊은 중은 좋아라고 나섰다.

타오간은 엽전 꾸러미를 허공에다 빙글빙글 돌렸다. 그러고는 중에게 돌려주면서 말했다.

"이제 나에게 매듭을 보여 주구려!"

세 중은 엽전 꾸러미를 열심히 뜯어보았다. 눈을 부릅뜨고 살폈지만 매듭은 보이지 않았다.

타오간은 살며시 꾸러미를 소매 안에 도로 집어넣었다. 엽전 하나를 탁자 위에 얹으면서 그가 말했다.

"잃은 돈을 찾을 수 있는 기회를 주리다. 이 엽전을 돌려서 뒷면이 나온다는 데 쉰 냥을 걸겠수!"

"좋습니다!"

나이 든 중이 맞받으면서 동전을 돌렸다. 뒷면이 나왔다.

"그럼 빚을 모두 갚은 셈이로군. 스님께선 본전을 찾고 싶을 터이니 내 은괴를 단돈 쉰 냥에 팔리다."

그렇게 말하면서 타오간은 소맷자락에서 다시 은괴를 꺼내 손바닥에 얹어 놓았다.

그때쯤 중들은 모두 마귀에 홀린 심정이었다.

나이 든 중은 타오간을 수상쩍게 여겼지만 은괴를 시가 백 분의 일 값에 살 수 있는 절호의 기회를 놓칠 수는 없는 노릇이었다. 그래서 그는 엽전 꾸러미를 다시 탁자 위에 올려놓았다.

타오간은 능청을 떨었다.

"땡 잡은 줄이나 아시우. 이런 은괴는 아무나 못 구해요. 갖고 다니기는 또 얼마나 편하다고."

타오간은 은괴를 훅 불었다. 은괴는 책상 위로 힘없이 떨어졌다. 그것은 은박지로 만든 정교한 모조품이었다.

타오간은 엽전 꾸러미를 소매 안에 넣고 다른 꾸러미를 꺼냈다. 그는 중들에게 그 꾸러미의 특수한 매듭을 보여 주었다. 두 손가락 끝 사이로 그것을 밀면 헐거운 매듭이 되었는데 그 헐거운 매듭은 엽전의 네모난 구멍에 딱 맞도록 되어 있었다. 손가락을 엽전과 함께 자유자재로 움직인 다음 타오간은 방금 전에 돌렸던 엽전을 뒤

집었다. 그것은 양면이 같은 엽전이었다.
 중들은 웃음을 터트렸다. 타오간이 직업 야바위꾼임을 그제야 알아차린 것이다.
 타오간이 조용히 입을 열었다.
 "스님들이 얻은 가르침은 엽전 백오십 냥의 값어치가 충분히 있소이다. 이제 본론으로 들어갑시다.
 듣자 하니 이 절에는 재물이 넘쳐난다고 합디다. 해서 구경이나 하려고 예까지 온 거라오. 이름만 대면 알 만한 이들도 이곳을 출입한다고 들었소이다. 이 사람은 말주변도 좋고 아는 사람도 많소. 소생을 써 주시면 스님들께 그 무엇이냐 거물급 고객을 족집게처럼 찍어 드리고 안사람이 이곳에서 유숙하는 것을 떨떠름해하는 남정네들을 설득할 자신도 있소이다."
 나이 든 중이 고개를 가로젓자 타오간은 서둘러 뒷말을 이었다.
 "큰돈을 바라는 건 아니외다. 이 사람이 소개하는 방문객들이 떨구고 간 향 값에서 일 할만 떼어 달라는 거니깐."
 나이 든 중이 차갑게 나왔다.
 "댁은 잘못 알아도 단단히 잘못 알고 계신 모양인데. 남 잘되는 것을 못 보는 무리들이 이 절에 대해서 되지도 않은 헛소문을 퍼뜨리고 다니는 경우가 종종 있다는 것은 익히 알고 있소이다. 댁 같은 사기꾼은 만사를 삐딱하게 색안경을 끼고 본다는 것도 잘 안다오. 하지만 이번만큼은 번지수를 잘못 찾았수다. 우리 절이 번성한다면 그것은 오직 관음보살님의 대자대비 덕분이거든."
 타오간은 싱글거렸다.
 "악의는 눈곱만큼도 없었수. 우리 같은 일을 하는 사람은 워낙

타오간이 절에서 술수를 부린다.

에 의심이 많아서 말이야. 스님 말씀을 들으니 이곳을 찾는 부인네들의 안전을 위해서 적절한 예방책을 마련해 놓고 계신단 소린데?"

나이 든 중이 대답했다.

"당연하지. 무엇보다도 먼저 큰스님께서 엄선에 엄선을 거쳐서 내방객을 받아들이시니까. 큰스님께서 일단 내실에서 면담을 하신다오. 그래서 만일 피면담자의 불심이 두텁지 못하다거나 살림살이가 넉넉치 못하거나 또는, 이런 말을 해도 될랑가 모르겠지만, 별 볼일 없는 집안이라고 판단되면 아예 이곳에 들이지를 않으시는 거라. 남편 되는 사람은 안사람과 함께 불당에서 절을 올린 다음 큰스님과 원로 스님들에게 공양을 올려야 하오. 그게 좀 돈이 든다오. 자화자찬이 아니라 우리 절 부엌에는 없는 게 없거든.

마지막으로 큰스님은 부부를 후원에 있는 요사채 중 한 곳에 들게 하신다오. 구경 못했겠지만 과장이 아니라 그야말로 감탄사가 절로 나오게 지어졌지. 모두 여섯 채가 있소이다. 방마다 댁이 대웅전에서 본 어마어마하게 큰 관음도를 실물 크기로 줄여서 모셔 놓았소. 그래서 관음도 앞에서 불공을 드리면서 밤을 지새우는 거라오, 암!

안사람이 들어가면 남정네가 문을 밖에서 잠그고 열쇠를 보관한다오. 거기다가 큰스님께서는 부득부득 문 위에 종이를 바르고 남편의 도장을 찍게 하지 않겠수. 그 종이는 남편 말고는 아무도 못 뜯게 되어 있고 말이오. 다음날 아침 남편이 자물쇠를 따고 들어가는 거지. 왜 의심할 건덕지가 하나도 없는지 이제 이해가 가시오?"

타오간은 질렸다는 듯 고개를 설레설레 저었다.

"아쉽기는 하지만, 스님 말이 지당한 듯하오이다. 그런데 만일 절에서 묵으면서 불공을 드렸어도 바라는 결과가 나오지 않았을 때는 어떻게 되지요?"

"그거야, 여자가 잡념을 품고 있거나 부처님을 진심으로 받들지 않을 때만 생기는 일이지. 다시 찾아오는 여자들도 있지만 어떤 여자들은 두 번 다시 코빼기도 비치지 않소."

중은 거드름을 피우며 말했다.

"내 생각에 아이가 없던 부부가 원하던 아이를 얻으면 보자사를 모른 척하지는 않을 것 같은데?"

뺨에 난 기다란 수염을 잡아당기면서 타오간이 떠보았다.

나이 든 중은 싱긋 웃었다.

"여부가 있겠소. 어떨 때는 선물을 실어 나르느라고 가마까지 동원해야 할 정도라오. 그런 기본적인 예의를 못 갖춘 사람한테는 큰스님께서 일부러 사람을 보내셔서 우리 절에 얼마나 커다란 빚을 지고 있는지를 다시 한번 일깨워 준다오."

타오간은 중들과 잡담을 좀더 나누어 보았지만 그들의 입에서 새로운 정보를 얻어내는 데는 실패했다.

잠시 후 그는 작별 인사를 하고 사람 눈을 피해 관아로 향했다.

광둥(廣東)에서 온 노부인이 끔찍한 고발을 하고,
디 공은 수형리에게 심란한 소식을 전한다.

타오간이 집무실로 들어섰을 때 디 공은 토지 분쟁 송사를 놓고 선임 기사관, 서기관과 함께 의견을 나누고 있었다.
판관은 다른 관리들을 내보내고 타오간더러 홍 수형리를 데려오라고 일렀다.
홍 수형리가 도착하자 타오간은 절간에서 보고 들은 이야기를 은괴와 엽전 꾸러미로 했던 장난만 빼고 빠짐없이 보고했다. 타오간의 말이 끝나자 디 공이 입을 열었다.
"그럼 문제점이 풀렸군. 자네가 요사채로 들어가는 비밀 통로를 찾아내지 못하였으니 우리는 중들의 말을 받아들이는 수밖에 없네. 관음상이 신통력이 있어서 열심히 불공을 올리는 부인에게는 아이를 내려준다고 말이야."
수형리와 타오간은 예상치 못했던 판관의 말에 모두 깜짝 놀랐다.

타오간이 나섰다.

"푸양 전체가 그 절에서 벌어지는 불미스러운 짓거리에 대한 악소문으로 들끓고 있습니다. 대인께서 저를 다시 그 절로 보내 주시든지 아니면 수형리를 보내 주시면 좀더 철저한 조사를 벌이도록 하겠습니다."

그러나 디 공은 고개를 흔들었다.

"서글픈 노릇이지만 재물이 모이고 번성하는 곳에는 시기하는 사람도 꼬이는 법이야. 보자사에 대한 수사는 이것으로 종결하게."

홍 수형리는 판관을 설득하기 위해 나서고 싶었지만 판관의 얼굴에 떠오른 낯익은 표정을 보고 마음을 고쳐먹었다.

판관은 덧붙였다.

"더욱이 마중 혼자서 반월로 살인 사건의 범인을 쫓기에는 역부족이야. 필요하다면 한시라도 빨리 타오간이 거들어야 해."

낙심한 타오간이 뭐라고 반론을 제기하려는데 마침 징 소리가 관아에 크게 울려 퍼졌다. 디 공은 오후 심리에 들어가기 앞서 의관을 정제했다.

재판정에는 이번에도 수많은 방청인이 몰려들어 있었다. 정오 심리에서 매듭 짓지 못한 왕 서생에 대한 공판 신문을 디 공이 재개하리라는 기대 때문이었다.

호명을 끝낸 디 공은 장내를 가득 채운 방청인을 물끄러미 바라보며 입을 열었다.

"푸양 백성들이 본 관아에서 벌어지는 재판에 이토록 각별한 관심이 있으니 내 이번 기회에 한마디 경고를 해 두겠소. 듣자 하니 일부 몰지각한 자들이 보자사에 관하여 좋지 않은 소문을 퍼뜨리고 다닌다더군. 고을 수령으로서 여러분에게 경고하는 바요. 중상모략을 일삼거나 근거 없는 비방을 퍼뜨리는 자는 엄벌에 처한다는 조항이 형법에 엄연히 명시되어 있다는 것을 알아 두기 바라오. 그 법을 위반하는 자는 법에 따라 처벌할 것이오."

디 공은 토지 분쟁 송사와 관련된 당사자들을 앞으로 불러 세우고 그 문제를 처리하는 데 잠시 시간을 보냈지만 반월로 사건에 관계된 이는 하나도 호출하지 않았다.

폐정 시간이 가까워졌을 때 재판정 입구에서 약간 소란이 일었다.

문서를 들여다보고 있던 디 공이 고개를 들었다. 나이 든 여자가 군중을 헤집으며 앞으로 나오려고 기를 쓰고 있었다. 판관이 눈짓을 보내자 포두는 포졸 둘을 거느리고 여인을 재판대 앞으로 데려왔다.

선임 기사관이 허리를 숙여 디 공에게 귀엣말을 했다.

"대인, 미친 여자입니다. 억울한 일을 당했다고 황당무계한 주장을 펴며 전임 펑 판관을 몇 달 동안이나 졸졸 쫓아다니면서 얼마나 괴롭혔는지 모릅니다. 저 여자를 내보내심이 온당한 줄 아뢰오."

디 공은 그 말에 아무런 대꾸를 하지 않고 재판대로 다가오는 여자를 날카롭게 쏘아보았다. 여자의 나이는 중년을 훨씬 지난 듯했는데 걸음걸이가 불편한지 긴 지팡이를 짚고 있었고 옷은 초라했지만 깨끗하게 손질되어 있었다. 헝겊을 대고 꿰맨 자리도 깔끔했고 얼굴은 보기 드문 미인이었다.

여자가 무릎을 꿇으려고 하자 디 공은 포졸에게 눈짓을 했다.

"노인이나 병자는 관아에서 무릎을 꿇지 않아도 좋소. 서 있도록 하시오, 부인. 이름을 밝히고 무슨 일로 왔는지 말해 보시오."

노부인은 허리를 조아린 다음 불분명한 발음으로 입을 열었다.

"저는 량이라고 하옵니다. 처녀 적 이름은 우양이고요. 생전에 광둥에서 장사를 했던 량이평의 미망인이옵니다."

거기서 부인의 목소리가 잦아들면서 굵은 눈물이 뺨을 타고 흘러내렸다. 그녀의 가녀린 몸이 심하게 흔들리고 있었다.

디 공은 부인이 광둥 사투리를 쓰고 있음을 깨달았다. 그래서 알아듣기가 힘들었던 것이다. 게다가 차분하게 진술할 수 있는 마음 상태가 아닌 듯했다. 판관은 부인에게 물었다.

"부인, 여기 오래 서 있게 할 수가 없소이다. 나의 처소에서 자세한 이야기를 듣기로 하겠소."

의자 뒤에 서 있던 홍 수형리를 돌아보며 판관이 지시를 내렸다.

"이 부인을 작은 응접실로 모시게. 차도 한잔 대접하고."

나이 든 부인이 사라진 뒤 디 공은 몇 가지 일상적 업무를 더 처리하고 폐정을 선언했다.

홍 수형리는 집무실에서 판관을 기다리고 있었다.

수형리가 말했다.

"대인, 부인의 머리가 정상이 아닌 것 같습니다. 차를 한 잔 마시고 나서는 어느 정도 머리가 맑아지더군요. 자기네 일족이 끔찍한 화를 입었다는 사실을 저한테 누누이 강조했습니다. 그러다가 다시 울음을 터뜨리면서 횡설수설하지 뭐겠습니까. 부인을 진정시키기 위해 허락도 받지 않고 제가 늙은 하녀를 댁에서 불러왔습니다."

"잘 판단했네, 수형리. 부인의 마음이 가라앉을 때까지 기다렸다가 천천히 이야기를 들어 보세. 저런 사람들이 늘어놓는 불평불만은 자기 마음 탓인 경우가 흔하니까 말이야. 좌우간 관아에 하소연을 하러 온 모양이니 자초지종을 들어 보고 나서야 집으로 보내든지 말든지 할 게 아닌가."

디 공은 의자에서 일어나 뒷짐을 지고 방 안을 서성거리기 시작했다. 홍 수형리가 아무래도 찜찜한 구석이 있어 그것을 털어놓으려는데 판관이 걸음을 딱 멈추고 입을 열었다.

"이제 우리 둘만 남았군. 자네는 나의 믿음직한 친구이며 조언자이니 보자사에 관한 나의 최종적인 생각을 들어 보게나. 내 옆으로 바짝 오게. 혹시 누가 들으면 안 되니까."

디 공은 낮은 목소리로 말을 이었다.

"수사를 계속 해 보아야 왜 소용이 없는지 자네도 이해해야 하네. 먼저, 결정적 물증을 확보하기가 거의 불가능하다는 사실이지. 비상한 재주를 갖고 있는 타오간도 비밀 통로를 찾아내는 데 실패하지 않았는가. 설령 중들이 뒷전에서 불미스러운 행위를 범한다고 하더라도 피해자들이 나서서 그들에게 불리한 증언을 해 주리라는 기대는 아예 하지를 말아야 하네. 그렇게 되면 본인도 망신살이 뻗치지만 남편도 웃음거리가 되고 능멸을 받거든. 어렵게 얻은 자식도 주위의 곱지 않은 시선을 받아야 할 터이고. 그뿐인가, 더 설득력 높은 이유도 있지. 이제부터 자네에게 그것을 들려줄 터이니 자네만 알고 절대 발설하면 안 되네."

디 공은 수형리의 귀에 입을 바짝 갖다 대고 소곤거렸다.

"최근 조정으로부터 심란한 소식을 들었네. 나날이 교세를 확장하고 있는 불교가 급기야는 조정에까지 침투했다는 것이야. 처음에는 궁녀들 몇이 그쪽으로 넘어가는 정도이던 것이 이제는 승복을 입을 무리들이 황상 주위에까지 접근하기 이르렀다는 소식이네. 황상께옵서는 오류투성이인 불교의 교리를 한번 검토해 보시기로 중들에게 약속하셨다고 하네. 중앙의 백마사(白馬寺) 종정이 국사(國師)로 임명되면서 그의 도당이 외정과 내정에 사사건건 간섭을 한다는군. 자기네 첩자와 심복을 곳곳에 박아 놓고 말이야. 주상 전하를 모시는 뜻 있는 신하들은 크게 걱정하고 있는 실정이네."

디 공은 이맛살을 찌푸리며 더욱 낮은 목소리로 덧붙였다.

"사정이 이러하니, 만일 내가 보자사를 건드렸을 때 어떠한 사태가 발생할지 자네도 가히 상상이 갈 걸세. 보통 범죄자를 상대하는 것이 아니지. 막강한 국가 조직을 상대로 싸워야 한단 말이네. 불교 세력은 벌 떼처럼 들고 일어나서 보자사 주지를 옹호하겠지. 조정에서 운동을 벌이면 그 영향력이 이곳까지 파급될 터이고 말이야. 그들은 적재적소에 엄청난 뇌물을 먹이겠지. 설령 내가 명명백백한 증거를 들이댄다고 하더라도 내 손으로 사건을 매듭짓는다는 것은 기대하기 어려운 일일 게야. 이미 머나먼 변경의 오지로 좌천되어 있을 터이니 말이야. 어쩌면 내게 날조된 죄를 뒤집어씌워서 오랏줄에 묶어 중앙으로 압송해 갈지도 모르는 노릇이지."

"그렇다면 대인, 우리는 수수방관하고 있을 수밖에 없다는 말씀입니까?"

홍 수형리가 분개한 어조로 말했다.

디 공은 처량히 고개를 끄덕였다. 그리고 잠시 생각에 잠기더니 다시 한숨을 푹 내쉬었다.

"수사 착수와 사건의 해결, 판결과 형 집행이 모두 한 날 한 시에 이루어질 수만 있다면 얼마나 좋겠는가. 하나 자네도 알다시피 우리의 법은 그런 자의적인 처리를 용인하지 않네. 범인의 입에서 완전무결한 자백을 얻어 내도 사형 언도는 최고 재판소의 승인을 얻어야 효력을 발휘하지. 나의 보고서가 현과 성을 거쳐 중앙에까지 닿는 데만도 몇 주는 족히 걸린다네. 그동안 불교 세력은 보고서에 압력을 가하여 사건을 기각하고 나를 불명예 퇴진시킬 수 있는 충분한 시간적 여유와 기회를 얻는단 말일세. 우리 사회에서 독버섯처럼 자라나고 있는 이 암적 존재를 제거할 수 있으리라는 실낱같은 가능성만 보여도 나는 벼슬을, 아니 필요하다면 목숨까지도 던져 버릴 각오가 되어 있네. 한데 그럴 가능성은 전무하다고 보아야 하거든.

좌우지간 수형리, 방금 내가 한 이야기는 단 한마디도 절대로 발설해서는 아니 되네. 차후로 내 앞에서 이 문제를 재론하는 것도 금하네. 나는 우리 관아에도 보자사 주지가 심어 놓은 첩자가 있다고 확신하는 사람이야. 앞으로 보자사에 관해서는 입도 뻥긋하지 말게나. 이제 가서 부인이 질문에 대답할 만큼 기력을 찾았는지 알아보게나."

홍 수형리가 나이 든 여자를 데리고 오자 디 공은 책상 맞은편의 편한 의자에 앉으라고 여자에게 권했다. 그러고는 부드럽게 말을 붙였다.

"부인께서 그토록 마음의 평정을 잃으시니 나 역시 몸 둘 바를 모르겠소. 남편의 성이 량이라는 말만 부인의 입에서 들었을 뿐 남편이 어떻게 죽었고 가족들이 어떻게 화를 입었는지에 대해서는 자세한 말씀을 안 들려주셨지요."

부인은 덜덜 떨리는 손을 소매 안에 넣어 이리저리 더듬더니 바랜 능라에 싸 돌돌 만 문서를 꺼내서 두 손으로 공손히 판관에게 바쳤다. 여인은 떨리는 음성으로 말했다.

"이 문서를 한번 보아 주시면 고맙겠습니다. 요즘은 나이가 들어서 그런지 정신이 자꾸 흐트러져서 생각을 모으기가 쉽지 않아 저와 저의 가족이 당했던 그 끔찍한 사건을 처음부터 끝까지 조리 있게 말씀드릴 자신이 없군요. 대인께서 그 문서를 읽어 보시면 모두 아시게 될 겁니다."

여자는 다시 의자에 몸을 파묻고 흐느끼기 시작했다.

디 공은 홍 수형리더러 여자에게 진한 차를 주라고 지시한 다음 포장을 끌렀다. 두툼한 문서가 말려 있었다. 그것은 세월의 때와 사람의 손때가 묻어 누르스름하게 변색되어 있었다. 첫 장을 펼쳤다. 그것은 장문의 고발장으로 상당히 학식이 높은 사람이 썼음이 분명해 문장과 필체에서 격조와 기품이 엿보였다.

내용을 훑어보니 각각 량과 린이라고 하는 광둥의 두 거상 집안 사이에서 일어난 피비린내 나는 반목이 상세히 기록되어 있었다. 린이 량의 아내를 유혹한 것이 문제의 발단이었다. 그 일이 있은 뒤로 린은 량의 일가를 추근추근 괴롭히고 그들의 재산을 강탈했다. 디 공이 문서를 다 읽어 내려가니 마지막에 문서 쓴 날짜가 적혀 있었다. 그는 어안이 벙벙한지 고개를 들었다.

"부인, 이 문서는 이십 년도 더 전에 쒸여진 것이 아니오?"

"잔인한 범죄는 세월이 흘러도 잊혀지지 않는 법이지요."

나이 든 여자가 담담한 목소리로 대답했다.

판관은 다른 문서들도 훑어보았다. 모두 동일한 사건의 추후 전개 양상과 관련 있는 내용이었다. 그런데 오래된 문서이든 최근 문서이든 예외 없이 끄트머리에는 주홍색 먹으로 인장이 찍혀 있었다. 그것은 '증거 불충분으로 본 사건을 기각함'이라는 내용의 판결문이었다.

디 공이 입을 열었다.

"보아하니 모두 광둥에서 일어난 일이로군. 왜 정든 고향을 떠나 푸양에 왔소?"

"제가 푸양으로 온 까닭은 이 사건의 주범인 린판이 이곳에 정착했기 때문입니다."

디 공은 린판이라는 이름을 들어 본 적이 없었다. 그는 문서를 둘둘 말면서 다정스럽게 말했다.

"이 기록을 면밀히 검토해 보겠소, 부인. 결론이 나오는 대로 부인을 다시 이곳으로 부르리다. 그때 자세한 도움 말씀을 주시오."

나이 든 부인은 천천히 일어나더니 넙죽 절을 했다.

"천인공노할 범죄를 응징할 방도를 찾아내 줄 수령께서 부임하시기를 얼마나 학수고대하였는지 모릅니다. 그날이 온 것임을 믿어 의심치 않습니다."

홍 수형리가 여인을 데리고 나갔다. 다시 수형리가 돌아오자 판관이 말했다.

"척 보면 알 수 있거든. 배울 만큼 배운 교활한 녀석이 수십 명의 재산을 말아먹고 번번이 법망을 교묘히 빠져나간 그런 가증스러운 범죄의 하나일세. 비탄과 절망에 빠진 부인은 당연히 머리가 정상일 턱이 없지. 내가 그 여자를 도우려면 최소한 이 사건을 다시 한번 면밀히 조사해야 하네. 피고 측 변론에서 과연 허점을 발견할 수 있을 것인지 썩 자신은 없지만 말이야. 이 사건은 법학자로서도 이름 높고 지금은 최고 재판소에 재직 중인 뛰어난 판관의 손을 적어도 한 번은 거쳤음에 틀림없기 때문에 여간해서는 허점을 발견하기가 어려울 걸세."

그러고 나서 디 공은 타오간을 불렀다. 풀이 죽은 타오간을 보고 판관은 빙긋이 웃었다.

"기운내게, 타오간. 그까짓 중놈들 주변이나 어슬렁거리는 일이 아니라 진짜 일 같은 일을 자네에게 맡길 터이니. 량 부인이 사는 동네로 가게. 가서 부인과 부인의 가족에 대해서 최대한으로 정보를 수집하라고. 그 일이 끝나면 린판이라는 거부를 추적하게. 아마 이곳 어딘가에 살고 있을 거야. 그자에 관해서도 보고를 올리라고. 참고 삼아 일러 두자면 두 사람 다 광둥 출신으로 몇 년 전에 이곳에 정착했네."

디 공은 홍 수형리와 타오간을 내보낸 다음 선임 기사관에게 통상 업무와 관련된 문서를 가져오라고 지시했다.

**마중이 폐허가 된 도교 사원을 발견하고
사원 마당에서 격투를 벌인다.**

    그날 오후 디 공의 집무실을 나선 마중은 곧장 자기의 처소로 가서 몇 가지 간단한 소도구로 변장을 했다.
    우선 모자를 벗고 머리를 풀어 내린 다음 풀어 내린 머리를 더러운 헝겊 조각으로 다시 질끈 동여맸다. 헐렁헐렁한 바지를 입고 바지 밑단은 발목께에서 새끼줄로 묶었다. 그러고 나서 덕지덕지 기운 짧은 상의를 어깨 위에 걸치고 마지막으로 털 신발을 짚신으로 갈아 신었다.
    이런 옹색한 차림새로 관아의 샛문으로 빠져나와 거리의 인파에 섞여 들었다. 자기와 눈길을 마주친 사람들이 두말 않고 길을 비켜 주는 것을 보면서 마중은 뿌듯함에 젖었다. 마중은 험상궂은 표정을 지으면서 두려움에 떠는 사람들의 모습을 잠시 즐겼다.
    그러나 이 일이 생각했던 것만큼 쉽지는 않다는 것을 깨닫는 데는 그리 오랜 시간이 걸리지 않았다. 마중은 뜨내기들이 몰려드는 노변 좌판에서 형편없는 식사를 하고 쓰레기터에 자리 잡고 있어서인지 악취가 코를 찌르는 선술집에서 싸구려 술을 마시는 동안 악다구니와 푼돈을 놓고 옥신각신하는 입씨름에 쉴 새 없이 시달려야만 했다. 그들은 뒷골목을 가득 메운 그렇고 그런 떨거지들, 그러니깐 좀도둑이나 소매치기에 지나지 않았다. 자기들끼리 결속력이 대단하고 암흑가의 돌아가는 사정을 소상히 꿰뚫고 있는 진짜 깡패는 아직 한 놈도 구경하지 못했던 것이다.

마중이 어렴풋이 실마리라도 잡은 것은 밤이 이슥해서였다. 노변 좌판에서 쓰디쓴 술을 억지로 목구멍에 털어 넣고 있다가 주변에서 밥을 먹고 있던 거지 둘이 나누는 대화의 한 토막을 우연히 엿들은 것이다. 거지 하나가 어디 가야 옷을 훔칠 수 있느냐고 물었다. 그러자 상대가 대답했다.

"붉은 사원에 가야 알 수 있다고."

마중은 악질 범죄자들이 버려진 사원에서 이따금씩 모인다는 사실을 알고 있었다. 그렇지만 사원이라고 하면 모두 기둥과 문을 붉게 칠해 놓았기 때문에 이곳에 온 지 며칠밖에 되지 않은 마중으로서는 거지들이 말하는 사원이 어떤 사원인지 아리송할 수밖에 없었다. 그는 도박을 걸어 보기로 했다. 북문 근처의 시장으로 간 마중은 주변에서 어슬렁거리던 부랑아의 목덜미를 다짜고짜 낚아채고는 '붉은 사원'으로 안내하라고 윽박질렀다. 누더기 차림의 부랑아는 끽소리 못하고 앞장서서 꼬불꼬불한 골목길을 요리조리 누비더니 어두운 광장으로 들어섰다. 소년은 거기서 몸을 뒤틀어 마중의 손아귀에서 빠져나와서는 그대로 줄행랑을 놓았다.

마중의 눈앞에는 도교 사원의 붉은 문이 저녁 하늘을 등지고 웅장하게 솟아 있었다. 문 좌우로는 낡은 사원을 둘러싸고 깎아지른 담이 솟아 있고 담 밑으로는 지붕이 폭삭 주저앉은 판잣집들이 다닥다닥 붙어 있었다. 사원이 번성했을 당시 이 판잣집은 사원을 드나드는 신자들을 상대로 영업하던 노점상들의 가게였다. 그러나 지금은 불량배들의 소굴로 전락해 있었다.

사원은 곳곳에 오물과 쓰레기가 널려 있었다. 거기서 나는 악취에다 남루한 옷차림의 늙은이가 엉성한 숯불로 밀가루를 튀기면서 내뿜는 싸구려 기름의 역한 냄새가 섞여 들어 코가 얼얼할 지경이었다. 담벽 틈바구니에 횃불이 하나 꽂혀 있었다. 마중은 그 희미한 불빛 아래에서 사내들이 뺑 둘러앉아 열심히 도박판을 벌이고 있는 것을 보았다.

마중은 그리로 터벅터벅 걸어갔다. 배가 불룩 튀어나온 뚱뚱한 사내가 웃통을 벗어젖힌 채 엎어 놓은 술 항아리에 엉덩짝을 걸치고 담에 기대어 앉아 있었다. 사내의 긴 머리와 지저분한 수염은 기름과 먼지에 절어 뻣뻣해 보였다. 사내는 게슴츠레한 눈꺼풀로 도박판을 지켜보면서 왼손으로 배를 북북 긁고 있었다. 솥뚜껑처럼 두툼한 오른손은 곤봉 위에 얹어 놓은 채였다. 말라깽이 셋이서 바닥에 투전판을 벌인 채 빙 둘러앉아 있었고 다른 사람들은 뒷전에서 쪼그리고 있었다.

마중은 잠시 그렇게 서서 떼구르르 굴러가는 골패를 눈으로 좇았다. 아무도 그에게 관심을 기울이지 않았다. 어떻게 말을 걸면 좋을까 혼자서 궁리를 하고 있는데, 그때였다. 술 항아리를 깔고 앉아 있던 사내가 고개도 들지 않고 불쑥 입을 열었다.

"그 옷 좋은데그래!"

졸지에 사람들의 눈과 귀가 마중에게로 쏠렸다. 한 투전꾼이 골패를 줍더니 웅크린 자세 그대로 몸을 세웠다. 키는 마중보다 작았지만 드러난 팔뚝을 보니 완력이 만만치 않아 보였고 단검 자루가 허리춤으로 불거져 나와 있었다. 사내는 씩 웃더니 단검을 만지작거리면서 마중의 옆으로 다가섰다. 술 항아리를 깔고 앉았던 뚱보도 허리춤을 끌어올리며 일어나서는 요것 보라는 듯이 침을 퉤 뱉고 곤봉을 단단히 움켜잡으며 마중 앞에 떡 버티고 섰다.

뚱보가 노려보면서 입을 열었다.

"월지원에 오신 것을 환영하오. 대형! 신심이 발동하여 봉물이라도 바치려고 이 신성한 곳을 찾아온 것이라고 말한다면 나의 크나큰 착각일까? 대형이 입고 온 그 옷은 이 몸이 감사히 받을 터이니 아무 걱정 마쇼!"

그는 이렇게 지껄여 대면서 공격 자세를 취했다.

마중은 한눈에 상황을 꿰뚫어 보았다. 당장 위험한 것은 뚱보가 오른손에 쥔 곤봉과 오른편의 사내가 빼 든 단검이었다.

뚱보가 말을 끝내기 무섭게 마중의 왼팔이 튀어나왔다. 뚱보의 어깨를 꽉 움켜잡으면서 엄지손가락으로 급소를 눌러 곤봉을 쥐고 있던 팔의 힘을 순간적으로 뺐다. 뚱보는 마중을 잡아당길 요량으로 재빨리 왼손으로 마중의 왼손을 움켜쥐면서 무릎으로 마중의 사타구니를 가격했다. 그러나 그와 동시에 마중이 팔꿈치를 비틀며 오른팔을 쳐들었다. 그리고 마중은 있는 힘껏 팔꿈치를 뒤로 날려 단검을 든 사내의 얼굴에 먹였다. 사내는 비명을 지르며 쓰러졌다. 바로 연결 동작에 들어간 마중의 오른팔은 무방비 상태에 있던 뚱보의 옆구리를 찍었다. 뚱보는 마중의 손목을 놓더니 허리를 꺾으며 바닥으로 나동그라졌다.

 단검 든 사내의 후속 공격에 대비하기 위해 몸을 돌리던 마중의 등판에 둔중한 무게가 실리면서 우락부락한 팔뚝이 뒤에서 마중의 목을 졸랐다.

 마중은 턱으로 상대의 팔뚝을 짓누르고 목을 앞으로 숙이면서 동시에 손으로 등짝을 더듬었다. 왼손은 상대의 옷자락을 찢는 데 그치고 말았지만 오른손은 다리를 휘감는 데 성공했다. 용을 쓰며 다리를 잡아당기면서 오른쪽으로 몸을 날렸다. 두 사람은 바닥에 쿵 넘어졌지만 마중이 위에 올라탔다. 마중은 온몸의 체중을 실어 엉덩짝으로 상대의 골반을 짓뭉갰다. 조임이 느슨해지자 마중은 자리를 박차고 일어나면서 격투가 벌어지는 동안 비틀거리며 일어나 막 공격을 해 온 말라깽이의 칼부림을 아슬아슬하게 피했다.

 몸을 날리면서 마중은 단검을 휘두른 손목을 움켜잡았고 상대의 팔을 비틀어 어깨 뒤로 올렸다. 그는 날쌔게 몸을 빙글 돌려 상대를 허공으로 날려 버렸다. 말라깽이는 벽에 쾅 부딪혔다가 속이 빈 술항아리 위로 떨어졌고 그 바람에 항아리가 산산조각 났다. 말라깽이는 축 늘어졌다.

 마중은 단검을 집어서 담벼락 위로 휙 던진 다음 돌아서서 뒤로 물러서 있던 사람들에게 말했다.

 "조금 거칠었는지는 모르겠소만 칼을 휘두르는 놈을 보면 참을 수가 없거든!"

 그때 어디선가 궁시렁거리는 소리가 들렸다.

 뚱보는 아직도 토악질을 하면서 중간중간에 신음과 욕설을 내뱉고 있었다.

마중은 뚱보의 수염을 앞으로 잡아당겼다가 탁 놓았다. 뚱보의 등이 담에 가서 부딪혔다. 뚱보는 그대로 주저앉으면서 마중을 향해 눈을 부라렸는데 아직도 헐떡거리고 있었다.

시간이 흘러 약간 기운을 되찾은 뚱보는 쉰 목소리로 말했다.

"몸 인사는 나누었으니 이제 노형의 이름과 하는 일이나 압시다."

마중이 천연덕스럽게 대꾸했다.

"내 이름은 중바오라 하는데 정직한 노점상이오. 길에 지천으로 깔린 게 내 물건이지. 한데 오늘 이른 아침 막 해가 솟을 무렵 돈 많은 상인을 만났지 뭐요. 그 사람이 내 물건이 탐났는지 몽땅 사주면서 은화 서른 냥을 줍디다. 그래 너무 신이 나서 신령님께 향값이라도 바치려고 이곳으로 오는 길이외다."

모두들 파안대소했다. 아까 목을 졸랐던 작자가 마중에게 저녁 식사는 했느냐고 물었다. 마중이 아직 식전이라고 하니까 뚱보가 튀김 장수 노인에게 호령을 했다. 곧 그들은 숯불 주위에 모여 서서 마늘 냄새가 코를 찌르는 튀김을 먹었다.

뚱보의 이름은 셩파라고 했다. 셩파는 자기가 푸양을 무대로 활동하는 불량배들의 두목으로 뽑혔으며 개방의 고문직도 겸임하고 있다고 떠벌렸다. 셩파의 패거리는 이태 전 이 사원터에 자리를 잡았다. 전엔 큰 사원이었는데 무언가 안 좋은 일이 이곳에서 벌어진 모양이었다. 수도하던 이들이 하나 둘 떠나고 당국은 이 사원을 폐쇄했다. 셩파는 한갓진 데다 시내에서 그리 멀지 않은 곳이라 마음에 든다고 자랑했다.

마중은 자기의 처지가 조금 난처하다고 셩파에게 털어놓았다.

은화 서른 냥을 안전한 곳에다 숨겨 두긴 했지만 돈을 털린 상인이 관아에 알리기 전에 이곳을 떠야겠는데 사정이 여의치 않다고 했다. 묵직한 은화 꾸러미를 소매 안에 넣고 거리를 활보할 수는 없는 노릇이었기 때문이다. 그러면서 어느 정도의 손해는 감수하고라도 몸에 간편히 숨기고 다닐 수 있는 조그만 장신구로 바꿀 수 있으면 좋겠다고 덧붙였다.

성파는 신중히 고개를 끄덕거리더니 입을 열었다.

"그건 잘한 생각이우, 대형. 하나 은은 좀처럼 보기 드문 물건이외다. 우린 주로 동전만 거래하거든. 수중에 은을 가졌는데 값어치는 똑같고 부피는 적게 나가는 물건으로 바꾸고 싶다. 그렇담 결국 금이라야 한다는 소리지! 그런데 솔직히 말해서 노형, 우리 같은 좀도둑들은 그런 금붙이 평생 가야 한번 만져 볼까 말까 한다오."

마중은 금이 귀한 물건이라는 지적에 동감의 뜻을 나타냈지만 지체 높은 마나님이 가마를 타고 가다가 떨어뜨린 자그마한 금붙이를 동냥 길에 나섰던 거지가 혹 주울 수도 있는 노릇 아니냐고 반문했다.

"그런 횡재는 순식간에 소문이 좌악 퍼져서 개방 고문의 귀에도 금방 들어오는 것이 아니겠소."

성파는 배를 긁적긁적하더니 그런 일이 꼭 일어나지 말란 법은 없다는 데 동의했다.

마중은 상대의 뜨뜻미지근한 태도를 눈치 챘다.

그는 소매를 뒤져 은화 한 닢을 꺼냈다. 그리고 손바닥에 올려 놓은 은화에 횃불을 비추었다.

"은화 서른 냥을 숨기면서 재수 좋으라고 하나 뺀 거요. 댁이 거

마중과 셩파의 첫 만남

간 노릇을 해 준다면 어차피 그쪽 몫도 떼어야 할 터. 선수금 조로 이걸 드릴 터이니 받아 주시오."

성파는 마중의 손에서 얼른 은화를 나꿔챘다. 그러고는 흡족한 미소를 지으면서 말했다.

"대형, 그렇다면 내가 한번 힘써 보리다. 내일 밤 이곳으로 오시우."

마중은 고마움을 전한 뒤 새로 사귄 친구들과 덕담을 주고받으며 헤어졌다.

디 공이 동료를 찾아가기로 결심하고
홍 수형리에게 반월로 강간 치사 사건을 설명한다.

관아로 돌아온 마중은 서둘러 옷을 갈아입고 안뜰로 향했다. 판관의 집무실에는 아직도 불이 켜져 있었다.
디 공은 홍 수형리와 머리를 맞대고 이야기를 나누고 있었다.
판관은 마중을 보더니 말을 멈추었다.
"좋은 소식이라도 있나?"
마중은 셩파를 알게 된 경위와 셩파가 한 약속을 간략히 보고했다.
디 공은 기뻐했다.
"그놈을 이곳에 온 첫날 바로 만났더라면 그 이상 바랄 것이 없었는데 아쉬움이 남는구먼. 첫 단추를 아주 잘 꿰었네. 그런 패거리들 사이에서는 모종의 끈을 통해서 소식이 금세금세 전해지는 법이거든. 자네는 제대로 줄을 잡은 거야. 장담하지만 얼마 안 가서 그 셩파라는 친구가 사라진 금비녀의 단서를 제공할 것일세. 그리 되면 살인범을 잡는 것도 시간문제인 셈이지.

그건 그렇고, 자네가 없는 동안 수형리와 나는 인근 고을의 수령들을 내일 예방하는 것이 과연 온당한 일인지 의논하고 있었네. 관례에 따라 어쨌든 돌기는 돌아야 하는데 지금이 적기인 것 같아서 말이야. 푸양을 이삼 일 비우게 될 걸세. 그동안 자네는 반월로 살인범을 검거하는 일에 계속 힘써 주기 바라네. 필요하다면 차오 타이를 보강해 줄 수도 있고."

마중은 혼자서 하는 게 낫겠다고 생각했다. 같은 물건을 놓고 둘이서 쫓으면 의심을 살 우려가 있기 때문이었다. 판관도 동감이었다. 마중은 인사를 하고 물러갔다.

홍 수형리가 입을 열었다.

"시기적으로도 대인께서 하루 이틀 자리를 비우시어 폐정을 하시는 것이 여러 모로 득이 될 법합니다. 그렇게 되면 자연히 왕 서생의 공판도 미룰 수가 있으니까요. 대인께서 왕 피고가 같은 사대부라고 감싸는 반면 희생자는 가난한 푸주한의 딸이라고 무시한다는 소문이 나돌고 있는 실정입니다."

디 공은 개의치 않는다는 표정을 지었다.

"그런 말이 나돌더라도 내일 아침 우이 고을로 떠난다는 생각에는 변함이 없네. 그 다음날은 곧장 친화로 갔다가 다음날 관아로 돌아올 작정이야. 내가 없는 동안 마중이나 타오간에게 지시를 하달해야 하니까 수형리 자네는 나를 수행하지 않는 것이 좋겠어. 여기 남아서 관아를 잘 단속하게. 필요하면 자네가 명령을 내리라고. 우이의 판 수령과 친화의 로 수령에게 보낼 선물도 잘 챙겨 주게. 내일 아침 일찍 관아 앞마당에다 필요한 짐을 실은 가마를 대령해 놓게나."

홍 수형리는 차질이 없도록 실행에 옮기겠노라고 대답했다. 디 공은 선임 기사관이 올린 문서를 검토할 생각으로 책상 가까이로 당겨 앉았다.

수형리는 나갈 생각을 하지 않고 디 공의 책상 앞에서 쭈뼛거리고 있었다.

한참 만에 판관이 고개를 들고 물었다.

"무슨 생각을 하나, 수형리?"

"대인, 그 강간 치사 사건을 생각하고 있었습니다. 사건 기록을 읽고 또 읽었습니다. 하지만 아무리 들여다보아도 대인의 추리를 따라갈 수가 없습니다. 시간은 늦었지만 내일 떠나실 몸이니 그 전에 잠시 저에게 설명을 해 주실 수 없겠습니까? 그렇지 않으면 대인이 안 계신 이틀 동안 꼬박 잠을 못 이룰 것 같습니다."

디 공은 싱긋 웃으면서 서진을 책상 문서 위에 올려놓았다. 그런 다음 안락의자에 몸을 파묻었다.

"수형리, 하인을 시켜 새로 찻주전자를 가져오도록 하게. 그리고 여기 낮은 탁자에 걸터앉게나. 그 운명의 열엿새 날 밤에 무슨 일이 벌어졌는지 내가 생각하고 있는 바를 털어놓음세."

진한 차를 한 모금 마시더니 디 공이 설명에 들어갔다.

"자네 입에서 사건의 개요를 듣고 나서 바로 나는 왕 서생은 춘위의 강간범이 아니라고 단정 지었네. 때때로 여자가 남자의 마음에 야릇하고 잔인한 생각을 불러일으키는 것은 사실이지. 공자님께서 여자를 '요물'이라고 『춘추』에 기록하신 것도 확실히 근거 없는 지적은 아니야. 하나 그런 음험한 생각을 실행에 옮기는 부류는 두 가지밖에 없다고 보네. 첫째 신분이 낮은 구제 불능의 상습범이지. 둘째는 하도 계집질을 하다 보니 이제는 타락한 욕정의 노예가 되어 버린 돈 많은 색골이야. 물론 왕 서생처럼 공부만 아는 멀쩡한 청년도 악에 받치면 그깟 여자쯤은 얼마든지 목 졸라 죽일 수 있다는 것은 나도 아는 바이네. 하나 강간은 이야기가 다르지. 더구나 그 처녀와는 여섯 달 이상 가깝게 지낸 사이가 아니던가. 그런 일은 있을 수 없다고 생각했네. 해서 방금 전에 말한 두 부류 중에서 진범을 찾아야 한다고 생각한 것일세.

돈 많은 난봉꾼은 일찌감치 용의선상에서 지워 버렸다네. 그런 작자들은 돈만 치르면 음탕한 짓거리를 신물 나도록 할 수 있는 비밀 유곽을 들락거리는 법이거든. 게다가 반월로 같은 지저분한 시장 통이 어디에 붙어 있는 줄 돈 많은 부자가 어찌 알겠는가. 왕의 밀회를 우연한 기회에 알게 된다는 것도 부자로서는 불가능한 일이려니와 더더군다나 끈에 매달려 곡예사처럼 재주를 부린다는 것은 생각지도 못할 일이지. 그러니 천한 신분인 상습범을 의심할 밖에."

여기서 판관은 잠시 말을 끊었다가 착잡한 목소리로 말을 이었다.

"그 더러운 놈들은 굶주린 개처럼 거리를 뒤지고 다니지. 어두운 골목에서 힘없는 노인과 맞닥뜨리면 두들겨 패고 노인의 품 안에 있던 푼돈을 빼앗아 달아난다네. 혼자서 걸어가는 여인을 보면 정신을 잃도록 구타하고 강간을 하지. 귀걸이까지 채 간 다음 시궁창에 처박아 두고 말이야. 또 가난한 집들을 기웃거리다가 문이나 창문이 열려 있는 집이 보이면 살그머니 기어들어 가 구리 주전자

든 누덕누덕 기운 옷이든 보이는 족족 집어 간다네.
 그런 놈이 반월로를 어슬렁거리다가 왕과 춘위가 몰래 만나는 것을 우연히 봤다는 추정이 그렇게도 얼토당토않은 가정인가? 그 불한당 녀석은 여자를 마음대로 농락할 수 있는 패를 잡았다고 뛸 듯이 기뻐했을 게야. 애인이 누구인지 까발리겠다고 위협하면 여자는 순순히 말을 들을 수밖에 없을 터이니 말이야. 그런데 춘위가 반항을 한 거지. 부모를 깨우려고 소리를 질렀거나 아니면 문으로 달려갔을 게야. 그러다가 놈에게 목을 졸린 거고 말이야. 만행을 저지른 범인은 값나가는 물건이 없나 하고 희생자의 방을 구석구석 뒤지다가 겨우 금비녀만 찾아내고 뺑소니를 친 것 아니겠나."
 다 공은 말을 끊고 차 한 잔을 더 마셨다.
 홍 수형리가 천천히 고개를 끄덕이더니 입을 열었다.
 "대인께서는 왕 서생이 이 이중의 흉악한 범죄를 저지르지 않았다는 사실을 명쾌히 논증하셨습니다. 하지만 재판정에서 내세울 수 있는 결정적 증거는 아직 없는 것 아닙니까."
 "구체적 증거는 찾아보면 있네. 먼저 검시관의 증언이 있었지 않은가. 왕 서생이 춘위의 목을 조른 게 사실이라면 기다란 손톱 때문에 처녀의 목에 깊은 상처가 생겼을 게야. 한데 검시관은 그리 깊지 않은 손톱 자국밖에 발견하지 못했네. 물론 살갗이 여기저기 긁힌 것은 사실이지만 말이야. 결국 뜨내기 강도의 뭉툭하고 고르지 않은 손톱이었다는 소리지.
 둘째, 춘위는 상대편의 공격을 받고 격렬히 반항했네. 그렇지만 처녀의 닳아 문드러진 손톱이 왕의 가슴팍과 팔뚝에 그토록 깊고 끔찍한 상처를 남겼을 리 만무하네. 그리고 그 상처는 왕이 생각하는 것처럼 가시에 긁혀서 생긴 것이 아니지만, 그건 별로 중요한 문제가 아니니 나중에 이야기하기로 함세. 왕이 춘위를 목 졸라 죽였을 가능성에 대해서 말이 나온 김에 한마디만 더 덧붙이자면 왕의 비실비실한 몸집으로 보나 처녀의 몸이 건장했다는 검시관의 보고 내용으로 보나 만일 왕이 춘위의 목을 조르려고 덤벼들었다간 오히려 창문 밖으로 떠밀리고 말았을 것이라고 보아야 정상 아니겠나. 하지만 그것도 문제 삼을 건 못 되지.

셋째, 범행이 발견된 열이렛 날 아침 왕이 창문으로 기어오르는 데 사용했던 끈은 처녀의 방바닥에 포개진 채로 있었어. 만약에 왕이 범죄를 저질렀다면, 좌우간 그 방에 들어왔다면 밧줄을 사용하지 않고서 그 방을 나갈 수가 없었을 걸세. 왕은 운동과는 담을 쌓은 사람이어서 창문으로 올라갈 때도 처녀의 도움을 받아야 했네. 그러나 가택 침입을 떡 먹듯이 하는 다부진 놈이라면 서둘러 달아나야 할 상황에 몰리더라도 굳이 침대에 묶여 있던 끈을 이용하지 않아도 되었을 걸세. 자네도 보았지만 차오타이처럼 몸을 붕 띄워 창턱에 매달려 있다가 쿵 떨어지면 되니깐 말이야. 내가 보는 범죄의 정황은 대충 이렇다네."

홍 수형리는 고개를 끄덕이며 만족스러운 미소를 지었다.

"이제는 아주 분명하게 들어오는군요. 대인의 추리는 확고한 사실에 바탕을 두고 있습니다. 범인을 붙잡으면 들이댈 수 있는 증거가 많겠습니다. 그래도 자백을 하지 않으면 고문이라도 해야지요. 범인은 아직 이곳을 뜨지 않았음이 분명합니다. 괜히 겁을 집어먹고 멀리멀리 달아날 필요성을 못 느낄 터이니까요. 전임 판관이 왕 서생에게 혐의를 두고 있었던 데다 대인께서 그의 판결에 공감하고 있다는 사실은 알 만한 사람은 다 알고 있지 않습니까."

수염을 쓰다듬으면서 디 공은 천천히 고개를 끄덕였다.

"범인은 금비녀를 처분하려 할 것이고 그러다 보면 꼬리가 잡힐 수밖에 없어. 금비녀가 암시장에 나돌면 재깍 그 소식을 알 수 있는 자한테 마중이 손을 썼지. 자네도 알다시피 범죄자는 감히 금은방이나 전당포는 찾지 못한다네. 관아에서 도난당한 물품의 목록을 그런 데다 정기적으로 배포하고 있거든. 천상 같은 범죄자한테 기댈 수밖에 없는 것이고, 그러니 우리가 기대하는 성파가 알게 될 걸세. 별다른 변고가 없는 한 마중이 범인을 잡을 거야."

디 공은 다시 차를 한 모금 마시더니 붓을 들고 눈앞에 놓인 문서로 몸을 숙였다.

홍 수형리는 자리에서 일어나서 생각에 잠긴 듯 수염을 잡아당겼다. 한참 만에 그가 입을 열었다.

"대인께서는 아직 두 가지 점을 설명하시지 않았습니다. 범인이 탁발승 차림을 하고 있을 거라는 사실을 어떻게 아셨나요? 그리고 야경꾼과 관련된 일화를 그토록 중시하는 까닭은 무엇입니까?"

디 공은 잠시 침묵을 지켰다. 그는 눈앞의 문서에만 골몰해 있어서 여백에다 소견을 적어 넣고 붓을 놓은 뒤 문서를 돌돌 말았다. 그러고는 고개를 들어 홍 수형리를 뚫어지게 보았다. 판관의 눈썹은 짙고 검었다.

"오늘 아침 왕 서생이 말한 야경꾼 일화 덕분에 범인의 정체에 대해 한 가지 미진했던 점이 최종적으로 풀렸다네. 범법자들은 자네도 알다시피 도사나 탁발승 차림으로 다니는 경우가 많지. 그래야 밤낮없이 거리를 휘젓고 다녀도 의심을 받지 않거든. 따라서 왕이 두 번째로 들은 것은 야경꾼의 딱딱이 소리가 아니라……."
 "탁발승의 목탁 소리로군요!"
 홍 수형리가 무릎을 쳤다.

중 둘이 중요한 소식을 갖고 디 공을 찾아오고,
로 수령과의 회식 도중 디 공이 시를 읊는다.

다음날 아침 디 공이 여장을 꾸리고 있는데 선임 기사관이 들어와서 보자사의 주지승이 보낸 긴한 전갈을 가지고 중 두 사람이 관아를 찾아왔다고 전했다.

디 공은 관복으로 갈아입고 책상 앞에 앉았다. 늙수그레한 중이 젊은 중을 앞세우고 들어왔다. 그들은 무릎을 꿇고 머리가 바닥에 닿도록 세 번 절을 했다. 디 공이 보니 그들이 입은 노란 승복은 공단 무늬에 자줏빛 비단 안감을 댄 고급 옷이었다. 염주도 호박(琥珀)으로 만든 고급품이었다.

나이 든 중이 입을 열었다.

"보자사 주지 칭더 스님께서 빈승을 보내어 수령 어른께 문안을 올리라 하셨습니다. 큰스님께서는 특히 부임한 지 며칠 안 되는 이 시기에 대인께서 얼마나 공사다망한 일과를 보내고 계신지 잘 알고 계십니다. 그래서 직접 찾아뵙는 것이 오히려 누가 될까 봐 삼

가고 계시옵니다. 가까운 시일 안에 한번 판관 어른을 찾아뵙고 좋은 말씀을 듣고 싶다 전하라 하셨습니다마는, 그전에라도 인사를 올리지 않는 것은 도리가 아니라 여기시고 여기 작은 선물을 보내셨으니 비록 변변치 않은 물건이오나 성의라 생각하시고 거두어 주셨으면 감사하겠습니다."

그렇게 말하고 그는 젊은 중에게 신호를 보냈다. 젊은 중은 벌떡 일어서서 값진 능라로 포장한 꾸러미를 디 공의 책상 위에 놓았다.

홍 수형리는 디 공이 선물을 받지 않으려니 생각했다. 그러나 놀랍게도 디 공은 과분한 대접이라는 의례적인 감사의 말을 몇 마디 던지고는 중이 고집을 꺾지 않자 못 이기는 척 선물을 받아들었다. 그리고 의자에서 일어나 정중히 감사의 뜻을 나타냈다.

"큰스님께 아뢰시오. 스님의 후의를 이 몸이 절절히 느끼고 있으며 보내 주신 선물에도 깊은 감사를 드린다고요. 일간 답례품을 보내 드리리라. 비록 나는 부처님을 따르는 불자는 아니지만 불교의 가르침에 깊은 관심을 가지고 있으며 칭더 스님처럼 불심이 깊은 어른으로부터 그 심오한 가르침을 받게 될 날이 오기를 진심으로 고대하고 있다고 스님께 전해 주시오."

"대인의 말씀을 잘 전하겠습니다. 아울러 칭더 스님께서는 비록 소소한 문제이기는 하나 관아에 알려 드릴 만한 충분한 값어치가 있다고 사료되는 사안을 보고드리기를 희망하셨습니다. 더구나 어제 오후 심리에서 대인께서 저희 보자사도 이 고을의 순박한 백성이면 누구나 누릴 수 있는 관의 보호를 받을 자격이 있음을 분명하게 밝히는 은혜를 베푸신지라 더욱더 보고드릴 필요성을 느끼었습니다. 다름이 아니오라 최근 저희 절에 사기꾼들이 찾아와 순진한 승려를 우롱하여 사찰의 엽전 몇 꾸러미를 가로채고는 상도에 어긋난 탐문을 여러 차례 벌이고 갔습니다. 큰스님께서는 대인께서 필요한 분부를 내려 이 찰거머리 같은 무리의 활동을 단속해 주시기를 기대하고 계십니다."

디 공이 허리를 숙이자 두 승려는 절을 하고 물러갔다.

디 공은 곤혹스러움을 느꼈다. 타오간이 해묵은 술수를 다시 부리고 있음이 분명했다. 더욱 골치 아픈 것은 관아까지 미행을 당하고 말았다는 사실이었다. 디 공은 한숨을 쉬면서 홍 수형리에게 꾸러미를 풀라고 지시했다.

공들여 싼 포장을 끄르니 수형리의 눈앞에 반짝거리는 금괴 세 덩어리와 묵직한 은괴 세 덩어리가 나타났다.

디 공은 그것들을 다시 포장하게 하고 꾸러미를 소매 안에 넣었다. 디 공이 뇌물임이 분명한 선물을 받는 것을 수형리가 목격한 것은 이번이 처음이었다. 수형리는 심기가 매우 불편했다. 그러나 디 공이 앞서 한 당부를 떠올려서 승려들의 방문 건에 대해서는 일절 재론하지 않고 판관이 여장을 꾸리는 것을 말없이 돕기만 했다.

디 공은 커다란 영빈관 앞의 안뜰로 천천히 걸어 나갔다. 공시 수행원들은 모두 채비를 갖추고 있었다. 계단 앞에 가마가 놓여 있고 가마 앞뒤로 여섯 명씩 포졸이 대기하고 있었다. 포졸들은 '푸양 수령'이라는 글씨가 적힌 휘장을 기다란 막대에 묶어서 들고 있었다. 가마 멜대 옆에는 여섯 명의 건장한 가마꾼이 서 있었고 판관의 짐은 열두 마리의 말 등에 실려 있었다.

모든 준비가 완료되었음을 확인한 디 공은 가마에 올랐다. 가마꾼들이 멜대를 굳은살이 박힌 어깨에 얹었다. 행렬은 천천히 안뜰을 가로질러 관아 문을 빠져나갔다.
　행렬이 모두 문 밖으로 나오자 활과 검으로 무장한 차오타이는 자기 말을 디 공이 탄 가마의 오른쪽에 갖다 붙였다. 역시 말 위에 오른 포두는 왼쪽에 자리를 잡았다.
　이제 행렬은 푸양 거리를 통과하기 시작했다. 포졸 둘이 앞으로 나서서 징을 울려 대면서 고함을 질렀다.
　"길을 비켜라! 길을 비켜라! 수령 대인께서 납신다!"
　행차에 나선 고을 수령에게는 환호성을 보내는 것이 관례였지만 백성들은 잠잠했다. 디 공은 가마의 격자창 틈새로 밖을 내다보았다. 많은 통행인이 떨떠름한 표정으로 행렬을 바라보고 있었다. 한숨을 내쉬며 보료에 다시 몸을 묻은 디 공은 소맷자락에서 량 부인의 사건 기록을 꺼내 읽어 나가기 시작했다.
　푸양을 벗어나자 행렬은 넓은 길로 접어들었고 사방엔 드넓은 논이 펼쳐졌다. 돌연 디 공은 문서를 무릎 위에 내려놓고 단조롭게 이어지는 풍경을 물끄러미 바라보았다. 자기가 하려고 마음먹은 행동의 모든 여파를 하나하나 따져 보았지만 쉽게 결론에 도달할 수가 없었다. 그러다가 가마의 규칙적인 흔들림이 졸음을 몰고 와 디 공은 잠이 들었다. 눈을 떴을 때는 땅거미가 어둑어둑 깔려 있는 가운데 행렬은 우이로 들어서고 있었다.
　우이 고을의 수령인 판 공은 디 공을 관아의 거대한 영빈관으로 맞아들이고 그 고을의 거물급 인사들이 대거 참석한 가운데 환영연도 베풀어 주었다. 판 공은 디 공보다 몇 살 더 많지만 문과 시험에 두 번이나 낙방해 승진을 못하고 있었다.

그가 넓은 식견과 강직한 성품을 가진 검소한 사람이라는 것을 디 공은 한눈에 알아보았다. 그리고 판 공이 시험에 낙방한 것은 학식이 모자라서가 아니라 당대를 풍미하는 문체에 영합하는 것을 거부하기 때문이라는 사실도 이내 알아차렸다.

음식은 많이 차리지 않았지만 능란하게 화제를 이어 가는 주인의 솜씨가 입맛을 돋우었다. 디 공은 우이 고을의 행정에 대해서 많은 것을 배웠다. 만찬이 끝났을 때는 야심한 밤이어서 디 공은 자기를 위해 마련된 처소에 들었다.

다음날 아침 일찍 디 공은 작별을 고한 후 수행원을 거느리고 친화로 떠났다.

구불구불한 시골 길이 이어졌다. 소나무가 빽빽이 들어선 언덕과 물결치는 대나무 숲이 간간이 섞여 들었다. 화창한 가을날이어서 디 공은 가마의 휘장을 젖히고 황홀한 정경을 감상했다. 그러나 빼어난 풍치도 머릿속의 고민거리를 지우지는 못했다. 량 부인 사건과 관련된 재판 문제로 고심하다 보니 어느새 피곤이 엄습했다. 디 공은 다시 문서를 소매 안에 집어넣었다.

그 사건이 채 머리를 떠나가기 전에 이번에는 마중이 과연 반월로 사건의 범인을 빠른 시일 안에 잡을 수 있을 것인지 새로운 고민에 빠져들기 시작했다. 살인범을 독자적으로 찾아보도록 차오타이를 푸양에 두고 오지 않은 것이 후회되기 시작했다.

염려와 불안에 시달리다 보니 행렬이 친화에 거의 이르렀을 즈음에 디 공의 마음은 아주 어지러운 상태였다. 엎친 데 덮친 격으로 행렬은 친화를 강 바로 맞은편에 두고 그만 거룻배를 놓치고 말아서 한 시간가량 여정이 늦춰질 수밖에 없었다. 일행이 친화로 들어섰을 때는 한밤중이었다.

　횃불을 든 포졸들이 일행을 마중 나왔다. 디 공은 포졸의 부축을 받으면서 가마에서 내려 영빈관 앞에 섰다.

　로 수령은 일행을 환대하면서 디 공을 화려하게 치장된 널찍한 영빈관으로 맞아들였다. 디 공이 생각하기에 로는 판 공과 성격이 판이한 사람이었다. 로는 작은 키에 살이 쪘고 성격은 명랑한 편이었다. 긴 구렛나루 대신 그 즈음 장안에서 한참 유행하는 가늘고 뾰족한 콧수염에 짧은 턱수염을 기르고 있었다.

　둘이서 의례적인 덕담을 주고받는데, 디 공의 귀에 인접한 마당에서 흘러나오는 악기 소리가 희미하게 들렸다. 로 공은 호들갑을 떨며 사죄하고는 디 공한테 인사시키려고 친구 몇 명을 불렀다고 털어놓았다. 그런데 한참을 지나도 디 공이 도착하지 않자 우이에서 환송연에 붙들려 출발이 늦어지나 보다 여기고 먼저 식사를 시작했다는 것이었다. 로 수령은 영빈실 옆방에서 둘이 오붓하게 술잔을 기울이면서 조용히 대화라도 나누는 것이 어떻겠느냐고 넌지시 제안했다. 정중한 말씨이기는 했지만 로 수령이 조용한 대화를 즐길 사람이 아니라는 것은 어렵지 않게 알아차릴 수 있었다. 디 공 또한 심각한 토론을 벌일 기분이 아니었던지라 이렇게 대답했다.

　"솔직히 말씀드려서 조금 피곤하외다. 폐가 되지 않는다면 이미 상이 차려져 있는 자리에 합석하여 친구 분들과 인사라도 나누고 싶구려."

　로 수령은 깜짝 놀라면서도 싫지 않은 기색이었다. 곧바로 디 공을 또 다른 안마당에 자리잡은 연회실로 데려갔다. 세 명의 남자가 산해진미를 가운데 놓고 권커니 잣거니 술잔을 기울이고 있었다.

　그들은 자리에서 일어나 로 수령과 디 공에게 인사를 했다. 가장 연장자인 로핀왕은 이름난 시인으로 로 수령의 먼 친척이기도 했다. 그 다음 사람은 장안에 명성이 자자한 화가였다. 마지막은 견문을 넓히기 위해 그 지방 일대를 돌고 있는 선비였다. 세 사람은 로 공의 술친구인 모양이었다.

　디 공의 출현은 좌흥에 찬물을 끼얹은 격이었다. 정중한 인사가 서로 오간 뒤로는 대화가 시들해졌다. 디 공은 좌우를 둘러보더니 연달아 건배를 세 번이나 청했다.

　따뜻한 술은 디 공의 마음도 녹여 주었다. 그가 오래된 시 한 수를 읊자 모두들 박수갈채를 보냈다. 로핀왕도 뒤질세라 시 한 수를 읊조렸고 술이 한 순배 돌고 난 다음 디 공은 끈적끈적한 시를 또 한 자락 뽑았다. 로 공은 파안대소하면서 박수를 쳤다. 그것을 신호로 방 한쪽에 벽에 둘러쳐져 있던 휘장이 젖혀지더니 곱게 차려 입은 기생 넷이 걸어 나왔다. 로 수령과 디 공이 들어온다는 소리에 그리로 잠시 물러나 있었던 모양이었다. 두 기생은 술을 따르고 한 기생은 은 피리를 불었으며 또 한 기생은 우아하게 춤을 추었다. 춤추는 여인의 긴 소매가 허공을 갈랐다.

　로 수령은 만족스러운 표정을 지으며 친구들에게 말했다.

　"거 보게, 소문이란 건 과히 믿을 게 못 된다고. 우리 디 공으로 말할 것 같으면 깐깐하기로 장안에서 소문난 사람 아닌가. 그런데 실상은 얼마나 놀기 좋아하는 사람인가 말이야."

　로 공은 이어서 기생들을 하나하나 소개했다. 기생들은 잘 훈련을 받았을뿐더러 매력 또한 만점이었다. 디 공은 자기의 시구를 척

척 이어받으며 잘 알려진 곡조에 그 자리에서 새로운 가사를 붙여 가는 그 능란한 솜씨에 감탄을 금치 못했다.

시간은 빠르게 흘러갔다. 끼리끼리 즐거운 시간을 보내다 보니 어느새 밤이 깊어 버렸다. 아까부터 술을 따르고 있던 여자들은 로 편왕과 화가와 특별한 관계인 것 같았다. 그들은 먼저 자리를 떴다. 선비는 악기를 타고 춤을 추던 두 기생을 데리고 다른 술자리로 옮기겠다며 일어섰다. 그렇게 해서 디 공과 로 수령만 연회실에 달랑 남게 되었다.

로 수령은 술이 거나하게 올라 디 공을 존경한다고 말하면서 번거로운 격식일랑 집어던지고 이제부터 호형호제하자고 우겼다. 두 사람은 밖으로 나가 서늘한 바람을 맞으며 둥근 가을 달을 감상했다. 그들은 대리석 난간 옆에 마련된 낮은 탁자에 걸터앉았다. 고즈넉한 정원의 아름다운 정경이 눈 아래 펼쳐져 있었다.

먼저 자리를 뜬 노래 부르는 기생의 매력을 두고 한참 열변을 토하던 끝에 디 공이 이렇게 말했다.

"비록 오늘이 초면이나 아우를 오래전부터 알고 지낸 듯한 기분이 드는구려. 그래서 하는 말인데 아주 내밀한 문제에 관해서 아우의 조언을 듣고 싶소."

"주저 마시고 말씀하시지요. 아우의 보잘것없는 소견이 무르익은 지혜를 가진 대형에게 보탬이 될 리야 있겠습니까마는."

로 공이 정중하게 받았다.

디 공이 낮은 목소리로 조심스럽게 입을 열었다.

"솔직히 말해서 이 사람은 술과 계집이라면 사족을 못 쓴다오. 같은 값이면 변화무쌍한 것이 좋지."

로 수령이 무릎을 쳤다.

"탁견이로세, 탁견! 대형의 심오한 말씀에 전폭적으로 공감하는 바올시다. 제아무리 맛난 음식도 매일 먹으면 물리는 법이 아니겠습니까."

디 공의 말이 이어졌다.

"불행히도 관직에 오른 몸이라 가끔씩 시간이 나면 기분 전환도 할 겸 어여쁜 계집을 품에 안고는 싶지만 우리 푸양의 화류장에는 드나들 수가 없는 입장이라오. 소문이란 금세 퍼지는 법이 아니겠소. 벼슬아치의 체통을 생각해서라도 그런 소문은 막아야지."

"하긴. 일도 고달프지만 우리 같은 높은 자리에 있으면 그런 데 신경 쓰는 것도 여간 짜증스러운 게 아니지요."

로 공이 한숨을 내쉬었다.

디 공은 바짝 다가앉으며 나직이 속삭였다.

"만약에 말이오. 내가 아우의 정성이 구석구석 배어 있는 이 고장에서 보기 드문 계집을 우연히 찾아낸다고 합시다. 그 어여쁜 화초를 우형의 초라한 정원에 옮겨 심을 수 있도록 주선해 주기를 바란다면 친구 사이에 너무 무리한 부탁이 되겠소이까?"

로 공은 귀가 솔깃한 모양이었다. 벌떡 일어서더니 디 공 앞에서 허리를 꾸벅 숙이고 조심스럽게 입을 열었다.

"아무 걱정 마십시오, 대형. 우리 고을에 내려 주신 그 명예로운 언질에 이 동생은 몸 둘 바를 모르겠습니다. 처소가 누추합니다만 부디 며칠을 더 묵으시면서 이 막중한 문제를 모든 각도에서 한번 느긋하게 검토하기로 합시다."

"마침 중요한 공무를 몇 가지 미루어 놓은 것이 있어서 내일까지는 푸양에 돌아가야 하오. 하나 아직 날이 밝으려면 멀었으니 그때까지 아우가 도움과 조언을 아끼지 않아 준다면 웬만큼 일을 벌일 수도 있지 않겠소이까."

로 공이 신이 나서 손뼉을 쳤다.

"그리도 애간장을 태우는 것을 보니 어지간히 몸이 달으셨군요. 그토록 짧은 시간 안에 일을 성사하느냐 못 하느냐는 오직 대형의 기술에 달려 있습니다. 이곳 계집들은 이미 대부분 임자가 있는 몸이라 꾀어내기가 그리 호락호락하지는 않을 것입니다. 하나 대형의 풍채가 좋지 않습니까. 솔직히 말씀드려서 그런 구레나룻을 기르는 사람은 지난 봄부터 찾아보기 어렵게 되었지만 말입니다. 그러니 진땀깨나 흘려야 할 것입니다. 어쨌든 반반한 계집들을 불러 모으도록 저로서는 최선을 다하겠습니다."

로 공은 연회실을 돌아보며 큰 소리로 하인을 불렀다.

"가령을 불러오너라!"

곧 약삭빠르게 생긴 중년 사내가 나타났다. 그는 디 공과 주인 앞에 절을 꾸벅 했다.

"너는 지금 당장 가마를 갖고 가서 계집 너댓 명을 불러오너라. 가을 달 아래에서 함께 시흥에 젖고 싶어 그런다."

그런 심부름에는 이골이 났는지 가령은 다시 허리를 숙였다.

수령이 디 공에게 말했다.

"이제 대형께서는 취향을 말씀해 주시지요. 어떤 형을 좋아하십니까? 반반한 계집? 뜨거운 계집? 재주 많은 계집? 아니면 말상대가 될 만한 계집을 원하십니까? 시간이 늦었으니 웬만한 계집은 집에들 있을 겁니다. 그러니 폭도 넓지요. 소원을 말하십시오, 대형. 그래야 가령이 알아서 받들 것 아니겠습니까!"

"아우와 나 사이에는 비밀이 있어서는 안 되지요. 내 솔직히 말하리다. 중앙에 머무는 동안 그 닳아 빠진 계집들의 능청스러운 교태에 질릴 대로 질려 버렸소. 그래서 지금은 뭐라고 말하면 좋을까. 다소 거친 계집이 마음에 드는구려. 내친 김에 털어놓지. 우리네 같은 신분으로 가까이해서는 안 될 천한 동네의 계집에게 자꾸만 마음이 간다오."

로 수령이 무릎을 쳤다.

"옳거니! 옛 성현들께서도 말씀하시지 않으셨습니까. 결국에 가서는 극과 극은 통한다고요. 대형께서는 이미 그런 지고한 깨달음의 경지에 이르셨는지라 모자란 사람들이 천박하게 여기는 계집한테서 아름다움을 발견하시는군요. 형님이 명령하시면 아우는 따를 밖에요."

수령은 가령을 가까이 오라 하더니 소곤소곤 귀엣말을 넣었다. 가령의 눈썹이 치켜 올라갔다. 놀란 모양이었다. 그는 다시 한번 절을 하고는 어디론가 사라졌다.

로 수형은 디 공을 연회실로 데리고 들어가더니 하인들에게 새로 상을 차리라 이르고 디 공에게 축배를 권했다.

"대형, 참으로 기발한 생각을 하시는군요. 덕분에 새로운 경험을 하게 되어 자못 기대가 큽니다."

그렇게 많은 시간이 흐르지 않았는데 문을 가린 휘장의 수정 구슬이 딸랑거리더니 여자 넷이 들어왔다. 여자들은 모두 야한 옷차림에 짙은 화장을 하고 있었다. 둘은 아직 앳되어 보였고 화장은 조잡했지만 꽤 반반한 얼굴이었다. 그러나 나머지 둘은 퇴물로 접어들 나이였고 불행한 직업이 남긴 세월의 상흔이 역력히 드러나 있었다.

어쨌든 디 공은 아주 만족스러워하는 것 같았다. 여자들이 졸지에 으리으리한 방에 들어와 쭈뼛쭈뼛거리는 것을 본 디 공은 자리에서 일어나 자상하게 이름을 묻기 시작했다. 젊은 처녀들은 이름이 각각 싱화(杏花), 칭위(靑玉)라 했다. 나이 든 여자들의 이름은 콩취에(孔雀)와 샤오야오(芍藥)였다. 디 공은 여자들을 음식이 있는 데로 데려갔지만 여자들은 눈을 내리깔고 가만히 서 있기만 했다. 무슨 말과 행동을 하면 좋을지 난감한 모양이었다.

디 공은 여자들에게 음식을 권했으며 로 수령은 그들에게 술 따르는 법을 가르쳐 주었다. 이제 여자들은 조금 분위기가 익었는지 주위를 기웃거리며 으리으리한 가구를 선망의 눈길로 바라보았다.

물론 그 여자들은 노래할 줄도 춤출 줄도 몰랐고 모두들 까막눈이었다. 로 수령은 젓가락에 고깃국물을 찍어서 상 위에다 여자들의 이름을 한 자 한 자 적어 주면서 굳은 분위기를 풀려고 애썼다.

여자들이 술을 한 잔씩 먹고 요리를 몇 젓가락씩 떴을 때 디 공이 친구의 귀에다 무어라고 소곤거렸다. 로 수령은 고개를 끄덕이더니 가령을 불렀다. 가령에게 지시를 내리자 가령은 금세 나갔다 들어오더니 콩취에와 샤오야오에게 집에서 와 달라는 연락이 왔다고 전했다. 두 여자는 디 공이 준 은화 한 닢씩을 들고 방에서 나갔다.

디 공은 싱화와 칭위를 좌우에 앉힌 다음 건배하는 법을 가르치면서 이런저런 이야기를 나누었다. 로 수령은 흐뭇한 표정으로 디 공이 애쓰는 모습을 바라보면서 연방 술잔을 비웠다.

디 공이 로 수령의 만찬에서 싱화와 칭위를 만난다.

디 공의 노련한 말솜씨에 이끌려 싱화는 이제 제법 이야기를 술술 하게 되었다. 싱화와 칭위는 자매지간이었는데 원래는 후난성(湖南省)의 시골 출신이라는 것이었다. 십 년 전 끔찍한 물난리가 나서 아사 일보 직전에 이르자 부모가 딸자식을 대처에서 온 장사꾼에게 팔아넘겼다. 처음에는 식모 노릇을 하다가 어느 정도 나이가 차자 친화의 주인집 친척에게 팔렸다. 디 공은 험한 일을 해 왔는데도 처녀들에게 아직 순박한 구석이 남아 있다는 사실을 알아차렸다. 정성껏 잘만 가르치면 좋은 말벗이 될 수도 있을 것 같았다.

밤이 깊어 가면서 로 수령은 기어이 자신의 주량을 넘어서고 말았다. 의자에 똑바로 앉아 있지도 못할 정도로 마셔 몸을 가누지 못했고 한 이야기를 하고 또 했다. 안 되겠다 싶어 디 공은 그만 자리를 파했으면 좋겠다고 말했다.

로 수령은 두 하인의 부축을 받으면서 의자에서 일어섰다. 꼬부라진 혀로 잘 자라는 인사를 하더니 가령에게 호통을 쳤다.

"디 공의 명령은 곧 나의 명령이니라!"

수령이 밖으로 사라지자 디 공은 가령을 불러 낮은 목소리로 말했다.

"싱화와 칭위 두 처녀를 사고 싶네! 극비리에 현재의 주인과 교섭을 벌여 주기 바라네. 내가 부탁한다는 사실을 절대로 알려서는 안 되네."

가령은 묘한 웃음을 지으면서 고개를 끄덕였다.

디 공은 소매에서 금괴 두 덩이를 꺼내서 가령에게 주었다.

"금괴 하나면 충분히 사고도 남을 것일세. 나머지 금괴는 처녀들을 푸양까지 보내는 데 써 주게."

그러더니 다시 은괴 하나를 보태면서 말했다.

"이거 자네에게 수고비 조로 주는 것이네."

몇 번 거절하다가 가령은 결국 은괴를 받았다. 그리고 분부하신 대로 차질 없이 일을 처리하겠다고 하면서 처녀를 푸양까지 데리고 가는 일은 자기 처에게 맡기겠다고 덧붙였다.

"그럼 이제 두 처녀를 대인의 숙소에 들이겠습니다."

그러나 디 공은 피곤하니 내일 아침 일찍 길을 나서려면 푹 쉬어야겠다고 말했다.

싱화와 칭위는 물러가고 디 공은 숙소로 향했다.

타오간이 옥리에게 지난 일을 묻고
어두운 폐허에서 봉변을 당한다.

    한편 타오간은 디 공의 지시에 따라 량 부인에 관한 정보를 캐내기 위한 탐문 수사에 들어갔다.
    량 부인은 반월로에서 그리 멀지 않은 곳에 살고 있었기 때문에 먼저 가오 포리를 만나 보기로 했다. 타오간은 점심때에 맞추어 가오 포리를 찾아갔다.
    타오간은 포리에게 아주 다정스럽게 인사를 했다. 가오 포리는 신임 수령의 심복과 잘 사귀어 두는 것도 나쁘지는 않을 것이라는 생각으로 타오간에게 간단한 점심이나 함께하자고 말했다. 얼마 전 디 공으로부터 심한 꾸지람을 받았던 터라 더욱더 그럴 필요가 있었다. 타오간은 두말없이 점심 초대를 받아들였다.
    타오간이 식사를 끝내자 포리는 호적을 가져오더니 량 부인은 이 년 전 량코파라는 손자를 데리고 푸양에 왔다고 알려 주었다.
    량 부인은 호적에다 자기 나이를 예순여덟로, 손자의 나이를 서른으로 적어 놓았다. 포리는 량코파가 나이보다 훨씬 어려 보인다며 자기 눈에는 스무 살 남짓한 청년으로 보였다고 덧붙였다. 그러나 물론 량코파의 나이는 최소한 서른은 넘었다고 보아야 했다. 량 부인은 호적에다 자기 손자가 이 차 문관 시험에 합격했다고 적어 놓았던 것이다. 량코파는 주로 거리를 쏘다니며 소일했지만 그리 소란스럽게 놀지는 않았던 모양이었다. 특히 북서 구역에 유난히 자주 모습을 나타냈으며 수문(水門) 근방에서 운하를 따라 걸어가는 모습도 심심치 않게 목격되었다고 했다.

푸양에 온 지 이삼 주 뒤에 량 부인은 손자가 이틀째 집에 들어오지 않는데 무슨 사고라도 생긴 게 아닌지 걱정된다며 포리에게 알렸다. 포리는 수사를 벌였지만 량코파의 행적은 묘연하기만 했다.

그 뒤 량 부인은 관아로 가서 광둥 출신으로 푸양에 정착한 거상 린판이 자기 손자를 유괴했다면서 펑 판관에게 고발을 했다. 그러면서 량 부인은 낡은 문서를 한 보따리 내밀었다. 그 문서는 량 집안과 린 집안의 오랜 반목을 보여 주는 내용이었다. 그러나 량 부인은 손자의 실종에 린판이 연루되어 있음을 입증하는 구체적 증거를 하나도 제시하지 못했기 때문에 펑 판관은 그 고소를 기각해 버렸다.

량 부인은 그 뒤로도 나이 든 식모와 단 둘이서 작은 집에서 계속 살았다. 나이도 나이지만 사무친 원한을 가슴에 쟁여 두고 살다 보니 량 부인의 머리는 약간 정상이 아니었다. 량코파의 실종에 대해서 가오 포리는 전혀 짚이는 바가 없었다. 그저 운하에 빠져 익사하지나 않았을까 하는 정도였다.

그동안의 경과를 자세히 전해 들은 타오간은 포리에게 고마움을 나타내고 량 부인의 집을 둘러보러 갔다.

타오간은 남쪽 수문에서 과히 멀지 않은 인적 없는 좁은 뒷골목에서 량 부인의 집을 찾아냈다. 성냥갑만 한 단층집들이 다닥다닥 붙어 있는 동네였다. 기껏해야 방이 세 칸도 안 되어 보이는 집이었다.

아무런 장식도 되어 있지 않은 검은 대문을 두드렸다. 한참 만에야 신발을 질질 끄는 소리가 나더니 문에 난 구멍이 열렸다. 주름살투성이의 늙은 여자가 앙칼진 목소리로 물었다.

"왜 그러시오?"

"량 부인은 집에 계시나요?"

늙은 여자는 의심스러운 눈초리로 상대를 바라보았다.

"몸이 편찮으셔서 아무도 못 만나세요!"

여자가 쏘아붙였다. 그리고 구멍이 탁 닫혔다.

타오간은 어깨를 으쓱하고 돌아서서 집 주위를 살폈다. 아주 조용한 동네였다. 노점상은커녕 구걸하는 거지 하나 보이지 않았다. 잠시 디 공이 량 부인의 말을 덥석 받아들인 것은 실수가 아니었을까 하는 생각까지 들었다. 량 부인과 그 여자의 손자는 린판과 결탁하여 꾸미고 있는 모종의 사악한 음모를 감추기 위해 능청스럽게 연기를 하고 있는지도 몰랐다. 이렇게 한갓진 동네라면 남의 눈을 의식할 필요 없이 못된 음모를 얼마든지 꾸밀 수 있을 것이다.

가만히 보니 량 부인의 집 바로 맞은편 집은 다른 집보다 컸다. 그 집은 단단한 벽돌로 지은 이 층집이었다. 비바람에 닳은 간판은 한때 그 집이 비단 가게였음을 말해 주고 있었다. 그러나 창이란 창은 모두 굳게 닫혀 있었다. 그 집에는 사람이 살지 않는 모양이었다.

"여기서는 기대할 게 없겠다. 가서 린판과 그 집 식구들에 대해서 캐 보는 게 낫겠어."

타오간은 혼자 중얼거렸다.

타오간은 제법 먼 거리였지만 북서 구역으로 발길을 돌렸다.

린판의 집은 관아에 비치된 호적에서 확인해 둔 터였지만 막상 그 집을 찾는 과정에서 예상치 못했던 각종 어려움에 부딪쳐야 했다. 린의 저택이 있는 동네는 푸양에서 가장 오래된 동네 가운데 하나였다. 옛날에는 푸양의 사대부들이 이곳에서 살았지만 그들은 그 뒤 좀더 주거 환경이 쾌적한 동쪽 구역으로 옮겨 갔다. 토끼 굴처럼 비좁고 꼬불꼬불한 골목길이 한때는 살기 좋았던 이 동네를 벌집처럼 파 놓고 있었다.

길을 잘못 들기를 여러 차례, 타오간은 마침내 어렵사리 그 집을 찾았다. 웅장한 대문에는 구리 장식물이 박혀 있었다. 대문 양쪽으로 솟아 있는 높은 담벽은 잘 수리되어 있었고 두 마리의 돌사자가 대문 양쪽을 지키고 있었다. 왠지 으스스하고 위압적인 분위기가 느껴졌다.

타오간은 부엌으로 통하는 문도 찾을 겸 린 저택의 전체적인 크기도 가늠할 겸 바깥 담벼락을 따라 걸어가 볼 생각이었다. 그러나 곧 그럴 수가 없음을 깨달았다. 오른쪽으로 걸어가자니 옆에 붙은 저택의 담이 가로막았고 왼쪽으로 돌아가자니 거기에는 돌무더기가 잔뜩 쌓여 있었던 것이다.

그는 다시 발길을 돌려 모퉁이를 돌았다. 작은 야채 가게가 하나 있었다. 오이와 호두 절임을 사서 돈을 치르며 지나가듯이 장사는 잘되느냐고 슬쩍 떠 보았다.

야채 장수는 앞치마에 두 손을 닦으면서 대답했다.

"목이 안 좋아서 큰돈은 못 벌어요. 그래도 만족하고 삽니다. 저나 가족이나 아침부터 밤까지 일해도 몸이 끄떡없으니까요. 그래도 쌀밥은 먹고 가게를 하니까 야채는 거저고 일주일에 한 번은 고기 구경도 하니 이 정도면 과분하지요. 더 이상 뭘 바라겠습니까?"

"저렇게 커다란 저택을 코앞에 두고 있으니 재미가 쏠쏠치 않을 것 같은데?"

야채 장수는 천만의 말씀이라는 듯이 어깨를 으쓱했다.

"대궐만 한 저택 두 채가 떡 버티고는 있지만 일이 안 되려고 그러는지 한 집은 오래전부터 비어 있고 또 한 집은 다른 지방 사람들이 살고 있거든요. 광둥 사람들인데 도무지 말이 안 통해요! 린 대인은 운하를 따라 북서쪽 변두리로 넓은 땅을 갖고 있는데 그 집에서 일주일 동안 먹을 채소를 마차에 한 가득 싣고 매주 농부가 옵니다. 우리 가게에다가는 동전 한 닢 안 떨어뜨린다고요!"

"나도 광둥에서 살아 봐서 아는데, 광둥 사람들은 상당히 사교적인 편이지 않소. 린 대인의 하인들이 이따금씩 가게에 들러서 이야기도 나누고 하는 일이 없나요?"

야채 장수는 분개했다.

"여기에는 코빼기도 비치지 않습니다! 우리 북쪽 사람보다 지들이 잘났다고 여기는지 아예 거들떠보지도 않는다고요. 그런데 그런 건 왜 캐물으십니까?"

"사실은 내가 표구사인데 이래 봬도 솜씨가 제법이라오. 표구점이 있는 큰길까지 가려면 거리도 제법 되고 저런 저택에는 손볼 병풍 같은 것이 혹 있지 않을까 싶어서 그러우."

"번지수를 잘못 짚으셨군. 잡상인이나 도붓장수는 저 집에 얼씬도 못하게 한답니다."

그러나 타오간은 쉽게 물러서지 않았다. 야채 가게를 나선 그는 소매에서 작은 요술 자루를 꺼내 안에 든 대나무 살을 움직여 그 속에 아교 단지와 표구사가 쓰는 붓이 들어 있는 것처럼 보이게 했다. 그런 다음 계단을 올라가 대문을 쾅쾅 두드렸다. 잠시 후 작은 구멍이 열리더니 부루퉁한 얼굴이 그를 쏘아보았다.

젊었을 때 중국 전역을 안 돌아다닌 곳이 없는지라 타오간은 여기저기 사투리를 곧잘 했다. 그는 문지기에게 그럴듯한 광둥 사투리로 인사를 했다.

"나는 광둥에서 일을 배운 솜씨 좋은 표구사올시다. 이 집에 혹시 수리할 물건 없습니까?"

자기 고향 사투리를 듣자 문지기의 얼굴이 순간 밝아졌다. 그는 육중한 문을 열었다.

"그건 한번 물어봐야 알겠수. 좌우지간 오랜만에 우리 고향 사람을 만나서 반가우니 잠시 내 방에 들어와 앉아 있다 가시구려."

잘 손질된 안마당을 낮은 건물들이 빙 에워싸고 있었다. 문지기의 방에서 기다리고 있자니 이 저택에 감도는 깊은 정적이 새삼스럽게 와 닿았다. 하인들이 내지르는 고함도 안 들렸고 집 안을 돌아다니는 사람도 보이지 않았다.

한참 만에 돌아온 문지기의 얼굴은 아까보다 더욱 일그러져 있었다. 문지기의 뒤에는 광둥 사람이 즐겨 입는 검정 비단 옷차림의 땅딸막하고 어깨가 떡 벌어진 사내가 따라왔는데 펑퍼짐하니 못생긴 얼굴에는 들쭉날쭉 가는 수염을 기르고 있었다. 거들먹거리는 꼴로 보아 이 집의 가령쯤 되는 모양이었다.

"무슨 수작을 부리는 거냐! 여기가 어디라고 감히! 표구사가 필요하면 우리가 부른다! 당장 나가지 못할까!"

남자는 타오간에게 호통을 쳤다.

타오간은 우물쭈물 사과의 말을 던지고 물러설 수밖에 없었다. 육중한 문이 뒤에서 쾅 하고 닫혔다.

그대로 물러서면서 타오간은 밝은 대낮에 다시 한번 이 집을 들어가기란 어렵겠다는 결론을 내리고 북서 구역의 교외로 가서 린의 농장을 한번 살펴야겠다고 마음먹었다.

북문을 빠져나와 삼십 분가량 걸어가니 운하가 나왔다. 푸양에는 광둥 사람이 별로 많이 살지 않는다. 린의 농장은 농부들에게 물어 힘들이지 않고 찾을 수 있었다.

기름진 땅이 운하를 따라 일 킬로미터 가까이 뻗어 있었다. 그 한복판에 깔끔하게 회를 바른 농가가 한 채 서 있고 그 뒤편으로 커다란 창고가 두 채 보였다. 물가 쪽으로 좁은 길이 나 있고 거기 작은 부두에 나룻배가 묶여 있었다. 세 사람이 나룻배에다 가마니 짐짝을 부지런히 싣고 있었다. 그들을 제외하면 주위는 한적했다.

이 평화로운 농촌의 정경에는 의심을 살 만한 구석이 아무것도 없다는 결론에 이른 타오간은 발길을 돌려 다시 북문을 통해 성안으로 들어왔다. 작은 반점이 보이길래 푸짐한 볶음밥과 고깃국을 주문한 다음 종업원에게 덤으로 싱싱한 양파 한 접시를 갖다 달라고 했다. 워낙 많이 걸은 탓에 배가 무척 고팠다. 그는 마지막 밥

한 톨까지 남김없이 먹어치우고 고깃국도 마지막 한 방울까지 털어 넣었다. 그런 다음 팔을 베개 삼아 머리를 식탁 위에 얹고 그대로 깊은 잠이 들었다.

눈을 떴을 때는 벌써 날이 저물어 있었다. 타오간은 덕분에 실컷 잤다고 종업원에게 고마움을 전한 뒤 푼돈을 남겨 두고 반점을 나섰는데 너무 쥐꼬리만 한 액수라서 화가 난 종업원은 타오간을 도로 부르려다 꿀꺽 참았다.

타오간은 곧장 린의 저택으로 갔다. 다행히 휘영청 밝은 가을 달이 하늘에 떠 있어 길을 찾는 데는 큰 어려움이 없었다. 밤이라 야채 가게는 문을 닫았고 사위는 쥐 죽은 듯 고요했다.

타오간은 대문 왼편의 돌더미 쪽으로 갔다. 무성한 잡초와 무너져 내린 벽돌 사이로 조심조심 발을 내디디면서 두 번째 안뜰로 이어지는 낡은 문을 하나 간신히 발견했다. 입구를 가로막은 쓰레기 더미 위로 기어 올라가니 안뜰 담벽의 일부가 아직도 남아 있는 것이 보였다. 그 위로 올라서면 린 저택을 한눈에 내려다볼 수 있을 것 같았다.

몇 번인가 실패를 거듭한 끝에 부서져 내린 벽돌 틈새에 발판을 마련하는 데 성공했다. 타오간은 몸을 위로 끌어올리고 배를 담 꼭대기에 착 붙였다. 저택은 세 군데의 안마당으로 이루어져 있었는데 하나하나의 안마당은 웅장한 건물들로 에워싸여 있었으며 그 건물들은 다시 화려한 통로로 연결되어 있었다. 그러나 저택 전체가 한없이 조용하기만 했다. 문지기가 있는 행랑채를 제외하면 사람의 기척은 어디에서도 들리지 않았다. 불빛이라고는 후원 쪽의 창문 두 개에서 새어나오는 빛이 고작이었다. 타오간에게는 눈앞의 정경이 기이하게 생각되었다. 아직 초저녁임을 감안하면 이런 대궐 같은 저택은 사람들로 북적거려야 당연한 것이다.

타오간은 한 시간이 넘도록 그렇게 담 꼭대기에 엎드려 있었지만 눈 아래는 여전히 조용하기만 했다. 한 번인가 앞마당의 그늘 속에서 무언가 움직이는 것을 본 듯한 느낌이 들기도 했지만 잘못 본 것이려니 여겼다. 아무런 소리도 들리지 않았기 때문이다.

드디어 타오간은 관람대를 뜨기로 작정했다. 그런데 밑으로 내려올 때 벽돌 하나를 떨어뜨렸다. 덤불을 겨냥하고 발을 디뎠지만 주변에 쌓여 있던 벽돌에 몸을 찧으면서 쿵 소리가 났다. 타오간은 욕설을 내뱉었다. 무릎이 긁히고 옷자락이 찢겨져 나갔다. 간신히 몸의 균형을 잡고 길을 찾기 시작했지만 공교롭게도 그 순간 구름이 달빛을 가려 주위는 칠흑처럼 캄캄했다.

자칫 걸음을 잘못 내디뎠다간 팔다리가 성할 것 같지가 않았다. 타오간은 그 자리에 웅크리고 앉아 다시 달이 나오기를 기다렸다.

오래지 않아 그는 혼자가 아니라는 사실을 불현듯 알아차렸다. 산전수전을 겪어 오는 가운데 타오간은 위험을 감지하는 본능이 남달리 발달되어 있었고 지금 저 돌무더기의 어딘가에서 누군가가 자기를 바라보고 있다는 확신에 사로잡혔다. 그는 귀를 곤두세우고 미동도 하지 않았다. 그러나 이따금 발밑 덤불에서 작은 동물이 내는 듯한 부스럭 소리를 제외하면 아무 소리도 들리지 않았다.

드디어 달이 도로 나왔다. 타오간은 잠시 꼼짝도 하지 않고 주위를 샅샅이 살폈다. 그러나 수상한 구석은 어디에도 없었다.

그는 몸을 낮추어 가며 무너진 집터에서 빠져나오는 길을 간신히 발견했고 가급적 그늘만 골라 조심스럽게 움직였다.

다시 골목길로 나온 타오간은 안도의 숨을 들이마셨고 야채 가게를 지나면서는 발걸음을 재촉했다. 주위의 적막이 너무도 으스스했기 때문이다.

갑자기 타오간은 자기가 길을 잘못 들었음을 깨달았다. 전혀 생소한 좁은 길이 나타난 것이다.

방향을 잡으려고 주위를 두리번거리는 순간 복면을 한 두 장정이 어둠 속에서 튀어나왔다. 그들은 타오간에게로 달려왔다. 그는 있는 힘껏 달렸다. 추적자들을 따돌리기를 바라면서, 아니면 추적자들이 대놓고 자기를 공격하기 어려울 행길이 나타나기를 바라면서 길모퉁이를 몇 개나 돌았는지 모른다.

불행하게도 큰길과는 한참 떨어진 곳에서 타오간은 그만 막다른 골목길에 갇혀 버렸다. 등을 돌리니 추적자들이 막 모퉁이로 돌아들고 있었다. 타오간은 독 안에 든 쥐였다.

그는 고함을 질렀다.

"고정들 하게! 덮어놓고 흥분할 것이 아니라 문제가 있으면 말로 풀자고!"

복면을 한 두 남자는 그 말에 콧방귀도 뀌지 않았다. 타오간에게 접근하더니 그중 하나가 머리를 겨냥하여 주먹을 날렸다.

위기가 닥쳤을 때 타오간은 주로 주먹보다는 말로 해결하는 편이었다. 그가 익힌 권법이라고 해 봐야 마중, 차오타이와 몇 번 장난삼아 붙은 정도였다. 그렇다고 겁쟁이는 아니었다. 그의 빈약한 외모를 얕잡아보고 함부로 싸움을 걸었다가 낭패를 당한 자가 한두 사람이 아니었다.

타오간은 몸을 홱 숙여 주먹을 피하면서 첫 번째 공격자의 옆으로 빠져나가 뒤에 버티고 있던 자의 딴죽을 걸려고 시도했다. 그러나 발을 헛디디면서 그만 몸의 균형을 잃었다. 공격자들의 눈에 어린 살기를 본 타오간은 그들이 노리는 것은 단순히 돈이 아니라는 사실을 직감했다. 그들은 타오간의 목숨을 노리고 있었다.

그는 사람 살리라고 목청껏 고함을 질렀다. 타오간의 뒤에 있던 자가 무서운 완력으로 타오간의 팔을 등 뒤로 잡아 비트는 동안 다른 남자가 칼을 뺐다. 순간 이것으로 디 공을 보는 것도 마지막이라는 생각이 타오간의 뇌리를 스쳤다.

그는 팔을 빼내기 위해 필사적으로 뒷발질을 했지만 역부족이었다.

바로 그 순간 당당한 체격을 가진 제 삼의 인물이 긴 머리를 휘날리면서 골목 안으로 뛰어들었다.

낯선 사람이 갑자기 싸움에 뛰어들고,
디 판관의 심복들이 머리를 맞댄다.

순간 타오간은 팔이 풀려 난 것을 느꼈다. 뒤에 있던 남자는 불청객의 옆을 통과하여 골목 초입을 향해 달려갔다. 제 삼의 인물은 칼을 빼든 남자의 머리에 일격을 날렸지만 상대가 허리를 낮추는 바람에 주먹은 빗나가고 말았다. 남자는 그대로 뺑소니를 쳤고 제 삼의 인물은 그 뒤를 쫓아갔다.

타오간은 안도의 한숨을 내쉬면서 이마에 송글송글 맺힌 땀방울을 닦아 내고 구겨진 옷자락을 폈다. 잠시 후 장신의 사내가 돌아와서 퉁명스럽게 내뱉었다.

"또 그놈의 술수를 부린 게로군!"

"마중의 실력이야 익히 아는 바지만 방금 전처럼 자네가 고마운 적도 없었네그려! 그런데 그 요상한 옷차림으로 예서 뭘 하는 건가?"

마중은 무뚝뚝하게 답했다.

"도교 사원의 성파라는 친구를 만나고 돌아오는 길인데 이 미로처럼 얽힌 망할 놈의 동네에서 길을 잃었지 뭔가. 요 앞을 막 지나는데 누군가 사람 살리라고 악을 쓰지 않겠어. 소리 지른 게 자네인 줄 알았더라면 맨날 사람이나 속여 먹는 그 못된 버릇 좀 고치도록 단단히 혼 좀 나라고 일부러 늦게 왔을 거야."

"조그만 늦었더라면 그땐 와도 소용없었을 거라고!"

타오간이 발끈했다.

타오간은 허리를 굽히더니 두 번째 공격자가 떨어뜨린 칼을 주워서 마중에게 내밀었다.

마중은 손바닥 위에 칼을 얹어 무게를 가늠하면서 달빛에 반사되는 흉물스러운 긴 칼날을 눈여겨보았다.

"허, 이놈의 칼이 작두처럼 자네의 목을 싹둑 자를 뻔했구먼! 그놈들을 못 잡은 게 더욱더 원통하이. 이 망할 놈의 동네를 손바닥 들여다보듯이 훤히 꿰뚫고 있는 자들이야. 어두운 골목길을 미꾸라지처럼 빠져나가면서 눈 깜짝할 새에 종적을 감추고 말았으니 말이야. 왜 하필 이런 기분 나쁜 동네에서 싸움을 걸었나?"

타오간이 툴툴거렸다.

"싸움을 걸긴 누가 걸어? 판관 어른의 지시에 따라 그 광둥에서 왔다는 린판의 저택을 조사하는 중이었단 말일세. 돌아오는 길에 그 두 놈들에게 급습을 당했다니까."

마중은 손 위의 칼을 다시 한번 바라보았다.

"이보게, 앞으로 위험한 인물은 나하고 차오타이가 조사하는 게 좋겠어. 자네가 자택을 염탐하는 것을 필시 알아차린 게야. 린은 자네가 못마땅했던 거지. 내 생각에는 자네를 없애도록 자객을 보낸 것도 바로 그자야. 이 칼 모양을 보니 광둥에서 밀반입되는 칼이거든."

"그 말을 듣고 보니 두 녀석 중 한 녀석은 어째 얼굴이 많이 익어! 복면으로 얼굴 밑 부분은 가렸지만 허우대나 몸놀림으로 보아 한 놈은 린의 저택 안에서 본 가령 같구면."

"만일 그게 사실이라면 놈들은 무언가 음모를 꾸미고 있다고 봐야지. 그렇지 않으면 누가 집 주변에서 기웃거린다고 해서 그렇게 기를 쓰고 해코지하려 들지는 않을 테니까 말이야. 자, 그만 관아로 돌아가세!"

구불구불한 골목길을 한참 돌아서 마침내 큰길로 나온 두 사람은 관아를 향해 터벅터벅 걸어갔다.

선임 기사관의 방으로 들어서니 방 주인은 없고 홍 수형리가 혼자 앉아서 바둑판을 들여다보고 있었다.

수형리는 두 사람을 자리에 앉히고 차를 따라주었다. 타오간은 린 저택에서 겪은 일과 마중의 도움으로 구사일생으로 살아난 일을 일사천리로 털어놓았다.

"아직도 판관 어른께서 보자사의 수사를 중단하도록 말씀하신 것이 원통하기만 합니다. 광둥의 악당들보다는 바보 같은 중 대가리들이 한결 다루기가 수월하걸랑요. 그리고 절에서 수입도 좀 올렸다 이 말입니다."

타오간의 하소연이 끝나자 홍 수형리가 한 마디 던졌다.

"대인께서 량 부인의 소장을 토대로 사건 심리를 재개하시려면 한시 바삐 처리해야 할 터인데 말이야."

타오간이 물었다.

"서두를 이유라도 있나요?"

"오늘 밤 큰일을 당해서 머리가 어지러운 모양인데 가만히 생각해 보면 자네도 내가 왜 이런 말을 하는지 이해가 갈 거네. 자네도 보았다시피 린의 집은 으리으리하고 관리가 잘되어 있는 저택이긴 하지만 텅텅 비어 있는 셈이나 마찬가지거든. 왜 그럴까? 이유야 뻔하지. 린을 위시하여 모두 이곳을 뜨려는 거야. 아녀자들과 하인들은 벌써 한발 앞서 떠났겠지. 집 안에 불이 들어온 곳이 얼마 없는 것으로 보아 문지기를 제외하면 그 집에 남아 있는 것은 린과 몇몇 심복뿐이라는 소리가 되네. 자네가 린의 농장에서 보았다는 나룻배도 벌써 남쪽으로 떠난 지 오래라고 보아야 할걸."

타오간은 주먹으로 탁자를 쾅 내리쳤다.

"맞습니다! 이제야 알겠군요. 판관 어른께서 서둘러 결정을 내리셔야 합니다. 린판 그 녀석한테 가서 지금 재판에 계류 중이니 당분간 이곳을 뜨지 말라고 통보해야지요. 그 통보는 제가 하면 좋겠는데요. 린판이 꾸미는 음모가 량 부인과 무슨 관계가 있는지 솔직히 짚이는 구석이 전혀 없긴 하지만 말입니다."

수형리가 나섰다.

"판관 어른께서는 량 부인이 들고 온 문서를 갖고 떠나셨어. 나도 자세한 내용을 모르지만 얼핏 말씀하시는 것을 들으니 린판의 혐의 사실을 결정적으로 입증하는 증거는 그 안에 없을 것 같아. 좌우지간 어른께서 뭔가 좋은 계획을 세워 놓으셨겠지."

"내일 린의 집을 다시 한번 찾아갈까요?"

타오간이 물었다.

"내 생각에 당분간 자네는 린판과 그 집 일에서 손을 떼는 것이 좋겠어. 일단 기다렸다가 판관 어른께 보고를 올리자고!"
수형리가 답했다.
타오간은 수긍을 하고 이번에는 마중에게 월지원에 갔던 일은 잘되었느냐고 물었다. 마중이 답변에 나섰다.
"오늘 밤 좋은 소식을 들었지. 셩파 그 친구가 고맙게도 좋은 금비녀가 하나 나왔는데 관심 있느냐고 묻지 않겠나. 처음에는 시답지 않다는 반응을 보였지. 비녀는 짝을 맞추어야 하는 것 아니냐, 차라리 그보다는 금팔찌라든지 소매 안에 넣고 다니기 좋은 물건이면 좋겠다고 슬쩍 튕겼다. 이 말이야. 셩파는 금비녀를 팔찌로 만드는 것은 식은 죽 먹기라고 하면서 계속 달라붙데. 못 이긴 척하고 그러마고 했지. 내일 밤까지 셩파가 물건을 가진 사람과 만날 약속을 해 놓겠다고 했어. 이제 금비녀 하나를 찾게 되었으니 남은 비녀를 찾는 것도 시간문제라고. 내일 밤에 만날 사람이 살인범이 아니라고 해도 적어도 범인이 누구이며 어딜 가야 그놈을 만날 수 있는지는 아는 친구일 게야."
홍 수형리는 만족스러운 모양이었다.
"실적이 과히 나쁘지 않군, 마중. 그 밖에는 없었나?"
"그 치들과 당장 헤어지지는 않았어요. 잠시 눌러앉아서 화기애애하게 노름판을 벌이면서 쉰 냥가량 잃어 주었지요. 셩파와 그 친구 패거리들이 쏭수를 부린다는 것은 여기 타오간의 자상한 가르침 덕분에 알아차렸지요. 하지만 돈독한 관계를 맺을 요량으로 모른 척했습니다. 노름판을 치운 다음에는 별별 시시껄렁한 이야기도 다 했어요. 월지원에 관한 으스스한 괴담이 많더라고요. 제가 우연히 셩파에게 이런 질문을 던졌습니다. 옆문만 살짝 밀고 들어

가면 가령 도인들이 쓰던 방이라든지 비바람을 피할 수 있는 아늑한 잠자리를 마련할 수 있는데 무엇 때문에 이 초라한 판잣집에서 고생을 하느냐고요."

"나도 전부터 그게 궁금했걸랑!"

타오간이 끼어들었다.

마중의 말이 이어졌다.

"그러니까 셩파가 하는 말이 사원에 유령만 안 나타났어도 진작에 안에 들어가서 살았을 거라는 겁니다. 밤이 깊어지면 닫힌 문 뒤에서 신음소리와 쇠사슬 끄는 소리가 종종 들린다는군요. 창문이 열리면서 녹색 머리카락에 시뻘건 눈을 한 악마가 자기를 노려보는 것을 본 사람도 있답니다. 셩파 패거리는 우악스럽기는 해도 귀신이나 유령에는 역시 약한가 봅니다."

타오간이 말했다.

"등골이 오싹해지네! 그런데 도인들이 왜 절을 떠났다지? 그게 으름뱅이들은 한곳에 눌러앉으면 엉덩이를 그렇게 쉽게 떼지 않는 법인데. 귀신이나 구미호나 뭐 그런 것한테 쫓겨났남?"

"나도 그건 몰라. 다만 도인들이 그곳을 떠나 아무도 모르는 곳으로 갔다는 사실만 알 뿐."

그 말끝에 수형리는 아리따운 처녀와 결혼한 남자의 소름 끼치는 이야기를 들려주었다. 그 처녀는 나중에 여우로 변하여 남자의 목을 물어뜯었다는 내용이었다.

이야기가 끝나자 마중이 입을 열었다.

"귀신 이야기를 들으니 밋밋한 차나 마시는 것으로는 성에 안 차는데!"

타오간이 거들었다.

"옳거니! 그러고 보니 생각이 나네. 린판의 집 근처에서 야채 장수한테 말을 좀 걸려고 소금에 절인 호두와 오이지를 산 게 있거든. 술안주로는 그만이지!"

마중이 다시 나섰다.

"그뿐인가, 자네가 보자사에서 지저분하게 벌어들인 돈을 없앨 수 있는 절호의 기회 아닌가. 절에서 훔친 돈은 얼른 써 버려야 화를 면할 수 있다는 말도 모르나?"

타오간은 반대하지 않고 졸린 눈을 비비는 하인을 시켜 술 세 주전자를 사 오도록 했다. 난로 위의 술이 따끈하게 데워지자 그들은 밤이 이슥하도록 술잔을 기울였다.

다음날 아침 일찍 세 사람은 관아 재판정에서 다시 만났다.

홍 수형리는 옥을 살피러 갔다. 타오간은 린판의 신상과 그의 푸양에서의 활동 내용에 관한 자료를 찾기 위해 서고로 갔다.

마중은 파수병들의 숙소로 갔다. 파수병들이 벌인 노름판을 포졸들이 옆에서 구경하는 것을 본 그는 모두 관아 앞마당으로 소집한 다음 두 시간 동안 혹독한 군사 훈련을 시켰다.

훈련이 끝난 뒤 마중은 홍 수형리, 타오간과 점심을 들었다. 그리고 숙소로 돌아가 낮잠을 잤다. 그날 저녁에 대비하여 기운을 모아 두기 위해서였다.

마중이 찻집에서 도인을 만나고 격투 끝에 범인을 잡는다.

날이 저물자 마중은 다시 허름한 옷으로 갈아입었다. 홍 수형리는 감시관에게 관아 금고에서 은화 서른 냥을 내어 마중에게 주라고 지시했다. 마중은 은 꾸러미를 보자기에 잘 싸서 소매 안에 감춘 다음 월지원으로 출발했다.

성파는 전과 다름없이 웃통을 벗어젖힌 채 담벽에 기대 앉아 배를 북북 긁고 있었는데 정신은 온통 노름판에 쏠려 있는 것 같았다.

그러다가 마중이 다정스럽게 인사를 하니까 옆에 앉기를 권했다. 마중은 털썩 주저앉으면서 한마디 했다.

"노형, 나한테서 따 간 돈으로 지금쯤 말쑥한 옷을 사서 입었으려니 생각했는데 그게 아니로군. 겨울이 오면 무슨 재간으로 추위를 견디려고 아직도 그 꼴이우?"

성파는 딱하다는 눈초리로 마중을 바라보았다.

"심히 듣기 거북한 말이로구먼. 이 몸이 개방의 고문이라는 소리를 하지 않았던가? 상인한테서 내 돈 주고 옷을 사 입는다는 건 나의 자존심이 허락하지 않는다 이 말씀이야. 그건 그렇고, 어서 본론으로 들어갑시다그려."

마중의 귀에 머리를 바짝 갖다 붙이면서 셩파는 걸걸한 음성으로 수군거렸다.

"일이 순조롭게 마무리되었수. 오늘 밤 성문을 빠져나가시우. 금비녀를 은화 서른 냥에 팔겠다는 작자는 떠돌이 도사요. 고루 뒤편에 있는 왕루 찻집에서 노형을 기다리고 있을 게요. 찻집 한구석에 혼자 조용히 앉아 있겠다고 했으니 금세 알아볼 수 있을 거외다. 찻주전자 주둥이 밑에 빈 잔 두 개를 놓고 있겠다고 했소. 노형이 그 찻잔을 두고 슬쩍 말을 걸면 그자도 노형을 알아볼 거요. 그 다음 일은 노형에게 달려 있수다."

마중은 고맙다고 하며 다음에 푸양을 다시 찾으면 이 은혜는 잊지 않고 갚겠다고 너스레를 떨었다. 그러고는 바로 출발했다.

그는 전신각 쪽으로 발길을 재촉했다. 저녁 하늘을 등지고 높이 솟아 있는 고루가 눈에 들어왔다. 동네 개구쟁이가 고루 바로 뒤편의 인파로 북적거리는 작은 시장 골목으로 마중을 데려다 주었다. 마중은 시장 골목을 두리번거렸다. 왕루의 찻집은 어렵지 않게 찾을 수 있었다.

찻집의 지저분한 휘장을 쳇히고 안으로 들어서자 금방이라도 무너질 듯한 낡은 탁자들 주위에 십여 명의 손님이 바글거리고 있었다. 그들의 행색은 대부분 초라하기 그지없었으며 구린내가 사방에 진동했다. 마중은 문 쪽에서 가장 먼 한 귀퉁이에 앉아 있는 도사를 점찍었다.

도사에게 다가서면서 마중은 의혹에 휩싸였다. 거기 앉아 있는 남자는 분명히 도교 도사들이 입는 낡은 장삼을 걸치고 있었다. 머리에는 기름때가 묻어 반질반질한 검정색 고깔을 쓰고 허리춤에는 목탁이 대롱대롱 매달려 있었다. 그러나 허우대가 좋고 근육질이리라는 예상은 빗나갔다. 키도 작고 살이 통통하게 오른 사내였다. 땟국에 절어 축 늘어진 얼굴은 과히 호감을 주는 인상은 아니었지만 그렇다고 해서 디 공이 묘사한 흉측한 범죄형의 얼굴과도 거리가 멀었다. 그러나 디 공이 찾고 있는 남자가 이자임에는 틀림없었다.

마중은 탁자 옆으로 가서 넌지시 말을 붙었다.

"노형, 여기 빈 잔이 있으니 노형 옆자리에 앉아서 텁텁한 목구멍을 좀 축여도 되겠소이까?"

"아, 그러시구랴! 앉아서 한 잔 드시우. 경전은 가져오셨나?"

마중은 자리에 앉기 전에 왼팔을 스윽 내밀어 상대가 소매 안에 든 꾸러미를 만질 수 있도록 했다. 도사의 날렵한 손가락이 은화 꾸러미의 굴곡을 재빨리 확인했다. 그는 고개를 끄덕이고 마중에게 차를 따라 주었다.

홀짝홀짝 차를 몇 모금 넘기더니 통통한 사내가 입을 열었다.

"이제 공허의 원리를 더없이 상세하게 묘사한 글을 보여 드리리다."

그렇게 말하면서 사내는 가슴팍에서 더러운 책 한 권을 꺼냈다. 마중은 모서리가 꾸깃꾸깃 접힌 그 두꺼운 책을 받아서 제목을 봤다. 도교의 경전 가운데 하나인 『옥황상제비전』이었다.

마중은 책갈피를 이리저리 넘겨 보았지만 이렇다 할 내용은 없었다.

사내가 싱글거리며 말했다.

"노형이 읽어야 할 대목은 십 장이외다."

마중은 사내가 지적한 대목을 찾은 다음 자세히 보기 위해 책을 눈앞으로 바싹 가져갔다. 기다란 금비녀 하나가 책갈피 사이에 깊숙이 꽂혀 있었다. 금비녀의 머리 부분은 날아가는 제비 모양으로 판관이 묘사한 내용과 한 치도 다를 바 없었다. 참으로 뛰어난 세공 솜씨였다.

마중은 서둘러 책을 덮어 소매 안에 넣었다.

"이 책은 참으로 요긴하게 쓰겠습니다. 빌려 주신 책은 이 다음에 돌려 드리기로 하지요."

그렇게 능청을 떨면서 마중은 소매에서 꾸러미를 꺼내 사내에게 주었다. 사내는 부리나케 그것을 품안에 넣었다.

"이제 가 봐야겠습니다. 내일 밤 다시 이 자리에서 만나서 남은 이야기를 마저 하기로 하지요."

마중이 말했다.

통통한 사내는 뭐라고 뭐라고 공손히 인사를 했고 마중은 일어나서 찻집을 나섰다.

밖으로 나온 마중은 길을 좌우로 살폈다. 떠돌이 점쟁이에게 호기심이 생긴 사람들이 모여 서 있었다. 마중은 그 속에 끼어들어서 왕루의 찻집 입구가 빤히 바라보이는 위치에 자리를 잡았다. 잠시 후 키 작은 뚱보 도사가 찻집을 나와서 허겁지겁 좁은 길을 따라 내려갔다. 마중은 노점상들의 등불이 던지는 둥그런 빛의 공간을 피하면서 멀찍이서 그 뒤를 쫓았다.

도사는 짧은 다리를 부지런히 놀리며 북문 쪽으로 방향을 잡았다. 그러더니 돌연 좁다란 샛길로 꼬부라졌다. 마중은 샛길 안으로 고개만 빼죽 내밀어 보았다. 다른 사람은 아무도 없었고 도사가 작은 집 앞에 멈춰 서서 막 문을 두드리려는 참이었다. 마중은 소리 없이 그 뒤로 다가갔다.

그는 통통한 사내의 어깨를 움켜쥐어 홱 돌려세우고 목을 조르면서 윽박질렀다.

"소리 내면 죽인다!"

그런 다음 사내를 골목 안 깊숙이 끌고 갔다. 마침 어두운 공간이 있었다. 마중은 도사를 벽에다 밀어붙였다.

도사는 덜덜 떨면서 울먹거렸다.

"은화를 몽땅 드리겠습니다! 제발 죽이지만 마세요!"

마중은 도사로부터 꾸러미를 받아서 자기 소매 안에 넣었다. 그러고는 도사의 몸을 다시 거칠게 흔들었다.

"금비녀는 어디서 났는지 말해라!"

"도랑에서 발견했습니다. 아마 누군가가……"

도사가 말을 더듬었다.

마중은 다시 한번 도사의 목덜미를 조르면서 머리를 벽에다 찧었다. 머리가 부딪치는 둔탁한 소리가 울렸다. 마중은 무섭게 물어붙였다.

"순순히 털어놓지 않겠다니 죽을 각오로군!"

"말씀드리겠습니다."

상대가 캑캑거리면서 다급히 매달렸다.

마중은 목을 풀어 주면서 사내 앞에 위압적으로 버티고 섰다.

"소인은 탁발 도사로 꾸미고 다니는 여섯 명으로 된 뜨내기 강도 패거리의 일원입니다. 지금은 버려진 성벽 발치에 있는 동문 위병소가 저희 근거지고요. 두목은 황산이라고 하는 우락부락한 친굽니다. 지난 주였습니다. 우리는 늘어지게 낮잠을 자고 있었지요. 제가 우연히 눈을 떴는데 황산이 품속에서 금비녀 한 쌍을 꺼내서 들여다보는 게 아니겠습니까. 저는 다시 눈을 감고 자는 척했지요. 얼마 전서부터 저는 패거리에서 도망칠 생각을 하고 있었습니다. 분위기가 너무 거칠어서 적응을 못하겠는 겁니다. 저 금비녀만 손에 넣으면 뜰 자금을 마련할 수 있겠구나, 그런 생각이 들었지요. 해서 이틀 전 황산이 곤드레만드레가 되어 돌아왔을 때 어서 곯아떨어지기를 기다렸다가 그 친구 옷을 더듬어 금비녀 하나를 찾아냈지요. 그런데 그가 몸을 뒤척이는 바람에 그만 나머지 하나는 찾을 생각도 못하고 그대로 도망 나온 것입니다."

속으로 마중은 이 새로운 정보에 만족하여 쾌재를 불렀다. 그러나 그런 내색은 눈곱만큼도 하지 않았다.

"그놈 있는 데로 가자!"

그는 호통을 쳤다.

사내는 다시 사시나무 떨 듯 떨면서 흐느껴 울었다.

"그 친구한테 넘기지 말아 주십시오. 전 맞아죽습니다!"

"네 놈이 무서워해야 할 사람은 바로 나야!"

마중이 면박을 주었다.

"만일 네 놈이 조금이라도 배신하려는 눈치를 보이면 조용한 곳으로 데려가서 그 더러운 모가지를 단칼에 잘라 버리겠다. 가자!"

사내는 마중을 큰길로 데리고 나가더니 다시 미로처럼 얽힌 골목길을 요리조리 빠져나가서 마침내 성벽을 등진 인적 없고 어두운 곳에 이르렀다. 성벽에 바짝 붙여 지은, 금방이라도 주저앉을 듯한 오두막 한 채가 어렴풋이 마중의 눈에 들어왔다.

"바로 여깁니다."

사내가 울먹이더니 달아날 기세로 몸을 돌렸다. 그러나 마중은 그의 옷깃을 낚아채서 오두막 바로 앞까지 질질 끌고 가더니 문을 발로 뻥 차면서 소리를 질렀다.

"황산, 네 금비녀 한 짝을 가지고 왔다!"

안에서 쿵쾅거리는 소리가 들리더니 불이 켜지면서 이윽고 기골이 장대한 거한이 나타났다. 키는 마중과 비슷했지만 몸무게는 덜 나갈 성싶었다.

거한은 등불을 쳐들고 심술이 더덕더덕 붙은 작은 눈으로 상대방을 뜯어보더니 한바탕 욕설을 퍼붓고 마중에게 위협을 가했다.

"이제 보니 저 쥐새끼 같은 놈이 금비녀를 슬쩍했구나. 그런데 네 놈은 무슨 상관이 있다고 주제넘게 나서느냐?"

"금비녀를 쌍으로 사고 싶어서 그러네. 요 싸가지 없는 자식이 하나만 달랑 내놓으면서 딴전을 피우는 거라. 나머지가 있는 곳을 대라고 내가 잘 타일렀지."

황산은 너털웃음을 터뜨렸다. 삐뚤삐뚤한 이빨이 누랬다.

"그럼 흥정을 해 볼까. 하나 그전에 뺀들뺀들한 도둑놈한테 본때를 보여 주어야겠어. 두 번 다시 나쁜 짓 못하도록 말이야!"

황산은 행동에 나서기 전에 먼저 등불을 내려놓았다. 그러자 통통한 사내가 번개처럼 그 등불을 걷어찼다. 마중이 잡고 있던 옷깃을 놓아 주자 사내는 쏜살같이 달아났다.

황산은 악을 쓰면서 그 뒤를 쫓아가려고 했다. 마중은 그의 팔을 잡으며 막고 나섰다.
 "저런 놈은 놓아두라고! 혼은 나중에 낼 수도 있지 않은가. 나도 한가한 사람은 아니니 흥정이나 하세."
 "현금만 있다면야 얼마든지 흥정할 수 있지. 하는 일마다 어찌나 꼬이기만 하는지 어서 저 금비녀를 처분해서 돈을 마련하지 않으면 쫄딱 굶게 생겼단 말씀이야. 물건 하나는 보셨을 테고. 나머지도 그것과 똑같지. 얼마를 생각하시나?"
 마중은 조심스럽게 뒤를 돌아보았다. 달이 모습을 드러냈고 주위에는 쥐새끼 한 마리 없는 것 같았다.
 마중이 물었다.
 "같은 패거리들은 어디 있나? 남들 보는 데서 거래를 하고 싶지는 않아서 말씀이야."
 "걱정도 팔자셔! 한잔 걸치러 다들 몰려 나갔다고."
 "그렇다면 금비녀를 내놓아라, 이 살인마야!"
 마중이 싸늘히 내뱉었다.
 황산은 재빨리 뒤로 몸을 뺐다.
 "네 놈은 누구냐?"
 "나는 디 대인의 심복이다. 춘위의 살인범으로 너를 관아로 붙들어 가기 위해 왔다. 이제 나와 같이 가실까. 아니면 그 선에 먼저 묵사발을 만들어 놓을까?"
 "그런 계집 이름은 들어 본 적도 없다. 네 놈을 똥개처럼 부리는 그 썩어빠진 판관 놈들, 포졸 놈들이 하는 수작이야 뻔하지! 일단 관아로 잡아가서 엉뚱한 죄목을 걸어 고문으로 자백을 받아 내자는 거 아니냐. 내가 그렇게 만만해 보이더냐?"

 마지막 말이 끝내기가 무섭게 황산은 마중의 복부를 노려 일격을 가했다.

 마중은 슬쩍 피하면서 황산의 머리로 주먹을 날렸다. 그러나 황산은 노련하게 주먹을 막으면서 마중의 가슴팍으로 맞주먹을 날렸다.

 주먹과 주먹이 오갔지만 상대에게 결정적인 타격은 서로 입히지 못했다.

 마중은 무서운 호적수를 만났다는 사실을 깨달았다. 황산은 마른 체격이었지만 뼈대가 굵어서 체중은 마중과 엇비슷하게 나갈 성싶었다. 황산의 권법 또한 보통 실력이 아니었다. 마중이 보기에 팔 단 아니면 구 단까지도 쳐줄 만한 실력이었다. 마중은 구 단이었기 때문에 다소 유리할 수도 있었지만 주변 지형을 잘 모른다는 약점 때문에 그것을 살리지 못하고 있었다. 황산은 의도적으로 울퉁불퉁하거나 미끌미끌한 곳으로 자꾸만 마중을 몰아넣었다.

 치열한 공방이 오가다가 마침내 마중이 사력을 다한 공격을 퍼부어 황산의 왼쪽 눈을 팔꿈치로 찌르는 데 성공했다. 황산은 넓적다리 가격으로 응수하여 마중의 발놀림을 굼뜨게 했다.

 이어 황산은 마중의 사타구니를 노렸다. 마중은 뒤로 팔짝 뛰면서 오른손으로 적의 발을 붙잡았다. 왼손으로 황산의 무릎을 찍어 눌러 가까이 오지 못하도록 하고 남은 다리를 냅다 걷어찰 작정이었다. 그러나 마중은 미끄러지면서 헛발질을 했다. 황산은 당장 무릎을 구부려 마중의 왼쪽 목덜미에 일격을 가했다.

 그 부위는 권법에서 상대에게 치명상을 안길 수 있는 아홉 군데 급소 가운데 하나였다. 때마침 마중이 고개를 돌려 그의 턱이 충격의 절반을 흡수하지 않았더라면 마중은 그 자리에서 뻗어 버리고 말았을 것이다. 마중은 황산의 발을 놓으면서 비틀비틀 뒷걸음질 쳤다. 피가 잘 안 통하면서 눈앞이 흐려졌다. 마중의 운명은 바람 앞의 등불과도 같았다.

한 권법의 대가는 이렇게 말한 적이 있다.

"힘과 기술, 체중이 엇비슷한 두 사람이 싸울 때에는 정신력이 승패를 좌우한다."

황산의 몸은 최고의 권법 기예로 무장하고 있었지만 그의 마음은 비열하고 잔인했다. 마중이 무방비 상태였기 때문에 황산은 아홉 군데 급소 중에서 상대를 고통 없이 죽일 수 있는 부위를 선택할 수도 있는 입장이었다. 그러나 황산은 비열하게도 마중의 사타구니를 노렸다.

권법에서도 똑같은 공격을 두 번 반복하는 것을 금기시한다. 마중은 피가 잘 안 돌아서 정교한 몸놀림을 구사할 수가 없었다. 그는 그 상황에서 자기가 취할 수 있는 동작이 단 하나밖에 없음을 깨달았다. 마중은 황산의 장딴지를 두 손으로 잡고 있는 힘껏 비틀었다. 황산은 비명을 질렀다. 무릎 뼈가 빠진 것이다. 동시에 마중은 앞으로 몸을 던지면서 황산과 함께 나동그라졌다가 간신히 무릎을 세웠다. 마중은 힘이 빠지는 것을 느꼈다. 그는 황산의 손에 붙잡히지 않으려고 떼굴떼굴 한없이 몸을 굴렀다. 바닥에 드러누운 자세에서 마중은 피 순환을 정상으로 돌리는 비장의 호흡법에 온 정신을 모았다.

머리가 맑아지고 신경 계통이 제 기능을 되찾자 마중은 무릎을 털고 일어나 황산 쪽으로 갔다. 황산은 일어나려고 갖은 애를 쓰고 있었다. 마중은 황산의 턱을 발로 정확히 가격했다. 턱이 뒤로 젖혀지며 황산은 나동그라졌다. 이어서 마중은 허리춤에서 죄인을 포박할 때 쓰는 길고 가는 쇠사슬을 꺼내서 황산의 두 손을 등 뒤로 돌려 묶었다. 두 손을 어깨 가까이로 최대한 밀어 올리면서 쇠사슬의 한끝을 황산의 목에다 휘감았다. 손을 빼내려고 발버둥 치면 칠수록 가는 쇠줄이 목을 파고들도록 되어 있었다.

마중은 포로 옆에 쭈그리고 앉았다.

"네 놈이 나를 잡을 뻔했다! 괜히 판관 어른이나 나를 골탕 먹일 생각 말고 순순히 자백을 하여라!"

"재수 좋은 줄이나 알아라! 안 그랬으면 넌 벌써 내 손에 죽었어! 자백 좋아하시네. 마음대로 하시지그래."

"못 말리는 놈이로군!"

마중이 냉랭히 뱉었다.

그는 가까운 골목으로 가서 민가의 대문을 두드렸다. 사내가 졸린 눈을 비비면서 문을 열었다. 마중은 자기 신분을 밝히고 사내에게 이 구역을 순찰하는 포리에게 가서 포졸 네 명과 대나무 봉 두 개를 즉시 이곳으로 보내라는 말을 전해 달라고 부탁했다.

그런 다음 험악한 욕을 연방 뱉어 내고 있는 죄인을 감시하러 갔다.

잠시 후 포졸들이 왔다. 그들은 황산을 실어 가기 위해 대나무 봉으로 들것을 만들었다. 마중은 오두막에서 찾아낸 낡은 외투를 황산에게 걸쳐 주었다. 그들은 관아로 향했다.

황산은 옥리에게 넘겨졌다. 마중은 황산의 오른쪽 무릎에 접골

담 밑에서 벌어지는 마중과 황산의 결투

대를 붙여 주라고 지시했다.

　홍 수형리와 타오간은 마중을 기다리고 있었다. 범인을 생포했다는 소식에 모두들 기뻐했다.

　수형리가 함박웃음을 지으며 말했다.

"한잔 안 할 수 없잖아!"

　큰길로 나선 세 사람은 밤새워 영업하는 주점으로 들어갔다.

디 공이 반월로 강간 치사 사건을 해결하고,
서생은 자신의 불행한 운명을 한탄한다.

디 공은 다음날 오후 늦게 푸양으로 돌아왔다.

집무실에서 급히 식사를 하는 동안 홍 수형리가 이제까지의 경과를 간단히 보고했다. 디 공은 마중과 타오간을 불러들여 상세한 보고를 듣기로 했다.

디 공이 마중에게 말했다.

"듣자 하니 범인을 색출했다면서? 자초지종을 들려주게."

마중은 이틀 밤에 걸친 모험담을 소상히 보고한 끝에 이렇게 말했다.

"그 황산이라는 자의 생김새는 대인께서 저에게 일러 주신 범인의 인상착의를 빼다 박았더군요. 게다가 한 쌍의 금비녀도 여기 수사 기록에 묘사된 생김새와 일치합니다."

디 공은 만족스러운 듯 고개를 끄덕였다.

"나의 예상이 크게 빗나가지만 않는다면 내일 중으로 이 사건을 해결할 수 있을 듯하군. 수형리, 자네는 반월로 강간 치사 사건의 관련자들이 오전 심리에 빠짐없이 출두할 수 있도록 만전을 기하게. 그럼 타오간, 량 부인과 린 핀에 관해서 알아낸 내용이 있으면 들어 보세나."

타오간은 하마터면 목숨을 잃을 뻔했지만 때맞춰 나타난 마중 덕분에 구사일생으로 살아난 일은 물론 그동안 자기가 수사한 내용을 소상히 보고했다.

디 공은 자기가 돌아올 때까지 린 저택의 수사를 미루어 두기로 한 결정에 만족해했다.

디 공이 공표했다.

"내일 량·린 사건과 관련하여 이 자리에서 함께 구수 회의를 갖도록 하세. 그간의 기록을 검토한 끝에 내가 얻은 결론과 앞으로의 수사 방침에 대해 자네들에게 하고 싶은 이야기가 있네."

디 공은 심복들을 물러가게 한 다음 선임 기사관을 불러 자기가 없는 동안 쌓인 서한들을 가져오게 했다.

반월로 사건의 범인이 검거되었다는 소식은 푸양 전역에 들불처럼 번져 나갔다. 다음날 이른 아침부터 관아 앞에선 아직 개정 시간이 멀었는데도 방청을 원하는 사람들이 장사진을 이루고 있었다.

재판대 앞에 앉은 디 공은 붉은 먹을 찍어 옥리에게 보낼 피의자를 출두시키라는 통지서를 작성했다. 나졸 둘이 황산을 질질 끌고 와서 재판대 앞에 강제로 무릎을 꿇렸다. 황산은 무릎이 꺾이자 아프다고 죽는 소리를 냈다. 포두가 호통을 쳤다.

"입 닥치고 어르신의 말씀을 경청하지 못할까!"

"나는……."

황산이 운을 떼려는데 포두가 곤봉으로 황산의 머리통을 후려치며 질타했다.

"무엄하다. 공손히 말하지 못하겠느냐!"

황산이 부은 목소리로 말했다.

"불초 소생은 황이라고 하옵니다. 이름은 산이고요. 속세와는 인연을 끊고 살아가는 탁발 도사입지요. 어젯밤 관아에서 나왔다는 한 졸개 녀석이 다짜고짜 저를 덮치더니 생판 모르는 죄목을 대면서 저를 옥에다 가두었습니다요."

디 공이 호통을 쳤다.

"발칙한 것! 네가 춘위를 안 죽였단 말이냐!"

"그 계집이 춘위인지 뭔지 잘 모르겠습니다만서도, 파오 할망구의 그 색주집 계집이 죽은 건 저와 아무런 상관이 없습니다요! 그년은 목매달아 죽었고 소인은 그때 그 자리에 없었는뎁쇼. 증인도 여러 명 부를 수 있다고요."

황산이 볼멘소리로 말했다.

디 공이 발끈했다.

"네 놈의 야비한 이야기를 듣자는 게 아니야. 고을 수령으로서 네 놈에게 분명히 말해 둔다. 네 놈은 열엿새 날 밤 푸주한 샤오의 외동딸인 춘위를 처참하게 살해했다!"

"나리, 저는 일기를 쓰는 사람이 아니라서 방금 말씀하신 그날 제가 무얼 했고 무얼 하지 않았는지 당최 기억에 없습니다요. 그리고 나리께서 말씀하시는 이름들은 저로서는 생전 처음 듣습니다."

디 공은 의자에 등을 기댔다. 그는 수염을 쓰다듬으며 생각에 잠겼다. 황산은 디 공이 머릿속에 그려 놓은 강간 살인범의 모습과도 합치하였을 뿐 아니라 금비녀를 소지하고 있었다. 그런데도 오리발을 내미니 난감할 따름이었다. 그런데 갑자기 좋은 생각이 판관의 머리를 스쳤다. 그는 앞으로 바짝 당겨 앉았다.

"고개를 들고, 이제부터 내가 너의 기억을 되살릴 터이니 잘 듣도록 하라. 강을 건너서 남서 구역에 작은 시장 골목이 있다. 반월로라고 하지. 반월로 한 귀퉁이에 좁은 골목이 나 있고 거기 푸줏간이 있다. 푸줏간의 딸은 가게 뒤편에 있는 창고 위 다락방에서 잤다. 창 밖에 드리워져 있던 끈을 타고 처녀의 방으로 침입한 것이 네 놈이 아니란 말이냐? 처녀를 범하고 목 졸라 죽인 다음 금비녀를 가지고 달아나지 않았더란 말이냐?"

아직 제대로 뜰 수 있는 황산의 한쪽 눈에 일순 의문스러운 빛이 스쳐 지나가는 것을 디 공은 놓치지 않았다. 역시 범인은 황산임에 틀림없었다.

디 공이 호통을 쳤다.

"이실직고하렷다! 매운 맛을 보아야 불겠느냐!"

황산은 뭐라고 궁시렁거리더니 갑자기 당돌하게 떵떵거렸다.

"마음대로 걸고 넘어져라, 이 썩을 놈아! 하지만 저지르지도 않은 죄를 불라면 난 죽어도 그렇게는 못해!"

"저놈에게 매 오십 대를 쳐라!"

디 공이 명령했다.

나졸들은 황산의 옷을 찢어발겨 웃통을 드러냈다. 묵직한 가죽끈이 허공을 날아 피의자의 등짝을 갈겼다. 황산의 등짝은 곧 살이

벅벅 갈라졌고 바닥에는 피가 흥건히 고였다. 그러나 황산은 끄윽 끄윽 짧은 신음을 토할 뿐 죽어도 비명을 내지르지는 않았다. 매질이 끝나자 그는 얼굴을 바닥에 박고 의식을 잃었다.

포두가 독한 초산을 코에다 갖다 대어 황산을 깨운 다음 진한 차를 한 잔 내밀었지만 황산은 가소롭다는 듯이 그것을 뿌리쳤다.

디 공이 입을 열었다.

"이것은 시작일 뿐이다. 정 자백을 하지 않을 경우 네 놈에게 모진 고문을 가하겠다. 네 놈은 기운을 믿는가 본데 우리도 시간이 넉넉하다."

"내가 자백을 하면 너는 목을 치겠지. 자백을 하지 않으면 고문으로 죽일 테고. 난 나중 것을 택하마! 네 놈을 궁지에 몰아넣는 즐거움을 생각하면 그까짓 아픈 거야 얼마든지 참을 수 있지!"

황산이 악다구니를 썼다.

그 말에 격분한 포두가 황산의 주둥이를 채찍 손잡이로 후려쳤다. 그리고 다시 한번 후려치려는데 디 공이 손을 들어 제지했다. 황산은 부러진 이빨을 바닥에 퉤 뱉고 욕설을 퍼부었다.

"그 잘난 상판때기를 한번 보자꾸나."

디 공이 말했다.

나졸들이 황산을 일으켜 세웠다. 디 공은 그 잔혹스러운 한쪽 눈을 들여다보았다. 또 다른 눈은 마중과 싸우다가 얻어맞아 퉁퉁 부어 올라 있었다.

가만히 보니 아무리 모진 고문을 가해도 끝끝내 자백을 거부하고 자기 고집을 꺾지 않을 그런 독종에게서나 볼 수 있는 관상이었다. 디 공은 얼른 마중이 지난 밤 황산과 맞대면했을 때 주고받았던 대화의 한 토막을 떠올렸다.

"죄인을 다시 꿇어앉혀라!"

디 공이 명령을 내렸다. 그는 재판대 위에 놓여 있던 금비녀를 집어서 휙 던졌다. 금비녀는 '쨍강' 소리와 함께 황산 앞에 떨어졌다. 황산은 떨떠름한 표정으로 반짝거리는 물건을 바라보았다.

디 공은 포두에게 푸주한 샤오를 데려오라고 지시했다.

푸주한이 황산 옆에 무릎을 꿇고 앉자 디 공이 입을 열었다.

"이 금비녀에는 마가 끼어 있다고 들었는데 아직 그대의 입에서 자세한 이야기를 듣지 못했구먼."

샤오 푸주한이 입을 열었다.

"나리. 옛날에 저희 집안이 꽤 넉넉했을 때 할머니께서 전당포에서 이 금비녀를 샀습지요. 그러나 유감스럽게도 그 비녀 때문에 저희 집에는 무서운 저주가 내렸습니다. 이 물건에 마가 끼어 있는 것은 아주 먼 옛날에 이것 때문에 무시무시한 범죄가 저질러졌기 때문이지요. 할머니가 금비녀를 산 지 이틀 뒤 강도들이 할머니 방에 침입해서 할머니를 죽이고 비녀를 훔쳐 갔습니다. 강도들은 비녀를 팔다가 붙잡혔고 그대로 참수형을 당하고 말았지요. 아버지라도 그 불행의 씨앗을 내다 버렸어야 하는 건데, 돌아가신 아버지는 효성이 지극한 분이셨습니다. 할머니가 살아생전에 구입하셨던 물건에 감히 손을 대지 못하셨지요. 이듬해엔 어머니가 시름시름 앓기 시작했습니다. 겉보기에는 멀쩡한데 자꾸만 머리가 아프시다는 겁니다. 어머니는 오랜 병치레 끝에 돌아가시고 말았습니다. 아버지는 병구완을 하느라 얼마 안 되던 재산을 탕진하고 바로 어머니의 뒤를 따르셨지요. 저는 금비녀를 팔 생각이었습니다만 아둔

한 제 여편네가 두었다 나중에 요긴하게 쓸 데가 있을 거라며 고집을 부리지 뭐겠습니까. 그런데 그 흉직한 물건을 따로 잘 보관할 일이지 딸아이한테 하고 다니라고 덥석 내준 겁니다. 그래서 무서운 저주가 그 아이한테 내린 것이지요."

 황산은 샤오 푸주한의 이야기를 믿을 수 없다는 얼굴이 되어 듣고 있었다. 그러다 머리를 쥐어뜯으며 소리를 질렀다.

 "하늘의 저주를 받았다! 금비녀를 훔친 나에게 하늘의 저주가 내린 거야!"

 방청인들은 술렁거렸다.

 "조용하라!"

 디 공이 소리쳤다.

 그는 푸주한을 물러가게 하고 황산에게 다정히 말을 건넸다.

 "운명은 아무도 비껴갈 수 없는 법이야. 자네가 자백을 하건 안 하건 자네의 운명은 달라지지 않는다. 하늘이 자네를 저버렸으니 어디를 가든 마찬가지네. 여기든 저승이든."

 "그런 건 내 알 바 아니고 어서 이 일이나 결판을 지어 주시오."

 황산이 대꾸했다. 그는 잠시 후 포두에게 말했다.

 "그 더러운 차나 한잔 마시자, 이놈아!"

 포두는 약이 바짝 올랐지만 판관이 인상을 쓰는 바람에 군말 없이 황산에게 갖다 주었다.

 황산은 꿀꺽꿀꺽 그것을 마시더니 바닥에 침을 탁 뱉었다.

 "믿을 안 믿을지 모르겠지만 일평생 운명의 저주에 시달리며 살아온 사람이 있는데 그게 바로 나올시다. 나같이 기운 센 대장부는 적어도 커다란 방회(幇會)의 두목 정도는 되었어야 정상일 것이오.

그런데 요 모양 요 꼴 아니오. 중원에서 권법에 관한 한 나를 따라올 사람은 별로 없수다. 나에게 권법을 가르친 사범님은 고수 중에 고수였소. 그런데 운명의 장난인지 그분한테는 아리따운 딸이 한 명 있었지. 나는 그녀를 좋아했지만 그 여자는 나를 싫어했어. 난 여자한테 무시당하고는 못 사는 성미라. 해서 그 계집애를 범하고 그대로 뺑소니쳤수다. 그러다가 길에서 상인을 만났지. 세상에 있는 돈이란 돈은 다 긁어모으려는지 이곳저곳 안 돌아다니는 데가 없는 그런 사람입디다. 그저 고분고분하게 만들 양으로 한 대 쥐어박았더니 기가 막혀서, 그 약골이 그 자리에서 쭉 뻗지 않겠소! 허리춤에서 나온 게 뭐였는 줄 아쇼? 휴지 조각이나 다를 바 없는 영수증 쪼가리만 잔뜩 나옵디다. 그렇게 맨날 일이 꼬이더라니까."

황산은 입가에 배어 나온 피를 훔치더니 다음 말을 이었다.

"일주일 전이던가 남서 구역의 뒷골목을 어슬렁거리고 있었소. 야밤에 지나가는 놈이 있으면 공갈을 때려서 적선이나 받아낼 참으로다가. 느닷없이 한 녀석이 길을 휙 가로지르더니 좁은 골목으로 쑥 들어갑디다. 도둑인 줄 알았수다. 개평이라도 얻을 참으로 뒤따라갔지. 그런데 골목길로 따라 들어가 보니 녀석이 온데간데 사라지고 없는 거라. 사방이 캄캄하고 그저 조용하기만 했수다. 며칠 뒤였수. 아마 열엿새였겠지. 어쩌다 보니 다시 그쪽 동네에 가게 되었소. 다시 한번 그 골목을 살피자는 마음도 조금은 있었지. 그런데 개미 새끼 한 마리 보이지 않는데 웬 천 하나가 이 층 창문에서 길게 내걸려 있지 않겠소. 날이 저물면 거두어야 하는데 깜빡 잊고 그냥 놔둔 빨랫감이려니 생각했지. 그걸 슬쩍하려고 그쪽으로 갔수다. 궁하니 그런 거라도 얻어다 써야지 어쩌겠소. 벽에 바

황산이 춘위의 방을 침입한다.

짝 붙어서 그걸 살며시 잡아당겼수. 느닷없이 창문이 휙 열리더니 나긋나긋한 처녀의 목소리가 들립디다. 그러더니만 천이 조금씩조금씩 위로 당겨지는 거라. 옳거니, 어떤 놈과 몰래 바람을 피우려는 거구나 바로 머리를 굴렸수. 넌 이제 내 밥이다 그렇게 생각했지. 지가 감히 어디라고 소리를 지르고 반항을 하겠어. 나는 끈을 잡고 위로위로 기어 올라갔수다. 창턱에 올라서서 떡 보니 계집이 부지런히 끈을 잡아당기고 있더구먼."

황산은 슬쩍 곁눈질을 하더니 다시 말을 이어 갔다.

"삼삼한 계집입디다. 어떻게 알았느냐고? 그야 홀라당 벗고 있었으니까. 내가 그렇게 굴러 들어온 떡을 마다할 사람이 아니지. 계집의 입을 틀어막고 윽박질렀수. '주둥아리를 놀리면 가만 안 둔다! 눈을 감고 내가 네 년이 기다리는 사람이려니 생각해라.' 그런데 그년이 미친개처럼 날뛰는 거라. 굴복시키는 데 한참 시간이 걸렸수. 일이 끝난 뒤에도 좀처럼 가만히 안 있습디다. 문으로 쪼르르 달려가서 막 소리를 지르려는 거라. 별 수 있나, 바로 목을 졸라 죽였지. 그년의 정부가 못 올라오게 하려고 천은 내가 걷어 올렸수. 그리고 돈이라도 없나 하고 방 안 구석구석을 뒤졌지. 그런데 난 역시 안 된다니까. 동전 한 닢 없고 고작 나온 거라고는 망할 놈의 금비녀 한 쌍이었소. 이제 저 글줄 깨나 안다는 놈이 써 발기고 있는 종이 쪼가리에다 손도장을 찍겠수다. 난 듣기 싫으니 읽어 줄 필요 없소! 계집 이름은 마음대로 써 놓으시우. 이제 날 옥으로 돌려 보내주쇼. 등이 욱씬거리우."

"법에 따라서 죄인은 손도장을 찍기 전에 자기가 자백한 내용을 들어야 한다."

디 공이 냉정히 말했다.

그는 선임 기사관에게 황산의 자백을 받아 적은 내용을 큰 소리로 읽으라고 시켰다. 황산이 떨떠름한 얼굴로 내용에 이상이 없음을 확인하자 그의 앞에 진술서를 놓았고 황산은 거기에 엄지손가락을 꾹 눌렀다.

판관이 엄숙하게 말했다.

"황산, 너는 강간과 살인이라는 두 가지 죄를 동시에 저질렀으니 정상 참작의 여지가 없는 잔인무도한 범죄였다. 마지막으로 상급 기관에서 네 놈을 법정 최고형 중에서도 극형을 처할 것이라는 사실을 일러 둔다."

그가 나졸에게 손짓을 하자 황산은 다시 옥으로 끌려갔다.

디 공은 다시 샤오 푸주한을 앞으로 나오라 일렀다.

"며칠 전 내 그대에게 딸자식의 살해범을 법정에 세우리라 약속한 바 있소. 죄인의 자백을 그대도 들었을 터. 하필 금비녀를 골라 내린 하늘의 저주가 두렵기만 하구려. 그대의 여식은 생면부지의 후안무치한 불한당 놈에게 능욕당한 뒤 살해당했소. 금비녀는 여기 두고 가시오. 금은방에서 값을 매긴 뒤 관아에서 그 값어치만큼 은으로 물어 주리다. 이 가증스러운 죄인에게는 재산이 없어 피해 보상금을 물릴 수가 없구려. 하나 내 일간 그대의 피해를 보상받을 수 있는 석설한 방노를 강구해 보셌소."

샤오 푸주한이 크나큰 은혜에 감사의 뜻을 나타내려고 하자 디 공이 제지하면서 그만 물러가도 좋다고 일렀다. 그리고 이번에는 포두더러 왕 서생을 데려오도록 지시했다.

디 공은 젊은이의 얼굴을 가만히 뜯어보았다. 강간 살인범이 방금 붙잡혔다는 사실이 그의 상심을 조금도 덜어 주지 못했음이 분명했다. 오히려 황산의 자백은 그를 충격의 소용돌이로 몰아넣었다. 굵은 눈물 방울이 주르르 뺨을 타고 흘러내렸다.

디 공이 무겁게 입을 열었다.

"왕 서생, 샤오 푸주한의 딸을 유혹한 죄는 엄벌에 처해 마땅하다. 그러나 자네는 이미 매 서른 대를 맞은 몸. 게다가 처녀와 깊은 사랑에 빠져 있었다는 본인의 말을 나도 믿는 바이고, 만일 그렇다면 이 비극적 사건의 기억은 본관이 부과할 수 있는 그 어떤 중벌보다도 자네에게는 무거운 형벌이 될 것이야. 그러나 잘못은 바로잡아야 하고 피해자의 가족은 보상을 받아야 하는 법. 따라서 자네는 고인이 된 춘위를 이제라도 큰 부인으로 맞아들여야 한다. 관아에서는 적절한 예물을 자네에게 미리 마련해 주어 혼례가 차질 없이 치러지도록 도울 작정이다. 처녀는 없으나 처녀의 위패를 모시고 혼례를 치르도록 하라. 자네가 과거에 급제하거든 관아에 진 빚을 매달 녹봉에서 감하겠다. 아울러 샤오 푸주한에게 매달 일정액을 드리도록 하라. 그 역시 도합 은화 오백 냥에 이를 때까지 자네의 녹에서 공제하는 것으로 하겠다. 그 두 가지 빚을 모두 청산한 다음에라야 두 번째 부인을 맞이할 수 있을 것이다. 그러나 그 누구건 춘위를 자네의 큰 부인의 자리에서 몰아낼 수는 없다. 자네가 세상을 뜨는 날까지 춘위는 자네의 큰 부인이니라.

샤오 푸주한은 정직한 사람이다. 자네는 사위의 도리에 어긋나지 않게 샤오 푸주한 부부를 공경하고 받들어야 한다. 샤오 푸주한 부부 역시 자네를 용서하고 돌아가신 자네의 부모님이 생전에 그러셨던 것처럼 자네를 친자식처럼 아끼고 보살펴야 할 것이다. 이제 가서 글공부에 전념하게나!"

왕 서생은 거듭 머리를 조아리면서 엉엉 울음을 쏟았다. 샤오 푸주한은 그 옆에 무릎을 꿇고 앉아 가문의 명예를 되찾아 주신 은혜를 평생 잊지 않겠다고 고마움을 표했다.

그들이 자리에서 일어서자 홍 수형리가 허리를 숙이고 디 공에게 가만히 귀엣말을 넣었다. 디 공은 살며시 웃었다.

"왕 서생, 물러가기 전에 한 가지 짚고 넘어갈 것이 있네. 열엿새 날 밤에서 열이레 새벽까지 어디서 무엇을 하고 있었는가에 대한 자네의 진술은, 물론 자네의 고의는 아니라고 보네만, 한 가지 틀린 점이 있어.

사건 기록을 처음 읽을 때부터 나는 가시덤불이 자네의 몸에 그렇게 깊은 상처를 남기는 것은 불가능하다는 생각을 하고 있었네. 어슴푸레한 여명의 빛 속에서 자네는 벽돌 부스러기와 덤불 숲을 보았다고 진술했지. 그러니 그곳을 무너진 집터로 여긴 것도 무리는 아니었어. 그러나 사실 자네는 새 집이 들어서는 공사장에 발을 들여놓았던 게야. 벽돌공들이 외벽을 쌓아 올리기 위해 벽돌을 잔뜩 준비해 놓았고 아울러 내벽 세울 준비까지 해 놓았던 게지. 자네도 알다시피 내벽은 가느다란 대나무 기둥으로 뼈대를 만들고 그 위에 회 반죽을 발라 만드는 것 아닌가. 자네는 그 뾰족한 대나무 위에 떨어진 게야. 헤서 그렇게 깊은 상처가 났지. 혹시 궁금한 생각이 들거들랑 오미관 근처의 가옥 신축 공사장을 둘러보게. 자네가 운명의 밤을 보냈던 곳은 틀림없이 그곳이라는 사실을 확인할 수 있을 것일세. 그만 가 보게."

디 공은 일어서서 수하들과 함께 재판대를 떠났다.

그들이 집무실로 통하는 문을 막 빠져나가려는 순간 방청인들 사이에서 찬탄의 함성이 터져 나왔다.

디 공이 해묵은 반목을 밝히고,
살인범을 올가미에 빠뜨리기 위한 계획을 살린다.

디 공은 오전 나절을 상부에 보낼 반월로 살인 사건의 심층 보고서를 작성하는 데 보냈다. 그는 범인에게 극형을 내려야 한다고 썼다. 중형을 언도할 때는 황제의 승인을 받도록 되어 있었으므로 황산은 몇 주 뒤에나 처형될 것이다.

정오 심리에서 디 공은 몇 가지 소소한 행정적 문제를 다룬 다음 점심을 들었다.

다시 집무실로 돌아온 디 공은 홍 수형리, 타오간, 마중, 차오타이를 불러들였다. 수하들이 공손히 인사를 받고 디 공이 입을 열었다.

"오늘 자네들에게 량·린 사건의 전모를 들려주기로 하지. 가서 따끈한 차나 가져와서 편히들 둘러앉게. 이야기가 제법 길어질 터이니."

모두들 판관의 책상 앞에 앉았다. 심복들이 차를 마시는 동안 디 공은 량 부인한테 받았던 두루마리 문서를 펼쳐서 차곡차곡 정리하더니 서진으로 눌러 두고 다시 의자에 등을 쑥 파묻었다.

"자네들이 지금부터 들을 내용은 참혹한 살인과 무자비한 폭력이 난무하는 장황한 이야기가 될 것일세. 하늘이 어찌하여 그토록 끔찍한 불의를 방치하는 것인지 자네들도 들어 보면 기가 막힐 것이야. 그토록 울분이 치미는 사건 기록은 내 평생 처음 읽어 보았다네."

디 공은 잠시 말을 끊고 천천히 수염을 쓰다듬었다. 수하들은 기대에 찬 눈빛으로 판관의 얼굴을 바라보았다.

디 공은 바로 앉았다. 그리고 긴 이야기를 시작했다.

"편의상 이 복잡한 이야기를 두 부분으로 가르기로 하세. 첫 부분은 광둥에서 어떻게 반목이 시작되었고 그것이 어떻게 발전했는가 하는 내용이 되겠고 다음 부분은 린판과 량 부인이 이곳 푸양에 오고 나서 생긴 일이네. 엄밀히 말하자면 내가 이 초기 단계의 사건을 재론할 수 있는 입장은 아니야. 그 사건은 이미 광둥의 지방 관아와 고등 재판소에서 기각된 바 있거든. 그 판결을 내가 뒤집을 수는 없네. 이 갈등의 초기 단계는 우리와 직접적으로는 상관이 없지만 그렇다고 해서 무시할 수도 없네. 그것이 이 푸양에서 벌어진 사태 전개와도 긴밀하게 연결되어 있기 때문이라네. 따라서 첫 부분은 간단히 요약하고 넘어가겠어. 주제의 핵심에서 벗어난 법적 문제라든지 사람 이름, 기타 세부 사항은 모두 빼도록 하겠네.

지금으로부터 오십 년 전, 광둥에는 량이라는 거상이 살았지. 같은 동네에 린이라는 성을 가진 또 다른 거상이 살았고. 두 사람은 가까운 친구였네. 둘 다 엄청난 재력이 있었을 뿐 아니라 모두 부지런하고 정직했지. 가세는 날로 커 가고 그들의 상선은 멀리 페르시아 만까지 다닐 정도였다네. 량에게는 량홍이라는 아들과 얌전한 딸 하나가 있었는데 그 딸을 친구의 외동아들인 린판에게 시집보냈지. 양가가 혼인을 맺고 얼마 뒤 린 대인이 눈을 감았네. 린은 죽으면서 아들 린판에게 신신당부했다네. 린 집안과 량 집안이 맺은 우애를 영원토록 지켜 나가라고 말이야.

그러나 시간이 흐르면서 한 가지 분명해진 사실이 있네. 량홍이 자기 아버지를 빼다 박은 것에 비해 린판은 아버지와는 딴판으로 비열하고 탐욕스러운 성격에 못되먹었으며 잔인하기는 또 이루 말할 수가 없었다 이 말이야. 아버지가 사업 일선에서 물러나자 량홍은 가업을 충실히 이어받아 알차게 꾸려 갔지만 린판은 부당한 돈벌이와 일확천금에 눈이 멀어 뒤끝이 구린 일에 이것저것 손을 댄 게야. 결과는 뻔했지. 량 집안은 나날이 가세가 뻗어 나가는데 린판은 아버지한테서 물려받은 엄청난 재산이 눈에 띄게 확확 줄어들 수밖에 없었다네. 량홍은 린판을 돕느라 무진 애를 썼지. 항상 조언을 해 주고 다른 상인들이 계약을 안 지킨다며 손가락질을 할 때마다 앞장서서 두둔해 주고 심지어는 린판에게 막대한 액수의 돈을 꾸어 준 적도 한두 번이 아니었어. 그러나 은혜를 모르는 린판은 량홍을 경멸하고 조롱했네.

량홍의 처는 아들 둘과 딸 하나를 낳은 것에 비해 린판은 자식이 없었지. 질투가 늘어 가면서 량홍을 향한 린판의 경멸은 증오로 변했어. 린판은 자기가 하는 일이 번번이 꼬이고 벽에 부딪히는 것은 모두 량 집안 때문이라는 앙심을 품게 되었네. 량홍이 도와주면 도와줄수록 린판의 증오는 깊어만 갔지.

일이 파국으로 치달은 것은 어느 날 린판이 우연히 량홍의 아내를 보고 격렬한 욕정을 품으면서부터일세. 때마침 린판은 위험한 일에 손을 댔다가 실패를 보아 빚에 쪼들리고 있던 판이었지. 량 부인처럼 지조 있는 여인이 남편을 배신하지 않으리라는 사실을 잘 알고 있었던 린판은 량홍의 부인을 강제로 범하는 것은 물론 그 집 재산까지 훔칠 수 있는 일거양득의 비열한 음모를 꾸민 거라네.

린판은 더러운 일을 많이한 탓에 광둥의 암흑가와 결탁이 되어 있었지. 량홍이 자기도 일부 필요하지만 주로 광둥의 다른 세 거상들이 쓸 금을 대량으로 구매하기 위해 인근 고을로 떠난다는 정보를 입수한 린판은 불량배들을 시켜 귀로에 오른 량홍을 습격하도록 시켰지. 불량배들은 량홍을 죽이고 금을 훔쳤어."

디 공은 심각한 얼굴로 수하들을 바라보았다. 그런 다음 재빨리 다음 말을 이었다.

"그 천인공노할 만행을 저지른 다음 린판은 량 저택에 가서 시급한 일로 급히 량 부인을 만나러 왔다고 했지. 부인이 나타나자 남편이 노상강도를 만나 수중에 있던 금을 빼앗겼다고 거짓말을 했어. 부상을 당하기는 했지만 생명에는 지장이 없다고 슬쩍 안심까지 시켜 가면서 말이야. 북쪽 교외에 있는 빈 절에서 하인들이 보살피고 있는데 린판 자기한테 기별을 한 거라고 말이지.

그러면서 량홍은 재산의 일부를 처분하여 세 상점에서 맡긴 금값을 갚을 수 있는 돈을 마련하기 전까지는 이 사건을 아버님에게 비밀로 붙여 두기를 원한다고 귀띔했지. 이 일이 탄로 나면 량홍의 신용도가 땅에 떨어질 테니까 말이야. 그러면서 남편이 부인을 한시 바삐 절로 데려와 달라고 부탁했노라고 했지. 같이 머리를 맞대

량훙이 강도들에게 살해당한다.

고서 급히 처분할 재산을 결정해야 한다면서 말이야. 남편의 신중한 성격을 익히 알고 있었던 량 부인이 그 이야기를 액면 그대로 받아들이고 린판과 함께 뒷문으로 몰래 빠져나와 길을 떠난 것일세.

버려진 절에 도착하자 린판은 량 부인에게 자기가 한 이야기는 일부만 사실이라고 노골적으로 말했지. 남편은 강도를 만나 죽었으며 자기는 부인을 사랑한다, 앞으로 보살펴 주겠다고 말이야. 량 부인은 노발대발하면서 린판을 고발하겠다고 뛰쳐나갈 기세였어. 그러나 린판이 못 가게 막았지. 그날 밤 린판은 부인을 강제로 범했어. 다음날 아침 일찍 량 부인은 바늘로 손톱을 따서 핏방울로 손수건에다 시아버지에게 사죄의 편지를 썼네. 그런 다음 대들보에 목을 매달고 죽었어.

린판은 여자의 옷을 뒤졌지. 그리고 마지막 말이 담긴 손수건을 보는 순간 범죄를 은폐할 수 있는 좋은 생각을 떠올렸네. 편지 내용은 원래 이랬지. '린판이 저를 외진 곳으로 꾀어내어 능욕하였습니다. 가문을 더럽힌 소녀, 정조를 잃은 과부는 죽음으로 그 죗값을 치르려 하나이다.'

린판은 편지의 앞부분이 적혀 있던 손수건의 오른쪽 귀퉁이를 잘라 냈어. 그런 다음 태워 버렸지. 편지의 나머지 내용은 '가문을 더럽힌……'으로 시작했네. 린판은 그걸 다시 소매 안에 찔러 넣었어.

린판은 량의 저택으로 돌아왔지. 늙은 량 부처가 아들이 살해당하고 금을 몽땅 잃었다는 소식에 땅을 치며 울고 있었어. 길을 가던 행인이 량홍의 시체를 보고 관아에 알렸다는 것이었지. 린판은 량훙의 부모 앞에서 짐짓 슬픈 표정을 지으면서 며느님의 안위를 물었네. 한참을 머뭇거리다가 며느리가 없어졌다고 노부부가 털어놓자 린판은 기다렸다는 듯이 거짓말을 늘어놓았어. 모르는 체 눈감고 있는 것은 도리가 아니라 생각되어 말씀드린다면서, 실은 며느님과 통정을 하는 남자가 있는데 두 사람은 빈 절간에서 몰래 만나곤 했다고 말이야. 아마 지금 그곳에 있을지도 모르겠다고 슬쩍 귀뜸을 했지. 늙은 량 대인은 부리나케 절로 달려갔고 그곳에서 대들보에 목을 매달아 죽어 있는 며느리를 발견했지. 며느리가 마지막으로 남긴 글을 읽고 노인은 남편이 죽었다는 소식에 며느리가 심한 자책감을 느낀 나머지 자살을 했다고 생각하였지. 슬픔을 이기지 못한 량 노인은 그날 저녁 독극물을 마시고 죽었다네."

디 공은 잠시 이야기를 멈추고 수형리에게 차를 더 따르라고 지시했다. 그는 몇 모금 차를 마신 뒤에 다시 이야기를 계속했다.

"여기서부터 지금 푸양에 살고 있는 늙은 량 노파가 이 사건의 중심 인물로 등장하지. 죽은 량 노인의 처는 똑똑하고 일처리가 깔끔한 여자였네. 집안의 대소사에 항상 두 팔 걷어붙이고 달려들었지. 죽은 며느리가 얼마나 얌전한지 알고 있었던 시어머니는 무언가 음모가 도사리고 있다고 직감했네. 노부인은 세 상점의 금 값을 물어 주기 위해 가산을 아낌없이 처분했어. 한편으론 믿을 만한 가녕을 빈 절로 보내 소사를 낱겼지. 죽은 며느리는 베개 위에나 수건을 펼치고 편지를 썼음이 드러났네. 그 혈흔의 일부가 베개로 배어든 게야. 그 희미한 핏자국을 보고 편지의 앞부분을 알아낼 수가 있었네. 가녕에게서 이 사실을 전해 들은 노부인은 린판이 며느리를 능욕했을 뿐 아니라 아들을 죽이도록 뒤에서 사주한 범인이라는 사실을 깨달았지. 시체가 아직 발견되지도 않았는데 량홍이 죽었다고 먼저 말을 꺼냈던 점도 석연치 않은 구석이었고.

노부인은 린판의 이중 범죄를 광둥 관아에 고발했네. 그러나 그때쯤 린판은 더러운 짓거리로 엄청난 금이 수중에 있었던 터라 관리를 매수하고 돈을 먹여 거짓 증인을 내세웠지. 죽은 며느리의 정부임을 자처하는 젊은 녀석까지 급조했을 정도니 말을 해 무엇 하겠나. 사건은 기각당했지."

마중은 입을 열어 질문을 던지려고 했다. 그러나 디 공은 손을 들어 제지하고 하던 말을 이었다.

"비슷한 시기에 린판의 처, 그러니깐 량홍의 누이가 사라졌어. 쥐도 새도 모르게 없어진 거야. 린판은 크게 상심한 척 연기했지만 알 만한 사람은 그자가 처를 몰래 죽여서 시체를 은닉했다는 사실을 눈치로 알고 있었네. 린판은 자식 하나 낳아 주지 못한 부인을 포함해서 량 집안사람이라면 치를 떨었으니까 말이야.

이상이 량 부인이 제시한 첫 번째 문서에 담겨 있던 내용이네. 지금으로부터 이십 년 전의 일이지. 그 후 량 집안은 노마님과 두 손자, 손녀 하나만 남게 되었네. 세 상점의 빚을 청산하다 보니 재산은 십 분의 일로 줄어들었지만 량 집안의 명성은 그대로 살아 있었기 때문에 상점은 다시 쑥쑥 커 나갔고 집안도 다시 일어서기 시작했지.

그러는 동안 언제나 뒷구멍으로 돈 벌 궁리에 여념이 없는 린판은 대형 밀수단을 조직한 상태였네. 당국에서도 낌새를 알아차리고 있었지. 밀수 같은 중대한 범죄는 지방 관아에서 다루지 않는다는 사실을 린판은 너무나 잘 알았지. 상급 기관인 성(省) 단위에서 조사를 벌일 터인데 거기까지는 자기 콧김이 닿지 않는단 말씀이야. 해서 당국의 관심을 다른 곳으로 호도하면서 동시에 량 집안을 다시 한번 무너뜨리기 위해 계략을 꾸몄지.

부두 하역을 맡은 자에게 뇌물을 먹여 밀수품이 들어 있는 짐을 몰래 량 상회의 뱃짐 사이에 섞어 놓았다 이 말이야. 그런 다음 사람을 사서 량 부인을 고발하도록 했지. 옴쭉달싹할 수 없는 결정적 증거가 발견되었고 량 상회의 재산은 모조리 나라에 몰수당했지. 량 노부인은 다시 린판을 고발했지만 사건은 지방 관아에서도 상급 재판소에서도 기각당하고 말았어.

량 부인은 자기 집안의 씨가 마르기 전에는 결코 린판이 해코지를 멈추지 않으리란 사실을 절감했네. 해서 친정 쪽 재산으로 남아 있던 변두리 농가로 피신을 했어. 그 농장 안에는 무너진 성채가 있었네. 돌로 지은 낡은 사각 보루는 아직 멀쩡했고 농가에서는 그것을 곡물 창고로 쓰고 있었어. 량 노부인은 린판이 자객을 풀어 습격해 올 경우 여기에 몸을 숨기기로 작정하고 만일의 경우를 대비했지.

몇 달 뒤 아니나 다를까 린판이 깡패들을 풀어 농가를 파괴하고 사람들을 죽였지. 량 부인과 세 손주, 늙은 가령, 충직한 하인 여섯은 돌 보루 안으로 피했네. 미리 먹을 것과 마실 물을 그 안에 보관해 두었거든. 깡패들은 문을 부수려고 난리였지만 단단한 쇠문이라 꿈쩍도 하지 않았지. 그러자 놈들은 마른 장작을 구해다가 횃불을 만들어 창살 틈새로 던져 넣기 시작했어."

디 공은 잠시 말을 끊었다. 마중은 무릎 위에 놓인 커다란 주먹을 불끈 쥐었다. 홍 수형리는 부르르 떨면서 가는 수염을 잡아당졌다.

"안에 있는 사람들은 질식하기 일보 직전이어서 뛰쳐나올 수밖에 없었지. 노부인의 어린 손자 하나와 손녀, 가령, 하인 여섯은 모두 깡패들에게 난자당했네. 어수선한 틈을 타서 노부인은 큰 손자 량코파를 데리고 어찌어찌 탈출하는 데 성공했지.

깡패 두목은 린판에게 모두 죽였다고 보고했고 린판은 이제 량 집안의 씨를 말렸다며 좋아했네. 아홉 명이 살해당한 사건은 광둥 사람들을 격분시켰고 두 집안의 반목을 알고 있었던 일부 상인들은 이 잔인무도한 범죄에 다시 린판이 관여하고 있음을 눈치 채고 있었지.

그러나 그때쯤 린판은 광둥의 거물급 인사가 되어 있었기 때문에 아무도 그에게 반기를 들지 못했어. 거기다가 린판은 그 사건에 분노를 드러내면서 깡패들의 소재에 관한 정보를 제공하는 사람에게는 듬뿍 사례금을 주겠다고 나선 거라. 깡패 두목은 린판과 입을 맞추고 부하 네 명을 희생양으로 삼았어. 그들은 검거되어 유죄를 선고받고 참수형에 처해졌지.

량 노부인과 손자 량코파는 광둥의 먼 친척뻘 되는 사람 집으로 피신하여 거기서 이름까지 바꾸고 잠시 숨어 살았네. 그리고 린판의 혐의를 입증할 수 있는 증거를 수집하는 데 성공했어. 그러다가 지금으로부터 오 년 전 어느 날 은신처에서 나와 린판을 아홉 명의 살해 혐의로 고발한 거야.

사건이 하도 떠들썩하게 알려져서 지방 수령도 린판을 무조건 싸고돌기가 쉽지 않았지. 여론은 린판한테 불리하게 돌아갔네. 그러나 린판은 엄청난 돈을 쏟아 부은 끝에 사건을 기각시키는 데 성공했지. 그리고 그는 몇 년 동안 근신하는 게 좋겠다는 판단을 내렸네. 새로 부임한 자사가 청렴강직하기로 소문난 양반이었거든. 그래서 하던 일은 심복에게 맡기고 하인 몇과 첩들을 커다란 배 세 척에 싣고 광둥을 떠난 거라.

량 노부인은 삼 년을 헤매고 다닌 끝에 린판이 간 곳을 알아냈지. 린판이 푸양으로 온 것을 알고 자기도 뒤쫓아 와서 복수의 칼날을 갈았어. 손자 량코파를 동행했음은 물론이고. 아버지를 죽인 살인범과 같은 하늘을 이고 사는 것은 아들 된 도리가 아니라는 말도 있지 않은가. 이 년 전 할머니와 손자는 이곳으로 왔네."

여기서 디 공은 잠시 말을 끊고 차 한 잔을 더 마셨다.

"이제부터 이번 사건의 뒷부분으로 넘어감세. 그것은 이 년 전 량 노부인이 본 관아에 낸 소장에 적혀 있는 내용일세. 이 소장에서."

디 공은 눈앞에 펼쳐진 두루마리를 톡톡 두드렸다.

"량 노부인은 린판이 자기 손자 량코파를 유괴했다고 고발하고 있네. 이곳에 오기가 무섭게 량코파는 푸양에서 린판이 무슨 일을 벌이는지 조사하기 시작했고 드디어 그를 기소하기에 충분한 증거를 확보했다고 할머니에게 말했다는 거지. 그때 할머니에게 무엇을 알아냈는지에 대해서는 더 이상 구체적으로 언급을 하지 않았던 것이 불찰이지. 량 노부인은 린 저택 부근에서 조사를 벌이고 있던 자기 손자를 린판이 납치했다고 주장하고 있어. 그 주장을 뒷받침하기 위하여 들 수 있었던 증거라고는 두 집안의 해묵은 갈등밖에 없었다네. 린판이 량코파의 실종에 어떤 식으로든 연루되었다는 증거를 도출해 내기에는 역부족이었다는 말일세. 이런 점을 감안할 때 이 사건을 기각했다고 해서 전임 펑 판관을 비난하는 것은 온당한 처사가 아닐 것이야.

　이제부터 내가 염두에 두고 있는 일련의 행동 계획을 개략적으로 설명하겠네. 우이에서 친화까지 지겹도록 오래 가마를 타고 가는 동안 나는 이 문제를 면밀히 검토했어. 그리고 린판이 이곳 푸양에서 벌인 범죄 행각이 무엇일지 나 나름의 가설을 세워 보았네. 그 가설은 타오간이 일러 준 몇 가지 사실로부터 착안한 것인데. 우선 나는 왜 린판이 하필 푸양처럼 보잘것없는 고장을 은신처로 골랐을지 그 점을 자문해 보았네. 그 정도의 재력과 영향력이 있는 사람이라면 당연히 큰 도시라든지 장안 같은 곳도 고를 수 있었을 게야. 그래야 사람 눈에 안 띄면서도 쾌적한 생활을 누릴 수 있을 터이니 말이야.

　린판이 밀무역에 관여하고 있다는 사실과 그의 극도로 탐욕스러운 성격을 고려하니 결론은 쉽게 얻어지더구먼. 푸양이 소금을 밀수하기에는 둘도 없는 적격지였던 게야!"

　타오간의 얼굴에 이제야 알겠다는 표정이 언뜻 스치고 지나갔다. 그가 고개를 끄덕이는 동안에도 디 공의 설명은 계속되었다.

　"소금은 우리의 영광스럽던 한 왕조 이후로 국가의 전매 사업이었지. 푸양은 운하에 면해 있으며 해안을 따라 펼쳐진 염전에서도 과히 멀지 않은 곳이야. 린판이 푸양을 은신처로 삼은 것은 소금 밀매를 하여 더 많은 부를 거머쥐겠다는 흑심이 있어서였어. 장안에서 편하게 지내면서 돈을 풍덩풍덩 쓰느니보다는 외진 곳에서 실속을 차리겠다는 계산이 비열하고 탐욕스러운 그자에겐 훨씬 솔깃하게 다가왔을 테지.

타오간의 보고가 나의 그런 의심을 결정적으로 굳혀 주었네. 린판이 헐어 빠진 저택을 인수한 것은 주위에 인가가 별로 없는 데다가 수문과도 비교적 가까운 거리에 있었기 때문이라고 봐야지. 그래야 마음 놓고 소금을 몰래몰래 실어 나를 것 아니겠나. 거기서 린의 저택까지는 걸어서 가려면 시간이 꽤 걸리지. 북문을 통과해서 빙 돌아가야 하니까 말이야. 하나 푸양 지도를 보면 당장에 알 수 있겠지만 물길로는 아주 가까운 거릴세. 물론 배들이 마음대로 못 지나다니도록 수문에다 무거운 방책을 세워 놓았지. 하나 방책을 사이에 두고 작은 짐짝은 이 배에서 저 배로 옮길 수 있는 법이야. 운하를 이용해서 린판은 배에 실은 소금을 원하는 곳 어디로든 실어 나를 수 있었던 것일세.

유감스럽게도 현재 린판은 밀수 활동을 잠정적으로 중단하고 광둥으로 돌아갈 준비를 하고 있는 것으로 보이네. 자연히 증거 수집에 애로가 따를 것일세. 밀무역을 자행한 흔적을 남김없이 파기했을 테지."

그 대목에서 홍 수형리가 끼어들었다.

"량코파가 밀무역에 관련된 증거를 찾아냈고 그런 각도에서 린판을 치려고 했을 가능성이 높지 않습니까? 한번 량코파를 대대적으로 찾아나서는 것이 어떨까요? 린판이 어딘가에 억류해 두지 않았겠습니까?"

디 공은 고개를 흔들었다.

"아쉽지만 량코파는 이 세상 사람이 아니라고 봐야 해. 타오간이 겪어 보아서 너무도 잘 알겠지만 린판은 피도 눈물도 없는 놈이야. 일전에 량 노부인의 하수인으로 오인받은 타오간이 린판의 습격을 받고 구사일생으로 살아난 적이 있지 않는가. 틀림없어, 린판은 량코파를 죽였네."

수형리가 말했다.

"그렇다면 린판을 검거할 날은 요원하겠군요. 두 해가 지난 지금에 와서 살해 혐의를 입증하기란 사실상 불가능한 노릇 아닙니까."

"불행하게도 그렇다네. 해서 나 나름대로 이런 작전을 세워 보았지. 자기의 유일한 적수가 노부인이라고 생각했기 때문에 린판은 노파의 계획을 저지할 수 있는 대응책을 정확히 강구했고 그것은 한 치의 오차도 없이 들어맞았네. 하지만 앞으로는 나도 상대해야 한다는 사실을 넌지시 알려 줄 참이야. 린판에게 겁을 주고 귀찮게 하고 압박을 가해서 놈이 궁지에 몰린 나머지 이판사판으로 나올 때 그것을 역이용해서 놈을 칠 수 있는 발판을 마련하자는 생각이지. 이제부터 지시를 내릴 테니 잘 들어 두게.

먼저 수형리는 오늘 오후 나의 명첩을 들고 린판을 찾아가서 내일 내가 지나는 길에 잠깐 들르겠다고 전하게. 린판을 만난 자리에서 내가 그자에게 모종의 혐의를 두고 있으며 푸양을 떠나서는 안 된다고 분명히 못 박아 둘 참이네.

다음, 타오간은 린 저택 옆의 땅 임자가 누구인지 알아내게. 그리고 땅 주인에게 그 집터가 불량배들의 소굴로 이용되고 있어 관에서 청소하기로 방침을 세웠다고 전하고 청소비의 반은 관에서 부담하겠노라고 이르게. 그 다음 일꾼들을 모아서 내일 아침부터 당장 작업에 착수하고 나졸 두 명을 시켜 망을 보게 하게.

다음, 수형리는 란에게 나의 방문 계획을 통지한 다음 바로 수비대로 가서 사령관에게 협조 공문을 전하게. 동서남북 네 군데 성문에서 군 수비대가 그리로 드나드는 모든 광둥 사람을 적당한 구실을 붙여서 검문해 달라는 내용이면 되겠네. 그리고 수문에도 수비대 몇 명이 주야로 보초를 서게 할 참이네."

디 공은 양손을 비비면서 만족스러운 듯이 덧붙였다.

"그리 되면 린판은 바야흐로 심각한 고민에 빠질 게야. 그 밖에 또 좋은 생각이 있으면 말해 보게."

차오타이가 웃으면 입을 열었다.

"그놈의 농장 주변에도 공포 분위기를 조성하면 어떨까요? 내일 제가 성문 밖 린판 농장의 맞은편에 있는 국유지로 가는 겁니다. 가서 군용 막사를 치고 하루 이틀 머물면서 운하에서 고기라도 낚는 거지요. 그러면서 수문과 농장 주변을 면밀히 감시한다 이거지요. 농장 것들이 알아보게끔 일부러 티를 내면서 말이에요. 그럼 제가 린판에 대한 첩보 활동을 벌이고 있다는 보고가 제꺽 올라갈 터이고 그리 되면 놈의 불안감은 더욱 커지지 않겠습니까."

"좋은 생각이로세!"

판관이 무릎을 쳤다. 그러고는 아까부터 뺨에 난 긴 수염을 잡아당기며 곰곰 생각에 잠겨 있는 타오간에게 고개를 돌렸다

"자네도 할 말 있으면 해 보게, 타오간."

"린판은 위험한 자입니다. 자기를 향해 조여 드는 압력을 눈치채면 량 노부인을 죽이려 들 것입니다. 자기가 고발한 사람이 죽어야 두 다리 뻗고 잘 수 있을 테니까요. 그러니 노부인을 우리가 지켜야 합니다. 량 부인의 집에 갔을 적에 보니 길 맞은편의 포목점이 비어 있었습니다. 마중에게 나졸 한두 명을 딸려 보내 린판이

노부인을 해코지 못하도록 거기서 망을 보게 함이 어떠할는지요."

디 공은 한동안 생각에 잠겼다가 잠시 후 답변에 나섰다.

"근자에는 이곳 푸양에서 린판이 량 노부인에게 해코지한 사례가 없었네. 하나 만일의 경우에 대비해야겠지. 마중, 오늘부터 거기를 지키게나. 마지막으로 푸양 남북을 관통하는 운하를 지키는 군 수비대 초소에다 린 상점의 상호가 찍혀 있는 모든 배를 정지시키고 밀수품 수색을 강화하라는 공문을 보낼 작정일세."

홍 수형리가 빙긋 웃었다.

"이제 며칠만 있으면 린판은 지글지글 끓는 가마솥 안의 개미 신세가 되겠군요."

디 공이 고개를 끄덕였다.

"린판이 이 모든 방책을 알게 되면 자신이 덫에 걸렸음을 감지하겠지. 이곳은 린판의 아성인 광둥에서 멀리 떨어진 곳이야. 게다가 남아 있는 심복도 별반 없어. 린판은 내가 자기에게 불리한 증거를 눈곱만큼도 확보하지 못했다는 사실은 꿈에도 모르네. 자기도 미처 모르는 물증을 량 노부인이 내게 귀띔한 것은 아닌지 밀수와 관련된 증거를 내가 입수한 것은 아닌지 아니면 광둥에 있는 나의 동료가 자기에게 불리한 증거를 보내온 것은 아닌지 이 생각 저 생각으로 머리를 굴리느라 애간장이 녹을 게야. 놈이 근심 걱정에 앞뒤를 못 재고 악수를 척 두면 그때 우리는 놈의 목을 물고 늘어져야 하는 거야. 성공할 가능성이 그리 많지 않다는 것은 나도 시인하네. 하나 지금으로선 그게 유일한 방책이거든."

판관이 광둥에서 온 상인을 방문하고,
갑자기 두 여인이 판관의 저택을 찾는다.

 다음날 정오 심리를 마친 뒤 디 공은 평상복으로 갈아입고 작은 검정 탕건을 쓴 다음 나졸만 둘 거느리고 가마에 올라 린 저택으로 출발했다.
 커다란 대문 앞에 도착했을 때 디 공은 가마의 휘장을 살짝 들어 올려 밖을 내다보았다. 왼편의 허물어진 집터에서 일꾼 열 명쯤이 청소를 하고 있었다. 타오간은 대문의 구멍으로 내다보면 바로 보이는 위치의 벽돌 더미에 자리를 잡고 앉아 아주 만족스러운 얼굴로 작업을 감독하고 있었다.
 나졸이 문을 두드리자 린 저택의 커다란 대문이 열렸다. 디 공이 탄 가마는 안마당으로 들어갔다. 디 공은 가마에서 내렸다. 비쩍 마르고 키가 큰 남자가 영빈관으로 이어지는 계단 발치에서 판관을 기다리고 있었다.
 땅딸막하고 어깨가 딱 벌어진 이 집 가령으로 보이는 사내를 제외하고는 다른 하인의 모습은 보이지 않았다.

키 큰 사내가 꾸벅 머리를 숙이면서 억양이 실리지 않은 낮은 목소리로 말했다.

"소생은 장사로 먹고 사는 린판이라 하옵니다. 나리께서 이 누옥을 찾아 주시니 황공할 뿐이옵니다."

그들은 계단을 올라가 널찍한 방으로 들어갔다. 단순하면서도 우아하게 치장된 방이었다. 두 사람은 상아를 깎아 만든 의자에 앉았다. 가령이 차와 광둥 과자를 내왔다.

의례적으로 주고받는 덕담이 오고갔다. 린판은 북부 표준어를 곧잘 구사했지만 억양은 영락없는 광둥 사투리였다. 이야기를 나누는 동안 디 공은 눈에 띄지 않게 상대방을 유심히 관찰했다.

린판의 나이는 오십 남짓. 길고 홀쭉한 얼굴에 성긴 코밑수염이 자라 있고 희끗희끗한 턱수염이 눈길을 끌었다. 디 공은 특히 그의 눈을 보고 놀랐다. 린판의 눈은 희한하게도 한 방향으로 고정되어 머리와 함께 움직이는 것 같았다. 그 눈만 아니었어도 이 점잖고 경우 바른 사대부가 열 명이 넘는 목숨을 앗아 간 장본인이라는 사실을 믿기 어려울 정도였다.

린판은 수수하기 그지없는 검은 옷을 입고 있었다. 광둥 사람이 즐겨 입는 아마포 옷이었고 머리에는 집에서 쓰는 검은 탕건을 쓰고 있었다.

디 공이 입을 열었다.

"나의 방문은 매우 개인적인 방문이오. 대인과 머리를 맞대고 아주 허심탄회하게 논의하고픈 문제가 있어 들렀소이다."

린판은 다시 한번 머리를 숙이더니 나지막하고 단조로운 목소리로 말했다.

"소인은 아무것도 모르는 변변찮은 장사꾼입니다. 오직 나리의 관대한 처분에 몸을 맡길 따름입니다요."

"며칠 전에 광둥에서 왔다는 량이라는 성을 가진 늙은 여자가 관아에 나타나서 대인께서 자기한테 저질렀다고 주장하는 갖가지 범죄에 대해서 두서없이 장황한 이야기를 남기고 갔소이다. 도대체 무슨 소리를 하는 것인지 종잡을 수가 없더이다. 나중에 수하로부터 들으니 그 여자는 머리가 돈 여자라고 합디다.

여자는 문서를 한 보따리 남기고 갔는데 굳이 읽어 볼 필요성은 아직 못 느끼고 있소이다. 가엾지만 제 정신이 아닌 여자의 머리에서 나온 글이 오죽하겠소. 보나마나 횡설수설이겠지.

문제는 이 사건을 기각하려면 형식적인 절차를 최소한 한 번은 거치도록 법에 명시되어 있다는 사실이외다. 무례를 무릅쓰고 대인을 찾아온 것은 이 일을 어떻게 처리하였으면 좋을지, 늙은 여자도 어느 정도 만족할 수 있고 서로 간에 쓸데 없는 시간 낭비를 막을 수 있는 묘안이 없을지 흉허물 없이 의견을 나누고 싶었기 때문이오.

나는 이런 일로 나서는 일이 통 없는 사람이외다. 하나 늙은 여자는 정신이 오락가락하는 반면에 대인은 누구도 의심하지 않는 고결한 인격자요. 그러니 이렇게 나서지 않을 도리가 없었소이다."

린판은 자리에서 일어나서 허리를 깊이 숙여 판관에게 고맙다는 인사를 올렸다. 그러고는 다시 자리에 앉더니 천천히 고개를 흔들며 입을 열었다.

"슬프고 슬픈 사연입니다. 선천께서는 돌아가신 량 부인의 바깥어른과 절친한 친구 사이였지요. 저 또한 선대로부터 내려온 두 집안의 돈독한 관계를 유지하고 발전하기 위해 오랜 세월 동안 노력을 아끼지 않았습니다. 때로는 너무도 힘에 버거울 때도 있었지만 말입니다.

나리께 솔직히 말씀드리렵니다. 저의 사업은 나날이 번창한 반면에 량 집안은 서서히 가세가 기울었습니다. 그것은 사람의 힘으로는 도저히 막을 수 없었던 불운과 재난이 잇따라 발생했던 탓도 있습니다마는 그에 못지않게 제 아버님 친구 분의 아들이었던 량홍의 사업 감각이 둔했던 탓도 있습니다. 저도 몇 번이나 도움의 손길을 주었는지 모릅니다마는, 하늘은 역시 량 집안을 저버린 모양입니다. 량홍은 강도의 손에 죽고 노마님이 가업을 이끌어 가게 되었지요. 애석하게도 그분은 몇 번인가 판단을 크게 잘못 내려 막심한 손해를 보았습니다. 그러다가 채권자들의 성화에 못 이겨 그만 밀수단의 꼬임에 넘어가고 말았지요. 그리고 밀수단이 적발되면서 량 집안의 재산은 모두 국가에 몰수되었습니다.

노마님은 시골로 낙향하였습니다. 거기서 다시 떼강도를 만나 농가는 불에 타고 두 손주와 하인 여럿을 잃었지요. 밀수단 사건 이후 부득이 저는 그쪽 집안과의 왕래를 끊을 수밖에 없었습니다만 그래도 과거에 친하게 지냈던 집안이 그런 환란까지 당하는 것을 보니 더 이상은 참을 수가 없더군요. 저는 거액의 현상금을 내걸어 결국 살인범들을 정의의 심판대 앞에 세웠습니다.

그렇게 잇따른 참화를 겪는 동안 량 부인은 그만 정신이 돌아버려 그 모든 불행이 모두 저의 농간으로 빚어진 것이라는 이상한

디 공이 린판을 방문하여 환담을 나눈다.

집착을 하게 되었습니다."

디 공이 끼어들었다.

"그런 억지가 어디 있나! 옛 정을 생각해서라도 그럴 수는 없지!"

린판은 천천히 고개를 끄덕이더니 한숨을 내쉬었다.

"옳으신 말씀입니다. 제가 이 일로 얼마나 마음의 상처가 컸는지 나리께서는 이해해 주실 줄로 믿습니다. 노마님은 저를 고소하고 비방하고 저를 따돌리기 위해 별의별 수단을 다 동원했습니다.

분명히 말씀드립니다만 제가 몇 년 전 광둥을 뜨기로 마음먹은 주된 이유도 량 부인에게 시달릴 대로 시달렸기 때문입니다. 나리께서는 제 입장을 이해하시겠지요. 어쨌거나 그분은 제 처가댁의 큰 어른입니다. 아무리 저한테 근거 없는 고발을 일삼는다고는 하지만 그런 분을 상대로 법정 싸움을 벌이고 싶은 생각은 추호도 없었습니다.

또 하나, 만일 제가 저에 대한 고소에 대응하지 않을 경우 광둥에서 저의 신용도는 떨어집니다. 저는 이곳 푸양에 은둔하는 길밖에 없다고 생각했습니다만 그분은 여기까지 저를 쫓아와서 제가 당신의 손자를 납치했다고 소장을 내는 지경에 이르렀습니다. 평판관께서는 고소를 바로 기각하셨지요. 보아하니 량 부인이 나리한테도 같은 내용의 소장을 낸 모양이로군요?"

디 공은 그 질문에 바로 답하지 않고 차를 몇 모금 마시면서 린판의 가령이 올린 과자를 맛보았다.

"애석한 노릇이나 본관은 이 골치 아픈 사건을 바로 기각할 수가 없소이다. 대인께 여러 가지로 불편을 끼쳐 죄송하나 금명간 관아로 출두하시어 변론을 해 주셔야겠소이다. 물론 형식적으로 밟는 절차이오만. 그런 다음 이 사건을 기각시키겠다고 내 약속드리리다."

린판은 고개를 끄덕였다. 고정된 눈동자가 디 공을 야릇하게 응시했다.

"언제 심리에 들어갈 예정이신가요?"

디 공은 잠시 구레나룻을 쓰다듬더니 답변에 나섰다.

"그건 나도 딱 꼬집어 말씀드리기 어렵구려. 계류 중인 다른 재판도 많을뿐더러 내 전임자가 미루어 둔 행정 업무도 적지 않아서요. 게다가 얼렁뚱땅 넘어간다는 인상을 주지 않기 위해서라도 선임 기사관에게 량 부인이 제시한 문서를 검토시킨 뒤 개략적으로나마 나도 보고를 들을 필요가 있소이다. 그렇소, 구체적인 날짜를 못 박긴 어렵소이다. 하나 가급적 빠른 시일 안에 일을 진행하겠다고 약속드리지요."

"소생은 크나큰 배려에 몸 둘 바를 모르겠습니다. 그렇지 않아도 중요한 일이 몇 가지 있어 광둥에 가야 했습니다. 원래 가령만 이곳에 남겨 두고 내일 출발할 작정이었지요. 출발을 앞두고 워낙 경황이 없다 보니 이 누옥이 요 모양 요 꼴이고 대접도 변변치가 못했습니다. 그 점 사과드립니다. 하인들은 일주일 전에 먼저 떠났지요."

"거듭 말씀드리지만 이 문제를 조속한 시일 내에 매듭 지을 수 있도록 최선의 노력을 기울이겠소이다. 대인께서 우리 곁을 떠나셔야 한다니 물론 섭섭한 마음이야 크지만 말입니다. 남방의 상업

중심지에서 오신 저명 인사 한 분 덕분에 우리 푸양의 평판이 많이 올라간 느낌입니다. 광둥에서는 윤택하고 격조 있게 생활하셨을 분이 이 변두리에 오셔서 그간 고생이 많으셨습니다. 저렇게 아쉬울 것 없는 분이 잠시 머리를 식힐 양이라면 왜 하필 푸양 같은 곳을 택하였을까, 내심 궁금한 마음이 없는 것도 아니었습니다."

"그건 쉽게 설명드릴 수 있습니다. 선친께서는 대단히 활동적인 분이셨지요. 상점 배를 타고 운하를 오르내리면서 전국에 산재한 저희 지점들을 몸소 시찰하시곤 했습니다. 푸양을 지나가다가 그 수려한 경관에 흠뻑 빠져 여생을 이곳에서 보내리라 마음먹고 별장을 지으신 것입니다. 그런데 하늘도 무심하시지, 아버님께서는 계획을 실천에 옮기지 못하시고 한창 왕성한 활동을 벌이실 나이에 그만 돌아가시고 말았습니다. 저는 자식 된 도리라 여기고 린 가문의 명의로 푸양에 저택을 한 채 샀습니다."

"효성이 지극하시구려."

디 공이 한 마디 던졌다.

"어쩌면 이 집을 나중에 선친을 기리는 기념관으로 삼을지도 모르겠습니다. 집은 낡았지만 튼튼히 지어졌고 제가 능력이 닿는 선에서 손을 보았거든요. 이 초라한 오두막을 한번 돌아 보시렵니까?"

디 공은 흔쾌히 수락하자 주인은 집 안내를 시작했다. 안마당을 또 하나 지나 처음의 방보다 더 큰 연회실로 들어갔다.

바닥에는 두꺼운 양탄자가 깔려 있었다. 이 방에 깔려고 특별히 짠 것으로 보였다. 기둥과 들보는 모두 정교하게 조각되어 있었고 자개 무늬가 박혀 있었다. 가구는 우아한 백단으로 만들었으며 창은 창호지나 비단이 아니라 조가비로 덮어 은은한 빛이 실내를 채우고 있었다.

다른 방들도 마찬가지로 호화롭게 치장되어 있었다.

후원으로 들어섰을 때 린판이 싱긋 웃으며 말했다.

"아녀자들도 모두 떠났기 때문에 살림방도 보여 드릴 수가 있습니다."

디 공은 정중하게 거절했으나 린판은 부득부득 다 보여 드리겠다며 디 공을 데리고 이 방 저 방 돌아다녔다. 린판의 의도는 이 집 안에서 숨길 만한 구석은 아무것도 없음을 분명히하겠다는 데 있다는 사실을 디 공은 간파했다.

다시 영빈관으로 돌아온 디 공은 차를 한 잔 새로 마시고 주인과 세상 돌아가는 이야기를 나누었다.

린판의 상회가 중앙 고위 관리들의 물주 노릇을 하고 있으며 제국 요소요소에 지점을 두고 있다는 사실을 디 공은 어렵지 않게 눈치 챌 수 있었다.

얼마 후 디 공이 하직을 고했다. 린판은 가마 있는 곳까지 배웅했다.

가마에 오르면서도 디 공은 다시 한번 돌아서서 린판에게 자기 권한을 총동원하여 량 부인의 고소를 빠른 시일 안에 기각시키겠노라고 다짐했다.

관아로 돌아온 디 공은 사처로 갔다. 책상 옆에 서서 그가 출타하고 없는 동안 선임 기사관이 놓아두고 간 문서를 대충 훑어보았다. 그러나 아까 린판의 집을 방문했던 일이 자꾸 머릿속을 맴돌아 글이 머리에 들어오지 않았다.

엄청난 재력을 가진 아주 위험천만한 적수와 맞서고 있음을 디 공은 새삼 절감했다. 자기가 파 놓은 덫에 과연 린판이 걸려들 것인지 그 또한 자신할 수가 없었다.

디 공이 골똘히 생각에 잠겨 있는데 가령이 들어왔다. 디 공은 고개를 들었다.

"무슨 일로 예까지 왔느냐? 집안 정리는 다 끝났겠지?"

가령은 난감한 표정을 지었다. 어떻게 서두를 꺼내면 좋을지 몰라 곤혹스러워하는 빛이 역력했다.

디 공은 궁금해졌다.

"사람하고는. 어서 말하라니까."

가령이 입을 열었다.

"조금 전 휘장을 굳게 내려 친 가마 두 대가 셋째 안마당에 당도했습니다요. 첫 번째 가마에는 나이 든 여인이 타고 있었는데. 그 여인 말이 자기가 어르신 분부를 받들어 처녀 둘을 데리고 왔다는 것이었습니다. 그 밖에는 전후 사정을 통 이야기 않더군입쇼. 큰마님께선 주무시고 계시기에 말씀을 못 드렸습니다. 둘째 마님과 셋째 마님께 여쭈어 보니 어르신께서 아무런 말씀이 없으셨다고 하더군입쇼. 그래서 외람되오나 어르신께 보고를 드리려고 이렇게 온 것입니다."

디 공은 소식을 듣고 만족스러워하는 것 같았다.

"두 여인을 넷째 별채에 들여라. 하녀를 하나씩 딸려 시중을 들게 하고. 여인들을 데리고 온 여자에게 고맙다고 전하여라. 나머지는 저녁 때 내가 처리하마."

가령은 그제야 안도하는 듯하더니 꾸벅 절을 하고 물러갔다.

디 공은 오후 내내 선임 기사관과 서기관과 함께 재산 분배를 둘러싼 복잡한 민사 소송 문제에 매달렸다. 집으로 돌아왔을 때는 이미 날이 어둑해져 있었다.

판관은 곧바로 큰 부인의 처소로 갔다. 큰 부인은 가령과 함께 생활비 지출 내역을 맞추어 보고 있었다.

남편이 들어서자 부인은 황급히 자리에서 일어났다. 디 공은 가령을 물러가게 하고 네모난 탁자 앞에 앉은 다음 부인에게도 앉기를 권했다.

아이들 공부는 잘되어 가고 있느냐고 묻자 부인은 공손히 답변했다. 그러나 눈을 내리깔고 있어 심기가 편치 않음을 엿볼 수 있었다.

잠시 후 디 공이 입을 열었다.

"오늘 오후 두 여인이 도착한 사실은 알고 있을 테지요."

부인이 심드렁한 목소리로 말했다.

"저는 본분에 따라서 넷째 안마당으로 가서 두 여인이 불편하지 않게끔 필요한 조치를 해 놓았습니다. 치우진(秋錦), 쥐화(菊花) 두 아이를 몸종으로 붙였습니다. 잘 아시겠지만 쥐화는 요리 솜씨가 제법이지요."

디 공은 고개를 끄덕여 동감의 뜻을 나타냈다. 잠시 후 부인의 말이 이어졌다.

"넷째 안마당에 다녀온 후 나리께 식구를 늘여야겠다는 뜻이 있었으면 사람 고르는 일은 외람되지만 저에게 맡겨 주셨으면 좋지 않았을까 하는 생각을 해 보았습니다."

디 공의 눈썹이 치켜 올라갔다.

"내가 고른 사람이 마음에 들지 않는가 보구려."

큰 부인이 냉담하게 받았다.

"제 주제에 나리께서 하시는 일을 감히 마다할 수는 없지요. 다만 집안 식구들의 화합이 걱정될 따름입니다. 새로 온 두 여인은 집안의 다른 여자들과 어딘가 달라 보여 그 배움과 취향이 같지 않음이 이제까지의 화목했던 집안 분위기에 찬물을 끼얹지 않을까 걱정스럽습니다."

디 공이 일어서서 퉁명스럽게 쏘아붙였다.

"그렇다면 부인의 책무가 크구려. 나도 모르는 바는 아니오만 그 여인들의 모자람이 조속한 시일 안에 채워지도록 부인이 힘써 주시구려. 두 여인을 부인이 직접 가르치는 것이 어떻겠소. 간단한 글 쓰기를 비롯해서 자수와 그 밖에 여인으로서 알아야 할 기예를 가르쳐 주시오. 부인이 무엇 때문에 걱정하는지 나도 모르는 바 아니니 당분간은 부인 혼자서만 그 여인들을 상대하시구려. 하루하루 달라지는 모습을 나한테도 알려 주면 고맙겠소."

판관이 자리를 뜨려고 하자 큰 부인도 자리에서 일어났다. 못다한 말이 있는 눈치였다.

"이렇게 식구들도 불어나니 지금의 수입으로는 살림살이를 꾸려 가기가 빠듯하다는 말씀을 안 드릴 수가 없습니다."

판관은 소매에서 은괴 한 덩어리를 꺼내 탁자 위에 놓았다.

"이 은 덩어리는 불어난 식구에게 필요한 옷가지를 새로 사고 그 밖의 경비를 충당하는 데 쓰도록 하시오."

부인의 절을 받으면서 디 공은 방을 나섰다. 한숨이 저절로 나왔다. 앞으로 헤쳐 나갈 일이 태산이었다.

그는 구불구불 이어진 복도를 따라 넷째 별채로 갔다. 갑자기 새로운 환경에 놓인 싱화와 칭위가 주위를 신기한 눈으로 두리번거리고 있었다.

두 여자는 판관 앞에 무릎을 꿇고 머리를 조아렸다.

디 공은 두 여자를 일으켜 세웠다.

싱화가 잘 봉함된 봉투 하나를 두 손으로 들어 공손히 내밀었다. 디 공은 봉투를 열었다. 두 여자가 속해 있던 집에서 내준 영수증과 로 수령 밑에서 일하는 가령의 정중한 사례 편지였다.

판관은 편지만 품 안에 넣고 영수증은 싱화에게 주면서 혹시라도 전 주인이 나중에 엉뚱한 소리를 하는 경우에 대비해서 잘 보관하라고 일렀다.

"큰 마님이 직접 너희를 보살필 것이니라. 이 집안의 법도에 대해서 알아야 할 내용을 가르쳐 줄 게야. 필요한 옷도 사 줄 것이다. 모든 준비가 끝날 때까지 한 열흘가량은 이 별채 안에서만 지내도록 하거라."

디 공은 몇 마디 다정한 말을 더 건네고 다시 사처로 돌아가서 하인들에게 잠자리를 준비하도록 일렀다.

하지만 좀처럼 잠이 오지 않았고 수많은 상념이 머릿속을 오갔다. 문득 자신이 너무 큰 도박을 벌이는 것은 아닌지 불안도 치솟았다. 린판은 엄청난 재산과 영향력을 가진 잔인무도한 인물이었다. 그와 싸운다는 것은 위험천만한 일이었다.

큰 부인과의 서먹서먹한 관계도 가슴 한구석에 앙금처럼 남았다. 격무에 시달리고 힘겨운 범죄를 해결하느라 골머리를 앓을 때마다 언제나 편히 쉴 수 있는 화목한 가정이 디 공에게는 평화로운 안식처였다.

  이런저런 걱정으로 뒤척거리다 보니 디 공은 두 번째 야경꾼이 돌 무렵에야 겨우 잠으로 빠져들었다.

부호가 영빈관에서 차를 마시고,
판관은 점쟁이로 변장하고 나선다.

그 다음 이틀 동안에 량 사건은 이렇다 할 진척이 전혀 없었다. 디 공의 수하들은 정기적으로 보고를 했지만 새로운 내용은 없었다. 린판은 꼼짝도 안 하고 집 안 서재에서 두문불출하는 모양이었다.

타오간은 집터를 정리하는 인부들에게 둘째 안마당의 외벽은 그대로 두라고 지시했다. 인부들은 담벽을 타고 올라가 위를 평평히 다듬기만 했다. 타오간은 망 보기 좋은 자리를 얻었다. 담벽을 타고 앉아 느긋하게 햇볕을 쬐면서 린 저택을 굽어보다 가령이 안뜰로 나올 때마다 무섭게 노려보았다.

차오타이는 린판의 농장에는 세 사람이 살고 있으며 그들은 채소를 돌보거나 아직도 물가에 있는 커다란 운반선 위에서 작업하면서 눈코 뜰 새 없이 바쁘게 지내고 있다고 보고했다. 차오타이는 잉어 두 마리를 운하에서 잡아 그것을 디 공의 밥상에 올리도록 주방에 넘겼다.

마중은 량 부인의 거처 맞은편의 포목점 위층에서 제법 널찍한 다락방을 발견하여 그곳에서 장래성 있어 보이는 젊은 나졸 한 친구에게 권법과 씨름을 가르치면서 소일했다. 마중의 보고에 따르면 량 부인은 도통 바깥 나들이를 하지 않았다. 야채를 사러 잠시 집 밖으로 나왔을 뿐이었다. 수상한 인물이 집 주변을 배회하는 일도 없었다.

사흘째 되던 날, 남문을 경비하던 군 수비대가 남쪽 변두리에서 발생한 강도 사건에 연루되어 있을지 모른다는 혐의를 걸어 성안으로 들어오던 광둥 사람 한 명을 체포했다. 그는 린판 앞으로 가는 두툼한 편지를 품에 지니고 있었다.

디 공은 편지를 자세히 읽었지만 딱히 의심이 가는 대목은 없었다. 다른 도시에 있는 링 상점의 직원 가운데 한 사람이 상품 거래 내역과 관련하여 본점에 보고하는 내용이었다. 디 공은 그 거래액을 보고 기절초풍하지 않을 수 없었다. 한 번에 자그만치 은화 수천 냥의 거액이 왔다갔다 하는 규모였던 것이다.

편지의 사본을 뜬 뒤 전령을 풀어 주었다. 그날 오후 타오간으로부터 풀려 난 사내가 린의 저택에 나타났다는 보고가 들어왔다.

나흘째 되는 날 저녁 차오타이는 운하 제방에서 린판의 가령을 적발했다. 가령은 수비병의 눈을 피하기 위해 물속 깊이 자맥질하여 수문의 방책을 물밑으로 빠져나가려고 했던 모양이었.

차오타이는 마치 노상 강도인 것처럼 행세해서 가령을 쥐어 팬 다음 중앙의 고위 관리에게 보내는 편지를 강탈했다. 디 공은 그 편지를 읽었다. 직설적인 표현은 아니었지만 문맥을 보면 푸양 수령을 조속히 다른 곳으로 전근시켜 달라는 내용이었다. 금화 오백 냥의 지급을 보증하는 환어음이 그 안에 동봉되어 있었다.

다음날 아침 저택에서 사람이 와서 자기 집 가령이 노상강도의 습격을 받고 소지품을 강탈당했다는 내용이 적힌 린판의 서한을 전했다. 디 공은 방을 붙여서 이 비열한 행각과 관련된 정보를 제공하는 자에게 은화 오십 냥을 하사하겠다고 공표했다. 그리고 빼앗은 편지는 나중에 다시 써먹기 위해 보관해 두었다.

그러나 그것이 처음이자 마지막으로 들어온 희소식이었다. 그 다음 일주일은 아무런 소득 없이 지나갔다.

홍 수형리는 판관이 노심초사하고 있다는 사실을 눈치로 알았다. 디 공이 평소의 침착성을 잃고 걸핏하면 짜증을 부렸던 것이다.

판관은 군사 문제에 지대한 관심을 보이는가 하면 인근 고을의 수령들이 보낸 회람 문서를 숙독하는 데 많은 시간을 보냈다. 성(省)의 남서 지방에서 일어난 신흥 종교 세력이 녹림과 합세하여 일으킨 무장 봉기의 전개 양상에 대해서도 꼼꼼히 챙겼다. 폭도들이 푸양까지 밀고 올 가능성은 거의 없었기 때문에 홍 수형리는 그런 문제에 관심을 보이는 디 공을 도저히 이해할 수 없었다.

심지어는 군사 지휘관으로서의 능력을 제외하면 앞뒤가 꽉 막힌 푸양의 수비대 사령관과 친교를 맺느라 열을 올리기도 했다. 디 공은 이 일대의 병력 배치 상황을 놓고 수비대 사령관과 장시간 토론을 벌였다.

그러면서도 수형리에게는 자기가 왜 그런 행동을 하는지 일언반구도 설명을 해 주지 않았다. 수형리는 판관이 자기에게 속마음을 털어놓지 않는 것 같아 마음이 괴로웠다. 게다가 요즘은 판관이 가정적으로도 편하지 않다는 사실을 알고 있었기에 수형리가 느끼는 마음의 괴로움은 더욱 더 컸다.

디 공은 이따금 둘째 부인과 셋째 부인의 처소에 들르는 경우 외에는 주로 재판정에 딸린 집무실에서 잠을 잤다.

아침나절을 골라 한 번인가 두 번 넷째 별채로 가서 싱화, 칭위와 차를 마신 적이 있기는 했다. 그러나 잠시 담소를 나눈 뒤에는 바로 관아로 돌아왔다.

디 공이 린판의 집을 찾아간 지 이 주일 뒤 린판의 가령이 주인의 명첩을 들고 관아로 찾아와서 그날 오후 린판이 판관을 찾아뵈도 좋겠느냐고 물었다. 홍 수형리는 판관 어른께서는 더없는 영광으로 생각하신다고 가령에게 전했다.

그날 오후 린판은 가마를 타고 도착했다. 디 공은 린판을 극진히 맞아들였다. 관아에 있는 널따란 응접실로 안내하여 자기 바로 옆자리에 앉힌 다음 과일과 음료를 대접했다.

린판의 무표정한 얼굴에서는 여전히 속마음을 읽기가 어려웠으며 단조로운 목소리는 전처럼 공손했다.

잠시 후 린판은 자기의 하인을 습격한 깡패와 관련하여 혹 무슨 단서라도 발견한 것은 없느냐고 물었다.

린판이 말을 이었다.

"소생의 가령은 전갈할 내용이 있어 농장으로 가는 길이었습니다. 북문을 빠져나와 수문 외곽으로 강을 따라 걷고 있었는데 그 불한당 녀석이 폭력을 휘두르면서 강도짓을 하고 물에다 처넣은 것입니다. 다행히 저희 가령이 헤엄을 칠 줄 알았기에 망정이지 그렇지 않았더라면 물귀신이 될 뻔했습니다."

디 공이 분통을 터뜨렸다.

"그런 못된! 강도짓을 한 것도 모자라 물에 빠뜨려 죽이려 하다니. 그놈 목에 건 현상금을 은화 백 냥으로 올려야겠소."

린 찬은 판관에게 깊은 감사의 뜻을 나타냈다. 그는 고정된 눈동자로 판관을 물끄러미 응시하다가 물었다.

"저의 사건 심리 준비를 위한 시간은 충분히 확보하셨습니까?"

디 공은 아쉬운 듯 고개를 흔들었다.

"우리 선임 기사관이 매일같이 그 문서를 들여다보고 있소이다. 량 부인에게 확인할 사항이 몇 가지 있는데, 대인께서도 아시다시피 그 할머니의 머리가 온전하게 돌아갈 때가 얼마 안 되지 않소이까. 하지만 금명간 순조롭게 매듭 지어질 것이외다. 그 문제는 늘 염두에 두고 있소이다."

린판은 머리를 조아렸다.

"방금 말씀드린 두 가지는 사소한 문제입니다. 오직 판관 어른만이 저를 위해서 해결해 주실 수 있는 고민거리 한 가지에 제가 직면하지 않았더라면 이렇게 불쑥 찾아와서 판관 어른의 아까운 시간을 빼앗을 엄두를 내지 못했을 것입니다."

"기탄 없이 말씀하시지요. 도울 수 있는 일이라면 얼마든지 돕겠소!"

린판은 비시시 웃더니 턱을 문질렀다.

"판관 어른께서는 내로라하는 고관대작을 항시 만나고 계시니 나라 안팎으로 돌아가는 형세에 자연히 정통하실 것입니다. 저희 같은 장사꾼이 그런 문제에 얼마나 문외한인지 아시면 깜짝 놀라

시겠지요. 그런 분야의 귀동냥에 어두워서 앉은 자리에서 눈 깜짝할 사이에 은화 수천 냥을 손해 보는 일이 저희 같은 사람한테는 비일비재합니다.

그런데 광둥에 있는 저희 직원이 전하는 말에 따르면 저희와 경쟁 관계에 있는 상회가 한 관리를 명예 고문으로 위촉하여 은밀히 정보를 빼내는 데 성공했다는 것입니다. 비록 구멍가게 수준이기는 하나 저희도 그런 선례를 따라야 한다고 생각합니다.

그러나 애석하게도 저 같은 미천한 장사꾼은 관직에 전혀 연줄이 닿아 있지 않습니다. 나리께서 좋은 분을 한 분 소개해 주신다면 그 은혜는 죽어도 잊지 않겠습니다."

디 공은 꾸벅 허리를 숙이고 진지한 목소리로 답변에 나섰다.

"보잘것없는 이 사람에게 도움을 청하니 부끄럽기 짝이 없구려. 더욱 부끄러운 노릇이나 이 사람은 미관말직에 몸담고 있는 처지, 린 상회같이 거대한 상회의 명예 고문으로 들어앉아도 조금도 손색이 없을 만큼의 경륜과 지혜를 갖춘 사람은 친구나 지인 중에서 한 사람도 떠올릴 수가 없소이다."

린판은 차를 한 모금 마시고 조용히 입을 열었다.

"저희의 경쟁 상회는 명예 고문이라는 분에게 수입의 일 할을 드리는 것으로 알고 있습니다. 자기들의 고충을 덜어 준 데 대한 은혜의 표시인 셈이지요. 그 정도야 사실 높은 자리에 계신 분에게는 새 발의 피겠지만 그것을 돈으로 환산하면 다달이 은화로 오천 냥을 받는다는 계산이 나옵니다. 살림살이에 적잖이 보탬이 되는 것만은 분명하지요."

디 공은 수염을 쓰다듬었다.

"모처럼 대인께서 부탁을 해 오셨는데. 도와드리지 못하는 이 뼈아픈 심정을 이해해 주리라 믿소이다. 만일 이 사람이 대인을 그토록 높이 평가하지 않는다면 당연히 제 친구 중 한 사람을 소개해 드렸겠지요. 하나 아무리 머리를 쥐어짜도 린 상회의 명성에 걸맞을 만한 인물을 떠올리기가 쉽지 않소이다."

린판은 자리에서 일어섰다.

"아닌 밤중에 홍두깨처럼 뚱딴지 같은 화제를 꺼낸 점 깊이 사과드립니다. 다만 한 가지 덧붙여 말씀드리자면 제가 조금 전에 즉흥적으로 말씀드린 금액은 대충 생각나는 대로 말씀드린 액수라는 사실입니다. 사실은 그 두 배가 넘을 수도 있습니다. 잘 생각해 보시면 적임자의 이름이 떠오를 법한데요."

디 공도 자리에서 일어섰다.

"미안하게 됐소이다. 교제 범위가 그리 넓지 못한 나로서는 그에 합당한 자격을 갖춘 인물을 도저히 찾을 수가 없구려."

린판은 다시 한번 머리를 조아리고 하직을 고했다. 디 공은 린판을 가마 있는 곳까지 몸소 배웅했다.

홍 수형리는 린판이 왔다 간 후에 디 공이 무척 들떠 있다는 것을 눈치 챌 수 있었다. 디 공은 수형리에게 자기와 린판 사이에 오간 대화를 들려준 뒤 이렇게 말했다.

"생쥐가 덫에 걸렸다는 사실을 알고 덫을 갉기 시작하는 게야!"

그러나 다음날 판관은 다시 기분이 푹 가라앉아 보였다. 타오간이 린판의 가령을 골탕 먹였다고 신이 나서 보고했지만 디 공의 입가에는 좀처럼 미소가 떠오르지 않았다.

또다시 한 주가 지나갔다.

관아에서 정오 심리를 마친 디 공은 집무실에 혼자 앉아서 행정 서류를 말없이 들여다보고 있었다.

이때 바깥 복도에서 두런두런거리는 소리가 들려왔다. 두 아전이 문 밖에 서서 이런저런 잡담을 나누고 있었다. 순간 디 공의 귀에 '폭동'이라는 단어가 잡혔다.

그는 자리를 박차고 일어나 발끝으로 살금살금 걸어 창가로 다가갔다. 한 아전이 지껄이는 소리가 귀에 들어왔다.

"그러니까 이번 폭동이 더 확산될 우려는 없다고 보아도 되겠지. 그런데도 방금 듣자니까 우리 성의 자사께서는 사전 대비책으로 친화 근처에 군 병력을 대대적으로 집결할 작정이라는 거야. 전시 효과도 노리는 것이겠지."

디 공은 문에다 귀를 바짝 갖다 붙였다. 다른 아전이 말했다.

"그래서 그랬구먼! 군에 있는 친구 녀석한테 들으니 비상령이 발동되어 인근 고을에 주둔하고 있는 모든 수비대에 오늘 밤 친화로 출동하라는 지시가 떨어졌다는 거야. 만일 그 소리가 사실이라면 우리 관아에도 공식 통보가 오고 있는 중일 터이고, 그렇다면……."

디 공은 다음 말을 들을 여유가 없었다. 기밀 문서를 보관하는 철제 금고를 부리나케 열고 커다란 보따리 하나와 일련의 문서를 꺼냈다.

집무실로 들어온 수형리는 판관의 거동이 달라진 것을 보고 깜짝 놀랐다. 언제 자기가 축 늘어져 있었느냐는 듯 디 공은 기운 찬 목소리로 말했다.

"수형리, 내 극비리에 긴히 조사할 것이 있어 관아를 비워야겠네. 이제부터 내가 하는 지시를 잘 듣게. 반복하거나 구구절절이 설명할 겨를도 없다네. 내 명령을 엄수해야 하네. 내일이면 자네도 자초지종을 알게 될 것일세."

판관은 홍 수형리에게 봉투 넷을 내밀었다.

"여기 나의 명첩 네 장이 들어 있네. 이걸 푸양의 지도급 인사 네 명에게 전달해 주게. 모두 덕망이 높아 백성들의 추앙을 받고 있는 사람들일세. 거주지가 어디인가를 고려하고 나 나름대로 다각도로 검토하여 신중히 고른 명단이라네.

누구누구인고 하니, 좌군의 수장을 지내다가 지금은 퇴역한 바오 장군, 고등 재판소에 재직하다가 역시 은퇴한 완 대인, 금은방 행회의 링 행회장, 목수 행회의 황 행회장이네. 오늘 밤 내가 보냈다 하고 이 사람들을 찾아가게. 내일 아침 동이 트기 한 시간 전에 아주 중요한 사건의 증인으로 와 달라고 말이야. 이 일은 아무에게도 절대 발설해서는 안 된다고 못 박아 놓게. 가마와 적당수의 수행원을 거느리고 각자의 집 안뜰에서 대기하고 있으라고 전하게.

그리고 나서 자네는 마중, 차오타이, 타오간을 지금 잠복근무하는 장소에서 몰래 빼 오게나. 그 자리에는 대신 나졸을 집어넣으라고 그리고 세 사람에게는 내일 아침 동트기 두 시간 전까지 관아 안마당에서 대기하고 있으라고 지시하게. 마중과 차오타이에게는 칼과 활을 갖추어 완전 무장하고 말까지 대동하라고 이르게!

자네들 네 사람은 서기와 나졸을 비롯하여 관아에 소속된 아전 모두를 조용히 깨워 놓게나. 내가 행차에 나설 때 타는 가마도 안마당에 준비해 놓아야 하네. 모두 가마 주위의 정해진 자리에 있어야겠지. 포졸이라면 당연히 곤봉과 쇠사슬, 채찍을 챙겨야 할 걸세. 이 모든 조치를 조속히 끝마쳐야 하네. 불을 밝혀서는 안 된다는 사실을 명심하게. 나의 관복과 관모도 가마 안에 넣어 두어야 하네. 관아는 옥리들만 남아서 지키도록 하게나. 이제 가 봐야겠군. 그런 내일 아침 동트기 두 시간 전에 봄세!"

수형리가 미처 말을 꺼낼 겨를도 없이 판관은 꾸러미를 들고 휑하니 집무실을 나섰다.

디 공은 서둘러 집으로 발길을 돌려 곧바로 넷째 별채로 향했다. 싱화와 칭위는 도포에 수를 놓고 있었다.

디 공은 삼십 분가량 두 여자와 긴한 얘기를 나누더니 보따리를 풀었다. 그 안에 들어 있는 것은 다름 아니라 점쟁이가 입는 옷이었다. 높다란 검정색 모자에다 사주 관상을 본다는 안내문까지 빠짐없이 구색을 갖추어 놓고 있었다. 안내문에는 큼지막한 글씨로 이렇게 적혀 있었다.

    펑 도사
    중국 최고의 점술가
    『황제내경』을 바탕으로 미래를
    정확히 예측함

싱화와 칭위는 판관이 점쟁이 복장으로 변장하는 것을 옆에서 거들었다. 둘둘 만 안내문을 소매 안에 집어넣은 판관은 두 여자를 물끄러미 응시하다가 싱화를 보고 천천히 입을 열었다.

"누가 뭐래도 나는 너희 자매를 믿는다."

두 여인은 큰절을 했다.

디 공은 뒷문으로 빠져나갔다. 애당초 그가 일부러 넷째 별채에다 싱화와 칭위를 묵게 한 것은 여기가 집 안에서도 비교적 외진 곳이라는 점 말고도 행길로 통하는 뒷문이 나 있어 다른 사람들 눈에 띄지 않고 몰래 관아 밖으로 빠져나갈 수 있다는 점을 고려했기 때문이었다.

큰길로 나선 판관은 일부러 뒷골목으로만 골라서 발길 닿는 대로 옮겨 다니며 허름한 음식점이나 좌판에서 차를 수도 없이 들이켰다. 옆으로 다가와서 점을 봐 달라고 부탁하는 사람도 있었지만 그때마다 판관은 중요한 손님과 약속이 있어서 가는 길이라고 둘러댔다.

해가 저물고 난 뒤 북문에서 과히 멀지 않은 허름한 식당에서 간단히 끼니를 때우고 종업원에게 음식 값을 치르는 동안 판관의 머리에는 월지원에 가서 동태를 살피는 것이 좋겠다는 생각이 불쑥 떠올랐다. 마중이 실감나게 묘사한 성파라는 인물의 됨됨이와 그가 몸으로 겪었다는 괴담에 호기심이 동한 탓이었다. 종업원은 조금만 더 가면 월지원이 나온다고 알려 주었다.

판관은 길을 물어물어 마침내 월지원으로 꺾어지는 작은 길을 찾았다. 앞에서 반짝거리는 불빛 하나에만 의지하여 조심조심 어둠 속을 더듬어 나아갔다.

사원 앞에 도착하니 마중의 입에서 들어 낯익은 정경이 펼쳐졌다.

성파는 여전히 담벽에 기대어 앉아 있었고 그의 패거리들은 주위에 둘러앉아 골패를 돌리고 있었다.

디 공을 수상쩍게 바라보던 패거리들의 눈길이 디 공이 꺼내든

안내문에 가서 멎었다.

성파는 재수 없다는 듯 침을 퉤 뱉으며 퉁명스럽게 쏘아붙였다.

"썩 꺼지지 못해! 어서 사라지라고. 지금까지 살아오면서 하는 일마다 꼬인 것도 지겨워 죽겠는데 나더러 앞날의 점까지 보라는 거냐? 뿔난 짐승처럼 벽에다 머리를 처박든 용처럼 하늘로 승천하든 좌우지간 내 눈앞에서 사라져 줬으면 좋겠어. 내 비록 머리에 든 것은 없으나 너 같은 놈은 상대하기도 싫다."

디 공은 공손히 물었다.

"혹시 여기 성파라는 사람이 있소이까?"

성파는 대경실색하여 벌떡 일어섰고 부하 두 녀석이 험악한 표정을 지으며 디 공에게 다가섰다. 성파가 언성을 높였다.

"어디서 들어 보지도 못한 이름을 뚱딴지처럼 들먹이는 거야? 그걸 왜 하필 우리한테 물어보는 거냐, 이놈아?"

디 공은 부드럽게 말을 받았다.

"그렇게 흥분하실 필요는 없소이다. 길에서 친구 한 명을 만났는데 내가 이쪽으로 간다니까 엽전 두 꾸러미를 줍디다. 개방에 속해 있는 성파라는 사람에게 이것을 전해 달라는 부탁을 받았지요. 이 절 앞마당에 가면 찾을 수 있을 거라 했소. 그런 사람이 없다니 없던 일로 해야겠구려."

판관이 되돌아갈 기세로 몸을 돌렸다.

성파가 버럭 화를 냈다.

"게 섰거라, 이 싸가지 없는 놈아! 성파는 바로 나란 말씀이야. 개방의 고문이 차지해야 할 돈을 왜 네 놈이 슬쩍하겠다는 거냐!"

디 공이 황급히 품에서 엽전 두 꾸러미를 꺼내자 성파는 그것을 와락 나꿔챘다. 그러더니 바로 헤아리기 시작했다.

이상이 없음을 확인한 후에야 셩파는 입을 열었다.

"형씨, 내가 무례했다면 용서하시우. 이렇게 심부름을 해 주다니 고맙기 그지없수다. 실은 요즘 들어 하도 이상한 사람들이 찾아오길래 함부로 대한 거라오. 한 사람은 깡패처럼 보였는데 곤경에 처해 있는 것을 내가 도와주었다고 생각했지. 한데 나중에 떠도는 소문을 들으니 이건 영 딴판인 거라. 사실은 관아에서 나온 사람이라지 않소. 세상이 참 무섭구먼. 사람이 친구를 믿지 못한대서야 그 나라가 제대로 굴러갈 턱이 있수? 그 친구는 노름도 곧잘 했는데 말씀이야.

자, 이렇게 신세를 지게 되었으니 잠시 앉아서 쉬었다 가시구려. 댁은 앞일을 뚜르르 꿰고 있는 분이시니 아예 우리한테 돈 따갈 생각일랑은 마시우."

디 공은 쪼그리고 앉아서 이런저런 잡담을 나누었다. 흑도의 생리는 평소의 깊은 연구를 통해 어느 정도 알고 있었다. 판관은 그들이 즐겨 쓰는 은어를 능란하게 구사하면서 몇 가지 이야기를 슬슬 풀어 놓아 패거리의 환심을 샀다.

디 공의 화제는 어느덧 소름이 오싹 끼치는 괴담으로까지 이어지려고 했다.

그러나 셩파가 손을 들어 단호히 제지했다.

"형씨, 그만하시우! 그 무시무시한 족속들이 바로 우리네 이웃사촌이거든. 내 앞에서 그 양반들 이야기하면 부정 탈까 두렵수."

디 공이 이 말에 놀라워하자 셩파는 그들 뒤에 버티고 있는 폐사원의 내력을 소상히 털어놓았다. 새로운 사실은 하나도 없었다.

마중의 입에서 들어 이미 알고 있는 내용뿐이었다.
디 공이 입을 열었다.
"그 양반들을 깎아내릴 생각은 추호도 없소이다. 어찌 보면 유령이든 도깨비든 다 내가 하는 일과 뗄래야 뗄 수 없는 관계를 맺고 있거든. 명색이 점술가인 이상 그 양반들한테 도움말을 얻을 때가 많소이다. 덕분에 돈도 많이 벌었지. 해서 나도 그 신세를 갚으려고 꽤나 노력하는 사람이외다. 이를테면 그들이 자주 나타나는 인적 없는 모퉁이에다 튀김 과자를 놓아둔다든가. 튀김 과자를 무척이나 좋아합디다그려."
셩파가 무릎을 탁 쳤다.
"그러니까 내가 어제 저녁에 잃어버렸던 튀김 과자가 그쪽으로 간 거로구먼! 허허, 살다 보니 참 별일이 다 있수."
디 공은 셩파의 부하 하나가 킥킥거리는 것을 보았지만 짐짓 못 본 척 외면하고 하던 말을 이었다.
"사원을 한번 자세히 둘러봐도 되겠소이까?"
"노형은 유령과 도깨비를 다룰 줄 안다니 얼마든지 둘러보시구려. 나나 우리 친구들은 다 선량한 사람이니까 괜히 시도 때도 없이 나타나 밤에 잘 자는 사람 놀라게 하지 말아 달라고 이야기 좀 넣어 주시우."
디 공은 횃불을 얻어 들고 사원 정문으로 이어지는 높은 계단을 올라갔다.
대문은 단단한 나무로 되어 있었고 쇠 빗장이 가로질러 있었다.
판관은 횃불을 높이 치켜들었다. 자물쇠 위에 발라진 종이 한 장이 눈에 띄었다. 거기에는 '푸양 관아'라는 글씨가 적혀 있고 전임 평 판관의 관인이 찍혀 있었다. 날짜는 이 년 전으로 되어 있었다.

디 공은 사원 주위를 살폈다. 작은 옆문이 눈에 들어왔다. 그 문 역시 쇠 빗장이 가로질러져 있고 자물쇠가 단단히 채워져 있었다. 그러나 문의 상단은 격자로 되어 있어 안을 들여다볼 수 있었다.

판관은 횃불을 벽에 기대어 놓은 다음 칠흑처럼 캄캄한 경내를 들여다보았다.

그는 가만히 서서 귀를 기울였다.

경내 한참 안쪽에서 무언가 부스럭거리는 발소리가 들린 듯도 싶었지만 그것은 날아가는 박쥐가 내는 소리인지도 몰랐다. 잠시 후 사위는 다시 정적에 잠겼다. 판관은 자기가 잘못 들은 것인지 아닌지 도무지 종잡을 수가 없었다.

그는 끈기 있게 기다렸다.

그때 문을 두드리는 희미한 소리가 들리는가 싶더니 갑자기 소리가 끊겼다. 귀를 쫑그리고 그렇게 한참을 서 있었지만 사위는 무덤 속처럼 적막하기만 했다. 디 공은 설레설레 고개를 흔들었다.

확실히 이 사원은 제대로 조사해 볼 필요가 있을 듯싶었다. 부스럭거리는 소리야 자연 현상으로 돌릴 수 있다고 쳐도 방금 진에 들은 문 두드리는 소리는 정말로 섬뜩했던 것이다.

밑으로 다시 내려오자 성파가 물었다.

"시간이 제법 걸렸수. 뭐 눈에 보이는 게 있습디까?"

"이렇다 할 만한 것은 없고 단지 파란 요괴 둘이서 아직 싱싱한 사람 머리를 가지고 장난질을 치고 있습디다."

디 공이 대답했다.

성파가 기절초풍을 했다.

"맙소사! 사람 잡는구먼! 좋은 이웃 만나는 것도 진짜 복이라니까, 복!"

디 공은 작별을 고하고 다시 행길로 나섰다.

잠시 걷다가 옆길로 들어가니 '팔영관(八永館)'이라는 옥호가 붙은 아담하고 깨끗한 여관 하나가 나타났다. 그는 하룻밤 묵어 가기를 청하고 뜨거운 차를 가져온 종업원에게 내일 아침 성문이 열리는 대로 일찍 출발해야 한다고 말했다.

그리고 차 두 잔을 마신 다음 옷을 단단히 여미고 삐걱거리는 침상 위에 누워 잠시 눈을 붙였다.

새벽녘에 낯선 방문객들이 절을 찾고,
대웅전 앞에서 심리가 열린다.

네 번째 야경꾼이 돌 무렵 디 공은 자리에서 일어나 차로 입 안을 헹구었다. 그러고 나서 의관을 정제하고 팔영관을 나섰다.

인적 없는 거리를 힘차게 걸어가노라니 어느새 관아의 정문 앞에 도착했다. 꾸벅꾸벅 졸던 파수병이 판관을 알아보았지만 해괴한 차림새를 보고 눈을 휘둥그렇게 떴다.

판관은 아무 말 없이 안뜰로 곧장 향했다. 수많은 사람들의 어렴풋한 형체가 판관의 나들이 가마 주위에 잠자코 서 있는 모습이 눈에 들어왔다.

홍 수형리는 종이 등 하나를 달랑 켜 들고 판관이 가마에 오르는 것을 옆에서 거들었다. 가마 안에서 디 공은 갈색 도포를 벗고 관복으로 갈아입었다. 머리 위에 판관의 검은 탕건까지 쓴 다음 휘장을 들추고 마중과 차오타이를 불렀다.

두 수하는 더없이 믿음직스러워 보였다. 기마 장교가 입는 무거운 쇠 비늘 갑옷을 입고 머리에는 뾰족한 쇠가 달린 투구까지 쓰고 있었다. 두 사람 다 긴 칼과 커다란 활을 차고 있었으며 화살 통에는 화살이 가득 들어 있었다.

디 공은 두 수하에게 나지막이 말했다.

"먼저 들러야 할 곳은 퇴역한 장수의 저택이야. 그 다음에 역시 은퇴한 현감의 저택에 들렀다가 마지막으로 두 행회장의 집으로 가겠네. 자네 둘이 말을 타고 앞장서게나."

"말발굽을 모두 짚으로 쌌기 때문에 소리는 절대 나지 않을 겁니다."

마중이 고개를 꾸벅 숙이며 말했다.

디 공은 흡족한 표정으로 고개를 끄덕이더니 출발 신호를 보냈다. 묵묵히 서쪽으로 방향을 잡은 행렬은 관아의 외벽을 돌아 다시 북쪽으로 향했다. 잠시 후 장수의 저택이 나타났다.

홍 수형리가 문을 두드렸다. 커다란 문이 바로 활짝 열렸다.

장수의 군용 가마가 안마당에 서 있고 그 주위에 서른 명 남짓 되는 장수의 부하들이 둘러서 있었다.

디 공의 가마가 대문 안으로 들어섰다. 그는 가마에서 내려 영빈관으로 이어지는 계단 발치에서 기다리고 있던 장수와 대면했다.

장수는 특별히 진군복을 차려 입고 있었다. 그는 일흔이 넘는 나이였는데도 당당하게 위엄을 발하고 있었다. 금으로 수를 놓은 자주색 비단 도포 위에 금색 갑옷을 걸쳤고 보석이 박힌 커다란 칼을 차고 있었다. 한때 그의 호령 아래 중앙아시아 원정에서 승승장구했던 다섯 군단을 상징하는 오색 깃발이 금빛 투구의 뾰족한 뿔에서 부챗살처럼 퍼져 있었다.

두 사람은 목례를 나누었다. 디 공이 먼저 입을 열었다.

"이런 야심한 시각에 불편을 끼친 점 죄송스럽기 짝이 없습니다. 비열한 범죄를 폭로하는 데 장군님의 협조가 절대적으로 필요하기에 결례를 무릅썼습니다. 조심스럽게 저희 행렬을 따라오시다가 나중에 재판이 열릴 때 증인으로 나서 주시면 감사하겠습니다."

장수는 이 새벽의 원정에 한몫 낀 것이 내심 뿌듯한 모양이었다. 그는 절도 있는 군인의 음성으로 답했다.

"이곳 수령께서 내리신 명령인데 두말없이 따라가야지요. 어서 출발하시구려."

디 공은 은퇴한 현감과 두 행회장에게도 같은 말을 되풀이했다.

이제 가마 다섯 대와 백 명이 넘는 장정으로 불어난 행렬이 북문 가까이에 이르렀을 때 판관이 마중을 가마 옆으로 불렀다.

"성문을 나서는 대로 자네와 차오타이는 행렬을 이탈하는 자는 그 누구든 그 자리에서 처형하겠노라라는 말을 전하게. 두 사람은 말을 타고 행렬의 양 옆을 살펴야 하네. 활시위를 팽팽히 당기게. 대오에서 벗어나는 자가 나타나거든 지체 없이 활시위를 당기게. 이제 앞으로 가서 군 수비대에게 문을 열라고 지시하게나."

잠시 후 군인 둘이 육중한 쇠문을 열자 행렬은 그리로 빠져나갔다.

그들은 보자사가 있는 동쪽으로 방향을 틀었다.

절 앞에 이르러 홍 수형리가 문을 두드렸다. 졸다 나온 중의 머리가 격자 구멍 뒤에 나타났다.

홍 수형리가 호통을 쳤다.

"경내로 침투한 강도를 잡으러 관아에서 온 사람들이다. 문을 열어라!"

 빗장이 밀리는 소리가 나더니 문이 살짝 열렸다. 문 밖에 말을 묶어 둔 마중과 차오타이가 재빨리 문을 힘껏 밀어 활짝 열어젖혔다. 두 사람은 겁에 질린 중 둘을 문간채 안에 가두어 두고 끽 소리라도 냈다가는 목을 베어 버리겠다고 으름장을 놓았다. 이어서 행렬은 절 안마당으로 들어섰다. 디 공이 가마에서 내리자 네 명의 증인도 따라서 내렸다. 디 공은 나지막한 소리로 그들에게 대웅전 앞뜰까지 함께 가자고 말하고 나머지 사람들은 남아서 기다리라고 지시했다. 타오간이 앞장서고 마중과 차오타이가 뒤를 살피는 가운데 그들은 살금살금 걸어 대웅전 앞까지 왔다.

 널찍한 안뜰은 신성한 관음상 앞이라 밤새도록 밝혀 놓은 구리등의 불빛으로 군데군데 환했다.

 판관이 손을 들자 다들 동작을 멈추었다. 잠시 후 여승처럼 두건이 달린 옷을 입은 형체가 가벼운 동작으로 어둠 속에서 쪼르르 달려나와 판관 앞에서 큰절을 하더니 소곤소곤 귀엣말을 넣었다.

 디 공은 타오간을 돌아보면서 말했다.

 "주지의 방으로 안내하게!"

 타오간은 계단을 달려 오르더니 대웅전의 오른쪽 복도로 들어가서 맨 끝의 닫힌 문을 가리켰다.

 디 공이 마중에게 고갯짓을 했다. 마중은 어깨로 문을 힘껏 민 다음 다른 사람들이 들어갈 수 있도록 옆으로 비켜섰다.

 커다란 초 두 개로 불을 밝힌 으리으리한 방이 눈앞에 나타났다. 향불 냄새와 달콤한 향수 냄새가 방 안에 진동하고 있었다. 주지는 흑단을 깎아 만든 긴 침상 위에서 화려하게 수놓은 비단 베개를 베고 세상모르게 곯아떨어져 있었다.

"저자를 묶어라! 두 팔을 등 뒤에다 단단히 결박해야 한다!"

판관이 명령했다.

마중과 차오타이는 주지를 침상에서 끌어내려 바닥에 내동댕이 친 다음 두 팔을 뒤로 돌려 가는 쇠사슬로 묶었다. 자다가 날벼락을 맞은 주지는 잠에서 덜 깬 눈을 끔벅거리고 있었다.

마중이 주지를 와락 일으켜 세워서는 호통을 쳤다.

"어르신께 인사를 올리지 못할까!"

주지의 얼굴이 흙빛으로 변했다. 주지는 자신이 지옥으로 떨어져 갑옷 입은 저승사자의 수하들 앞에 있다고 생각하는 모양이었다.

디 공이 증인들에게 말했다.

"이자를 자세히 살피시되 특히 박박 민 정수리를 눈여겨보아 주시기 바랍니다."

그런 다음 홍 수형리 쪽으로 돌아섰다.

"지체 없이 정문 앞마당의 나졸에게 달려가서 경내에 있는 중을 남김없이 체포하라 이르게. 이제는 횃불을 밝혀도 좋다. 중들의 숙소가 어디 있는지는 타오간이 일러 줄 것이야."

어느새 절 안마당은 '푸양 관아'라는 큼지막한 글자가 박혀 있는 등불로 가득 찼다.

고함들이 난무하고 문 부수는 소리가 고막을 찢으며 쇠사슬이 찰그랑거렸다. 나졸들이 곤봉을 휘두르고 저항하는 중들은 묵직한 채찍 손잡이로 가격했다. 공포의 비명이 사방으로 울려 퍼졌다. 결국 예순 명가량 되는 중들이 겁에 질린 채 절 앞마당 한가운데로 모였다.
 아까부터 계단 꼭대기에서 이 장면을 지켜보고 있던 디 공이 명령을 내렸다.
 "대웅전을 마주 보고 여섯 명씩 줄을 맞추어 꿇어앉혀라!"
 명령이 실행에 옮겨지자 다음 지시가 떨어졌다.
 "우리와 함께 온 이들은 모두 안마당의 세 면을 따라 질서정연하게 늘어서도록 하라."
 또 타오간을 불러 격리된 후원으로 앞장서라고 일렀다. 그런 다음 판관은 아까부터 대웅전 앞에서 기다리고 있던 비구니 차림의 여자에게로 몸을 돌렸다.
 "칭위, 싱화가 있는 곳으로 앞장서게."
 타오간이 후원의 문을 열자 그들은 구불구불한 길을 따라 걸어갔다. 타오간과 칭위가 든 등불에 가물가물 반짝이는 정원은 꿈결처럼 환상적이었다.
 칭위가 작은 대나무 숲 한복판에 자리잡은 조그만 요사채 앞에서 걸음을 멈추었다.
 디 공은 증인들을 가까이 불러서 자물쇠가 채워진 문에 바른 종이가 상하지 않았음을 똑똑히 보여 주었다. 그리고 칭위에게 고개를 끄덕였다. 처녀는 종이를 찢어 내고 열쇠로 문을 땄다.
 디 공이 문을 탕탕 두드리며 소리 질렀다.
 "내가 왔네!"
 그리고 그는 한 걸음 뒤로 물러섰다.
 붉은 옻칠을 한 문이 열리더니 얇은 비단 잠옷을 걸친 싱화가 촛불 하나를 들고 모습을 나타냈다. 그녀는 일행 중에 장수와 전직

칭위가 디 공 일행을 싱화가 있는 요사채로 안내한다.

현감이 섞여 있는 것을 보고서 물러갔다가 잠시 후에 두건이 달린 비구니 옷을 껴입고 다시 나타났다.

일행은 요사채 안으로 들어갔다. 벽에 걸려 있는 관음상의 웅장한 그림이 눈에 확 들어왔다. 능라로 된 이불이 놓인 길고 커다란 침상도 보였다. 방 안의 장식물은 호화롭기 그지없었다.

판관은 싱화 앞에 서서 정중하게 예를 갖추었다. 다른 사람들도 자동적으로 따라서 움직였다. 장수의 투구에 꽂힌 깃발이 공중에서 나부꼈다.

디 공이 입을 열었다.

"이제 비밀 통로의 입구를 알려다오."

싱화는 문 쪽으로 가서 옻칠이 된 표면 위에 박혀 있던 수많은 구리 손잡이 가운데 하나를 돌렸다. 문 가운데의 작은 판자가 열렸다.

타오간이 손으로 이마를 탁 쳤다.

"감쪽같이 속아 넘어가고 말았구나! 등잔 밑이 어둡다더니 사방을 다 뒤지고 여기만 살피지 않았어."

믿을 수 없다는 목소리였다.

싱화에게 돌아서면서 디 공이 물었다.

"다른 별채 다섯 채도 모두 찼느냐?"

싱화가 고개를 끄덕이자 판관이 말을 이었다.

"칭위와 함께 첫째 안뜰에 있는 객실로 가서 이곳에 온 여인네들의 남편들에게 어서 와서 별채의 문을 따고 안사람을 데려가라고 일러라. 그런 다음 남편들에게만 대웅전 앞에서 이 사건의 예비 심리를 벌일 생각이니 거기 참석해 달라고 당부해라."

싱화와 칭위는 별채를 떠났다. 디 공은 조심스럽게 방을 둘러보았다. 긴 침상 옆에 서 있는 작은 탁자를 가리키면서 네 명의 증인에게 말했다.

"대인들께서는 저 탁자 위에 놓인 상아로 된 작은 입술 연지 함을 눈여겨보아 두시기 바랍니다. 그 위치를 잘 기억해 두십시오. 장군께서는 연지 함을 닫아 주십시오. 잠시 후에 증거품으로 제시할 작정입니다."

일행이 싱화가 돌아오기를 기다리는 동안 타오간은 문에 달린 비밀 판자를 면밀히 살폈다. 장식용처럼 만들어진 손잡이 하나를 돌려 안팎으로 소리 없이 여닫을 수 있게 만들어져 있었다.

싱화가 돌아와서 다른 별채에 들어 있던 여자들을 첫째 안뜰로 데려갔다고 아뢰었다. 남편들은 대웅전 앞에서 기다리고 있었다.

디 공은 증인들을 데리고 다른 별채들을 하나하나 방문했다. 타오간은 모든 별채에서 비밀 판자를 어렵지 않게 찾아낼 수 있었다.

디 공이 증인들에게로 돌아섰다.

"부탁 말씀드릴 것이 있습니다. 한 가지 사실을 거짓 되게 말할 터이니 모른 체 눈감아 주셨으면 합니다. 잠시 후에 열릴 심리에서 저는 구체적으로 어디라고 못 박지는 않겠지만 다섯 채의 별채 중 두 군데에서는 비밀 통로가 발견되지 않았다고 말할 작정입니다. 이의 없으시겠지요?"

"여부가 있겠습니까. 다 백성들의 안위를 걱정해서 하는 일인데요. 다만 재판 당국에서만 나중에 볼 수 있도록 온전한 사실은 별도의 기록에 담아 봉투에 넣어 두는 것이 좋겠지요."

은퇴한 현감이 대답했다.

모두 의견의 일치를 보자 디 공이 다시 입을 열었다.
"이제 모두들 대웅전 앞으로 가도록 하십시다. 거기서 이 사건의 예비 심리를 벌일 생각입니다."

대웅전 앞에 서 있으니 뿌옇게 동녘 하늘이 밝아 오기 시작했다. 붉은 햇살이 대웅전 앞마당에 무릎을 꿇고 앉아 있는 예순 명의 반질반질한 머리를 비추고 있었다.

판관은 포두에게 절 창고에서 커다란 탁자 하나와 의자들을 가져오라고 일렀다. 임시로 관아가 가설되자 마중이 재판대 앞으로 주지를 끌고 나왔다.

주지는 차가운 아침 공기에 몸을 덜덜 떨면서 판관을 보고는 욕설을 내뱉었다.

"이런 더러운 놈아, 너는 나한테 뇌물을 받아먹지 않았느냐!"

"천만의 말씀. 잠시 빌렸을 뿐이지! 그대가 나에게 준 돈은 그대를 꺼꾸러뜨리는 데 고스란히 들어갔다네."

판관이 싸늘히 받았다.

디 공은 장수와 현감을 재판대 뒤 오른편에, 두 행회장을 왼편에 앉도록 각각 권했다. 싱화와 칭위는 홍 수형리가 재판대 옆에 놓은 낮은 의자에 쪼그리고 앉았으며 수형리 본인은 두 처녀 뒤에 서 있었다.

선임 기사관과 그 밑의 수하들은 뒤에 놓인 보조 책상을 차지했고 마중과 차오타이는 대웅전의 왼쪽과 오른쪽을 각각 지켰다.

자리 잡기가 끝나자 판관은 그 기묘한 광경을 잠시 물끄러미 응시했다. 벌레 기어가는 소리 하나 들리지 않았다.

그때 디 공의 근엄한 목소리가 들렸다.

"본 수령은 보자사의 주지와 승려들에 대한 예비 심리를 지금부터 시작하겠노라. 죄목은 모두 네 가지로 유부녀 농락 죄, 유부녀 강간 죄, 신성한 불전을 모독한 죄, 금품 갈취 죄가 되겠다."

판관은 포두를 바라보며 명령을 내렸다.

"원고를 앞으로 데리고 오게!"

싱화가 재판대 앞으로 나와 무릎을 꿇었다.

디 공이 입을 열었다.

"이것은 관아의 특별 심리요. 원고는 무릎을 꿇지 않아도 좋소."

싱화는 일어서서 머리를 가리고 있던 두건을 뒤로 젖혔다.

기다란 옷을 입은 조그만 몸집의 여자가 눈을 내리깔고 서 있는 모습을 보는 순간 디 공의 근엄한 얼굴이 부드럽게 바뀌었다. 나직한 목소리로 판관이 말했다.

"원고는 이름을 밝히고 피해 내용을 알리시오."

싱화가 떨리는 목소리로 답변에 나섰다.

"소녀의 성은 양이며 이름은 싱화라 하옵고 후난성이 고향이지요."

선임 기사관이 받아 적었다.

판관은 의자 등에 몸을 기댔다.

"계속하시오!"

아름다운 처녀가 놀라운 증언을 하고,
디 판관이 사건을 수하들에게 설명한다.

처음에 싱화는 약간 자신 없는 목소리로 말을 시작했지만 자신의 이야기를 주위 사람들이 숨죽여 경청하는 것을 보자 차츰 자신감을 찾아 나가는 것 같았다.
"어제 오후였습니다. 저는 동생 칭위를 데리고 이 절을 찾아왔습니다. 주지와 만나 인사를 하는 자리에서 신통한 힘을 가진 관음상 앞에서 불공을 드릴 수 있도록 허락해 달라고 사정했습니다. 그러자 주지는 이 절에서 하룻밤을 머물면서 관음보살님의 무한한 자비심에 감사의 마음을 보여야 불공을 드리는 효험이 있다는 것이었습니다. 그러면서 숙박비를 선불로 요구하더군요. 그래서 금 한 덩이를 주었지요.
어제 저녁 주지는 저희 자매를 후원에 있는 작은 요사채로 데려갔습니다. 저는 거기서 하룻밤을 보내고 동생은 경내의 객실에서 묵게 된다는 설명이었습니다. 이상한 소문을 퍼뜨리고 다니는 사람이 있으니까 쓸데없는 오해를 피하기 위해서 제 동생더러 언니가 들어간 방을 직접 열쇠로 잠그라고 주지가 말했습니다. 동생은 시키는 대로 한 다음 자물쇠 위에다가 하얀 종이까지 한 장 발라 놓았지요. 주지는 열쇠를 동생더러 보관하라고 일렀습니다.

굳게 닫힌 요사채 안에 혼자 남게 되자 저는 먼저 벽에 걸려 있는 관음보살도 앞에서 오래오래 불공을 드렸습니다. 그러다가 피로해져서 침상 위에 누웠습니다. 경대 위에서 타고 있던 촛불은 그대로 놓아두고요.

두 번째 야경꾼이 돌 무렵이었을 겁니다. 잠에서 깨어나 보니 주지가 침상 앞에서 턱 버티고 있었어요. 저의 소원이 성취될 수 있게끔 자기가 확실한 보장을 해 주겠다는 것이었습니다. 그러더니 촛불을 훅 불어 끄고 저를 와락 껴안았습니다. 마침 제 베개 옆에 놓여 있던 낮은 탁자 위의 연지 함이 열려 있었기 때문에 저는 주지 모르게 주지의 번질번질한 정수리에다 연지를 몰래 묻혔습니다. 강제로 저의 몸을 범한 뒤 주지가 말했습니다. '금명간 그대의 소원은 성취될 것이니 그때 가서 이 가난한 절에 적당한 선물을 보내는 것을 잊지 말도록 하게. 내가 선물을 받지 못하면 그대 남편의 귀에 과히 좋지 않은 소식이 들어갈지도 몰라.' 그 다음 제 기억에 남아 있는 것은 주지가 어찌어찌 요사채에서 나갔다는 사실뿐입니다."

싱화의 말이 이어지는 동안 운집한 사람들은 적잖이 동요하고 술렁거렸다.

"저는 어둠 속에서 혼자 누워 있었습니다. 몹시 흐느끼면서 말이에요. 그런데 느닷없이 중 하나가 다시 나타났습니다. 그 중이 말하더군요. '울지 마시오. 그대의 연인이 왔수다.' 몸부림치고 애원도 해 보았지만 그는 들은 체 만 체하며 저를 능욕했습니다. 가슴이 찢어지는 것 같았지만 그래도 주지에게 했던 것처럼 연지를 그 중에게 묻히는 데는 성공했습니다.

나중에 적당한 기회가 왔을 때 이 잔인무도한 범죄를 까발리기 위해서는 증거를 제시할 수 있어야 한다고 생각한 저는 약간 모자라 보이는 그 중을 좋아하는 척했습니다. 그리고 화로에서 이글거리는 숯덩이를 가져와 촛불을 켰지요. 매달렸다 구워삶기를 여러 차례 계속해 마침내 저는 비밀 통로의 위치를 알아낼 수 있었습니다.

그자가 밖으로 나가자 세 번째 중이 들어왔지만 저는 아픈 척했습니다. 그 중을 밀어내려고 애를 쓰다가 마찬가지로 연지로 표시를 해 두었지요.

그리고 한 시간 전에 동생이 와서 문을 두드리고는 이 고을 수령께서 이곳을 수사하러 오셨다는 이야기를 했습니다. 저는 동생더러 지체없이 고발을 하겠다고 전했습니다."

디 공이 엄숙하게 말했다.

"증인들은 첫 번째 피고인의 머리에 문제의 자국이 남아 있는지 확인을 해 주시기 바랍니다."

장수를 비롯한 세 증인이 자리에서 일어섰다. 이른 아침의 햇살이 주지의 민머리 정수리에 찍힌 붉은 자국을 훤히 드러냈다. 디 공은 포두에게 무릎을 꿇고 줄지어 앉은 중들 가운데 머리에 그와 비슷한 자국이 있는 자를 끌어내라고 지시했다. 잠시 후 나졸들은 중 두 명을 계단 위로 끌어올려 주지 옆에 강제로 꿇어앉혔다. 누

깊은 밤 주지가 싱화를 능욕한다.

가 보아도 머리에 분명히 붉은 연지가 찍혀 있었다.

디 공이 선언했다.

"이 세 죄인의 혐의 점은 명명백백히 입증되었다. 원고는 물러가도 좋소! 관아에서 열리는 오후 심리 때 이 사건에 대한 심리를 다시 벌이겠소. 수집된 증거는 그 자리에서 총괄적으로 검토하겠소. 이 절의 다른 중들에 대해서도 고문으로라도 여죄를 추궁할 작정이오."

바로 그 순간 맨 앞줄에 무릎을 꿇고 앉아 있던 아주 나이 먹은 중이 머리를 들고 떨리는 음성으로 소리를 질렀다.

"나리께 드릴 말씀이 있습니다!"

판관이 포두에게 신호를 보냈다. 포두는 노승을 재판대 앞으로 데리고 왔다.

노승이 더듬거렸다.

"나리, 외람되오나 소승의 법명은 완줘에(滿覺)라고 하옵는데 사실은 이 보자사의 주지로 있어야 할 사람입니다. 저기 저 주지를 자처하는 놈은 날강도로 정식 주지로 임명된 일도 없는 자입니다. 몇 년 전 불쑥 절에 나타나서는 저를 협박하여 주지 자리를 강탈했지요. 나중에 제가 이곳에 불공을 드리러 찾아오는 여인들에게 몹쓸 짓 하는 것을 항의하니까 아예 후원에 있는 작은 방에다 저를 가두어 버리더군요. 저는 약 한 시간 전에 나리의 부하들이 문을 부수기 전까지 내내 그 방에 갇혀 있었습니다."

판관은 손을 들어 막더니 포두에게 고개를 돌렸다.

"자네가 소상히 보고하게!"

"실제로 이 노승은 밖으로 빗장이 질러져 있고 자물쇠가 채워져 있는 작은 방에 갇혀 있었습니다. 문에 격자로 된 조그만 구멍이 나 있어 나지막한 목소리로 우리를 부르는 소리를 얼핏 들을 수 있었지요. 저는 문을 박차고 들어갔습니다. 노인은 저항하지 않고 판관께 데려가 달라고 말했습니다."

디 공은 천천히 고개를 끄덕이더니 노승에게 말했다.

"계속해 보시오."

"전부터 저와 이 절에서 함께 지냈던 제자 둘 가운데 하나가 우리 교구의 고위 승려에게 주지의 비리를 폭로하겠다고 말한 뒤 독살되었습니다. 여기 나리 앞에 무릎을 꿇고 앉아 있는 또 다른 제자는 일부러 저한테서 돌아선 것처럼 행동했습니다. 그러면서 주지와 그 심복들의 일거수일투족을 낱낱이 염탐하고 그렇게 알아낸 내용을 저한테 남김없이 보고했습니다만 애석하게도 증거 수집에는 실패하고 말았습니다. 주지는 자기가 총애하는 측근 몇몇을 제외하고는 자기의 무도한 범죄 행각을 비밀에 붙였기 때문입니다. 그래서 저는 제자에게 서두르는 것은 금물이다, 아직은 관아에 보고하지 말라고 일렀습니다. 그렇게 해 봐야 주지의 손에 아까운 우리의 목숨만 희생당할 뿐이고 만일 그렇게 되는 날에는 이 성스러운 불견에서 저지른 천인공노할 범죄를 만천하에 폭로할 수 있는 마지막 희망도 물거품이 되기 때문이었습니다. 그러나 저의 제자는 나리께 그 짐승만도 못한 악행을 저지르는 데 주지와 공모한 자가 누구누구인지 말씀드릴 수 있을 것입니다.

나머지 중들 중엔 진실된 불자도 있는 반면 그저 이 절에서 아쉬운 것 없이 편하게 지내는 것이 좋아서 눌러 붙어 있는 사람도 있습니다. 아무쪼록 선처를 부탁드리겠습니다."

판관의 손짓에 나졸들은 노승을 포박하고 있던 쇠사슬을 풀어 주었다. 노승은 포두를 자신의 제자가 앉아 있는 곳으로 데려갔다. 노승의 제자는 꿇어앉은 중 가운데에서 열일곱 명의 중들을 일일이 지목했다. 지목당한 중들은 즉각 재판대 앞으로 끌려 나왔다.

무릎 꿇림을 당하자 그들은 고함을 지르고 욕설을 퍼부었다. 개중에는 칭더의 강요에 못 이겨 여인들을 범할 수밖에 없었다고 항변하는 자도 있었다. 또 어떤 이들은 선처를 호소했고 어떤 이들은 당당히 자기의 죄상을 밝혔다.

"조용!"

디 공이 호통을 쳤다.

나졸들의 채찍과 곤봉이 중들의 머리와 어깻죽지를 난타하자 중들의 고함은 기어 들어가고 신음소리로 바뀌었다.

질서가 잡히자 디 공이 입을 열었다.

"나머지 중들은 쇠사슬을 풀어 주어라. 그대들은 완쥐에 스님의 지도 아래 맡은 바 종교적 소명을 즉각 재개하도록 하여라."

버글거리던 앞마당이 한결 조용해지자 이제는 절에서 무슨 소동이 일어났는지 알아보려고 인근에서 몰려 온 사람들까지 가세하여 수가 불어난 구경꾼들이 대웅전 계단 아래까지 밀고 나와서 중들에게 욕설을 퍼부었다.

"질서정연하게 뒤로 물러서서 수령의 말에 귀 기울이라!"

디 공이 소리를 질렀다.

"여기 있는 이 무도한 죄인들은 우리의 평화로운 사회의 뿌리를 생쥐처럼 갉아먹었으니 이는 바로 대역죄를 저지른 것과도 같다. 성현 중 성현이셨던 공자님께서도 말씀하시지 않았던가, 가정은

디 공이 칭더를 끌어내게 한다.

나라의 근본이라고! 이놈들은 지극한 불심으로 관음보살에게 불공을 드리러 온 정숙한 아낙네들을 겁간하였다. 가문의 명예를 지키고 행여 핏줄의 오해를 받는 일이 있어서는 안 된다는 책임감 때문에 당하고도 입을 다물 수밖에 없는 여인들의 약점을 이용한 것이니라.

그러나 다행스럽게도 이 악당들은 별채 여섯 채 모두에 비밀 통로를 만들려고 시도하지는 않아서 두 군데에서는 통로가 발견되지 않았다. 나는 불손한 사람이 아니며 하늘의 무한한 은총과 자비를 진심으로 믿고 있는 사람이기에 이 절에서 여인이 하룻밤을 묵었다고 해서 반드시 그 아이의 핏줄을 의심할 필요는 없음을 분명히 해 두는 바이다.

죄인들은 오늘 관아에서 열릴 오후 심리에서 다시 신문을 할 것이며 그 자리에서 자백을 하거나 자신을 변호할 기회도 줄 것이다."

포두에게도 돌아서면서 디 공이 덧붙였다.

"이놈들을 모두 가두기에는 우리 관아의 옥이 너무 협소하니 포두는 관아 동벽 밖에다 우리를 만들어 그 안에 가두도록 하게나. 시급히 그리로 출발하게!"

칭더는 밖으로 끌려 나가면서 판관을 향해 고함을 질렀다.

"이 비열한 놈 같으니. 조만간 네 놈이 쇠사슬에 묶인 채 내 앞에 꿇어앉고, 내가 네 놈을 심판할 수 있는 날이 오리라!"

디 공은 싸늘히 웃었다.

나졸들은 열여덟 명의 죄인을 아홉 명씩 두 줄로 세우고 무거운 사슬로 단단히 묶은 다음 곤봉으로 등짝을 갈겨 앞으로 몰아 대었다.

디 공은 홍 수형리에게 싱화와 칭위를 앞마당으로 데려오라 이른 다음 그들을 자기 가마에 태워 관아로 보냈다.

이번에는 차오타이를 불렀다.

"이 사건의 소식이 삽시간에 퍼지면 흥분한 폭도들이 중들을 공격할 것이네. 말을 타고 어서 빨리 수비대 사령부로 가서 사령관에게 창기병과 기마 궁병을 조속히 관아 옆 우리로 보내 달라고 이르게. 울타리 밖으로 이중 방어선을 쳐야 하네. 사령부는 관아에서 과히 멀지 않으니 군인들이 죄인들보다 그곳에 먼저 도착할 수 있겠지."

차오타이가 명령을 실행에 옮기기 위하여 황급히 떠나자 장수가 한 마디 했다.

"지혜로운 대비책이십니다."

디 공이 장수와 다른 세 증인에게 말했다.

"대인들께 송구스럽지만 여러분의 시간을 좀더 빼앗아야 할 것 같습니다. 이 절간에는 금은이 수북히 쌓여 있습니다. 모든 것을 조사하여 목록에 담고 여러분의 눈앞에서 봉인하기 전에는 이곳을 떠날 수가 없습니다. 상부에서 이 절의 모든 재산을 몰수하라는 지시가 내려올 것으로 예상됩니다만 이 사건에 대한 공식 보고서를 작성할 때 사찰이 가진 재산의 내역도 소상히 조사하여 첨부해야 할 것으로 여겨집니다.

물론 이 사찰에도 물품 목록이 있기는 있을 것입니다. 하나 품목을 일일이 확인해야 할 것이고 그러려면 몇 시간은 족히 걸릴 터입니다. 그러니 우선은 식당에 가서 요기나 하는 게 어떨는지요."

디 공은 나졸 하나를 주방으로 보내 필요한 지시를 내렸다. 모두 대웅전을 떠나 안마당의 커다란 식당으로 걸어갔다. 구경꾼들은 중들에게 욕설을 퍼부으면서 첫째 안마당으로 줄지어 갔다.

디 공은 장수를 비롯한 네 증인에게 제대로 모시지를 못해서 죄송하다고 양해를 구하고 잠시 자리를 떴다. 시간을 절약하기 위해 증인들이 밥을 먹는 동안에도 수하들에게 후속 지시를 내리고 싶었던 것이다.

누가 상석에 앉을 것인가를 두고 장수와 현감과 두 행회장이 서로 점잖게 양보를 하느라 실랑이를 벌이는 동안 디 공은 약간 떨어진 곳에 있는 조그만 식탁을 골라 홍 수형리, 마중, 타오간과 함께 앉았다.

동자승 둘이 밥과 야채 절임을 상 위에 놓았다. 그들은 동자승들이 멀찌감치 사라질 때까지 말없이 먹기만 했다.

이윽고 판관이 쓴웃음을 지었다.

"지난 몇 주 동안 내가 자네들에게 몹쓸 상전 노릇을 하였네. 특히 수형리 자네에게 말이야. 그럴 수밖에 없었던 사정을 들어 보게나."

디 공은 밥을 마저 먹고 숟가락을 상 위에 놓은 다음 말을 시작했다.

"내가 더러운 주지의 뇌물을 받는 것을 보고 수형리가 받은 마음의 타격이 컸을 거라고 보네. 자그만치 금 세 덩어리에 은 세 덩어리였으니 말이야. 물론 그 당시에는 이렇게 저렇게 하겠다는 구체적인 행동 계획이 머릿속에 있었던 것은 아니지만 그래도 조만간 돈이 필요할 때가 오리라는 예상은 하고 있었다네. 자네도 알다시피 나라에서 받는 녹 말고 나한테 수입이라곤 전혀 없지 않은가.

그렇다고 관아의 금고에서 돈을 꺼내 쓸 수도 없었어. 그랬다가는 주지가 박아 놓은 첩자가 내가 무슨 꿍꿍이속을 갖고 있는 모양이라고 당장에 보자사에 보고를 했을 터이니 말이야.

지나고 보니 그 돈이 덫을 놓는 데 더도 덜도 아니고 딱 필요한 만큼이었던 거라. 싱화와 칭위를 소유하고 있던 집에서 두 여자를 빼내는 데 금 두 덩어리가 쓰였지. 남은 금 덩어리 하나는 싱화가 절에서 하룻밤 묵기 위하여 주지에게 주는 데 쓰였고 말이야. 은 덩어리 하나는 친화의 수령인 로 판관의 가령에게 중간에서 거간 노릇을 해 준 데 대한 사례금과 두 처녀를 푸양까지 데리고 오는 데 드는 교통비 명목으로 주었다네. 또 하나의 은 덩어리는 집사람에게 주어 처녀들에게 입힐 옷가지를 사도록 했고 말이야. 나머지 은 덩어리는 승복을 사고 어제 오후 절간에 타고 온 화려한 가마 두 채를 빌리는 데 썼지. 그러니 이제 쓸데없는 근심일랑은 안 해도 되네, 수형리."

판관은 순간 수하들의 얼굴에 안도의 빛이 스쳐 지나가는 것을 보았다. 그는 웃으면서 말을 이었다.

"내가 친화에서 그 두 처녀를 고른 것은 우리 영광스러운 제국의 중추라고 할 수 있는 농민 층을 대표하는 덕성을 두 처녀가 갖고 있다고 보았기 때문이라네. 그 덕성은 아무리 비참한 지경에 처해도 알맹이는 변치 않고 남는 법이거든. 두 처녀가 나의 계획을 돕는다면 틀림없이 실패하지 않으리라는 확신이 나에게는 있었네.

본인들도 그렇게 생각했을 터이지만 집안 식구들도 내가 그 여자들을 후처로 맞아들인 줄로 알았지. 나는 누구에게도 비밀을 털어놓을 수가 없었다네. 심지어는 큰 부인에게도 말이야. 앞서도 말했지만 주지가 우리 집에서 일하는 하인 중에 첩자를 박아 놓았을 지도 모를 일이었기 때문에 비밀이 조금이라도 새어 나갔다간 큰일이라고 생각했지. 두 처녀가 새로운 생활 방식에 적응하여 정숙한 부인 역할과 하녀 역할을 능숙하게 해낼 수 있을 때까지 기다려야 했네.

큰 부인이 부지런히 애를 써 준 덕분에 싱화는 새로운 생활에 빠른 속도로 적응해 나갔어. 결국 어제 행동에 나서기로 결심했지."

판관은 젓가락으로 야채를 집었다.

"어제 자네가 떠난 다음 나는 곧바로 별채로 가서 처녀들에게 보자사에 관해 내가 품고 있는 의혹을 들려주었다네. 그리고 싱화에게 여염집 부인의 역할을 맡아 줄 수 있겠느냐고 물었지. 두 사람을 동원하지 않는 별도의 계획도 마련되어 있으니 마음이 내키지 않으면 조금도 부담감 느끼지 말고 거절해도 좋다고 덧붙이면서 말이야. 그러나 싱화는 즉석에서 응낙해 주었네. 다른 여자들을 타락한 중의 마수에서 구할 수 있는 이런 절호의 기회를 놓친다면 스스로를 용서할 수 없을 거라고 치를 떨더구먼.

그래서 큰 부인이 준 옷 중에서 가장 좋은 옷으로 골라 입으라고 했네. 그런 다음 여승처럼 두건이 달린 긴 옷을 그 위에 걸치도록 했지. 두 처녀는 뒷문을 통해 관아를 몰래 빠져나가 시장에서 가장 고급스러운 가마 두 채를 빌렸어. 절에 도착한 싱화는 주지에게 자기 신분을 중앙에 있는 고관대작의 후처라고 밝혔지. 누구나 알 만한 사람이어서 이름은 밝힐 수 없다고 덧붙이면서 말이야. 그런데 큰 부인이 자기를 몹시 질투하는 데다 어찌된 영문인지 요즈음은 남편도 자기를 싸늘하게 대하는 것 같아 걱정이 태산이라고 울상을 지었지. 집에서 쫓겨날지도 모른다는 두려움 때문에 지푸라기라도 붙들고픈 심정에서 마지막으로 보자사를 찾았다고 싱화는 말했다네. 주인은 자식이 없기 때문에 만일에 떡두꺼비 같은 아들 하나만 낳아 놓으면 감히 내쫓을 사람이 없으리라는 것은 삼척동자도 알 만한 사실 아니겠나."

여기서 디 공은 잠시 말을 끊었다. 수하들은 음식에 거의 손을 대지 않았다.

디 공이 말을 이었다.

"그럴싸한 줄거리 아닌가. 하지만 주지가 얼마나 간교한 인물인지 익히 잘 알고 있는 터라 나는 사실 싱화가 자기의 본명을 털어 놓고 신상을 구체적으로 밝히지 않으면 주지가 싱화를 받아들이지 않을지도 모른다는 걱정이 있었네. 해서 싱화더러 놈의 탐욕과 더러운 욕정을 이용하라고 귀띔했지. 무슨 말인고 하니 주지에게 금을 한 덩어리 안기고 자기의 미모를 과시하면서 여자라면 누구나 알고 있는 그런 수단을 동원하여 싱화가 그를 마음에 들어한다는 환상을 심어 놓으라고 했지.

마지막으로 싱화에게 그 방에서 밤을 지새우는 동안 어떻게 처신해야 할지를 일러 주었다네. 결국은 관음보살의 신통력 때문에 그 모든 기적이 벌어졌을 가능성을 나 역시 배제한 것은 아니었네. 타오간이 별채로 들어가는 비밀 통로를 발견하지 못했다는 소식을 접하고는 더욱더 관음보살이 영험한 힘을 갖고 있다는 주장도 나름대로 설득력이 있다고 생각하게 되었지."

타오간은 벌레 씹은 표정을 짓더니 허둥지둥 밥그릇에 얼굴을 파묻었다. 디 공은 푸근한 미소를 지으면서 말을 이었다.

"해서 나는 싱화더러 만약에 진짜로 허공에 성스러운 분이 나타나시거든 바닥에 넙죽 엎드려서 하나도 숨김없이 털어놓으라고 말했지. 신분을 속이고 그 자리에 있게 된 것은 모두가 이 판관이 시켜서 한 일이라고 말이야. 하지만 그렇고 그런 보통 사람이 방 안으로 들어왔을 경우에는 그자가 어디로 들어왔는지를 수단 방법을 가리지 말고 알아내라고 했네. 그 다음은 상황에 맞추어 행동을 하고 말이야. 나는 싱화에게 작은 연지 함을 주면서 능욕하려고 하는 놈의 머리에 그것을 묻히라고 귀띔했지.

네 번째 야경꾼이 돌고 난 직후 칭위는 객실에서 살그머니 빠져나와 싱화가 묵고 있는 별채의 문을 두 번 두드리기로 했다네. 거기에 대한 응답으로 안에서 문 두드리는 소리가 네 번 나면 나의 의심이 근거 없는 것으로 판명되었다는 신호이고 세 번 나면 악랄한 짓거리가 자행되었다는 신호였지. 그 다음은 자네들이 아는 대로일세."

마중과 타오간은 열심히 손뼉을 두드렸지만 홍 수형리는 여전히 걱정스러운 얼굴이었다. 잠시 머뭇거리다가 수형리가 입을 열었다.

"일전에 어르신께서 보자사에서 일어나는 문제와 관련하여 거기서는 손을 떼는 것이 좋겠다는 뜻을 내비치시면서 하신 말씀이 아직도 저의 마음 한구석을 떠나지 않고 있습니다. 중들의 범행을 입증할 수 있는 결정적인 증거를 확보하고 자백까지 얻어 낸다고 하더라도 불교 교단에서 개입하여 중들을 감싸고 돌면서 사건이 채 종결되기도 전에 피의자들을 빼낼 것이라고 말씀하시지 않으셨습니까. 그 문제는 어떻게 해결하실 생각인지요?"

디 공은 눈썹을 일그러뜨리면서 천천히 수염을 잡아당겼다.

바로 그때 밖에서 말발굽 소리가 들리더니 차오타이가 식당 안으로 뛰어 들어왔다.

그는 사방을 재빨리 두리번거리더니 일행을 보고 바로 식탁으로 달려왔다. 이마가 땀에 절어 있었다.

차오타이가 헐떡거리며 입을 열었다.

"어르신, 수비대 사령부에 가 보니 보병 네 놈뿐이 없더군입쇼! 나머지는 모두 어제 자사님의 명령을 받고 친화로 떠났다는 겁니다. 이리 오다가 우리를 지나쳤는데 흥분한 수백 명의 폭도들이 바글거리고 있었습니다. 나졸들은 겁이 나서 관아 안으로 도망치고 없었고요!"

판관이 탄식을 뱉었다.

"가는 날이 장날이라더니! 서둘러 돌아가도록 하세!"

판관은 장수에게 황급히 사정을 설명하고 보자사 일의 뒤처리를 맡기면서 금은방 행회장도 남아서 장수의 일을 도와달라고 당부했다. 그리고 은퇴한 완 현감과 목수 행회장에게는 자기와 함께 가자고 청했다.

디 공은 수형리와 함께 장수의 군용 가마에 올라탔다. 은퇴한 현감과 행회장은 각각 자기의 가마에 오르고 마중과 차오타이는 말 위에 올라탔다. 가마꾼들은 전속력으로 관아를 향해 달려갔다.

큰길은 흥분한 군중으로 미어터지고 있었다. 열린 가마에 올라탄 디 공을 보고 그들은 일제히 함성을 터뜨렸다.

"수령 나리 만세! 디 공 어르신 만수무강하소서!"

그러나 관아가 가까워질수록 군중의 숫자가 적어졌다. 관아의 북동 모퉁이를 돌아설 때는 텅 빈 거리에 불길한 침묵만이 감돌았다.

울타리는 군데군데 거덜이 나 있었다. 그 안에는 죄인 열여덟 명의 시체들이 광분한 폭도들에게 짓이겨져 싸늘하게 식어 있었다.

디 판관이 백성들에게 따끔한 경고를 하고 월지원을 찾아간다.

  디 공은 가마에서 내리지 않았다. 이미 엎질러진 물임을 첫눈에 알았기 때문이다. 난도질당하고 토막 난 팔다리가 피와 진흙으로 범벅이 된 채 나뒹굴고 있었다. 살아 있는 목숨을 확인하고 자시고 할 것도 없었다. 디 공은 가마꾼들에게 관아 정문으로 가자고 일렀다.
  파수병들이 커다란 문을 열자 디 공과 일행이 탄 가마가 안으로 들어갔다.
  겁에 질린 나졸 여덟이 어디선가 나타나 디 공의 가마 옆에 무릎을 척 꿇더니 머리가 땅에 닿도록 빌었다. 그들 가운데 하나가 구구절절이 사정 설명을 하려는 것을 판관이 손을 들어 막았다.
  "그럴 필요 없다. 자네들 여덟 명이서 수많은 군중을 막기에는 역부족이었으니까. 그 일을 맡기려고 기마병을 불렀으나 운이 없어 그만 연락이 닿지 못하였다."
  디 공과 두 수하, 은퇴한 완 현감과 링 행회장은 타고 있는 말과 가마에서 내려 디 공의 집무실로 갔다. 책상 위에는 판관이 없는 동안 도착한 서신들이 쌓여 있었다. 디 공은 그중에서 자사의 봉인이 찍혀 있는 커다란 봉투를 집어 들었다.

"이것은 우리 고을 수비대를 소집하는 데 관련된 공식 통보서일 것입니다. 확인해 주시지요!"

디 공이 완 현감에게 말했다.

완 현감은 봉인을 뜯고 내용을 훑어보더니 고개를 끄덕이면서 도로 그것을 디 공에게 건네었다.

"이 서신은 제가 긴히 조사할 것이 있어 어제 저녁 서둘러 관아를 떠난 직후에 도착했을 것입니다. 저는 어젯밤을 북쪽 구역에 있는 '팔영관'이라는 작은 여관에서 묵었습니다. 동이 트기 전에는 관아로 돌아왔습니다만 곧바로 보자사로 떠나야 했습니다. 미처 옷을 갈아입을 틈도 없었지요. 집무실에도 못 들릴 정도였으니까요. 요식 행위이기는 하나 만일 완 현감과 링 행회장께서 저희 집 하인들과 팔영관 여관의 지배인, 그리고 자사 어른의 서한을 들고 온 전령을 조사하여 사실 확인을 해 주신다면 감사하겠습니다. 이 사건에 관한 보고서를 작성할 때 두 분의 증언을 첨부하여야 그 가엾은 죄인들의 죽음이 저의 불찰에서 비롯되었다는 소리가 나오지 않을 듯싶어 그러는 것입니다."

완 현감은 고개를 끄덕이며 대답했다.

"최근에 중앙에 있는 친구로부터 편지 한 통을 받았는데 그 내용을 보니 조정에서 불교 세력이 막강한 힘을 발휘하는 듯하더이다. 승단 고위층에서는 보자사에 관한 보고서를 필시 자기네 경전을 읽듯이 꼼꼼히 들여다볼 것입니다. 거기서 무슨 꼬투리 하나라도 발견하면 그것을 이 잡듯이 물고 늘어져 대인을 삭탈관직하지 않을까 저어됩니다."

금은방 행회장이 나섰다.

"그 못된 중놈들의 만행이 만천하에 공개되어 저희 푸양 백성들은 얼마나 기쁘고 마음이 놓이는지 모릅니다. 백성들은 나리께 더할 나위 없는 고마움을 느끼고 있을 것입니다. 다만 아무리 화가 났기로서니 그렇게 무도한 행위를 저지른 것은 아쉽기 한량없습니다. 백성의 한 사람으로서 그런 행동이 빚어진 데 대하여 진심으로 사죄드립니다."

디 공은 두 사람에게 고마움을 나타냈다. 두 증인은 판관의 요청대로 사실 확인을 위하여 자리를 떴다.

디 공은 즉시 붓을 들어 푸양 백성들에게 알리는 준엄한 경고의 글을 써 나가기 시작했다. 죄인을 처벌하는 것은 어디까지나 나라만이 갖고 있는 권리요 의무임을 강조하면서 중들을 학살한 행위를 통렬히 비난했다. 그러면서 앞으로 그런 폭력 행위에 다시 관여하는 사람은 즉결 처분하겠노라고 덧붙였다.

선임 기사관을 비롯한 문관들은 모두 아직 절에 있었기 때문에 디 공은 타오간에게 큼지막한 글씨로 다섯 장의 사본을 작성하라고 지시했다. 디 공 스스로도 시원시원한 필체로 별도의 사본 다섯 통을 썼다. 완성된 포고문에다가 관아의 큼지막한 붉은 봉인을 찍고 나서 디 공은 수형리에게 이것들을 관아의 입구를 비롯하여 사람들이 많이 다니는 길목에 붙이라고 지시했다. 또 나중에 화장할 수 있도록 중들의 시신을 수습하여 바구니에 담아 놓으라는 지시도 함께 내렸다.

지시받은 사항을 처리하기 위하여 수형리가 떠나자 디 공은 다시 마중과 차오타이에게 말했다.

"폭력은 폭력을 부르기 마련일세. 바로 조처하지 않을 경우 더 큰 무질서가 판을 칠 우려가 있네. 폭도들이 상점을 약탈할 가능성이 있어. 수비대가 없는 상황에서 폭도들의 고삐를 풀어 주면 사태는 수습하기 불가능한 상황으로 치달을지도 몰라. 나는 다시 장수의 가마를 타고 행길로 직접 나가서 무질서를 다스려야겠네. 자네들도 따라 나서게. 가다가 혼란을 선동하는 자가 눈에 띄거든 지체 없이 화살을 날리라고."

먼저 그들은 토지신을 모신 사당으로 갔다. 행렬은 가마에 탄 디 공과 양 옆에서 말을 타고 호위하는 마중과 차오타이, 그리고 앞뒤로 하나씩 붙은 두 나졸뿐이었다. 정식으로 관복을 차려입은 디 공은 지붕 없는 가마를 타고 있었기 때문에 누구나 볼 수 있었다. 한풀 꺾인 백성들은 행렬 앞에서 공손히 길을 비켜 주었다. 백성들은 이제 환호하지 않았다. 앞서 자기들이 저질렀던 폭력 행위에 부끄러움을 느끼고 있는 것 같았다.

디 공은 사당 안에서 향을 사르고 고을을 쑥대밭으로 만든 데 대해 신께 진심으로 사죄를 드렸다. 토지신은 자기가 관장하는 땅이 피로 더럽혀지는 일을 바라지 않기 때문이었다. 죄인을 참수하는 자리를 성문 밖 멀리 떨어진 곳에 두는 것도 다 그런 까닭에서였다.

디 공은 거기서 다시 서쪽으로 발길을 돌려 공자를 모신 사당으로 가서 공자와 이름 높은 제자들의 위패 앞에서 향을 피워 올렸다. 그런 다음 다시 북쪽으로 방향을 틀어 관아의 북 벽을 끼고 있는 공원을 지나 군신각에서 제사를 올렸다.

거리를 오가는 사람들은 쥐 죽은 듯 조용했다. 그들은 사방에 나붙은 방을 읽었을 터인데도 동요하는 빛이 없었다. 중들을 학살하는 과정에서 군중의 분노도 저절로 사그라든 모양이었다.

더 이상의 혼란이 발생하는 일은 없겠다고 결론 내린 판관은 안도하는 마음으로 관아로 돌아갔다.

얼마 뒤 보자사에서 장수와 아전들이 돌아왔다.

장수는 디 공에게 물품 목록서를 건네었다. 금으로 된 공양 그릇을 비롯하여 돈과 귀중품은 모두 절간의 보고(寶庫)에 넣어 두고 문을 밀봉해 두었다는 보고도 덧붙였다. 장수는 임의로 자기 집 무기고에서 창과 검을 가져다가 나졸과 자기 부하를 무장시킨 모양이었다. 절을 지키도록 자기 부하 스무 명과 나졸 열 명을 남겨 두었다는 말로 장수는 보고를 끝맺었다. 늙은 장수는 은퇴하여 무료한 나날을 보내다가 중요한 임무를 맡아서 기분이 무척 좋은 모양이었다. 그때 완 현감과 링 행회장도 나타나서 디 공이 수비대의 파견 요청이 담긴 서한을 보기란 불가능한 일이었음을 확인했다고 보고했다.

일행은 다과가 차려진 널찍한 영빈관으로 갔다. 나졸들이 책상과 의자를 더 가져온 뒤에야 모두들 자리에 앉아 작업에 들어갈 수 있었다. 디 공의 지휘 아래 그날 있었던 사건들에 관한 세부 보고서의 초안 작성이 시작되었다.

필요한 대목에서는 서기들이 증인들의 특별 진술을 받아 적었다. 싱화와 칭위도 판관의 별채에서 불려 나와 장황한 진술을 끝내고 손도장을 찍어야 했다. 디 공은 수백 명의 군중 속에서 중들을 실제로 죽인 범인을 찾아내기란 불가능했다는 내용을 특별히 보고서에 첨가했다. 백성들이 너무도 격분해 있었고 그 뒤로는 더 이상의 무질서한 사태가 확산되지 않았다는 점을 고려하여 푸양 백성에 대한 처벌은 사하여 주시기를 바란다는 완곡한 건의를 덧붙이는 것도 잊지 않았다.

밤이 이슥해지고 드디어 보고서 초안과 함께 각종 동봉 문서가 완성되었다. 디 공은 늙은 장수와 은퇴한 현감, 두 행회장에게 저녁식사라도 같이 하자고 권했다. 피로를 모르는 장수는 선뜻 응할 눈치였으나 완 현감과 나머지 두 사람은 하루 종일 정신없이 움직였더니 몸이 물먹은 솜뭉치처럼 늘어진다며 그만 갔으면 좋겠다고들 했다. 어쩔 수 없이 장수도 대세에 따를 수밖에 없어 그들 모두 하직을 고했다. 디 공은 그들을 직접 가마 있는 곳까지 바래다 주면서 귀중한 시간을 내준 데 대해 다시 한번 고마움을 나타냈다. 그리고 나서 사복으로 갈아입고 집으로 돌아갔다.

큰방으로 들어가니 큰 부인의 지시 아래 푸짐한 음식상이 마련되는 중이었다. 둘째 부인과 셋째 부인, 그리고 싱화와 칭위의 모습까지 보였다. 여자들은 모두 자리에서 일어나 판관을 맞이했다. 디 공은 상석에 앉아서 김이 모락모락 피어 오르는 요리를 맛보면서 지난 몇 주 동안 그의 가슴을 짓눌렀던 집안의 냉랭한 분위기가 다시 화목한 분위기로 돌아선 모습을 흐뭇하게 바라보았다. 밥상을 물리고 나자 가령이 차를 가져왔다. 디 공은 싱화와 칭위에게 말했다.

"오늘 오후에 상부에 올릴 이번 사건에 대한 보고서를 작성하면서 보자사에서 압수한 돈 중에서 금괴 네 덩어리씩을 이번 사건 해결에 지대한 공을 세운 데 대한 작은 보답으로 너희 둘에게 지급할 것을 요청하는 건의서를 첨부하였다. 상부의 승인을 기다리는 동안 나는 너희가 태어난 고향을 통치하는 수령에게 두 사람의 가족을 찾아달라는 공식 서한을 띄울 작정이야. 하늘이 무심치 않다면 부모님은 아직 살아 계실 것이다. 설령 돌아가셨다 하더라도 다른 식구는 남아 있을 터이니 걱정 말도록 하여라. 조만간 군 수송대가 후난성으로 출발할 때 두 사람도 같이 갈 수 있도록 내 주선하지."

디 공은 두 처녀에게 인자한 미소를 짓더니 다음 말을 이었다.

"현지 관아에다 너희를 잘 보살펴 달라는 내용의 소개장도 써 줄 생각이야. 나라에서 내리는 치하금이면 조그만 땅뙈기를 사거나 장사를 시작할 수 있는 밑천은 되겠지. 때가 되면 너희들 집에서도 좋은 신랑감과 짝을 지어 줄 터이고 말이야."

싱화와 칭위는 무릎을 꿇고 머리가 땅에 닿도록 몇 번씩 절을 하면서 고마움을 표시했다.

디 공은 자리에서 일어나 부인들과 헤어졌다.

그는 정원을 지나 저택 정문으로 이어지는 복도를 따라서 관아로 돌아가고 있었다. 갑자기 뒤에서 살금살금 발소리가 들렸다. 뒤돌아보니 싱화가 눈을 내리깔고 혼자 서 있었다.

"그래, 싱화야. 다른 도움이 필요하거든 주저할 것 없이 말해 보려므나."

디 공이 인자한 목소리로 말했다.

싱화가 조심스레 입을 열었다.

"나리, 사람은 누구나 자기가 태어난 고향을 그리워하기 마련이지요. 하오나 상서로운 운명이 저희 자매를 나리의 보살핌 아래 놓아둔 뒤로 저희는 이 집에 정이 듬뿍 들어 차마 발길이 떨어지지 않습니다. 큰 마님께서도 자상하게 말씀하시기를 만약에……."

디 공이 손을 들어 말을 막으면서 빙긋 웃었다.

"회자정리(會者定離)라. 만나면 언젠가는 헤어져야 하는 것이 세상의 이치니라. 너희 마을에서 정직한 농부의 큰 부인이 되는 것이 지방 수령의 넷째 또는 다섯째 부인이 되는 것보다 행복하다는 사실을 조만간 깨달을 날이 올 게다. 이번 사건이 매듭지어질 때까지 너희 자매는 우리 집에 손님으로 묵고 있다고 생각하면 되느니라."

말을 끝낸 디 공은 싱화와 인사를 나누고 돌아섰다. 싱화의 뺨에 비치던 눈물 방울은 달빛의 조화일 거라고 흔들리는 마음을 다잡으면서. 관아 안마당으로 들어서니 관리들이 일하는 방마다 불이 환하게 켜져 있었다. 그날 저녁 초고가 완성된 보고서를 마무리 짓느라고 아전들이 바쁘게 움직이고 있었다.

집무실에 들어가니 네 수하가 있었다. 그들은 수형리의 지시에 따라 린판 저택 부근의 감시처를 둘러보고 온 포두의 말에 귀 기울이고 있었다. 그들이 자리를 비운 동안 린판의 집에서는 별다른 일이 생기지 않은 모양이었다.

디 공은 포두에게 물러가라고 지시한 다음 책상 앞에 앉아 그동안 들어온 공식 문서를 들여다보았다. 세 통의 편지를 갈라놓으면서 디 공이 수형리에게 말했다.

"이것들은 운하 연변에 위치한 세 곳의 군 초소로부터 들어온 보고서일세. 그들은 린판 상회의 상호가 찍힌 여러 척의 배를 정지시킨 뒤 수색했지만 진짜 화물 말고는 아무것도 찾아내지 못했어.

린판의 밀수 행각에 대한 물증을 확보하기에는 너무 늦은 듯 싶구먼."

그런 다음 판관은 나머지 편지도 뜯어 보고 붉은 붓으로 편지 여백에다 서기에게 내리는 지시 사항을 적어 넣었다.

차 한 잔을 마시고 다시 의자에 몸을 깊이 파묻은 판관이 마중을 보며 말했다.

"지난 밤 나는 변장을 하고 월지원으로 가서 자네가 말한 성파라는 친구를 만나 보았네. 그 버려진 사원도 구석구석 들여다보았지. 어째 사원 안의 분위기가 심상치 않더구먼. 이상한 소리까지 들었으니까."

마중은 그럴 리 없다는 듯이 수형리를 쳐다보았다. 차오타이도 마음이 편치 않아 보였다. 타오간은 왼쪽 뺨의 점에서 자라난 수염 세 오라기를 천천히 잡아당겼다. 다들 아무 말이 없었다.

수하들이 미적지근한 반응을 보였지만 판관은 아랑곳하지 않았다.

"그 사원에 부쩍 관심이 많이 간단 말이야. 오늘 아침에도 불교 사찰에서 좋은 경험을 하지 않았나. 그러니 오늘 밤에는 도교 사원으로 가서 한번 둘러보기라도 해야 섭섭하다는 소리 안 들을 것 아닌가."

마중은 비시시 웃었다. 그는 두툼한 손으로 무릎을 문지르면서 입을 열었다.

"외람된 말씀이지만 저는 일대일로 붙으면 그 누구에게도 지지 않을 자신이 있습니다. 하지만 별세계 것들과 겨루는 것은 좀……."

판관이 가로막았다.

"나도 무지몽매한 인간은 아닐세. 평범한 사람의 일상생활에도 저승 세계에서나 볼 수 있는 현상이 간혹 나타나곤 한다는 사실을 누가 뭐래도 나는 부인하지 않아. 그렇지만 한편으로는 양심이 올바르게 박힌 사람은 귀신이건 도깨비이건 두려워할 필요가 없다는 확신 또한 갖고 있다네. 이 세상은 모두 정의가 지배하고 있거든. 게다가 자네들에게 숨기고 싶은 생각은 없네만 오늘의 일이 있기까지 기다리고 또 기다리면서 나도 얼마나 속 탔는지 모른다네. 도교 사원을 조사해야 내 마음이 좀 진정될 것 같구먼."

홍 수형리는 생각에 잠긴 채 수염을 쓰다듬더니 입을 열었다.

"만일 우리가 가게 되면 셩파와 그 패거리의 의심을 사지 않을까요? 갈 때 가더라도 몰래 가는 것이 좋겠습니다."

"그 생각도 해 두었지."

디 공이 응수했다.

"타오간, 자네는 이제 그 구역을 맡은 포리에게 가게. 월지원에 가서 셩파에게 당장 그곳을 비우도록 통보하라고 포리에게 이르라고. 그자들은 관아를 두려워하니 포리가 채 말을 끝맺기도 전에 벌써 꽁무니를 뺄 게야. 하나 만일의 경우 포리 혼자서는 역부족일 수도 있으니 포두더러 나졸 네 명을 거느리고 함께 가라고 이르게.

그동안 우리는 허름한 옷으로 갈아입고 있다가 타오간이 돌아오는 대로 수수한 가마를 타고 사원으로 가세. 다른 사람은 빼고 자네들 넷하고만 가는 거야. 종이 등 네 개와 초를 넉넉히 가져오는 것 잊지 말게나."

타오간은 포리들의 숙소로 가서 포두에게 나졸 넷을 모으라고 지시했다. 포두는 혁대를 조이면서 부하들에게 활짝 웃으며 말했다.

"나 같은 숙달된 포두가 있어서 어설픈 수령도 하루가 다르게 기량이 향상되는 걸 보니까 좀 신기하지 않냐? 보라고, 판관 어른이 처음 오셨을 때는 멋도 모르고 반월로 사건에 죽자사자 달라붙었다가 땡전 한 푼 건지지 못했잖아. 그랬다가 곧이어 사찰에 관심을 기울이게 되셨지. 그 사찰로 말할 것 같으면 돈이 썩어 나는 곳 아니냐. 상부에서 결정이 떨어지는 대로 거기 가서 일 좀 더했으면 좋겄다야."

나졸 하나가 떫은 표정을 지었다.

"보아하니 오늘 오후에 린판 저택 부근의 감시소를 둘러볼 때도 전혀 소득이 없지는 않은 것 같던데요."

"그야 점잖은 사람끼리 덕담을 주고받았을 뿐이지. 린판 대인의 가령이 나같이 경우 바른 사람은 처음 봤대나 어쨌대나."

"가령의 목소리를 들으니 돈 냄새가 풀풀 풍기던데."

또 다른 나졸이 가만 있지 않았다. 포두는 한숨을 내쉬면서 허리춤에서 은화 한 닢을 꺼내 그 나졸에게 던졌다. 나졸은 그것을 재빨리 움켜쥐었다.

"나는 노랭이가 아니라고. 자네들끼리 나눠 가져. 뭐 뜯어먹을 게 없나 나의 일거수일투족을 뚫어져라 살피는데, 좋다. 내 숨김없이 털어놓지. 사실은 그 가령이 은화 몇 닢을 찔러 주면서 내일 자기 친구한테 편지 한 통을 전해 달라고 부탁하더라고. 내일 그곳에 갈 일이 있으면 그렇게 하겠다고 대꾸했지. 그런데 내일 그곳에 갈 일이 없게 생겼으니 그 편지는 받을 수가 없게 되었지 않나. 그러니 나는 판관 어른의 지시를 거역하지 않았고 정중한 선물을 거절하여 남의 마음에 못을 박지도 않았고 사람은 모름지기 정직해야 한다는 나의 원칙을 어기지도 않았다 이 말씀이야."
 나졸들은 참으로 지혜로운 처신이었다고 이구동성으로 떠들었다. 그들은 타오간의 지시에 따르기 위해 숙소를 떠났다.

텅 빈 도교 사원이 끌칫거리를 낳아,
안마당에서 무서운 비밀이 드러난다.

야경꾼이 두 번째 딱딱이를 칠 무렵 타오간이 돌아왔다. 판관은 차 한 잔을 마시고 나서 수수한 파란 도포를 갈아입고 머리에 작은 빵 모자를 썼다. 그런 다음 네 수하를 거느리고 작은 옆문을 통해 관아를 빠져나갔다. 그들은 거리에서 의자 가마를 불러 월지원 근처의 네거리까지 가자고 했다. 목적지에 이르자 가마꾼들에게 삯을 치르고 그 다음부터는 걸어갔다.

사원 앞의 공터는 칠흑처럼 어둡고 쥐 죽은 듯 조용했다. 느닷없는 포두와 나졸들의 출현에 놀랐던지 성파 패거리는 코빼기도 보이지 않았다.

디 공은 타오간에게 숨죽여 말했다.

"정문 왼쪽으로 나 있는 옆문 자물쇠를 따게나. 필요 이상으로 큰 소리를 내서는 절대 안 돼!"

타오간은 쪼그리고 앉아서 목도리로 종이 등을 감싸 바람을 막았다. 부싯돌을 켜서 불을 붙이자 가느다란 한줄기 빛만 새어 나왔다. 하지만 폭이 넓은 계단을 헛디디지 않고 올라가기에는 충분한 불빛이었다.

자물쇠가 채워진 옆문 앞에 당도한 타오간은 종이 등 불빛으로 문 언저리를 조심스레 살폈다. 보자사에서 비밀 통로를 찾아내지 못해 자존심에 적잖게 상처를 받았는지라 이번만은 무슨 일이 있어도 명령을 신속하고 정확하게 이행해야겠다고 마음을 단단히 먹고 있었다. 타오간은 소매에서 가느다란 쇠갈고리를 한 움큼 꺼내더니 자물쇠를 뜯기 시작했다. 얼마 안 가서 자물쇠가 열려 빗장을 풀 수 있었고 살짝 손으로 미니까 문이 열렸다. 안쪽에는 빗장이 질러져 있지 않았던 모양이었다. 그는 서둘러 계단을 내려와 디 공에게 사원 안으로 들어갈 수 있다고 보고했다.

일행은 계단을 올라갔다. 디 공은 문 앞에 잠시 멈추어 서서 안에서 무슨 소리가 들리지 않는지 귀를 기울였다. 그러나 사위는 무덤처럼 고요하기만 했다. 이윽고 그들은 안으로 조심조심 들어갔다. 판관이 앞장섰다.

디 공은 홍 수형리에게 등불을 켜라고 속삭였다. 등불을 높이 쳐들어 살펴보니 그들은 사원의 커다란 방 안에 들어와 있었다. 오른편으로는 삼중으로 된 문의 안쪽이 보였고 무거운 빗장이 질러져 있었다. 사원 정중앙의 두꺼운 정문을 부수지 않는 한 안으로 들어갈 수 있는 통로는 방금 그들이 들어온 옆문밖에는 없음이 분명했다.

왼편에는 거의 열 자 가까이 되어 보이는 높은 제단이 우뚝 솟아 있었는데 금을 입힌 도교의 삼신상이 그 위에 놓여 있었다. 밑에 선 사람에게 복을 내리듯 치켜든 그들의 손만 보였고 어깨와 머리는 너무 높은 곳이라 어둠에 가려 잘 보이지 않았다.

디 공은 허리를 숙이더니 바닥을 뜯어 보았다. 나무를 깐 바닥에는 뽀얀 먼지가 켜켜이 쌓여 있었고 쥐들이 쏘다닌 흔적 말고는 아무것도 없었다.

판관은 수하들을 불러 모아 재단을 빙글 돌아 어두운 복도로 들어섰다. 홍 수형리가 등불을 높이 들자 마중이 소스라치게 놀랐다. 불빛은 잔뜩 일그러져서 피가 뚝뚝 떨어지는 여자의 잘린 머리를 비추고 있었다. 날카로운 발톱이 달린 맹수의 손이 머리채를 움켜쥐어 여자의 머리를 들고 있는 그림이 있었던 것이다. 타오간과 차오타이는 겁에 질려 아무 말도 못하고 그 자리에 얼어붙어 있었다. 그러나 디 공은 차분한 음성으로 말했다.

"놀랄 것 없네! 도교 사원에 가면 이런 복도 벽에 으레 열 개의 지옥도가 나란히 그려져 있으니까. 무서운 건 살아 있는 사람이지 죽은 사람이 아니야!"

디 공이 안심시키기 위해서 그런 말을 던졌는데도 수하들은 고대의 어떤 장인이 복도 양 옆으로 나무에 새겨 놓은 끔찍한 장면에 몹시 충격을 받았다. 그것은 실물과 똑같은 크기였으며 도교의 저승계에서 악인의 영혼에게 가하는 벌을 몸서리치도록 강렬한 빛깔로 실감 나게 그려 내고 있었다. 파란 마귀와 붉은 마귀가 사람들을 톱으로 스윽스윽 썰고 칼로 찌르고 내장을 대꼬챙이로 뽑아내고 있었다. 기름이 펄펄 끓는 가마솥에 던져지거나 지옥의 사나운 새에게 눈알을 쪼아 먹히는 불행한 사람의 숫자도 부지기수였다.

이 무시무시한 복도를 끝까지 걸어간 판관은 앞을 막아선 문을 천천히 밀어 열었다. 첫째 안마당이 나타났다. 휘영청 밝은 달이 인적 없는 정원에 달빛을 뿌리고 있었다. 한복판에 종루가 서 있고 그 부근에 희한한 모양으로 파 놓은 연못이 있었다. 종루는 한 변이 스무 자가량 되어 보이는 정사각형꼴이었으며 바닥으로부터 일곱 자 정도 올라가 있었다. 붉은 옻칠을 한 두꺼운 기둥 네 개가 끝이 뾰족한 우아한 기둥을 받치고 있었으며 지붕에는 파란 빛깔의 기와가 얹혀 있었다. 커다란 구리쇠 종은 보통 지붕 밑의 대들보에 매달려 있는데 여기는 바닥에 내려져 있었다. 사원을 비워 둘 때는 종의 파손을 막기 위해서 그렇게 하는 것이 관행이었다. 종 자체의 높이는 열 자가량 되었으며 겉부분을 정교한 무늬로 장식한 것이 인상적이었다.

　디 공은 그 한가로운 정경을 말없이 지켜보더니 트인 복도를 따라 안마당을 돌았다. 복도를 따라 나 있는 작은 방들은 모두 텅텅 비어 있었고 바닥에는 먼지가 뽀얗게 쌓여 있었다. 이 방들은 사원에 찾아온 손님을 묵게 하거나 경전을 읽는 곳으로 쓰였을 것이다. 안쪽 문으로 들어서니 둘째 안마당이 나왔다. 이곳 역시 도사들이 수행을 했던, 지금은 텅 빈 방으로 둘러싸여 있었다. 안쪽에는 문이 없는 커다란 주방이 있었다. 월지원에서 볼 만한 것은 다 본 것 같았다.

　디 공은 주방 옆에 난 작은 문을 발견했다.

　"내 생각으로는 이 문은 사원의 뒷문 같구먼. 어디 한번 열어서 사원 뒤로 난 길이 어떤 길인지 알아보세."

　타오간에게 눈짓을 보내자 그는 무거운 쇠 빗장을 채우고 있던 맹꽁이 자물쇠를 재빨리 열었다.

놀랍게도 그들의 눈앞에 셋째 안마당이 나타났다. 그 크기는 둘째 마당의 두 배는 족히 되어 보였다. 바닥에는 포석이 깔려 있고 높다란 이 층 건물로 에워싸여 있었는데 인기척은 전혀 없었고 깊은 고요에 잠겨 있었다. 그러나 최근까지는 이곳에서 사람이 살았던 것 같았다. 포석 사이를 비집고 자랐을 잡초의 흔적이 없는 데다 건물도 비교적 깨끗하게 수리되어 있었던 것이다.

"거 참 귀신이 곡할 노릇이네. 셋째 안마당은 아주 화려한 것 같군요. 도인들이 무슨 용도로 이곳을 썼을까요?"

홍 수형리가 한마디 했다.

그 문제를 막 심도 있게 논의하려는데 구름이 달을 가려 사위가 깜깜해져 버렸다. 홍 수형리와 타오간은 부리나케 등불에 다시 불을 붙였다. 돌연 침묵이 깨졌다. 안마당 안쪽에서 문이 쿵 하고 닫히는 소리가 났다.

디 공은 수형리의 등불을 나꿔채더니 안마당을 가로질러 뛰어갔다. 육중한 나무 문이 거기에 있었다. 경첩에 기름칠을 잘해 놓았는지 문은 소리 없이 열렸다. 등불을 높이 쳐든 채 판관은 좁은 복도를 바라보았다. 황급히 내딛는 희미한 발소리가 들리더니 다시 문 닫히는 소리가 났다.

디 공은 안으로 뛰어들었지만 높은 철문에 가로막혀 더 이상 앞으로 나아갈 수가 없었다. 그가 문을 이리저리 뜯어보고 있자니 타오간이 어깨 너머로 훔쳐보았다. 판관이 자세를 바로하고 입을 열었다.

"이 문은 아주 최근에 만들어진 것인데 아무리 뜯어보아도 자물쇠가 안 보이는군. 문을 열려면 손잡이라도 있어야 할 터인데 이쪽에는 그런 게 도통 달려 있지 않아. 한번 잘 살펴보게, 타오간."

타오간은 반질반질한 문의 표면을 구석구석 조사하더니 이어서 문설주 쪽으로 갔다. 그러나 문을 여는 데 도움이 될 만한 장치는 발견하지 못했다.

"이 문을 당장 부수지 않으면 어떤 망할 놈이 우리를 염탐하고 있었는지 끝끝내 알아내지 못할 것입니다. 지금 붙잡아야 합니다."

마중이 애가 타는 목소리로 말했다.

디 공은 천천히 고개를 돌렸다. 그는 손등으로 반질반질한 쇠의 표면을 툭툭 쳐 보고는 입을 열었다.

"성벽을 부수는 철퇴를 휘두른다고 해도 이 문은 꿈쩍도 하지 않을 걸세. 주변 건물이나 조사하자고."

그들은 복도를 떠나 안마당을 에워싸고 있는 어두운 건물을 돌아보았다. 디 공은 문 하나를 골라서 슬쩍 밀어 보았다. 문은 잠겨 있지 않았다. 문을 열고 들어가니 커다란 방이 나타났다. 방은 비어 있었고 바닥에는 돗자리가 깔려 있었다. 잠시 방 안을 둘러본 연후에 디 공이 안벽을 등지고 서 있는 사다리 쪽으로 걸어갔다. 그는 사다리를 타고 올라가서 천장에 붙어 있는 뚜껑 문을 밀었다. 그 속으로 올라가니 넓은 다락방이 나타났다.

네 수하도 사다리를 타고 올라왔다. 그들은 신기한 듯 사방을 두리번거렸다. 다락방은 기다란 모양이었으며 굵은 기둥이 높은 천장을 받치고 있었다.

디 공은 약간 놀란 것 같았다.

"자네들 중에서 도교 사원이나 불교 사찰 중에서 이와 비슷한 구조물을 본 적 있는 사람 있는가?"

홍 수형리가 닳고 닳은 수염을 천천히 잡아당기면서 입을 열었다.

"아마 이 사원에는 아주 커다란 도서관이 있었던 모양입니다. 책을 보관하는 서고로 이 방을 쓰지 않았을까요?"

타오간이 끼어들었다.

"만일 그렇다면 벽을 따라서 선반 같은 거라도 만들어 놓았어야지요. 보시다시피 이 다락방은 그저 물건을 쌓아 놓았던 창고로 보입니다."

그러자 마중이 고개를 저으면서 반문했다.

"도교 사원에 무슨 놈의 창고가 필요하단 말인가? 바닥에 덮인 이 두꺼운 돗자리를 보라고. 차오타이도 나와 같은 생각을 하고 있을 텐데 여기는 무기고야. 창검술 연습을 이곳에서 했을지도 모르지."

차오타이는 아까부터 벽면을 조사하고 있었는데 마중의 말에 고개를 끄덕이면서 한마디 덧붙였다.

"여기 있는 쇠갈고리들을 보세요. 틀림없이 기다란 창을 세워 두는 데 사용한 것입니다. 제 생각에 이곳은 어떤 비밀 종파의 본부였음에 틀림없습니다. 이곳에서 무술을 연마한 것이지요. 이 안에서 그런 일이 벌어져도 밖에서는 감쪽같이 모를 수밖에 없습니다. 그 망할 놈의 도인들은 모두 눈가림으로 세워 놓은 거라고요."

디 공이 생각에 잠긴 표정으로 말했다.

"자네 말이 그럴듯하군. 도인들이 이 사원을 떠난 후에도 그 음모자들은 틀림없이 이곳에 남아 있다가 불과 며칠 전에야 철수한 것으로 보이네. 이 다락방은 최근까지도 열심히 청소를 한 흔적이 역력하지 않은가 말이야. 돗자리에서 먼지 한 점 묻어나지 않아."

판관은 수염을 잡아당기더니 노여운 음성으로 덧붙였다.

"필시 한두 놈은 남겨 놓았을 게야. 아까 우리의 수사에 관심을 보였던 놈까지 포함해서 말이지. 이리로 올 때 지도를 가져오지 않은 것이 천추의 한이로군. 자물쇠가 채워져 있던 그 문이 어디로 연결되어 있는지 알 도리가 있어야지."

"지붕 위로 올라가 보면 어떨까요. 그럼 사원 후방을 볼 수 있을 것입니다."

마중이 제안했다.

마중은 차오타이와 함께 커다란 창의 무거운 덧문을 열고 밖을 내다보았다. 목을 길게 빼고 보니 처마 위에 기다란 쇠꼬챙이가 나란히 밑을 향해 솟아 있었다. 뒤편의 담이 워낙 높아 그 너머에 어떤 건물이 있는지 전혀 보이지 않았다. 담벽 위에도 마찬가지로 뾰족한 쇠꼬챙이가 꽂혀 있었다.

차오타이가 고개를 들이밀면서 아쉬운 듯 말했다.

"속수무책이네요. 저기까지 올라가려면 성곽 공격용 사닥다리가 있어야겠는데요."

판관이 어깨를 으쓱하면서 동의의 빛을 나타냈다.

"그렇다면 여기서 죽치고 있어 보아야 소용이 없겠구먼. 적어도 이 사원의 후방에서 무언가 비밀스러운 음모를 꾸미고 있었다는 사실만큼은 알아냈으니 그것으로 자위를 해야지. 내일 날이 훤히 밝은 다음에 필요한 장비를 갖추고 와서 샅샅이 수색을 하도록 하지."

판관은 사다리를 내려갔다. 수하들도 뒤따라 내려갔다.

안마당을 나서기 전에 디 공이 타오간에게 소곤거렸다.

"자물쇠가 걸린 문 위에다 종이를 발라 놓게. 그래야 내일 왔을 때 우리가 떠난 다음에 최소한 이 문이 다시 열렸는지 안 열렸는지라도 알 수 있을 것 아닌가."

타오간은 고개를 끄덕거렸다. 그는 소매에서 얇은 종이를 두 조각 꺼냈다. 그리고 침으로 적신 종이를 문과 문틀 사이의 틈새에 하나는 높게, 하나는 바닥 부근에다 발랐다.

일행은 다시 첫째 안마당으로 돌아왔다. 으스스한 복도로 이어지는 문 앞에 당도하자 디 공이 걸음을 멈추고 몸을 빙글 돌려서 쓸쓸한 정원을 바라보았다. 달빛이 구리쇠 종의 둥그스름한 상부를 비추어 기기묘묘한 장식 무늬를 드러냈다. 판관은 순간적으로 위험을 감지했다. 겉보기에는 평화로운 정경이었지만 무시무시한 살기가 느껴졌다. 그는 천천히 수염을 어루만지면서 이 정체불명의 불안한 느낌을 분석하려고 애썼다. 궁금해하는 수형리의 눈빛을 의식하면서 디 공이 혼잣말처럼 중얼거렸다.

"이런 사찰의 무거운 종이 잔학한 범죄를 은폐하는 데 이용된다는 소리를 간혹 들은 적이 있는데. 기왕 여기까지 왔으니 저 종 밑을 한번 들여다보세. 혹시 숨겨진 게 없는지 확인해 보자고."

종루를 향해 걸어가면서 마중이 한마디 했다.

"이 구리쇠 종은 두께가 어마어마합니다. 기울이려면 지렛대가 필요할 겁니다."

"그럼 자네와 차오타이가 가서 도인들이 악귀를 몰아내는 데 쓰는 묵직한 철창과 삼지창을 가져오도록 하게나. 그게 있으면 종을 기울일 수 있을 게야."

마중과 차오타이가 도구를 가지러 간 동안 디 공과 두 수하는 빽빽한 덤불을 지나 종루로 오르는 계단을 찾아냈다. 그들이 종의 둘레와 종루 바닥 사이의 좁은 공간에 서 있는데 타오간이 천장 쪽을 가리키며 말했다.

"말코 도사들이 떠나면서 종을 올리는 데 쓰는 도르래를 없앴습니다. 하지만 철창과 삼지창이 있으면 들어 올릴 수 있겠는데요."

디 공은 건성으로 고개를 끄덕였다. 그의 마음은 점점 무거워졌다. 마중과 차오타이가 종루로 올라왔는데 각자 기다란 철창을 하나씩 들고 있었다. 두 사람은 도포를 벗어젖히더니 뾰족한 창 끝을 종의 가장자리 밑으로 우겨넣고 창대 쪽의 어깨에 힘을 주어 종을 약간 들어올리는 데 성공했다.

"밑에다 돌을 받쳐!"

마중이 숨을 몰아쉬며 타오간에게 말했다.

타오간이 돌맹이 두 개를 종 밑으로 밀어 넣자 마중과 차오타이는 창을 종 밑으로 더 깊숙이 집어넣었다. 그들은 다시 디 공과 타오간의 도움을 받으며 지렛대의 원리를 이용했다. 종이 어지간히 들어 올려지자 디 공이 수형리에게 지시했다.

"저 돌 의자를 밑에다 굴리게!"

수형리는 종루 한구석에 놓여 있던 돌 의자를 재빨리 뒤집어 종 밑에 밀어 넣으려 했지만 여의치가 않았다. 디 공은 창을 놓더니 웃옷을 벗었다. 그런 다음 창 밑으로 어깨를 집어넣고 밀어 댔다.

그들은 혼신의 힘을 쏟아 부었다. 마중과 차오타이의 두툼한 목 힘줄이 팽팽히 불거져 나왔다. 마침내 수형리는 돌 의자를 종 밑에

받칠 수 있었다. 그들은 창을 집어던지고 얼굴에 흐르는 땀을 닦았다. 바로 그 순간 달빛이 다시 구름 뒤로 모습을 감추었다. 홍 수형리는 재빨리 초를 꺼내 불을 붙이고 종 밑을 들여다보았다. 숨이 턱 막혔다.

디 공도 허리를 숙이고 그 안을 엿보았다. 종 밑바닥은 흙먼지로 뒤덮였고 가운데에 사람의 뼈가 놓여 있었다.

판관은 차오타이의 손에서 홱 등불을 나꿔채더니 바닥에 배를 깔고 엎드려 고개부터 들이밀어 종 밑으로 들어갔다. 마중과 차오타이, 수형리도 판관이 한 대로 움직였다. 타오간도 들어오려고 하자 디 공이 소리를 질렀다.

"공간이 없어. 자네는 밖에서 지키고 있게나!"

네 남자는 해골의 옆을 뚫어져라 보았다. 흰개미를 비롯한 각종 벌레가 살점을 남김없이 뜯어먹어 앙상한 뼈만 남아 있었다. 손목과 발목에는 이제는 녹슨 쇳덩어리에 지나지 않는 무거운 쇠사슬이 감겨 있었다.

판관은 뼈를 찬찬히 살피고 특히 두개골을 자세히 보았다. 그러나 바수어진 흔적은 없었고 왼팔 윗뼈가 한 번 부러진 흔적이 있었다. 심한 골절이었다.

수하들을 보면서 디 공이 씁쓸한 표정을 지었다.

"이 불행한 사람은 살아 있는 몸으로 이 안에 갇혔음이 틀림없네. 꼼짝 못하고 굶어 죽은 거야."

수형리가 목뼈 부근에 두껍게 쌓여 있던 먼지 층을 휘젓더니 돌연 반짝거리는 둥그런 물건을 가리켰다.

"보세요! 자그마한 금합입니다."

그가 소리 질렀다.

디 공은 그것을 조심스럽게 집어 올렸다. 그것은 둥근 메달이었다.

이 공은 소매에다 문질러서 불빛에 바짝 갖다 대었다.

바깥 면은 이렇다 할 것이 없었지만 안쪽 면에는 '린'이라는 문자가 새겨져 있었다.

"이 사람을 여기에 가두어 죽게 한 것은 바로 그 못된 린판 놈이라는 소리렷다. 놈은 희생자를 종 밑으로 밀어넣다가 이 물건을 떨어뜨린 겁니다!"

마중이 혀를 찼다.

"그럼 이 사람이 량코파!"

홍 수형리가 뇌까렸다.

이 놀라운 소식을 접한 타오간이 기어이 종 밑으로 기어 들어왔다. 이제 다섯 명 모두가 기울어진 종 속에서 바짝 붙어서서 발밑의 해골을 물끄러미 내려다보았다.

"그래. 이 끔찍한 살인을 저지른 것은 린판일세. 이 사원에서 린판의 저택까지는 엎드리면 코 닿을 데야. 두 집은 뒷담이 붙어 있어. 그 묵직한 쇠문은 바로 두 집을 이어 주는 통로였지."

디 공이 담담히 뇌까렸다.

타오간이 재빨리 끼어들었다.

"그 셋째 안마당을 린판은 밀거래하는 소금을 쌓아두는 데 썼을 겁니다. 그리고 비밀 종파는 도인들과 함께 훨씬 앞서서 이 사원을 떴을 거고요."

디 공이 고개를 끄덕였다.

디 공과 수하들이 종 밑에서 해골을 발견한다.

"쓸 만한 물증은 확보한 셈이로군. 내일 린판을 신문하세."

그때 갑자기 돌 의자가 홱 치워졌다. 둔중한 굉음과 함께 구리 쇠 종은 다섯 남자를 덮쳤다.

판관과 네 수하가 함정에 빠지고,
마침내 흉악범이 저택에서 검거된다.

모두들 급작스러운 사태에 놀라 소리를 질렀다. 마중과 차오타이는 얼마쯤은 예견했어야 할 사태에 전혀 무신경했던 자신들에 대하여 화를 냈다. 두 사람은 구리쇠 종의 매끈매끈한 내부를 손가락으로 미친 듯이 더듬거렸다. 타오간이 자신의 어리석은 실수를 탓하며 탄식을 토했다.

디 공이 소리 질렀다.

"조용! 시간이 없으니 잘 듣게. 이 골치 아픈 종을 안에서 들어 올릴 수는 없는 일이네. 여기서 빠져나가려면 방법은 단 한 가지밖에 없어. 힘껏 밀어서 이 종을 옆으로 이동해야 해. 종의 일부분이 종루 바닥 가장자리 밖으로 빠져나가면 구멍이 생길 터이고 우리는 그 틈으로 기어 내려가는 게야."

"종루 모퉁이의 기둥에 걸리지 않을까요?"

마중이 물었다.

"그야 모를 일이지."

판관은 짧게 답했다.

"하지만 바늘 구멍만 한 틈이라도 만들어 놓으면 최소한 숨이 막혀 죽을 염려는 없지 않겠나. 불을 끄게나. 얼마 안 되는 공기를 연기로 더럽혀서야 안 될 말이지. 말도 하지 말게. 옷을 벗고 어서 움직이자고!"

디 공은 모자를 바닥에 벗어던지고 발을 이리저리 더듬어 바닥의 돌과 돌 사이에 파인 홈을 찾아내 디딤대로 삼고 등을 구부려 종을 밀기 시작했다. 수하들도 그대로 따라서 움직였다.

공기가 탁해져서 숨쉬기가 점점 어려워졌다. 그러나 드디어 종이 약간 움직였다. 얼마 움직이지는 못했지만 종에서 빠져나가는 것이 전혀 실현 불가능한 일이 아니라는 것이 입증된 셈이었다. 그들은 있는 힘을 다했다.

종 안에 갇히어 그들이 얼마 동안이나 땀을 뺐는지 아무도 몰랐다. 벌거벗은 몸에서는 땀이 비 오듯 흘렀다. 다들 숨을 헐떡거렸고 탁한 공기에 폐가 말라붙는 것 같았다. 홍 수형리가 제일 먼저 나가떨어졌다. 그는 혼신의 힘을 다한 끝에 종이 종루 가장자리 밖으로 조금 삐져 나가자 그대로 바닥에 쓰러졌다.

초승달 모양의 작은 틈새가 발치에 뚫렸고 상큼한 공기가 솔솔 들어왔다.

디 공은 신선한 공기를 마실 수 있도록 수형리를 구멍 있는 데로 끌었다. 그런 다음 네 사람은 다시 한번 온 힘을 모아 종을 밀었다. 종은 조금 더 밖으로 밀려났다. 이제는 어린아이가 빠져나갈 수 있을 만한 구멍이 생겨났다. 그들은 젖 먹던 힘까지 동원하여 밀고 또 밀었지만 이제 종은 요지부동이었다. 모퉁이의 기둥에 걸린 모양이었다.

갑자기 타오간이 쭈그려 앉더니 양 다리를 구멍 밑으로 내렸다. 빠져나가기로 단단히 마음먹은 것 같았다. 울퉁불퉁한 돌에 등판이 온통 긁히고 찢겼지만 타오간은 포기하지 않았다. 마침내 어깨를 통과시키는 데 성공하여 무사히 덤불 위로 떨어졌다.

잠시 후 구멍을 통해 창 하나가 쑤욱 들어왔다. 이제 마중과 차오타이는 종을 좀더 움직일 수 있었고 좀더 커진 구멍을 통해 홍수형리를 내보낼 수 있었다. 이어 디 공과 나머지 두 수하도 빠져나왔다.

그들은 탈진한 몸을 덤불 위에 뉘었다.

정신을 차린 디 공은 자리에서 일어나 수형리가 쓰러져 있는 곳으로 갔다. 가슴을 만져 보고 마중과 차오타이에게 말했다.

"수형리를 연못으로 데려가서 얼굴과 가슴을 물로 축여 주게나. 기운을 완전히 되찾기 전까지는 일어나게 해서는 안 돼."

지시를 하고 돌아서니 타오간이 무릎을 꿇고 엎드려 자기 이마를 땅바닥에다 쾅쾅 짓이기고 있었다.

"일어나게! 이번 일을 교훈으로 삼으라고! 내가 지시한 대로 따르지 않을 때 어떤 일이 생기는지 자네 눈으로 똑똑히 보았을 거야. 내가 지시를 내릴 때는 그럴 만한 까닭이 있어서 내린다고 보면 되네. 이리 와서 우리를 죽이려던 그놈이 어떤 방법으로 돌 의자를 빼냈는지 알아보도록 하세."

디 공이 말했다.

허리띠만 걸친 디 공이 종루로 올라가자 아주 고분고분해진 타오간도 말없이 그 뒤를 따랐다.

종루에 올라서자 사태의 전모를 알 수 있었다. 그들을 공격한 자는 앞서 그들이 종을 기울이는 데 사용했던 창 하나를 돌 의자 밑에 쑤셔 넣고 순간적으로 힘껏 들어 올려 돌 의자를 넘어뜨렸던 것이다.

판관과 타오간은 등불을 들고 이번에는 셋째 안마당으로 갔다. 쇠로 된 후문을 살펴보니 아까 타오간이 붙여 놓았던 종이가 뜯어져 있었다.

디 공이 입을 열었다.

"이로써 린판이 범인이라는 사실이 분명히 입증되었네. 놈은 안에서 이 문을 열고 첫째 안마당까지 우리를 몰래 미행한 것이야. 우리가 종을 올리는 동안 염탐질을 하다가 우리가 종 안에 모두 들어가는 것을 보고 우리를 영원히 제거할 수 있는 절호의 기회가 왔다고 본 게지."

판관은 주위를 둘러보았다.

"이제 돌아가서 수형리가 기운을 차렸는지 한번 보기로 하세."

홍 수형리는 의식을 되찾고 있었다. 그는 판관을 보더니 자리에서 일어나려고 했다. 그러나 디 공은 그냥 앉아 있으라고 단호히 명령하고 수형리의 맥을 짚어 보더니 자상하게 말했다.

"지금 자네가 할 일은 없네, 수형리. 나졸들이 올 때까지 예서 좀더 쉬고 있게."

판관은 타오간을 돌아보았다.

"이 구역을 담당하는 포리한테 달려가서 나졸들을 데리고 이리 오라고 전하게. 관아로 기마 전령을 보내 나졸 스무 명을 급히 보내라고 이르라고. 당장 와야 해. 올 때 의자 가마 두 채도 가져오고. 명령을 전한 다음 타오간 자네는 가까운 한약방으로 빨리 가 보게나. 피를 너무 많이 흘리고 있어."

타오간은 쏜살같이 사라졌다. 그러는 사이에 마중이 디 공의 모자와 윗옷을 종 밑에서 가져와서 흙먼지를 말끔히 털어 낸 다음 판관에게 내밀었다.

디 공은 고개를 흔들었다. 어이없게도 판관은 속옷만 걸치고 소매를 걷어 올려 팔뚝을 그대로 드러내는 것이었다. 그리고 긴 수염을 나누더니 두 가닥으로 만들어서 어깨 뒤로 넘긴 다음 목 뒤에서 다시 양끝을 묶었다.

마중은 판관을 요리조리 뜯어보았다. 비록 군살이 조금 붙기는 했지만 일대일로 겨루었을 때 어떤 상대에게든 쉽사리 무너질 것 같지는 않았다.

판관은 손수건으로 머리를 묶어 올려 준비를 마무리 지으면서 마중에게 말했다.

"나는 복수심에 불타는 그런 사람이 아닐세. 하나 이 린판이라는 자는 우리 모두를 아주 잔인무도한 방법으로 죽이려고 했어. 우리가 이 종을 종루 밖으로 밀어내는 데 실패했더라면 의문의 실종 사건으로 푸양 바닥이 또 한바탕 뒤집힐 뻔했지. 이제 린판을 내 손으로 직접 잡는 즐거움을 마다할 이유가 없겠어. 조금 반항이야 하겠지만 말이세."

판관은 차오타이를 바라보며 덧붙였다.

"자네는 수형리와 함께 이곳에 남아 있게. 나졸들이 도착하거든 종을 원래 자리로 되돌려 놓게나. 뼈는 잘 추려서 관에다 담아 두고. 그런 다음 종 밑바닥에 쌓인 먼지 층을 면밀히 조사해서 또 다른 단서가 없는지 찾아보라고."

디 공은 마중과 함께 옆문을 통해 사원을 나섰다.

비좁은 길을 한참 돌아가서 마중은 마침내 린판 저택의 대문 앞에 당도했다. 졸린 눈을 비비며 네 명의 나졸이 거기서 파수를 보고 있었다. 디 공은 뒷전에 물러서 있고 마중이 앞으로 나서서 가장 나이 든 나졸의 귀에 대고 뭐라고 지시를 내렸다.

나졸은 고개를 끄덕이더니 대문을 두드렸다. 구멍이 열리자 나졸이 문지기한테 호령을 했다.

"어서 이 문을 열지 못하겠느냐! 이 집에 강도가 들었다. 이 게으른 것아. 우리가 불철주야 지키고 서 있지 않았더라면 이 집은 벌써 옛날에 거덜 났어. 이 집 돈을 훔친 도둑이 달아나기 전에 어서 문을 열어라!"

문지기가 대문을 엶과 동시에 마중이 앞으로 튀어나가 문지기의 목덜미를 움켜쥐었다. 마중이 문지기의 입을 손으로 막고 있는 동안 나졸들이 문지기의 몸을 꽁꽁 묶고 기름 먹인 천 쪼가리를 입에다 쑤셔 넣었다.

디 공과 마중은 안으로 들어갔다. 안마당에는 인기척이 없었다. 아무도 두 사람을 제지하지 않았다.

셋째 안마당에 이르니 린판의 가령이 돌연 어둠 속에서 나타났다. 디 공이 고함을 질렀다.

"관아의 명령에 따라 네 놈을 체포한다!"

가령의 손이 허리춤으로 가더니 어느새 긴 칼이 달빛에 번쩍거리고 있었다.

마중이 가령을 덮치려 했지만 조금 늦었다. 벌써 판관이 가령의 가슴팍에 번개처럼 주먹을 날린 것이다. 가령은 켁켁거리며 뒤로 주춤 물러섰다. 판관은 다시 한번 턱 밑을 정확히 가격했다. 가령의 머리가 뒤로 젖혀지더니 그대로 바닥으로 나동그라졌다. 그러고는 꼼짝도 하지 않았다.

"기가 막히네요!"

마중이 감탄했다.

가령의 칼을 바닥에서 줍는 마중을 뒤로 하고 디 공은 후원으로 달려갔다. 노란 불빛이 새어 나오는 창문은 단 하나뿐이었다. 판관이 막 문을 부수고 들어서기 직전 마중도 합세했다.

눈앞에 작지만 우아한 침실이 나타났다. 흑단을 깎아 만든 고정대 위에 얹힌 비단 등이 실내를 밝히고 있었다. 오른쪽에는 역시 흑단으로 된 침대 틀이 보이고 왼쪽에는 정교하게 만들어진 경대가, 그 위로 촛대 두 개가 놓여 있었다. 얇은 흰색 비단 잠옷을 입은 린판은 문을 등지고 경대 앞에 앉아 있었다.

디 공은 그를 거칠게 돌려세웠다.

린판은 겁에 질린 얼굴로 판관을 바라보며 싸울 엄두도 내지 못했다. 그의 얼굴은 백지장처럼 하얗게 굳어 있었으며 이마에는 깊게 상처가 나 있었다. 판관이 들어섰을 때 그는 이 상처에다 약을 바르고 있었던 것이다. 왼쪽 어깨도 드러나 있었는데 거기도 심한 멍이 들어 있었다.

적의 무력한 모습을 보니 판관이 갑자기 맥이 빠졌다.

"린판, 너를 체포한다. 일어서라! 어서 관아로 가자!"

린판은 입을 열지 않았다.

그는 천천히 의자에서 일어났다. 방 가운데에 서 있던 마중이 린판을 묶기 위해 허리춤에서 쇠사슬을 꺼냈다.

돌연 린판의 오른손이 경대 왼쪽에 걸려 있던 비단 줄로 날아가자 판관은 순간적으로 린판의 턱을 향해 주먹을 한 방 날렸다. 린판의 등짝이 벽에 쾅 부딪혔다. 그러나 린판은 잡고 있던 줄을 놓지 않아 정신을 잃고 바닥에 쓰러지면서도 자신의 몸무게를 실어 줄을 당겼다.

디 공이 외마디 비명을 듣고 고개를 뒤로 돌린 순간 마중이 휘청 쓰러지려 하고 있었다. 뚜껑 문이 발밑에서 열렸던 것이다.

판관은 마중의 목깃을 부여잡아 어두컴컴한 구멍으로 떨어질 뻔한 것을 가까스로 막고 끌어올렸다.

뚜껑 문은 한 변이 석 자가 넘는 정사각형 모양이었다. 문은 밑으로 열려 있었는데 가파른 돌계단이 어둠 속으로 한없이 뻗어 있는 것처럼 보였다.

"운이 좋았네, 마중. 그 뚜껑 문 한복판에 있었더라면 그놈의 돌계단 때문에 다리가 부러졌을 게야."

디 공이 한마디 했다.

경대를 조사하던 판관이 오른쪽에서 또 다른 줄을 발견하고 줄을 잡아당기자 뚜껑 문이 스르르 올라왔다. 딸깍 소리와 함께 바닥은 다시 원래 모습으로 돌아갔다.

디 공이 널부러진 린판의 몸을 가리키면서 말했다.

"다친 사람을 때리고 싶은 마음은 없었지만 저놈을 거꾸러뜨리지 않았으면 놈은 보나마나 또 다른 수작을 피웠을 게 아닌가."

마중이 감동한 듯이 말했다.

"깨끗한 한 방이었습니다. 그런데 이마의 상처와 어깻죽지의 그 피멍은 어쩌다 생긴 것인지 궁금하군요. 오늘 무슨 일이 있긴 있었던 모양이에요."

"이제부터 그걸 알아내야지. 린판과 가령을 꽁꽁 묶게나. 그런 다음 대문에서 나졸들을 데리고 와서 집안을 샅샅이 수색하라고. 또 다른 하인이 눈에 띄거든 체포하여 관아로 압송하게. 나는 이 비밀 통로를 자세히 조사해야겠어."

마중은 린판 위로 허리를 숙였다. 판관은 줄을 잡아당겨 뚜껑문을 다시 열고 경대에서 촛대 하나를 집어 들고선 밑으로 내려갔다.

가파른 계단을 열 발자국 이상 내려가니 좁은 통로가 나왔다. 촛불을 높이 쳐드니 왼편에 돌로 된 단이 보이고 낮은 아치 모양의 입구가 보였다. 폭이 넓은 두 개의 계단 위로 검고 칙칙한 물이 찰랑거리고 있었다. 오른편은 복잡한 자물쇠가 걸린 커다란 쇠문으로 막혀 있었다.

판관은 어깨가 바닥과 수평이 되는 계단까지 도로 올라가 마중에게 소리쳤다.

"저 아래 자물쇠가 걸린 문이 있는데 몇 시간 전에 우리가 열려고 시도했던 바로 그 문 같네! 소금 부대를 사원 셋째 안마당의 창고에서 실어다가 강으로 연결된 지하 수로를 통해 수문을 피해 다녔던 것이 분명해. 린판의 옷소매에서 열쇠 꾸러미를 찾아보게. 그게 있어야 문을 열 수 있을 것 같으니."

마중은 침대 한구석에 있던 화려한 도포를 뒤져 정교한 열쇠 두 벌을 꺼내 디 공에게 건넸다.

판관은 다시 밑으로 내려가 자물쇠에 열쇠를 꽂아 보았다. 무거운 쇠문이 덜커덩 열리고 부드러운 달빛에 젖은 월지원의 셋째 안마당이 나타났다.

디 공은 마중에게 먼저 가겠다는 말을 남긴 뒤 서늘한 밤 공기를 맞으러 정원으로 들어섰다. 멀리서 나졸들이 고함치는 소리가 들려왔다.

서기관이 해묵은 이야기를 밝히고,
디 판관이 세 형사 사건의 논고에 들어간다.

　디 공이 서서히 첫째 안마당으로 걸어갔다.
　이제는 '푸양 관아'라는 글씨가 적힌 커다란 종이 등 십여 개가 환하게 밝혀져 있었다.
　홍 수형리와 차오타이의 지시를 받으면서 나졸들은 종루 대들보에다 도르래들을 매다느라고 바쁘게 움직였다. 판관의 모습을 본 수형리가 허겁지겁 달려와서 뒷일이 어떻게 되었는지 물었다. 디 공은 종루에서 한바탕 난리를 치르던 때에 비하면 수형리의 얼굴이 많이 좋아진 것을 보고 마음이 놓였다. 판관은 린판을 검거했으며 린판의 저택과 사원을 연결하는 비밀 통로가 발견되었다는 사실을 들려주었다.
　수형리가 가져온 도포를 입으면서 디 공이 차오타이에게 말했다.
　"나졸 다섯을 거느리고 린판의 농장으로 가게나. 거기 가면 자네와 임무 교대를 한 나졸 네 명이 있을 게야. 농장에 있는 사람을 모두 체포하게. 부두에 매여 있는 배 위에 탄 사람도 빼놓지 말고 잡아들여야 해. 차오타이, 자네가 오늘 고생이 많네만 린판의 하수인들을 철저히 가두어야 하네."

차오타이는 오히려 바쁘게 돌아가는 게 자기로서는 기분이 좋다고 흔쾌히 대답했다. 그러고는 건장한 나졸 다섯 명을 그 자리에서 선발했다.

디 공은 종루로 걸어갔다.

도르래가 모두 걸리자 튼튼한 쇠줄로 종을 천천히 끌어올려 바닥에서 석 자가량 되는 높이까지 올렸다.

디 공은 어지러운 바닥을 잠시 내려다보았다. 반시간 가까이 구리쇠 종 감옥에서 빠져나오기 위해 사투를 벌이느라 뼈들이 이리저리 흐트러져 있었다.

"차오타이한테 들어서 알고 있겠지만, 다시 한번 강조하는데 뼈를 잘 수습하고 종에 덮여 있던 바닥의 흙먼지를 체로 조심스럽게 거르도록 하게. 중요한 단서가 새로이 발견될지도 모르니까. 그 일이 끝나거든 린판의 저택 수색을 지원하게. 감시병으로 나졸 네 명은 남겨 놓고. 내일 아침 나에게 보고하게나."

판관이 포두에게 말했다.

디 공과 홍 수형리는 월지원을 떠났다. 사원 앞에 가마 의자가 대기하고 있었다. 두 사람은 그것을 타고 관아로 갔다.

다음날 아침은 맑은 가을 날씨였다.

디 공은 서기관에게 토지 명부에서 월지원과 린판의 저택에 관한 자료를 찾아보라는 지시를 내렸다. 그런 다음 집무실 뒤편의 정원에서 수형리와 함께 늦은 조반을 들었다. 식사를 마치고 다시 집무실로 돌아와 책상 앞에 앉아서 차를 마시고 있는데 마중과 차오타이가 들어왔다. 디 공은 하인에게 차를 더 가져오도록 이른 다음 마중에게 질문을 던졌다.

"린판의 하수인들을 검거하는 데 어려움은 없었는가?"

마중이 웃으면서 대답했다.

"일사천리로 진행되었습니다. 가령 그 친구는 어르신께서 쓰러뜨리신 곳에 여전히 정신을 잃고 쓰러져 있더군요. 가령과 린판을 나졸들에게 넘겼습니다. 그러고 나서 다른 사람이 없는가 하고 저택을 이 잡듯 뒤졌지만 겨우 한 놈 찾아냈을 뿐입니다. 떡대가 좋은 친구인데 처음에는 약간 거칠게 나올 기세더군요. 말로 조용조용히 알아듣게 설명을 했더니 그제야 누그러지면서 선선히 결박에 응했습니다. 현재까지 린판, 가령, 심복, 늙은 문지기 해서 모두 네 놈을 잡아들였습니다."

차오타이가 끼어들었다.

"저도 한 놈 잡아왔습니다. 알고 보니 농장에는 세 사람이 살고 있더군요. 모두 광둥 출신의 어리숙한 농꾼들입니다. 배 위에는 다섯 명의 사내가 있었는데 선장 하나에 나머지는 선원이었습니다. 선원들은 그저 머리가 텅텅 빈 뱃놈에 지나지 않았지만 선장은 만만치 않은 범죄형 인물이었습니다. 농부와 선원은 해당 구역의 구치소에 가두었지만 선장은 직접 관아로 데려와 옥에 넣었습니다."

디 공이 고개를 끄덕이며 하인에게 명령했다.

"포두를 불러오라! 그 다음 량 부인의 집으로 가서 내가 빨리 보잔다고 전하여라."

포두가 판관에게 공손히 인사를 한 다음 책상 앞에 가만히 섰다. 다소 피로해 보이긴 했지만 교만한 빛은 여전히 얼굴에 남아 있었다.

포두가 넉살 좋게 보고에 들어갔다.

"어르신의 분부를 받들어 량코파의 뼈를 수습하여 바구니에 잘 담아 관아로 가져왔습니다. 종 밑에 쌓여 있던 먼지를 체로 잘 쳐 보았지만 아무것도 나오지 않았습니다. 그런 다음 제가 직접 포졸들을 데리고 나서서 린판 저택을 샅샅이 수색하고 방들은 모두 폐쇄했습니다. 마지막으로 뚜껑 문 밑에 있던 수로를 제 눈으로 직접 살폈습니다. 아치 밑에 바닥이 평평한 작은 배가 묶여 있더군요. 저는 횃불을 들고 통로를 따라 배를 밀고 나갔습니다. 결국 강으로 이어지더군요. 수문을 바로 벗어난 지점이었습니다. 강둑에서 돌로 된 또 하나의 아치 통로를 발견했습니다. 우거진 덤불숲에 가려 있더군요. 그런데 너무 낮은 아치라서 배는 그 밑으로 들어갈 수가 없었습니다. 하지만 물속으로 자맥질을 하면 사람은 쉽게 빠져나갈 수 있었지요."

디 공은 수염을 쓰다듬으면서 포두를 잔뜩 째려보았다.

"자네가 밤늦게까지 고생이 많았네! 수로를 조사해도 숨겨진 물건은 전혀 나오지 않았다니 아쉽기 그지없군. 하나 린판의 저택에는 쓸 만한 물건들이 적잖게 널려 있었을 터이고 자네는 그것을 그 낙낙한 소매 안에다 넣어 가지고 왔겠지. 조심하는 게 좋을 게야. 안 그랬다가는 언젠가 큰코다칠 날이 올 터이니. 그만 가 보게!"

포두는 허둥지둥 물러났다.

"저 탐욕스러운 놈이 적어도 그전에 가령이 수문을 지키고 있던 수비대의 눈에 띄지 않고 어떻게 성 밖으로 빠져나갈 수 있었는지는 알아낸 셈이군. 지하 수로를 이용한 게야."

디 공이 수하들에게 말했다.

판관이 말을 하는 동안 서기관이 들어왔다. 그는 절을 하더니 판관 앞에 문서를 내놓으면서 보고했다.

"오늘 아침 어르신께서 명령하신 대로 토지 명부를 샅샅이 뒤졌습니다. 린판 대인의 재산과 관련된 문서는 이것들입니다."

서기관이 차분히 말을 이었다.

"첫 번째 문서의 날짜는 오 년 전으로 되어 있는데 린판 대인이 저택과 사원과 농장을 샀다는 내용을 담고 있습니다. 이것들은 원래 지금은 동문 밖에 살고 있는 마 대인이라는 지주가 갖고 있던 땅이었습니다.

문제의 사원은 당국의 승인을 받지 못한 사이비 교단의 비밀 본부였습니다. 마 대인의 모친은 독실한 도교 신자였지요. 사원에 도사 여섯 명을 상주해 놓고 죽은 남편을 위한 독경을 부탁했습니다. 한밤중에는 주술적인 집회를 가졌는데 이때 이상한 도구를 가지고 죽은 남편의 혼을 불러내서 이야기를 나누었다고 하는군요. 마 대인의 모친은 도사들이 아무 때고 남의 눈을 의식하지 않고 드나들 수 있도록 저택과 사원 사이에 통로를 만들었지요.

육 년 전 노부인이 죽었습니다. 마 대인은 다른 곳으로 이사 가면서 관리를 잘한다는 조건 아래 도인들을 사원에서 머물 수 있도록 허락했습니다. 그들은 신자들에게 독경을 해 주거나 부적을 팔아 생활을 꾸려 나갔습니다."

서기관은 말을 중단하고 목청을 한 번 가다듬은 다음 다시 설명을 이어 나갔다.

"오 년 전 린 대인은 북서 구역에서 집을 물색하러 나섰습니다. 얼마 뒤 그 저택과 사원과 농장을 후한 값으로 사들였지요. 정식 거래였습니다. 자세한 부지 내역이 여기 첨부되어 있었습니다."

판관은 거래 증서를 훑어본 뒤 지도를 펼쳤다. 그는 수하들을 책상 가까이 부르면서 말했다.

"린판은 처음부터 여기에 눈독을 들이고 있었음이 분명하군! 밀수 사업을 벌이는 데는 안성맞춤이었던 게지!"

판관의 긴 손가락이 지도 위로 움직였다.

"여기를 보게. 매매가 이루어질 당시 저택과 사원 사이는 확 트인 계단으로 연결되어 있었어. 쇠문과 비밀 뚜껑 문은 나중에 린판이 설치한 것일세. 지하수는 여기 표시되어 있지 않구먼. 그걸 확인하려면 좀더 이전 지도가 있어야겠어."

서기관이 다시 입을 열었다.

"두 번째 문서는 이 년 전의 것입니다. 린판이 서명을 하여 관아에 제출한 공식 통보서이지요. 도인들이 약속과는 달리 술판과 도박판을 벌이며 허랑방탕한 생활 보내고 있다는 사실을 최근에 알게 되었다는 내용입니다. 그래서 도인들에게 사원을 비워 달라고 요구했으니 당국에서도 사원을 폐쇄해 주십사고 요청하고 있군요."

판관이 끼어들었다.

"그건 량 부인이 자기를 뒤쫓고 있다는 사실을 린판이 눈치 챘을 무렵이겠군. 모르긴 몰라도 도인들을 내보내면서 듬뿍 돈을 집어 주었을 거야. 그런 떠돌이 도사들의 행방을 알아내기란 불가능한 노릇이니 그들이 린판의 비밀 음모에 얼마만큼이나 관여했는지, 그들이 종 밑에서 일어난 살인 사건에 대해서 알고 있는지의 여부는 영영 알 수가 없을 것일세. 이 문서들은 참고 삼아 내가 가지고 있겠네. 자네는 지금부터 푸양의 백 년 전 모습을 알 수 있는 옛날 지도를 찾아보도록 하게."

서기관이 방에서 나가자 하인이 편지 한 통을 가지고 들어왔다. 하인은 편지를 공손히 판관에게 전한 다음 수비대 사령부의 장교에게서 온 서신이라고 덧붙였다.

디 공은 편지를 뜯고 내용을 훑어보았다. 그런 다음 홍 수형리에게 편지를 건네면서 말했다.

"수비대가 오늘 아침 푸양으로 돌아와 다시 근무에 들어갔다는 통보서로군."

판관은 팔걸이 의자에 앉아 뜨거운 차를 가져오라 일렀다.

"타오간도 불러들이게. 린판 사건을 어떻게 처리하면 좋을지 우리 한번 머리를 맞대고 궁리해 보세."

타오간이 들어오자 모두에게 차 한 잔씩을 돌렸다. 디 공이 찻잔을 상 위에 내려놓았을 때 포두가 들어와 량 부인이 도착했다고 보고했다.

판관은 수하들을 쓰윽 쳐다보면서 뇌까렸다.

"만만치가 않겠어."

량 부인은 디 공이 마지막으로 보았을 때보다 훨씬 안색이 좋아 보였다. 머리를 단정히 묶었고 눈동자도 맑았다.

홍 수형리의 권유를 받은 노부인이 책상 맞은편의 안락한 팔걸이 의자에 앉자 디 공이 엄숙히 입을 열었다.

"부인, 린판을 잡아넣기에 충분한 증거를 드디어 발견했습니다. 그와 동시에 린판이 이곳 푸양에서 저지른 또 한 건의 살인 사건을 적발했습니다."

"코파의 시체를 발견한 게로군요?"

노부인의 목소리가 거의 들리지 않을 정도로 잦아들었다.

"손자 분인지 아닌지는 아직 확실히 모릅니다. 뼈밖에 없어 확인 작업에 어려움이 많습니다."

"틀림없이 그 아이일 겁니다. 린판은 우리가 자기 뒤를 뒤쫓아 푸양까지 왔다는 사실을 알자마자 그 아이를 죽이기로 마음먹은 거예요. 불길에 휩싸인 보루에서 탈출할 때 위에서 대들보 하나가 떨어져 그 아이의 왼쪽 팔에 맞았습니다. 안전한 곳에 도착하고 나서 그 아이의 뼈를 맞추긴 했지만 그 다음부터는 팔을 영 제대로 쓰지 못했지요."

량 부인이 분노로 몸을 떨면서 눈물을 흘렸다.

판관은 애처로운 눈길로 노부인을 바라보며 천천히 구레나룻을 쓰다듬더니 잠시 후 입을 열었다.

"가슴 아픈 일이로군요, 부인. 실은 왼팔 위뼈에 심한 골절을 당했다가 아문 흔적이 있었습니다."

"린판이 우리 손자를 죽였으리라는 건 진작에 알고 있었습니다!"

량 부인의 야윈 뺨 위로 뜨거운 눈물이 줄줄 흘러내렸다. 홍 수 형리는 재빨리 노부인에게 따뜻한 차 한 잔을 갖다 주었다.

디 공은 부인이 진정될 때까지 기다렸다가 다시 입을 열었다.

"잔인한 살인범은 저희 손으로 반드시 응징하고야 말겠습니다.

그런데 번거롭게 해서 죄송합니다만 몇 가지 더 여쭈어 볼 말씀이 있습니다. 부인이 저에게 주신 기록을 보니까 손자 분과 불길에 싸인 보루를 탈출하여 먼 친척뻘 되는 집으로 피신했다고 적혀 있더군요. 공격해 오는 무리들을 어떻게 따돌리고 무사히 친척댁까지 갈 수 있었는지 좀더 자세히 들려주실 수 있겠습니까?"

 량 부인은 넋이 나간 눈길로 판관을 멍청히 바라보더니 갑자기 격하게 몸을 떨면서 흐느끼기 시작했다.

 그녀는 어렵게 말을 꺼냈다.

 "너…… 너무 끔찍했습니다! 차마…… 차마 떠올리기가…… 그건……."

 부인이 말꼬리를 흐렸다.

 디 공은 수형리에게 신호를 보냈다. 수형리는 어깨를 감싸며 부인을 데리고 나갔다.

 "안 되는구먼!"

 판관이 체념조로 중얼거렸다.

 타오간은 왼쪽 뺨에 난 기다란 수염 세 오라기를 잡아당기더니 궁금하다는 듯이 물었다.

 "량 부인이 불타는 보루에서 어떻게 빠져나왔는지 아는 것이 그리도 중요합니까?"

 "아직도 납득이 안 가는 구석이 몇 가지 있어서 그러는 거라네. 좌우간 그 문제는 나중에 이야기함세. 지금은 린판을 공략할 수 있는 방책을 세우는 일이 급선무니까. 린판은 교활하기 그지없는 놈이야. 놈을 공략하려면 우리도 주도면밀한 계획을 세워야 해."

 수형리가 나섰다.

"제 생각으로는 량코파의 피살 건을 물고 늘어지는 것이 가장 효과적인 공략법일 듯싶습니다. 죄질은 그쪽이 가장 무겁기 때문에 혐의점만 분명히 밝힐 수 있다면 저희를 공격한 일이라든가 밀수 건은 골치 아프게 건드릴 필요도 없을 테고요."

다른 세 수하도 동감이라는 듯 고개를 끄덕거렸지만 판관은 아무 말이 없었다. 깊은 생각에 잠겨 있는 듯했다. 이윽고 판관이 입을 열었다.

"린판은 소금을 밀거래한 흔적을 말살할 수 있을 만한 충분한 시간이 있었네. 따라서 소금 건을 가지고 물고 들어가도 만족스러운 증거는 확보하기가 어려울 거라고 봐. 게다가 설령 놈의 입에서 소금을 밀거래했다는 자백을 얻어 낸다 하더라도 그렇게 되면 린판은 우리의 손을 떠나게 돼. 국가 전매 제도를 위반한 사안은 우리의 관할이 아니고 고등 재판소에서 처리하거든. 결과적으로 린판은 아는 연줄을 총동원할 수 있는 시간과 기회를 확보하는 셈이야. 보나마나 무차별 뇌물 공세를 퍼붓겠지.

그런데 종으로 우릴 덮친 것은 당연히 살인 미수죄에 해당하지. 더구나 우리 같은 관리들한테 말이야! 법전을 한번 뒤져 보아야겠지만 내 기억이 정확하다면 그것은 국가 질서 문란 죄까지도 해당하는 중죄일 수가 있다. 그쪽으로 파고들면 가능성이 있을 게야."

판관은 수염을 쓰다듬으며 생각에 잠겼다.

"그래도 량코파 피살 건이 훨씬 공격하기 편하지 않을까요?"

타오간이 물었다.

디 공은 설레설레 머리를 저었다.

"지금 현재 우리가 확보한 증거의 수준으로는 그렇지 않아. 살인이 언제 어떻게 저질러졌는지 우리는 몰라. 기록을 보면 린판은 도인들의 막돼먹은 행동으로 사원을 폐쇄한 것으로 나와 있네. 린판은 그럴싸하게 둘러댈 거리가 얼마든지 있어. 아니 할 말로 량코파가 자기 집을 정탐하다가 우연히 도인들과 알게 되었을지도 모른다고 주장할 수도 있는 것 아닌가. 같이 도박판을 벌이다가 돈을 잃게 되자 도인들이 량코파를 살해하여 종 밑에 시신을 숨겨 두었다고 우길 수도 있다 이 말이야."

마중은 불만스러운 모양이었다. 못 참겠다는 듯이 한마디 던졌다.

"하지만 린판이 악랄한 범죄를 수도 없이 저질렀다는 것은 삼척동자가 다 아는 사실인데 무엇 때문에 자질구레한 법조문에 신경을 써야 하는 겁니까? 잡아다가 주리를 틀면 다 불게 되어 있어요."

"하나만 알고 둘은 모르는 소리. 린판은 노인이야. 심한 고문을 가하면 우리 손에 죽을지도 몰라. 그리 되면 우리 입장만 난처해지는 거라고. 긴 말은 필요 없고 좌우간 우리로서는 확실한 물증을 좀더 확보하는 수밖에 없네. 오후 심리에서는 먼저 린판의 가령을 신문하고 그 다음에 배에 타고 있던 선장을 신문하겠네. 둘 다 여간내기가 아니니 필요하다면 법이 허용하는 범위 내에서 고문을 곁들여서 추궁할 생각이네.

이제부터 마중 자네는 수형리, 타오간과 함께 린 저택으로 가서 유죄를 입증할 수 있는 문서라든지 그 밖의 단서가 없는지 철저히 수색을 벌이도록 하게. 그리고……."

돌연 문이 홱 열리면서 옥리가 뛰어 들어왔다. 그는 몹시 당황스러워했다.

옥리는 디 공의 책상 앞에 무릎을 꿇더니 이마를 바닥에 쿵쿵 연달아 내리찧었다.

"어서 말을 해라! 무슨 일이냐?"

디 공의 목소리엔 노기가 어려 있었다.

"소인은 죽어야 마땅하옵니다!"

옥리가 울먹거렸다.

"오늘 새벽 린판의 가령이 제 밑에 있는 얼간이 같은 간수 놈하고 이야기를 나누었던 모양입니다. 그런데 그 바보 녀석이 가령한테 린판이 살인 죄로 체포당했다고 말하지 않았겠습니까. 방금 전에 감방을 둘러보다가 린판의 가령이 죽어 있는 것을 발견했습니다."

디 공은 주먹으로 책상을 탕 내리쳤다.

"이런 얼간이! 죄수가 품 안에 독을 지니지 않았는지 몸수색도 하지 않고 허리띠도 압수하지 않았다는 소리냐?"

"필요한 예방 조치는 모두 취했습니다만 그놈이 혀를 깨물고 죽었지 뭡니까!"

옥리가 울부짖었다.

판관은 한숨을 깊이 내쉬었다. 그러고는 차분히 입을 열었다.

"그렇다면 불가항력이었군. 보기 드문 용기를 가진 녀석이로세. 그런 놈이 자결하기로 결심을 했는데 무슨 수를 쓴 들 막을 수 있었겠나. 당장 옥으로 돌아가서 선장의 손발을 쇠사슬로 벽에다 단단히 묶어 놓아라. 이빨 사이에 나무 재갈을 물리는 것도 잊지 말고. 하나 남은 증인을 잃을 수는 없는 노릇이니까."

옥리가 떠난 뒤 서기관이 돌아왔다. 그는 오래되어 노랗게 변색한 기다란 두루마리를 펼쳤다. 백오십 년 전에 그려진 푸양의 지도였다.

북서 구역을 손가락으로 짚으면서 디 공이 만족스러운 듯이 입을 열었다.

"여기 보니 수로가 분명히 표시되어 있군그래. 그 당시에는 이것이 밖으로 노출된 물길이었네. 지금 도교 사원이 들어선 곳에 있던 인공 호수에 물을 대는 통로였지. 린판은 우연한 기회에 이 지하 물길을 발견했을 터이고 이 집이 자기가 생각했던 것보다 밀거래에 더없이 요긴한 곳이라는 판단을 내렸을 것이네."

판관은 두루마리를 다시 말고 수하들의 얼굴을 보면서 엄숙히 말했다.

"이제 어서들 출발하게. 아무쪼록 린판의 저택에서 작은 단서라도 찾아오기를 바라는 마음이네. 그게 있어야 우리도 움직일 수 있으니까."

수형리, 마중, 타오간은 재빨리 밖으로 나갔지만 차오타이는 떠날 생각을 하지 않았다. 그는 토론에는 끼지 않았지만 아까부터 나오는 이야기는 하나도 빠트리지 않고 듣고 있었다. 수염을 천천히 쓰다듬던 차오타이가 기어이 말문을 열었다.

"솔직히 말씀드리면 저는 어르신께서 량코과 피살 사건에 대해 언급하기를 꺼려하신다는 느낌을 받았습니다."

디 공이 차오타이를 돌아보았다.

판관이 조용히 답했다.

"자네의 느낌이 맞을 거야. 그 살인 사건에 대한 논의는 시기상

쇠종 살인자 285

조라고 생각하네. 나도 대충 짚이는 구석은 있지만 하도 기가 막힌 내용이라 나 자신도 믿기지가 않는 형편이야. 언젠가 자네들에게 털어놓을 기회가 있을 걸세. 지금은 아니야."

 판관은 책상 위에 놓여 있던 문서를 들어 그것을 읽어 나가기 시작했다. 차오타이도 일어서서 밖으로 나갔다.

 혼자 남자 판관은 들고 있던 문서를 책상 위에 팽개쳤다. 그리고 서랍에서 량·린 사건에 관련된 두툼한 문서 뭉치를 꺼내어 그것을 읽기 시작했다. 판관의 이마에 깊은 주름살이 패였다.

판관의 수하들이 서재를 철저히 수색하고
게 요리점에서 중요한 단서를 발견하다.

홍 수형리와 두 동료는 린 저택에 도착하자마자 곧바로 둘째 안마당에 있는 서재로 갔다. 시원스럽게 뚫린 창을 통해 잘 가꾼 정원이 바라보이는 전망 좋은 서재였다.

타오간은 오른쪽 창문 바로 앞에 놓인 흑단을 깎아 만든 커다란 책상으로 곧장 갔다. 그는 반질반질한 책상 위에 놓여 있는 고급스러운 벼루와 먹, 붓을 건성으로 바라보았다. 마중은 가운데 서랍을 열려고 애썼다. 그러나 이렇다 할 자물쇠 구멍이 눈에 띄지 않는데도 서랍은 좀처럼 열리지를 않았다.

"잠깐 기다려 이 친구야! 이래봬도 광둥에서 굴러먹던 몸이라 그곳 가구장이들이 잘 쓰는 눈속임쯤은 빤히 안다고!"

타오간이 말했다.

민감한 손가락 끝으로 서랍 앞부분을 장식한 조각물을 더듬거리던 타오간이 숨겨져 있던 틈새를 금방 발견했다. 서랍을 당겨 열자 그 안에는 두꺼운 문서들이 차곡차곡 쌓여 있었다.

타오간은 그것들을 책상 위에다 하나하나 얹었다.

"이건 형님이 처리하슈."

타오간이 싱긋 웃으며 수형리에게 말했다.

수형리는 책상 뒤에 놓인 푹신푹신한 의자에 앉았다. 타오간은 마중에게 안벽에 붙어 있는 무겁고 긴 의자를 옮기는 일을 도와달라고 청했다. 타오간은 암벽을 꼼꼼히 살폈다. 그러더니 높은 선반 위에 얹혀 있던 책들을 내리고 선반을 자세히 조사하기 시작했다.

한동안 종이 넘기는 소리와 마중이 혼자서 내뱉는 푸념 말고는 아무런 소리도 들리지 않았다.

마침내 문서 검토를 끝낸 홍 수형리가 의자에 몸을 쑥 파묻었다.

"딱딱한 매매 서한뿐이로구먼."

정떨어진다는 듯한 말투였다.

"전부 관아로 가져가서 다시 한번 자세히 검토해야겠어. 밀거래와 관련된 은밀한 암시가 담겨 있는 편지가 혹시 있을지도 모르니까. 그쪽 일은 잘돼 가나?"

타오간이 고개를 흔들었다.

"되는 게 하나도 없수. 그놈 침실이나 한번 가 봐야겠어."

그들은 후원으로 어슬렁어슬렁 걸어가서 뚜껑 문이 있는 방으로 들어갔다.

거기서 타오간은 린판의 침대 뒤편 벽에서 비밀 문을 금방 발견했다. 그것은 쇠로 된 금고였는데 아주 복잡한 자물쇠가 채워져 있었다. 타오간은 상당히 오랜 시간 동안 자물쇠와 씨름을 했지만 끝내는 포기하고 말았다.

"린판의 입에서 여는 방법을 직접 알아내야겠군."

타오간이 어깨를 으쓱했다.

"복도를 한 번 더 보고 사원의 셋째 안마당도 한번 봅시다. 그 악당 놈이 소금 부대를 쌓아 두었던 곳이니까 군데군데 소금 알갱이 정도는 떨어져 있을 것 같은데."

밝은 대낮에 보니까 지난밤에 보았을 때보다도 셋째 안마당이 얼마나 정성스럽게 치워져 있는지를 확연히 알 수 있었다. 돗자리는 깨끗이 닦여 있었고 돌로 된 복도 바닥도 대비로 싹싹 쓴 흔적이 역력했다. 소금 알갱이는커녕 먼지 한 점 구경할 수 없었다.

세 사람은 풀이 죽어서 저택으로 돌아왔다. 저택의 나머지 방들을 조사했지만 아무런 소득이 없었다. 방이란 방은 텅텅 비어 있었고 부인네와 하인들이 남쪽으로 떠나면서 모두 가져갔는지 가구도 말끔히 치워져 있었다.

점심때가 가까워졌다. 피로와 함께 허기까지 몰려왔다.

타오간이 입을 열었다.

"지난주에 내가 여기를 지키고 있을 때 나좀 한 친구가 어물전 근처에 작은 게 요리점이 있다고 하더군. 잘게 다진 돼지고기와 양파와 게살로 게 껍질을 채워서 푹 쪄 내는 이 지방에서 알아주는 요리인데 둘이 먹다가 하나 죽어도 모른다더구먼!"

"군침 돌아서 어디 살겠나. 어서 가자고!"

마중이 안달을 했다.

음식점은 '왕어관(王魚館)'이라는 그럴싸한 상호가 붙은 자그마한 이 층 건물이었다. 처마 밑으로 붉은 천이 길다랗게 늘어져 있었는데 거기에는 큼지막한 글씨로 남쪽 지방과 북쪽 지방의 이름난 술을 두루 갖추고 있다는 선전 문구가 적혀 있었다.
 미닫이문을 열고 안으로 들어가자 작은 주방이 보였다. 고기와 양파를 기름에 볶는 군침 도는 냄새가 짙게 깔려 있었다. 웃통을 벗어젖힌 뚱뚱한 사내가 기다란 주걱을 들고 큼지막한 쇠솥 앞에 서 있었다. 솥 위에는 대나무 받침대가 놓여 있었는데 그 위에 속을 채운 게 껍질을 켜켜이 얹어 푹푹 찌고 있었다. 그 옆에서는 커다란 도마에다 고기를 다지는 젊은이의 손이 숨가쁘게 움직였다.
 뚱뚱한 사내가 반색을 하면서 소리 질렀다.
 "이 층으로 올라갑쇼! 바로 갖다 드리겠습니다!"
 홍 수형리는 게 서른 마리와 술 세 주전자를 주문했다. 일행은 삐걱거리는 계단을 밟고 올라갔다.
 계단을 중간쯤 올라갔을 때 마중은 위에서 들리는 떠들썩한 소음을 들었다. 그는 뒤따라 올라오는 수형리를 돌아보며 말했다.
 "위에서 한바탕 술판이 벌어지는 모양이네."
 그러나 이 층은 텅텅 비어 있었다. 창문 바로 앞의 식탁을 차지한 덩치 큰 남자 하나만이 등을 보인 채 앉아 있을 뿐이었다. 사내는 식탁으로 허리를 굽힌 채 듣기 거북한 소리를 요란스럽게 내면서 게 껍질을 쪽쪽 빨아먹고 있었다. 검은 상의를 입은 어깨가 떡 벌어져 있었다.
 마중은 동료들에게 뒷전으로 물러서 있으라고 신호를 보내고는 식탁 앞으로 뚜벅뚜벅 걸어가서 사내의 어깨 위에 손을 얹은 다음 걸걸한 목소리로 말을 걸었다.
 "이게 얼마 만이오!"
 사내는 슬쩍 고개를 들었다. 둥글둥글하고 커다란 얼굴의 아래

쪽 절반은 기름에 절은 짙은 수염으로 덮여 있었다. 사내는 마중을 째려보더니 다시 음식으로 고개를 돌리고는 슬프다는 듯이 고개를 흔들었다. 그리고 집게손가락으로 식탁 위의 텅 빈 게 껍질들을 만지작거리더니 한숨을 푹 내쉬며 입을 열었다.

"당신 같은 작자 때문에 사람이 사람을 믿지 못하는 세상이라니까. 전에 나는 댁을 친구로 대해 주었수. 그런데 알고 보니 관아의 앞잡이랍디다. 나를 비롯하여 우리 패거리를 아늑한 보금자리였던 사원에서 쫓아낸 것은 바로 당신이었어. 이보시우, 사람이 양심이 있다면 어떻게 그런 행동을 할 수 있단 말이우!"

"노형, 악감정은 갖지 마시구려! 누구든지 이 세상에서 맡은 일이 있는 것 아니겠소. 어쩌다 보니 나는 이 고장에서 판관 어른을 위해서 일하게 된 것뿐이라오."

마중은 대꾸했다.

"소문이 사실이었다니! 정나미가 떨어지오. 죄 없는 백성이 이 맛대가리 없는 음식점의 노랭이 주인이 내놓은 콩알만 한 음식이나마 마음 놓고 먹을 수 있도록 내버려두시우."

"만약에 양이 적다면, 사양 말고 더 드시구려. 우리 자리에 같이 끼시는 게 어떻겠소?"

마중은 쾌활함을 잃지 않았다.

성파는 수염에다 손가락을 천천히 닦은 후 입을 열었다.

"지나간 일은 지나간 일, 언제 이 성파가 과거에 연연하는 사람이던가. 친구 분들을 만나 뵙게 되어 영광이우."

성파는 자리에서 일어섰다. 마중이 그를 정식으로 홍 수형리와 타오간에게 소개했다. 마중은 네모난 식탁을 고른 다음 벽을 등지고 앉는 상석에 부득부득 우겨 셩파를 앉혔다. 수형리와 타오간은 셩파의 양 옆에 앉고 마중은 그 맞은편에 앉았다. 술과 음식을 더 가져오라고 마중이 아래층에다 대고 소리 질렀다.

종업원이 다시 밑으로 내려간 뒤 술이 한 순배 돌아간 다음 마중이 입을 열었다.

"하이고, 드디어 말쑥한 옷을 얻어 걸치셨구려! 돈깨나 준 모양이오. 그렇게 좋은 옷은 여간해서 버리지 않는 법이거든! 요즈음 형편이 아주 피셨나 봐!"

셩파는 어색한 표정을 지었다. 곧 겨울이 닥쳐오니 어떻느니 하며 말꼬리를 슬쩍 돌리다가 허겁지겁 얼굴을 술잔 속에 묻었다.

마중이 갑자기 일어서더니 셩파가 들고 있던 술잔을 주먹으로 쳐서 떨어뜨렸다. 그리고 식탁을 벽으로 밀어붙이면서 대갈일성을 토했다.

"불어라, 이 자식아! 그 옷 어디서 났어?"

셩파는 재빨리 좌우를 두리번거렸다. 식탁 모서리가 그의 올챙이배를 짓눌러 그는 벽에 끼여 옴짝달싹못하는 처지였다. 게다가 양편에 홍 수형리와 타오간이 버티고 있었으므로 도망갈 방도도 없었다. 셩파는 땅이 꺼져라 한숨을 쉬더니 천천히 옷을 벗기 시작했다.

"당신들 관아의 하수인들과는 애당초 화기애애한 회식을 기대하지 말았어야 하는 건데. 옛수, 더러운 옷 여기 있수. 이 늙은이가 올 겨울에 얼어죽건 말건 당신들이야 아랑곳없겠지만 말이야."

셩파가 고분고분하게 나오는 것을 보고 마중은 다시 자리에 앉아 잔에 술을 부었다. 그리고 채운 술잔을 뚱보에게 내밀었다.

"노형한테 불편을 끼치려는 생각은 추호도 없었소. 하지만 그 검은 옷을 어디서 구했는지는 꼭 알아야겠소."

성파는 곤혹스러운 표정을 지으며 털북숭이 가슴을 슬슬 긁었다. 그때 홍 수형리가 나서서 사분사분히 말을 걸었다.

"노형은 세상 물정을 잘 알지 않소. 산전수전 다 겪은 사람이니까 노형 같은 처지에 있는 사람이 관아와 좋게좋게 지내야 뒤탈이 없다는 것쯤은 알 것이라 믿소. 암 그래야지. 노형은 개방의 고문으로 있으니 말하자면 우리 행정 치안의 일익을 담당하고 있는 셈이거든. 그래, 우리는 같은 배를 탄 동료라 이 말이오!"

성파가 잔을 비우자 타오간이 재빨리 술을 따라 주었다. 성파가 처량히 입을 열었다.

"을러댔다가 추켜올렸다가 이렇게 시달림을 받으면 나같이 무력한 노인은 사실을 사실대로 털어놓지 않을 도리가 없구먼."

그는 잔을 한 번 비우더니 말을 이었다.

"어젯밤 포리가 와서 우리더러 사원에서 당장 철수하라고 합디다. 전후 사정을 설명하지도 않고 다짜고짜 강압적으로 나오더라니까. 기가 막혀서! 하지만 우리같이 말 잘 듣는 백성이 별 수 있소? 떠났지. 한 시간 남짓 지나서 나는 다시 돌아왔수다. 사원 앞마당 한구석에 엽전 몇 꾸러미를 파묻어 두었거든. 그걸 그대로 두고 갈 수는 없다고 생각했지.

그 일대는 내 손바닥처럼 훤히 들여다보고 있기 때문에 횃불 같은 건 필요 없었수. 엽전 꾸러미를 막 허리춤에 차고 있는데 웬 남자가 옆문으로 빠져나오더군. 나는 질 나쁜 불량배인가 싶었소. 선량한 백성이 오밤중에 그런 데를 기웃거릴 리가 만무하거든."

성파는 기대에 찬 표정으로 관리들을 바라보았다. 그러나 아무도 맞장구를 쳐 주지 않자 체념하고 다시 말을 이어 갔다.

"그자가 계단을 내려올 때 슬쩍 발을 걸었지. 세상에 그런 나쁜 놈이 어디 있수! 벌떡 일어서더니 칼을 빼들고 나한테 겨누는 거라. 자위책으로 놈을 한 방 먹였지. 그리고 옷을 홀라당 벗겨서 소지품을 몽땅 털었느냐고? 천만에. 이래 뵈두 원칙은 지키는 사람이우. 그저 옷만 빼앗았지. 이러이러한 놈이 나를 덮쳤다고 오후에 포리한테 알리려고 말이우. 그러고는 그 자리를 떴수. 관아에서 이 껄렁패를 알아서 처리할 거라는 희망과 믿음을 가지고 말이우. 그게 전부요. 절대로 꾸며낸 이야기가 아니외다."

홍 수형리가 고개를 끄덕이며 말했다.

"노형은 바람직하게 처신하셨구려. 그 옷에서 나온 돈에 대해서는 왈가왈부하지 않겠소. 점잖은 사람들은 돈 이야기를 입에 담지 않는 법이니까. 한데 소매에서 찾아낸 소지품은 어떻게 했소?"

성파는 부리나케 옷을 수형리에게 넘겼다.

"이 안에 들어 있는 건 모두 가지시우!"

성파가 선심 쓰듯이 말했다.

홍 수형리는 양쪽 소매를 모두 뒤졌다. 소매 안에는 아무것도 들어 있지 않았다. 그러나 손가락으로 솔기 언저리를 더듬어 보니 작은 물건이 만져졌다. 안으로 손을 집어넣어 꺼내 보니 네모난 작은 옥 도장이었다. 수형리는 두 동료에게 그것을 보여 주었다. '린판 진감(眞鑑)'이라는 큼지막한 글씨가 새겨져 있었다.

수형리는 그것을 자기 소매에 집어넣고 옷을 도로 성파에게 주었다.

"간수하시오. 노형이 올바로 지적하셨듯이 노형이 옷을 빼앗은 사내는 질이 안 좋은 범죄자요. 우리와 같이 관아로 가서 증언을 해 주시오. 겁먹을 필요 하나도 없소이다. 자, 식기 전에 게 요리나 마저 듭시다!"

그들은 모두 게걸스럽게 먹어 대기 시작했다. 순식간에 게 껍질이 식탁 위에 수북이 쌓였다.

식사를 마친 뒤 수형리가 값을 치렀다. 음식점 주인은 셩파가 먹은 음식을 일 할 깎아 주었다. 식당에서는 개방 간부들에게 그런 특혜를 베푸는 것이 관례였다. 그러지 않았다간 꾀죄죄한 몰골의 거지들이 잔뜩 식당 앞에 몰려들어 손님들을 쫓아 버리기 때문이다.

관아로 돌아온 수형리 일행은 셩파를 앞세우고 곧장 디 공의 집무실로 갔다.

책상 앞에 앉아 있는 판관의 얼굴을 본 순간 셩파가 기절초풍했다.

"하늘이여 푸양을 굽어 살피소서! 이젠 점쟁이가 고을 수령으로 임명되었구나!"

겁에 질려 셩파가 소리 질렀다.

홍 수형리가 셩파에게 재빨리 그간의 경위를 설명했다. 셩파는 판관 앞에 무릎을 꿇었다.

수형리가 판관에게 린판의 도장을 주면서 자초지종을 보고했다. 디 공은 흡족한 표정을 지으며 타오간에게 속삭였다.

"린판은 그래서 부상을 당한 거로구먼. 우리를 종 안에 가둔 직후 이 뚱보 친구에게 공격을 당한 게야."

이번에는 셩파에게 말했다.

"자네는 아주 요긴한 역할을 해 주었네. 이제부터 내 말을 잘 듣게. 자네는 본 관아의 오후 심리에 출석해야 해. 어떤 사람이 앞으로 나올 터인데 자넨 그 사람과 대질을 할 것이야. 만약에 그 사람이 어젯밤에 자네와 싸움을 벌였던 사람이면 그렇다고 말하게. 이제 가서 포졸 숙소에서 잠시 쉬게나."

셩파가 방에서 나간 뒤 디 공이 수하들에게 말했다.

"새로운 물증을 확보하였으니 린판을 올가미에 넣을 수 있겠구먼. 만만치 않은 적수니 우리로서는 최대한 린판을 궁지에 몰아넣어야 할 필요가 있지. 린판은 일반 죄수로 취급받는 일에 익숙치가 않을 게야. 따라서 우린 다른 죄수와 똑같이 대해야 해. 놈이 울화통을 터뜨리면 결국 우리가 쳐 놓은 덫에 걸려들 것이라고 확신하네."

홍 수형리가 석연치 않은 듯한 표정을 지었다.

"린판의 침실에 있는 금고를 여는 것이 급선무 아닐까요? 그리고 선장을 먼저 문초하는 것이 낫다고 보는데요?"

판관은 고개를 흔들었다.

"걱정 말고 나 하자는 대로 따라오게. 이번 심리에는 사원 다락방에 깔려 있던 돗자리 여섯 장만 있으면 돼. 포두를 시켜서 그 돗자리들을 당장 가져오도록 하게, 수형리!"

세 수하는 멀뚱멀뚱 서로의 얼굴만 쳐다보았다. 그러나 디 공은 일언반구도 설명을 보태지 않았다. 잠시 어색한 침묵이 흐르다가 타오간이 나섰다.

"피살 사건은 어떻게 되는 겁니까? 현장에서 발견된 린판의 금합을 놈의 코앞에 들이대면 되지 않겠습니까?"

디 공은 고개를 숙였다. 숱이 많은 눈썹을 일그러뜨리면서 잠시 깊은 생각에 잠겼다가 천천히 입을 열었다.

"솔직히 말해서 그 금합을 어떻게 요리하면 좋을지 나도 막막하구먼. 린판의 입에서 어떤 소리가 나오는지 일단 지켜본 연후에 차후 대책을 강구하도록 하세."

판관은 책상 위에 문서를 펼치고 그것을 읽어 나가기 시작했다. 홍 수형리가 마중과 타오간에게 신호를 보냈다. 그들은 말없이 집무실을 빠져나왔다.

교묘한 계략에 교활한 범인이 걸려들고,
네 관리가 식후 한담을 벌인다.

그날 오후 재판정에는 수많은 방청인이 몰려들었다. 지난 밤 월지원에서 난리가 벌어졌고 돈 많은 광둥의 상인이 체포되었다는 소식은 이미 파다하게 퍼져 있어 푸양 백성들은 너도나도 사태의 진상을 알고 싶어 야단이었다.

디 공은 재판대로 올라가 관계자들을 점호했다. 그리고 나서 옥리에게 보낼 쪽지를 썼다. 얼마 뒤 린판이 두 명의 나졸에게 붙들려 왔다. 이마에 생긴 상처 위에 기름종이를 반창고처럼 붙이고 있었다.

린판은 무릎을 꿇지 않았다. 아니꼽다는 듯이 판관을 보더니 무언가 말을 하려 들 기세였다. 그러자 포두가 곤봉으로 린판의 머리통을 후려갈기고 두 나졸이 그를 거칠게 바닥에 꿇어앉혔다.

"이름과 직업을 밝혀라!"

디 공이 명령했다.

"그전에 알고 싶은데……."

린판이 입을 열었다.

포두가 채찍으로 린판의 얼굴을 쳤다.

"공손히 말하지 못할까. 어르신께서 묻는 말에 대답이나 해라. 이놈아!"

포두가 호통을 쳤다.

반창고가 떨어지면서 린판의 이마에 난 상처에서 피가 흐르기 시작했다. 린판이 격분하여 소리를 질렀다.

"이 사람은 린판이라고 하며 광둥에서 온 상인이외다. 그전에 알고 싶은데, 왜 나를 체포한 겁니까?"

포두가 채찍을 쳐들려고 하자 디 공이 고개를 가로저으며 싸늘히 대꾸했다.

"그것은 조만간 알게 될 것이고, 먼저 앞에 있는 이 물건을 본 적이 있는지 말해라."

판관은 말을 하면서 종 밑에서 발견한 금합을 재판대 가장자리로 밀었다. 금합은 돌 바닥에 떨어져 린판의 코앞으로 떼구르르 굴러 갔다.

린판은 대수롭지 않은 듯이 그것을 힐끔 보더니만 느닷없이 와락 집어올려서 손바닥에 얹어 놓고 이리저리 자세히 뜯어보았다. 그러고는 꼭 움켜쥐어 가슴팍에 댔다.

"이건……."

린판은 잠시 흥분을 가라앉히고 말을 이었다.

"이건 내 물건이오! 누가 이 물건을 줍디까?"

"질문은 재판관만이 하도록 되어 있다."

디 공이 대꾸했다. 디 공이 눈짓을 보내자 포두는 재빨리 린판의 손에서 금합을 낚아채어 다시 재판대 위에 올려놓았다. 린판이 벌떡 일어섰다. 그는 분에 받쳐 얼굴이 시뻘겋게 달아올라서 고함을 버럭 질렀다.

"내 물건을 돌려 줘!"

"무릎을 꿇게, 린판! 이제 자네가 한 첫 번째 물음에 답하겠다."

디 공이 언성을 높였다.

린판이 천천히 다시 무릎을 꿇자 판관이 말을 이었다.

"왜 붙들려 왔느냐고 물었으렷다. 수령으로서 말할진대, 자네는 국가의 전매권을 침해하였네. 소금을 밀매하였어."

린판은 침착성을 되찾은 것 같았다.

"거짓말이야!"

그는 싸늘하게 뇌까렸다.

"이놈이 법정을 모독하는구나! 이놈에게 매 열 대를 매우 쳐라!"

디 공이 불같이 화를 냈다.

두 나졸이 린판의 옷을 좌악 찢어발기고 얼굴을 바닥에 짓눌렀다. 채찍이 허공을 갈랐다.

린판은 이런 체벌을 전혀 받아 본 적이 없는 사람이었다. 채찍이 살점을 파고들 때마다 재판정이 떠나가라 비명을 질러 댔다. 포두가 다시 얼굴을 끌어올렸을 때 린판은 얼굴이 사색이 되어 가쁜 숨을 몰아쉬고 있었다.

린판의 신음이 잦아들자 디 공이 입을 열었다.

"자네가 소금을 밀매하였다는 사실을 증언해 줄 수 있는 확실한 증인을 나는 확보하고 있다, 린판. 그 친구의 증언을 얻어 내기는 쉽지 않겠지만 채찍 몇 대만 후려치면 저절로 불게 되어 있지!"

린판은 핏발이 선 눈으로 판관을 올려다보았다. 아직도 죽다 살아난 사람 같은 표정이었다. 홍 수형리는 미심쩍은 눈길을 마중과 차오타이에게 보냈다. 그들도 고개를 설레설레 저었다. 판관이 언급한 그런 증인이 있을 리 만무하다는 사실을 그들은 잘 알고 있었다. 타오간은 기가 막혀 말도 나오지 않는다는 표정을 짓고 있었다.

디 공이 포두에게 신호를 보냈다. 포두가 재판정을 빠져나가자 두 나졸이 그 뒤를 따랐다.

침묵이 흘렀다. 모든 방청인의 눈은 조금 전 포두가 빠져나갔던 옆문에 일제히 쏠려 있었다.

다시 재판정으로 돌아온 포두는 검은 기름종이를 둘둘 말아서 가져왔다. 뒤따라 걸어오는 두 나졸은 무거운 돗자리를 끌고 오느라 낑낑거렸다. 사람들이 술렁거리기 시작했다.

포두는 기름종이를 재판대 앞의 바닥에다 넓게 폈고 나졸들이 그 위에 돗자리를 펼쳤다. 판관이 고개를 끄덕이자 세 사람은 채찍을 한 자루씩 집어 들더니 있는 힘을 다하여 돗자리를 두들기기 시작했다.

판관은 긴 수염을 천천히 쓰다듬으면서 그들을 차분히 지켜보았다.

마침내 디 공이 손을 들었다. 세 남자는 채찍질을 일제히 멈추고 이마에 맺힌 땀을 닦아 내었다.

판관이 입을 열었다.

"이 돗자리는 린판의 저택 후원에 있는 비밀 창고의 바닥에서 가져온 것이오. 이제부터 돗자리가 어떤 증언을 하는지 알아보겠소!"

포두가 다시 돗자리를 둘둘 만 다음 기름종이의 한쪽 끝을 쥐고 두 포졸에게는 다른쪽 끝을 잡으라고 신호를 보냈다. 종이를 앞뒤로 잠시 흔들자 미량의 회색 가루가 가운데로 조금씩 모였다. 포두가 칼끝으로 가루를 살짝 집어 판관에게 바쳤다.

디 공은 침을 바른 손가락에 가루를 묻혀 맛을 보더니 흡족한 듯 고개를 끄떡거렸다.

"린판, 자네는 밀거래의 흔적을 남김없이 지웠다고 생각했을 테지. 하지만 아무리 깨끗이 청소를 하더라도 아주 미량의 소금이 돗자리 틈새로 스며들기 마련이라는 사실만큼은 미처 깨닫지 못한 게로군. 소금의 양이 극히 적기는 하지만 자네의 죄상을 밝히기에는 충분한 양이지!"

방청인들로부터 요란한 환호성이 터졌다.

"조용!"

판관이 고함을 지르더니 다시 린판을 향해 말했다.

"자네에게는 또 하나의 혐의 점이 걸려 있다는 사실을 알아야 하네, 린판! 어젯밤 자네는 월지원에서 조사를 벌이고 있던 나와 수하들을 공격했다. 어서 이실직고하게!"

"어젯밤, 나는 어두운 마당을 거닐다가 넘어져 생긴 상처를 치료하고 있었습니다. 무슨 말씀을 하시는 것인지 통 모르겠군요."

"증인 성파를 불러오라!"

판관이 포두에게 지시했다.

성파는 나졸들에게 떠밀려 쭈뼛쭈뼛 재판대 쪽으로 왔다.

린판은 검은 옷을 입은 셩파를 보더니 재빨리 고개를 다른 곳으로 돌렸다.

"이 사람을 아는가?"

판관이 셩파에게 물었다.

뚱보는 기름때에 절은 수염을 당기면서 린판의 위아래를 자세히 뜯어 보았다. 그러더니 신중히 입을 열었다.

"어젯밤 사원 앞에서 저를 덮쳤던 그 껄렁패임이 분명합니다."

"거짓말이다! 오히려 이 악당이 나를 공격했다!"

린판이 화를 버럭 냈다.

디 공이 차분히 입을 열었다.

"이 증인은 사원의 첫째 안마당에 숨어 있었다. 거기서 자네가 나와 수하들을 염탐하는 것을 우연히 목격했지. 우리가 종 밑에 서 있을 때 자네가 창을 들어 돌 의자를 밀어내는 모습을 똑똑히 지켜본 게야."

디 공은 포두에게 셩파를 데리고 나가라는 신호를 보냈다. 그런 다음 의자 등에 몸을 파묻고 대화하듯이 말이 이어 나갔다.

"이제 나를 공격했다는 사실을 부인해 보아야 소용없다는 것을 린판 자네도 깨달았을 테지. 그 점을 분명히하고 난 다음 나는 자네를 고등 재판소로 보내 국가 전매법을 침해한 데 대한 재판을 받게 할 셈이네."

이 마지막 말을 들은 순간 린판의 눈동자에는 음흉한 빛이 번득였다. 린판은 피가 배어 나오는 입술을 혀로 핥으면서 한동안 침묵을 지켰다. 마침내 그는 깊은 한숨을 내뱉으면서 입을 열었다.

"이제는 오리발을 내밀어도 소용없다는 사실을 깨달았습니다."

제가 판관 어른을 공격한 것은 어리석고 짓궂은 장난이었습니다. 그 점 이 자리를 빌어 진심으로 사과드립니다. 최근 들어 관가에서 저를 짜증스럽게 하는 일이 한두 가지가 아니라서 사실은 저도 약이 오를 대로 올라 있었습니다.

그런데 어젯밤 사원에서 말소리를 들은 것입니다. 무슨 일인가 가 보았죠. 그랬더니 판관 어른이 측근들과 함께 종 밑에 서 있는 게 아니겠습니까. 저는 판관 어른께 한번 본때를 보이자는 사악한 충동에 순간적으로 휩쓸려 그만 돌 의자를 밀어내고 말았습니다. 그리고 나서 판관 어른을 구출하기 위해 가령과 하인들을 부르러 달려갔지요. 저는 판관 어른께 사과를 드린 연후에 도둑인 줄로 착각했다고 둘러대야겠다는 작정까지 하고 있었습니다.

그런데 집으로 통하는 쇠문에 와 보니 이게 웬일입니까, 문이 꽁꽁 잠겨 있는 게 아닙니까. 판관 어른께서 종 속에서 질식할지도 모른다고 생각하니 정신이 번쩍 들었습니다. 저는 큰길을 통해서 집으로 들어가려고 사원 정문으로 달려갔지요. 그런데 계단을 내려오다가 그 불한당 놈한테 기습을 당한 것입니다. 다시 정신을 차리고 헐레벌떡 집으로 달려갔지요. 그리고 가령에게 가서 판관 어른을 빨리 구하라고 명령했습니다. 저는 이마에 생긴 상처에 연고를 바르느라 잠시 집에 머물러 있었고요. 그때 갑자기 판관 어른께서 침실로 나타나셨지요……. 약간 이상한 차림새로 말입니다. 저는 또 다른 침입자가 나타나서 저를 해치려는 줄로만 알았습니다. 사실 그대로 말씀드리는 겁니다.

참혹한 비극으로 발전할 수 있었던 저의 어리석은 장난에 대해 다시 한번 사과 말씀을 드립니다. 그리고 법이 정한 처벌을 달게 받겠습니다."

디 공이 무관심한 듯이 내뱉었다.

"자, 드디어 자백을 받아 내니 기분이 좋구먼. 선임 기사관이 자네의 진술 내용을 다시 한번 낭독할 터이니 잘 들어 보게."

선임 기사관이 큰 소리로 린판이 한 진술을 읽었다. 디 공은 재판에 흥미를 잃은 것처럼 보였다. 의자 등에 몸을 묻고는 느긋하게 구레나룻을 어루만졌다.

선임 기사관이 낭독을 끝마치자 판관이 의례적인 질문을 던졌다.

"피고의 자백 내용과 일치하는가?"

"그렇습니다!"

린판이 단호하게 대답했다. 포두가 진술서를 내밀자 린판이 엄지손가락을 그 위에다 찍었다.

그러자 디 공이 불쑥 앞으로 몸을 숙이더니 쩌렁쩌렁한 음성으로 외쳤다.

"린판, 린판! 기나긴 세월 네 놈은 잘도 법망을 피해 다녔겠다! 하나 이제는 법이 네 놈을 붙잡아 파멸의 구렁텅이로 몰아넣으리라! 방금 너는 사망 보증서에 서명을 한 셈이다!

폭행 죄에 대한 처벌이 매 팔십 대라는 사실을 네 놈은 너무도 잘 알고 있었겠지. 그리고 내 밑의 나졸들을 돈으로 매수하면 살살 얻어맞을 수 있으리라는 계산까지 하고 있었을 것이다. 그런 다음 고등 재판소로 넘어가면 막강한 후원자를 앞세워 구명 운동을 벌일 참이었겠지. 그렇게 되면 네 놈은 아마도 무거운 벌금을 낸다는 조건으로 풀려 났을 것이다.

이제 본 수령은 네 앞에서 분명히 선언한다! 너는 고등 재판소 법정에 서지 못할 것이다! 린판 너의 머리는 푸양 남문 밖 형장의 이슬로 사라질 것이니라!"

린판은 고개를 들어 망연자실한 표정으로 판관을 바라보았다.

판관은 말을 이어졌다.

"법전에 따르면 역모 죄, 존속 살해 죄, 국기 문란 죄는 극형 중에서도 가장 잔인한 벌로 다스리도록 되어 있다. '국기 문란 죄'라는 말을 잘 기억해 두어라, 린판! 왜냐하면 법전의 다른 곳을 찾아보면 공무를 수행하고 있는 관리를 피습하는 것은 국기 문란 죄에 해당한다고 명시되어 있기 때문이다. 법을 만든 사람이 이 두 가지 조항이 서로 연결될 수 있다는 사실을 머릿속에 담고 있었는지 여부는 솔직히 자신할 수 없다. 그러나 이번 사건의 경우 나는 판관으로서 법전을 글자 그대로 해석하기로 마음먹었다.

국기 문란 죄는 가장 중대한 범죄 행위이므로 최고 재판소에 바로 보고가 들어가야 한다. 그리 되면 네 놈을 위해 손을 써 줄 수 있는 사람은 눈을 씻고 보아도 찾을 수 없게 되지. 정의가 빛을 발하여 네 놈에게 치욕스러운 죽음을 안길 것이다."

디 공은 재판봉을 탕탕 두드렸다.

"린판 네 놈이 수령을 공격하였다고 스스로 자백하였으니 네 놈을 국기 문란 죄로 다스려 극형을 언도하도록 상부에 건의하겠다!"

린판은 비틀거리며 일어섰다. 포두가 재빨리 나서서 피가 흥건히 밴 등을 옷으로 덮어 주었다. 사형 선고를 받은 죄인은 정중히 대우하는 것이 관례였다.

느닷없이 부드럽고 또랑또랑한 목소리가 재판대 옆에서 울려 퍼졌다.

"린판, 내 얼굴을 보아라!"

디 공은 앞으로 당겨 앉았다. 량 부인이 꼿꼿이 서 있었다. 세월의 짐이 떨어져 나간 듯 량 부인은 갑작스럽게 젊어 보였다.

린판은 전신을 부르르 떨면서 얼굴에 묻은 피를 닦아 냈다. 멍한 눈동자가 점점 커지더니 입술을 들썩거렸다. 그러나 그는 말을 하지 못했다.

량 부인의 손이 천천히 움직이더니 린판을 가리키며 멎었다.

부인이 입을 열었다.

"네 놈이 죽였지……. 네 놈이……."

그녀는 갑자기 말꼬리를 흐리며 고개를 숙였다. 그리고 다시 주먹을 힘껏 쥐며 떨리는 음성으로 입을 열었다.

"네 놈의……."

량 부인은 고개를 설레설레 저으며 눈물이 글썽 맺힌 눈으로 린판을 한참 동안 바라보았다. 그러더니 비틀거리기 시작했다.

린판이 부인 쪽으로 발을 떼려고 하였지만 포두의 움직임이 더 빨랐다. 포두는 린판의 팔을 부여잡아 등 뒤로 꺾었다. 린판은 두 나졸에게 끌려가고 부인은 기절하고 말았다.

디 공은 재판봉을 두드려 폐정을 선언했다.

그날 푸양의 심리가 있은 지 열흘 뒤 재상이 자기 저택에서 손님 세 사람과 비공식 오찬을 나누면서 담소를 즐기고 있었다.

늦가을이 어느새 초겨울로 접어들고 있었다. 연못 속에 피어난 연꽃이 달빛 아래 어룽지는 정경이 내다보이도록 방문은 활짝 열어 두었다. 이글거리는 숯이 가득 쌓인 구리 화로가 식탁 부근에 놓여 있었다.

네 사람 다 예순을 넘은 나이였고 모두 회색 관복을 입고 있었다. 그들이 둘러앉은 식탁 위에는 고급 자기 그릇 안에 산해진미가 담겨 있었다. 열 명이 넘는 하인이 감찰관의 일사불란한 지휘 아래 시중을 들고 있었다. 어사대부(御史大夫, 당나라 시대에 관리를 감사, 감찰하는 관청의 장관—옮긴이)는 순금으로 된 잔에 술이 비지 않도록 하는 데 특히 신경을 썼다.

재상은 상석을 최고 재판장에게 내주었다. 최고 재판장은 잿빛의 기다란 구레나룻을 기른 풍채 좋은 노인이었다. 최고 재판장의 옆자리에는 허리가 약간 굽고 호리호리한 태상시경(太常寺卿, 당나라 시대에 예악, 제사, 의전, 의무를 담당한 태상시의 우두머리—옮긴이)이 앉아 있었다. 그는 조석으로 황제를 배알하는 자리에 있었다. 그 맞은편에는 눈매가 날카로운 잿빛 수염을 기른 키 큰 노인이 있었다. 그는 어사대부 쾅이었다. 타협을 모르는 강직함과 정의감을 가진 그를 사람들은 모두 어려워했다.

식사가 거의 끝나 가고 그들은 마지막 잔을 앞에 놓고 가벼운 대화를 나누고 있었다. 재상이 식사를 하면서 논의하기로 마음먹었던 문제들은 이미 해결됐기 때문에 그들은 이제 부담 없는 대화로 옮겨 가고 있었던 것이다.

재상은 가느다란 손가락으로 은빛 수염을 쓸어 내리면서 최고 재판장에게 말했다.

"푸양에 있는 불교 사찰에서 벌어진 해괴망칙한 사건에 폐하께옵서는 깊은 충격을 받으셨습니다. 그 종파의 종정이 나흘을 내리 어전에 나아가 읍소를 올렸지만 소용이 없었어요. 폐하께서는 아마도 내일이면 종정을 국사 직에서 해임한다는 칙령을 발표하실 것입니다. 그와 동시에 불교 관련 단체는 더 이상 면세 혜택을 받을 수 없게 된다는 발표도 나올 것입니다. 앞으로는 불교 도당들이 감히 국정에 간섭하는 일이 없어진다고 보아도 좋을 것 같습니다!"

최고 재판장은 고개를 끄덕거리며 말을 받았다.

"지방의 수령도 기막힌 운이 따라 주면 국가에 더없이 커다란 기여를 하는 일도 때로는 생기는가 봅니다. 디라고 하는 그 지방 수령이 세도와 재력을 겸비한 그 절을 공격한 것은 사실 무모하기 짝이 없는 행동이었어요. 최근까지만 하더라도 상황이 어떻게 돌아갔는고 하니, 모든 불교도들이 들고 일어나는 바람에 그 지방 수령은 하마터면 사건이 미처 종결되기도 전에 관직에서 쫓겨날 위기에 처해 있었지요. 그런데 공교롭게도 바로 그날 수비대가 잠시 자리를 비운 틈을 타서 성난 폭도들이 중들을 죽이고 만 것입니다. 디 그 친구는 그 우연스러운 사건이 아니었더라면 자기 목숨까지는 아니었더라도 관직이 날아갔을 뻔하였다는 사실을 알고나 있는지 모르겠군요!"

어사대부가 입을 열었다.

"디 수령 말씀을 하시니 생각나는 일이 있소이다. 저의 책상 위에는 그 디 수령이 해결했다고 하는 두 가지 다른 사건에 대한 보고서가 놓여 있습니다. 하나는 떠돌이 건달이 저지른 강간 치사로 너무나 명백한 사건이라 별도로 말씀드릴 내용은 없다고 봅니다.

또 하나는 광둥의 돈 많은 상인이 개입된 사건입니다. 이 사건에 대한 디 수령의 판결에 저는 결코 동의하지 않습니다. 피고가 법 지식에 무지한 것을 교묘히 이용한 데 지나지 않는다고 보기 때문입니다. 하지만 다들 그 보고서에 서명을 하셨길래 특별한 사정이 있었을 거라고 생각했습니다. 그 사정을 저한테 좀 설명해 주실 수 없을까요?"

재상은 술잔을 내려놓더니 빙긋 웃으며 입을 열었다.

"그것은 이야기하자면 길어집니다. 오래전에 나는 광둥성 고등재판소의 보좌 판관으로 직무를 맡은 일이 있소이다. 당시의 수석 판관은 팡이라고 하는 비열한 인물이었는데 그 사람은 나중에 공금을 횡령한 죄로 이곳 도읍에서 효수형에 처해졌습니다. 저는 광둥의 돈 많은 상인이 잔혹한 범죄를 저질러 놓고도 거액의 뇌물을 먹이고 풀려 나오는 것을 보았습니다. 그 상인은 풀려 나온 뒤에도 아홉 명의 집단 살해를 포함하여 끔찍한 범죄를 계속 저질렀습니다.

디 수령은 이 사건을 신속히 처리해야 한다는 사실을 알고 있었던 겝니다. 조금이라도 지체할 경우 그 돈 많은 상인이 중앙의 고관대작을 움직일 수 있다는 사실을 알고 있으니까요. 해서 디 수령은 무거운 죄는 건드리지 않고 경미한 범법 행위에 대해서 피고의 자백을 얻어 냈습니다. 물론 그것은 국가 문란 죄로 다스릴 수 있을 정도의 무게는 갖춘 사건이라야 했지요.

이십 년 이상 법망을 잘도 피해 다녔던 사람이 마침내 법의 올가미에 걸린 일은 백 번 옳은 일이라 여겨 우리는 만장일치로 디 수령의 판결을 추인하기로 결정한 것입니다."

"이제야 납득이 가는군요. 내일 아침 이 보고서에 우선적으로 서명하겠습니다."

어사대부가 말했다.

태상시경은 아까부터 이 대화를 관심 있게 듣고 있었다. 마침내 그가 입을 열었다.

"저는 법에는 무지한 사람이지만 이 디 수령이라고 하는 인물이 국가적으로 중요한 의미를 갖는 두 가지 사건을 해결한 듯합니다. 우선 불교 세력의 전횡에 쐐기를 박았다는 점, 그리고 공권력의 대변자로 오만불손한 광둥의 상인들의 기강을 확실하게 바로잡았다는 점입니다. 좀더 능력을 폭넓게 발휘할 수 있도록 디 수령을 승진시키는 것이 어떨까요?"

재상이 고개를 저었다.

"그 수령은 마흔 줄에도 접어들지 않은 소장 판관으로 아직 앞길이 창창한 사람입니다. 앞으로 포부를 펼치고 능력을 발휘할 기회가 얼마든지 주어질 것입니다. 승진이 너무 늦으면 관직 생활이 고달프겠지만 승진이 너무 빨라도 마음에 부담이 생기기 마련입니다. 공직 사회의 안정을 위해서라도 파격적인 인사는 피하는 것이 지혜로운 방도일 듯합니다."

"저도 같은 생각입니다."

최고 재판장이 거들었다.

"하지만 사기를 북돋운다는 차원에서 약간의 포상을 내리는 것은 무방하지 않을까 생각되는군요. 태상시경께서 좋은 의견이 있으면 말씀해 보시지요."

태상시경은 수염을 어루만지며 곰곰이 생각에 잠겼다가 잠시 후 입을 열었다.
"황상께서도 이번 불교 사찰 사건에 개인적으로 지대한 관심을 보이고 계시니 내일 제가 디 수령에게 황상 폐하의 휘호를 내려 주시도록 상주해 보겠습니다. 물론 황상께서 친히 붓을 드시는 것은 아니고 전각에 새겨진 적절한 문장의 사본을 뜨는 것이지요."
재상이 끼어들었다.
"그 정도면 이 사건의 비중에 견주어 과하지도 부족하지도 않겠소이다. 늘 지혜로운 판단을 내리시는구려!"
태상시경은 빙긋 웃었다. 평소에는 좀처럼 보기 힘든 모습이었다.
그가 한마디 했다.
"제사와 의식은 복잡한 통치 기구의 올바른 균형을 잡는 데 필요한 것입니다. 오랜 세월 동안 저는 상과 벌, 검열과 표창을 마치 금 세공사가 금의 무게를 정확히 달듯이 꼼꼼히 헤아리는 일에 종사해 왔습니다. 털끝만 한 오차가 생겨도 일을 그르치게 마련이지요."
네 사람은 자리에서 일어섰다.
그들은 재상을 앞세우고 계단을 내려와 연꽃이 핀 호수를 한가로이 산책했다.

남문 밖에서 두 범인이 처형당하고,
디 판관이 황제의 휘호 앞에 무릎을 꿇는다.

세 사건에 대한 최종 판결이 중앙으로부터 도착하기까지 무려 이 주 동안 디 공의 네 수하는 무료하고 답답한 나날을 보내고 있었다.

린판의 죄상이 만천하에 폭로된 그 충격적인 심리가 있은 이후로 판관은 내내 시무룩한 표정을 짓고 있었다. 네 수하로서는 판관에게 무슨 고민거리가 있나 보다 그저 짐작만 할 뿐이었다. 범인의 자백을 얻어 낸 다음에는 수하들을 불러 놓고 사건 수사에 얽힌 후일담을 중심으로 담소를 나누는 것이 관례처럼 되어 있었는데 이번에 디 공은 어이 된 영문인지 그저 수고했다는 한마디만 툭 던지고는 곧바로 관아의 행정 업무 처리에 몰두했다.

중앙 관청에서 전령이 도착한 것은 오후였다. 관아의 회계 업무를 감사하고 있던 타오간이 두툼한 봉투를 전령으로부터 인계받아 디 공의 집무실로 가지고 갔다. 홍 수형리가 몇 가지 결재 서류를 들고 와서 판관이 오기를 기다리고 있었고 마중과 차오타이도 있었다.

타오간은 동료들에게 최고 재판소의 큼지막한 봉인을 보여 주고 봉투를 판관의 책상 위에 탁 얹어 놓은 다음 후련한 표정으로 말했다.

"세 사건의 최종 판결이 드디어 온 모양이야. 이제야 어르신도 얼굴을 좀 펴시겠구먼!"

수형리가 입을 열었다.

"글쎄, 어르신께서 걱정하시는 것은 내가 보기엔 상부에서 당신의 판결을 재가하지 않을까 봐서가 아닌 듯싶은데. 무슨 고민거리에 빠져 있으신지 당신 입으로는 한마디도 안 하셨지만 적어도 아주 개인적인 문제인 것만큼은 분명하네. 혼자서 그 문제를 풀려고 속으로 끙끙 앓고 계신데 생각만큼 잘 안 되는 거지."

마중이 끼어들었다.

"좌우지간 판관 어른께서 최종 판결을 내리시는 순간 감았던 눈이 번쩍 뜨일 사람이 하나 있지. 그게 누구인고 하니, 바로 량 부인 아니겠나. 물론 나라에서 린판의 재산 중 상당 부분을 몰수하기야 하겠지만 그중에서 일부만 량 부인에게 떼어 준다고 해도 량 부인은 졸지에 벼락부자가 되는 거라고."

차오타이도 거들고 나섰다.

"당연히 그래야지! 승리의 바로 그 순간에 픽 쓰러지는 모습이 얼마나 가엾어 보이던가! 너무 감정이 북받쳐 오른 탓일 게야. 벌써 두 주째 자리보전을 하고 누워 있다는 소리가 들리던데."

그때 디 공이 들어오자 네 수하는 자리에서 벌떡 일어났다. 판관은 가볍게 눈인사를 하고 홍 수형리가 내민 봉투를 뜯었다.

내용을 훑어보더니 판관은 다시 입을 열었다.

"상부에서 우리가 다룬 세 사건에 대한 나의 판결을 재가하였네. 린판은 끔찍한 방법으로 사형당하겠군. 나는 참수형이면 될 거라고 생각했는데 말이야. 어찌되었든 상부의 명령이 떨어졌으니 따를 수밖에."

판관은 다시 의전관의 봉인이 찍혀 있는 문서를 읽고 난 다음 문서를 수형리에게 건네더니 도읍 쪽으로 공손히 절을 올렸다.

"우리 관아에 경사가 생겼군. 황상께옵서 친히 쓰신 현판의 글을 그대로 옮긴 탁본을 우리에게 하사하셨다. 수형리, 자네는 폐하의 하사품이 도착하는 대로 그것을 재판대 바로 위의 지엄한 곳에다 걸어 놓도록 만전을 기해 주게."

수하들의 축하 인사를 뿌리치면서 판관이 말을 이었다.

"내일 아침 관례에 따라 동이 트기 두 시간 전에 특별 심리를 열어 최종적으로 언도를 내리겠다. 아전들에게 필요한 지시를 내려 놓게, 수형리. 그리고 수비대 사령부에도 내일 새벽 정해진 시간에 죄인들을 형장까지 호송하도록 부대를 파견해 달라고 통지하게나."

디 공은 수염을 잡아당기며 잠시 생각에 잠겼다. 그러더니 한숨을 내쉬고 수형리가 결재를 받으려고 가져와 책상 위에 얹어 둔 관아의 재무 상태에 대한 보고서를 펼쳤다.

타오간이 수형리의 소매를 잡아당겼다. 마중과 차오타이도 턱짓으로 어서 한마디 하라고 신호를 수형리에게 보냈다. 수형리는 헛기침을 몇 번 하더니 판관에게 말을 걸었다.

쇠종 살인자 315

"저희들은 모두 린판이 저지른 량코파 피살 사건을 궁금히 여기고 있습니다. 이제 내일 아침이면 공식적으로 사건도 종결되고 하니 저희들에게 진상을 말씀해 주시지 않겠습니까?"

디 공이 고개를 들더니 짧게 한마디 던졌다.

"내일 죄인들을 처형한 다음에 보세."

그러고는 다시 읽던 서류로 고개를 돌렸다.

다음날 아침, 예정된 시간보다 훨씬 일찍부터 푸양 백성들은 어두운 길을 따라 관아로 꾸역꾸역 몰려들고 있었다. 일찍 관아의 정문 앞에 도착한 사람들은 끈기 있게 기다렸다.

드디어 나졸들이 커다란 문을 활짝 열자 군중은 담벽을 따라 커다란 횃불이 수십 개나 타오르고 있는 재판정으로 쏟아져 들어갔다. 사람들이 나지막히 수런대기 시작했다. 그들은 포두 뒤에서 미동도 하지 않고 떡 버티고 서 있는 거인을 두려운 눈길로 바라보았다. 그는 떡 벌어진 어깨에 기다란 칼을 메고 있었다.

구경꾼들의 대다수는 자기네 고을에서 벌어진 세 가지 사건에 대한 최종 판결을 직접 두 귀로 듣지 못해 안달이 난 사람들이었다. 그러나 나이 든 사람 중에는 무거운 마음으로 이 자리에 참석한 이도 꽤 되었다. 그들은 나라에서 폭동 죄를 얼마나 엄벌로 다스리는지, 그리고 중들을 집단으로 학살한 행위는 곧바로 폭동으로 해석될 여지가 있다는 사실을 너무도 잘 알고 있었던 것이다. 그들은 중앙 정부에서 푸양 백성을 처벌한다는 결정이 내려올까 봐 두려움에 떨고 있었다.

커다란 구리 징이 세 번 울려 퍼졌다.

재판석 뒤편의 휘장을 젖히고 디 공이 모습을 나타냈고 뒤이어

네 명의 수하도 들어왔다. 판관이 진홍빛 천을 어깨에 두른 것은 사형 언도를 내린다는 뜻이었다.

디 공은 재판석에 앉은 뒤 판결자를 호명했다. 이어 황산이 재판대 앞으로 끌려 나왔다.

감옥에서 지내는 동안 그의 상처는 웬만큼 아문 듯 보였다. 황산은 그 전날 마지막 음식으로 구운 고기를 먹었다. 그는 자기 운명을 체념한 것 같았다.

황산이 재판대 앞에 무릎을 꿇고 앉자 디 공이 문서를 펼쳐서 읽기 시작했다.

"죄인 황산은 형장에서 참수형에 처하노라. 죄인의 시신은 토막을 내어 개들에게 먹이도록 하고 잘라 낸 머리는 사흘 동안 성문에 내걸어 만인에게 경종을 울리고자 하노라."

황산의 두 손은 등 뒤에 단단히 결박되어 있었다. 나졸들이 그의 어깨에 길고 하얀 판대기를 붙였다. 거기에는 큼지막한 글씨로 죄인의 이름과 죄목, 형량이 적혀 있었다. 그런 다음 황산은 끌려 나갔다.

선임 기사관이 디 공에게 또 하나의 문서를 건네었다. 디 공은 문서를 펼치며 포두에게 지시를 내렸다.

"완쥐에 스님과 양 소저 자매를 이리로 모셔 오게!"

포두가 늙은 중을 앞으로 데리고 나왔다. 완쥐에는 노란색 깃을 댄 자주빛 기사를 입고 있었다. 고승만이 입을 수 있는 옷이었다. 노구를 지탱해 주는 붉은 옻칠을 한 구부러진 지팡이를 바닥에 놓고 노승은 천천히 무릎을 꿇었다.

싱화와 칭위는 디 공의 가령이 데리고 왔다. 두 처녀는 소매가 바닥에 끌릴 정도로 긴 녹색 옷을 입고 있었다. 머리는 수놓은 비단 끈으로 단정히 말아 올렸는데 결혼하지 않은 처녀들이 그런 머리를 했다. 군중들은 아름다운 두 처녀를 눈이 휘둥그레져서 바라보았다.

디 공이 입을 열었다.

"이제부터 본관은 보자사 사건에 관한 판결문을 읽도록 하겠다. 조정에서는 보자사의 전 재산을 압수하기로 결정하였다. 대웅전과 그 옆의 건물 한 채만 제외하고는 사찰 모두를 앞으로 일주일 안에 허물기로 한다. 완쥐에 대사께서는 계속 절에 머무르면서 관음보살을 섬겨도 좋으나 수행승이 네 명을 넘어서는 아니 되오.

관아에서 수사를 벌인 결과 경내에 마련된 여섯 개의 요사채 중에서 두 곳에는 비밀 통로가 없는 것으로 판명되었으니 이 절에 머무는 동안 아기를 잉태한 여인이 있다면 이는 오직 관음보살의 보살핌 덕분으로 해석되어야 하며 나중에 태어난 아이의 씨를 오해받을 일이 생겨서는 아니 된다는 점을 분명히 밝혀 두는 바이다.

또한 절의 재산 중에서 금괴 네 덩어리를 빼내어 양 소저 자매에게 상으로 내린다. 양 소저의 고향 수령은 호적의 양 소저 가족란에 '나라에 공적을 세운 집안' 이라는 글을 명기하도록 상부의 지시를 받았다. 이 공적 확인문에 따라 양 소저의 집안은 앞으로 오십 년 동안 일체의 부역과 세금을 면제받을 것이다."

여기서 디 공은 잠시 숨을 돌렸다. 그는 수염을 어루만지며 장내를 돌아보았다. 그런 다음 다시 또박또박 힘주어 읽어 나갔다.

"조정에서는 푸양 백성이 나라의 특권을 감히 침해하여 어리석은 열여덟 명의 중을 제멋대로 살해함으로써 법의 정당한 집행을 가로막은 점을 심히 괘씸히 여기고 있다. 이번 폭동에 대해서는 모든 백성이 책임을 져야 한다. 당초 조정에서는 엄중한 처벌을 내릴 것을 고려하였다. 그러나 이번 사건의 특수한 성격을 헤아리고 현지 푸양 수령이 사면 청원서를 간곡히 올렸다는 점을 감안하여 이번 사건에 한하여 예외적으로 정의 대신 자비로 다스린다는 방침을 정하였다. 아무쪼록 엄숙히 경고해 두는 바이다."

군중 속에서 안도의 탄성이 새어 나왔다. 몇몇 사람은 디 공의 이름을 연호하기도 했다.

"조용!"

디 공이 호통을 쳤다.

판관이 문서를 마는 동안 노승과 두 처녀는 머리가 땅에 닿도록 절을 하면서 감사의 뜻을 나타냈다. 그리고 나서 그들은 물러갔다.

디 공이 포두에게 신호를 보내자 두 명의 나졸이 린판을 끌고 나왔다.

옥에서 최종 판결을 기다리는 동안 린판은 폭삭 늙은 것 같아서 수척한 얼굴에 눈이 쑥 들어가 있었다.

디 공의 어깨에 두른 진홍빛 천과 망나니의 험상궂은 거동을 본 린판은 몸을 심하게 떨기 시작했다. 두 나졸의 도움을 받고서야 재판대 앞에 간신히 꿇어앉을 수 있을 정도였다.

디 공은 소매에 양손을 집어넣더니 허리를 똑바로 펴고 천천히 판결문을 읽어 나가기 시작했다.

"죄인 린판은 국가 문란 죄를 저지른 것으로 판명되었으니 법이 정한 바에 따라 가장 잔인한 방법으로 극형에 처하노라. 상기 죄인 린판은 살아 있는 상태로 가랑이를 찢어 죽이는 형벌에 처한다."

린판은 괴성을 지르며 바닥으로 쓰러졌다. 포두가 강한 식초를 린판의 코에 갖다 대어 깨우는 동안에도 판관의 말은 계속되었다.

"상기 죄인이 갖고 있는 모든 동산, 부동산과 모든 현금 및 투자분은 국고에 귀속된다. 절차가 완료되는 대로 귀속 재산의 절반은 죄인 린판 때문에 집안이 풍비박산나고 말 못할 고초를 겪은 량 부인에게 준다."

디 공은 말을 중단하고 장내를 둘러보았다. 량 부인의 모습은 보이지 않은 것 같았다.

"이상이 린·량 사건의 대한 공식 판결이오. 죄인은 사형당할 것이고 량 부인에게 배상금이 지급될 것이오. 이로써 린·량 사건의 재판을 종결하겠소."

판관은 재판봉을 탕탕 두드리고 폐정을 선언했다.

디 공이 재판대를 떠나 집무실로 향하자 구경꾼들은 일제히 환호성을 올렸다. 사람들은 형장으로 향하는 죄인들을 싣고 갈 마차를 따라가기 위하여 앞을 다투어 큰길로 쏟아져 나왔다.

관아 앞에는 뚜껑 없는 마차 한 대가 서 있고 수비대 사령부에서 파견된 창을 든 기마병들이 그 주위를 에워싸고 있었다. 나졸 여덟 명이 린판과 황산을 밖으로 끌고 나와 마차 옆에 나란히 세워 놓았다.

"길을 비켜라, 길을 비켜라!"

포졸들이 안에서 소리를 질렀다.

사 열 횡대로 늘어선 나졸들이 앞장서서 문을 나오더니 디 공의 가마가 그 뒤를 따랐다. 역시 사 열 횡대로 맞춘 또 한 무리의 나졸들이 가마의 꽁무니를 따라나섰다. 죄인을 실은 마차는 병사들에게 둘러싸인 채 그 뒤를 쫓아갔다. 행렬은 남문으로 향하기 시작했다.

형장에 도착한 디 공이 가마에서 내리자 번쩍거리는 갑옷을 차려입은 수비대 사령관이 밤사이에 간이로 설치해 놓은 임시 단상으로 디 공을 안내했다. 디 공은 재판대 앞에 앉고 네 수하는 그 옆에 자리를 잡고 섰다.

망나니의 두 조수가 린판과 황산을 마차에서 내리게 했다. 병사들은 말에서 내리더니 둘레에 차단선을 쳤다. 병사들의 창이 붉은 아침 햇살에 번쩍거렸다.

차단선 주위로 수많은 군중이 몰려들었다. 그들은 한 농부가 내놓은 여물을 조용히 씹고 있는 덩치 큰 황소 네 마리를 두려운 눈초리로 바라보았다.

판관이 신호를 보내자 두 조수가 황산의 무릎을 꿇렸다. 그들은 황산의 등에서 판대기를 떼어 내고 목깃을 느슨하게 했다. 망나니가 무거운 칼을 쳐들며 판관을 바라보았다. 디 공이 고개를 끄덕이는 순간 칼이 황산의 목을 내리쳤다.

황산은 내리치는 칼의 무게에 못 이겨 벌렁 엎어져 얼굴을 바닥에 찧었다. 하지만 그의 머리는 아직 몸통에서 완전히 떨어져 나가지 못한 상태였다. 그의 뼈대가 엄청나게 굵든지 아니면 망나니가 겨냥을 잘못한 것이 원인이었다.

군중들이 술렁거렸다. 마중이 홍 수형리에게 속삭였다.

"저 친구 말이 옳았어요! 마지막 순간까지도 억세게 재수가 없구먼!"

두 조수가 다시 황산의 몸을 와락 일으켜 앉혔다. 이번에는 망나니가 하도 무섭게 칼을 휘둘렀기 때문에 잘린 머리가 허공을 날아 피가 철철 흐르는 몸통에서 몇 자 떨어진 곳까지 세차게 굴러 갔다.

망나니는 잘린 머리를 재판대 앞에 서서 들어올렸다. 디 공은 이마에다가 붓으로 표시를 했다. 그런 다음 머리는 바구니에 보관했다. 나중에 성문에다 매달아야 했기 때문이었다.

린판이 형장 한가운데로 끌려 나왔다. 두 조수가 린판의 두 손을 묶고 있던 밧줄을 풀었다. 네 마리의 소를 본 순간 린판은 외마디 비명을 지르면서 조수와 격렬한 몸싸움을 벌였다. 그러나 망나니가 린판의 목덜미를 부여잡고 바닥으로 내동댕이쳤고 조수들은 린판의 손목과 발목을 굵은 밧줄로 묶었다.

망나니가 늙은 농부를 불렀다. 농부는 네 마리의 소를 형장 한가운데로 몰고 나왔다. 디 공이 수비대 사령관에게 몸을 기울여 뭐라고 소곤거렸다. 사령관이 명령을 내리자 병사들은 사람들이 잠시 후에 벌어질 참혹한 광경을 보지 못하도록 한가운데의 린판과 소를 네모꼴로 빙 둘러쌌다. 병사들은 높은 단상 위에 앉아 있는 판관을 올려다보았다.

형장에 깊은 침묵이 흘렀다. 멀리 농가에서 닭 우는 소리가 들렸다.

디 공이 고개를 끄덕였다.

돌연 린판이 미친 듯이 비명을 질러 대었다. 얼마 뒤 그의 비명은 처절한 신음으로 바뀌어 갔다.

농부들이 밭을 갈 때 소를 어르는 휘파람 소리가 나지막히 들렸다. 한가로운 논의 정경을 연상시키는 이 소리가 지금은 군중을 두려움으로 몸서리치게 했다.

린판의 비명이 다시 허공을 찢었다. 거기에 미친 사람의 웃음소리가 섞여 들었다. 바짝 말라 쪼개진 나무처럼 갈라진 음성이었다.

병사들이 다시 원래 위치로 돌아갔다. 구경꾼들은 망나니가 엉망진창이 된 린판의 몸에서 머리를 잘라 내는 광경을 보았다. 나중에 그 머리는 황산의 머리와 함께 성문 밖에 내걸릴 것이었다.

망나니가 늙은 농부에게 관례에 따라 은화 한 닢을 주었다. 그러나 농부는 침을 퉤 하고 뱉더니 그 찜찜한 돈을 거절했다. 농부의 손으로 은화를 만져 볼 일은 그리 흔치 않았는데도 말이다.

징이 울렸다. 병사들은 다시 무기를 들었고 판관은 재판석에서 일어섰다. 수하들이 보니 디 공의 얼굴은 완전히 잿빛이었다. 아침 공기가 차가웠는데도 이마에는 송글송글 땀방울이 맺혀 있었다.

디 공은 가마에 오른 다음 푸양의 수호신을 모신 사당으로 직행하여 그곳에서 향을 사르고 기도를 올렸다. 그리고 관아로 돌아왔다.

집무실로 들어서니 네 수하가 판관을 기다리고 있었다. 디 공이 말없이 몸짓을 하자 홍 수형리가 재빨리 뜨거운 차 한 잔을 따라 주었다. 디 공은 천천히 차를 마시기 시작했다. 그때 갑자기 문이 열리면서 포두가 뛰어들었다.

"어르신! 량 부인이 독을 삼키고 자살했습니다!"

디 공의 네 수하들 입에서 모두 장탄식이 터져 나왔지만 정작 디 공은 놀라지 않은 것 같았다. 디 공은 포두에게 검시관을 데리고 현장으로 가서 량 부인이 정상이 아닌 상태에서 자살을 저질렀다는 내용의 사망 진단서를 검시관에게 작성하도록 지시하라고 일렸다. 그런 다음 판관은 몸을 의자 등에 파묻고 담담한 목소리로 말했다.

"이렇게 해서 결국 린·량 사건도 대단원의 막을 내렸군. 린 집안에서 마지막으로 남은 인물이 형장의 이슬로 사라졌고 량 집안에서 혼자 남은 사람이 자살을 했으니 말일세. 삼십 년을 끌어 온 그 지긋지긋한 살인과 강간과 방화와 기만, 이 모두가 끝이야. 당사자들이 모두 죽었으니 말이야."

판관은 눈앞을 뚫어지게 응시했다. 네 수하는 눈이 휘둥그래져서 디 공을 바라보았다. 아무도 감히 입을 열지는 못했다.

갑자기 판관이 자리에서 일어섰다. 그는 양손을 소매 안에 집어넣고 무미건조한 목소리로 얘기를 시작했다.

"이 사건을 조사하는 과정에서 얼른 납득이 가지 않는 구석이 있어 나를 괴롭혔네. 린판은 피도 눈물도 모르는 무자비한 인간이고 량 부인은 그의 철천지원수지. 린판은 량 부인을 못 잡아먹어서 안달이었어. 그런데 푸양에 온 뒤로는 사정이 달라졌지. 나는 자문해 보았다네. 왜 량 부인이 푸양에 나타난 뒤 린판이 그 여자를 죽이지 않았을까? 얼마 전까지만 하더라도 린판은 부하들을 모두 이곳에서 거느리고 있었기 때문에 마음만 먹으면 얼마든지 량 부인을 해치우고 마치 사고로 죽은 것처럼 위장할 수도 있었을 거라 이 말이야. 여기서도 량코파를 서슴없이 죽였고 나와 자네 네 명도 기회를 잡자마자 단숨에 없애려고 들었지 않았는가. 그런데 량 부인은 털끝 하나 건드리지 않았거든. 량 부인이 푸양에 온 뒤로는 말이야. 나는 그 점이 무척 궁금했네. 그런데 얼마 뒤 종 밑에서 우리가 찾아낸 금합에서 실마리를 얻었지.

그 금합에는 린이라는 성이 새겨져 있었기 때문에 자네들은 모두 이것이 린판의 것이려니 생각했어. 그런데 그런 금합은 줄에 매달아 목에 걸도록 되어 있지. 옷 안의 맨살 위에다 말이야. 줄이 끊어지면 금합은 가슴팍으로 떨어지겠지. 린판은 그것을 잃어버릴 수가 없었네. 시체의 목뼈 근처에서 발견된 것을 보고 나는 그 금합이 죽은 사람의 것이라고 결론지었네. 린판은 그 금합을 보지 못했을 테지. 희생자의 옷에 가려져 있었을 테니까. 벌레들이 옷을 갉아먹고 남자의 목에 둘러져 있던 줄까지 갉아먹은 다음에야 그 금합은 모습을 드러낸 게지. 나는 그 해골이 량코파의 것이 아니고 살인자와 성이 같은 사람의 것이라는 추정을 해 보았네."

디 공은 잠시 말을 멈추고 재빨리 찻잔을 비웠다. 그러고 나서 다음 말을 이었다.

"나는 이 사건 기록을 다시 검토하였네. 그리고 죽은 사람이 다른 사람임을 암시하는 두 번째 증거를 발견했지. 량코파는 푸양에 왔을 때 서른 살가량 되었던 것으로 나와 있지. 량 부인이 호적에 량코파라는 이름으로 신고한 사람도 나이는 서른으로 기록되어 있었고 말이야. 한데 포두가 타오간한테 한 말을 따르면 량코파는 스무 살쯤 되어 보이는 청년이었다는 거야.

그때부터 나는 량 부인을 의심하기 시작했지. 그 여자는 두 집안의 뿌리 깊은 반목을 훤히 알고 있으면서 량 부인 행세를 하는 제 삼의 인물일 가능성이 높다고 생각한 거야. 량 부인 못지않게 린판을 증오하는 여자, 그리고 린판이 해치기를 원하지 않거나 감히 해칠 생각을 못하는 그런 여자. 나는 량 부인이 내게 준 기록을 다시 읽어 나가면서 량 부인과 그 여자의 손자 행세를 할 수 있을 만한 여자와 젊은이가 없는지 찾으려고 애썼네. 그러다가 결국 하나의 가설에 이르렀지. 처음에는 황당무계하다고 생각했지만 사실이 하나 둘 보태지면서 그 가설은 구체적으로 검증이 되었네.

자네들도 기억이 날 터이지만 린판이 량홍의 부인을 강간한 뒤 린판의 본처가 어디론가 사라졌다고 기록에 나와 있었지. 다들 린판이 자기 부인을 살해했을 거라고 짐작했네. 그러나 구체적인 물증은 없었고 시체가 발견된 것도 아니었지. 이제야 알았네만 린판은 부인을 죽이지 않았어. 린판의 처는 남편을 깊이 사랑하였네. 사랑이 깊다 보니 자기 오빠를 죽이고 결과적으로 아버지까지 세상을 뜨게 한 남편의 행위까지도 용서하지 않았나 싶어. 여필종부란 말이 있지 않은가. 여자는 시집가면 남편의 말을 따라야 하는 법이거든. 거기까지는 좋았는데 남편이 자기 올케를 사랑하기에 이르자 남편에 대한 사랑이 증오로 바뀐 게지. 여자가 한을 품으면 얼마나 무서운지 자네들도 익히 알 것일세.

남편의 곁을 떠나 남편에 대한 복수를 다짐한 마당에 그 여자가 가면 어디로 갔겠나? 당연히 몰래 친정 어머니 량 부인을 찾아가서 린판을 패가망신시키는 일에 동참하겠노라고 나섰겠지. 린판은 린 부인의 가출만으로도 크나큰 충격을 받았을 것이야. 자네들 눈에는 이상하게 보일지 모르겠지만 린판은 아내를 몹시 사랑하고 있었거든. 량홍 부인에 대한 욕정은 바람기가 순간적으로 동했던 탓이지 본부인에 대한 사랑에는 변함이 없었다 이 말이야. 이 잔인 무도한 사내가 유일하게 맥을 못 추는 상대가 바로 부인이었지.

부인이 집을 나가자 린판의 사악한 본성은 제동 장치가 풀렸지. 전보다 더욱 집요하게 량 집안을 괴롭히기 시작했네. 급기야는 불까지 지르기에 이르렀고 말이야. 늙은 량 부인을 비롯해서 손자 량 코파까지 그때 모두 죽었음에 틀림없어."

타오간이 입을 열려고 했지만 판관이 손을 들어 막았다.

"린 부인은 자기 어머니가 중단한 곳에서부터 새로 시작했지. 어머니로부터 모든 것을 들은 린 부인은 량 집안과의 일이라면 모르는 일이 없게 되었기 때문에 량 부인처럼 행세하기는 그리 어렵지가 않았겠지. 모녀지간이니 생김새도 많이 닮았겠다. 린 부인으로서는 약간 나이 들어 보이게만 꾸미면 되었던 거지. 거기다가 어머니는 린판이 재차 공격을 해 올 거라 예상하고 두 집안의 반목에 관련된 모든 문서를 딸의 손에 맡기고 나서 낡은 성으로 숨어들어 갔거든.

어머니가 살해당하고 얼마 뒤 린 부인은 린판에게 자기 정체를 드러냈을 게야. 린판은 부인이 집을 나갔을 때보다 더 큰 충격을 받았을 테지. 부인이 죽지 않고 살아 있는 것까지는 좋은데 원수를 갚겠다며 악을 바락바락 써 대니 말이야. 그렇다고 고소를 하겠나? 그리 되면 자기 부인이 남편을 버렸다는 사실을 만천하에 공개하는 셈이 되어 버리는데 그건 사내 체면에 말이 아니거든. 그도 그렇지만 사실 린판은 부인을 사랑했어. 그러니 유일한 해결책은 결국 자기가 숨는 것이었지. 그래서 이곳 푸양으로 도망온 게야. 그런데도 부인이 또 쫓아오니까 다시 다른 곳으로 피신할 준비를 하고 있었고 말이지.

린 부인은 린판에게 자기의 정체를 모두 드러냈지만 자기와 함께 있던 젊은이에 대해서는 사실대로 밝히지 않았다네. 린판에게는 그 젊은이가 량코파라고 알렸지. 여기서부터 이 무섭고 몸서리

쳐지는 비극의 가장 비인간적이고 가장 믿기 어려운 내용이 펼쳐지네. 린 부인의 거짓말은 그 잔인함의 정도가 린판이 저지른 그 어떤 잔혹한 범죄 행각도 못 따라갈 만큼 지독한 것이었어. 그 젊은이는 자기 아들, 그러니까 린판의 친자식이었네."

네 수하가 일제히 입을 열려고 했지만 판관은 손을 들어 제지했다.

"린판이 량홍 부인을 범했을 때 그는 자기 부인이 그토록 기다리고 기다리던 아기를 잉태했다는 사실을 모르고 있었네. 여자 마음의 그 깊고 깊은 구석을 나 같은 사람이 어찌 헤아릴 줄 안다고 자신할 수 있겠나. 하지만 아이를 밴 린 부인이 더욱더 남편에게 의지하면서 사랑과 행복을 느끼기 시작한 바로 그때 린판이 다른 여자를 범했다고 하는 사실이 린 부인의 마음에 병적이고 비인간적인 증오심을 키우고 말았다고 보네. 내가 비인간적이라고 말하는 것은 린판을 파멸시킨 이후에라도 마지막으로 결정적인 타격을 입히기 위해 아들을 동원했다고 하는 사실이야. 린 부인은 린판에게 당신이 죽인 사람은 당신의 아들이라고 말할 작정이었을 테지.

모르긴 몰라도 린 부인은 젊은이가 스스로를 량코파로 믿게끔 만들었을 거야. 린판의 공격으로부터 보호하기 위하여 나이를 속이는 거라고 하면서 말이야. 그러면서도 린판이 결혼식 날 준 금합을 아들의 목에 걸어 주었지.

린판을 신문하는 자리에서 나는 이 무서운 사건의 진상을 완벽하게 파악하기에 이르렀네. 그전까지만 해도 애매모호한 가설에 지나지 않았지. 첫 번째 증거는 내가 금합을 보여 주었을 때 린판이 나타낸 반응이었네. 린판은 그 물건이 자기 아내의 것이었다고 하마터면 말할 뻔했어. 두 번째 증거가 결정적이었는데 그것은 재판대 앞에서 린판과 부인이 대면한 그 가슴 아픈 짧은 순간이었네. 린 부인이 마침내 승리를 거둔 순간은 그동안 흘린 피와 땀의 대가를 거두는 순간이었지. 몰락한 남편은 형장의 이슬로 사라질 운명이었네. 이제 남편의 가슴에 치명타를 안길 수 있는 말을 던져야 할 순간이 온 게야. 부인은 남편을 비난하듯이 손가락질하면서 입을 열었지. '네 놈이 죽인 건 네 놈의……' 그런데 마지막 단어를 내뱉을 수가 없는 거라. 차마 내뱉지 못한 말이 보태져야 '네 놈이 죽인 건 네 놈의 아들이다' 라는 무서운 문장이 완성되는데 말이지. 남편이 패배자의 모습으로 피투성이가 되어 서 있는 모습을 본 순간 남편에 대한 미움이 눈 녹듯이 사라지고 만 것이네. 자기가 사랑한 남편의 모습만이 보인 게지. 감정이 북받쳐 비틀거리는 순간 린판이 그리로 달려가려 했지. 포두를 위시하여 나머지 사람들은 린 부인을 해치려는 것으로 생각했을 터이지만 그게 아니었어. 나는 그 순간 린판의 눈을 보았네. 부인을 도우려는 뜻이 역력했지. 돌 바닥에 쓰러지면서 다치기라도 할까 봐 부축을 하려고 달려간 게야.

 이상이네. 이제 린판의 자백을 얻어 내기 전에 내가 처해 있었던 어려운 입장을 자네들도 이해할 수 있겠지. 나는 린판을 체포하자마자 즉시 기소해야 했네. 아들을 죽인 행위는 건드리지도 않고 말이야. 린 부인이 량 부인 행세를 해 왔다는 사실을 증명하려면 또 다시 몇 달이 허비될지 모르는 일이었거든. 해서 린판이 덫에 걸려들도록 유도하고 우리를 공격했다는 사실을 제 입으로 털어놓게 한 거지.

하지만 린판의 자백을 얻어 낸 뒤에도 나는 여전히 진퇴양난에 빠져 있었네. 당국에서는 틀림없이 린판으로부터 압수한 재산의 상당 부분을 가짜 량 부인에게 줄 터이니 말이야. 나는 마땅히 국고에 귀속되어야 할 재산이 가짜 량 부인의 몫으로 돌아가는 사태를 방치할 수가 없었네. 량 부인이 먼저 나를 찾아오기를 기다렸지. 불타는 보루에서 어떻게 빠져나왔는지를 꼬치꼬치 캐물을 때부터 내가 진실을 알고 있다는 것을 부인도 눈치 챘으리라고 나는 판단했기 때문이야. 그런데 부인이 오지를 않자 나는 어쩔 수 없이 소송으로 판정을 내야 하는 사태가 오지나 않는지 내심 불안해하고 있었지. 이제 그 문제도 깨끗이 풀렸네. 린 부인이 자살을 했으니 말일세. 그 여자가 여태까지 기다린 것은 남편과 한 날 한 시에 죽고 싶었기 때문이었을 게야. 이제 하늘이 심판을 내리시겠지."

방 안은 쥐 죽은 듯 고요했다.

디 공이 몸을 부르르 떨며 옷깃을 여몄다.

"겨울이 다가오는구먼. 공기가 서늘해. 수형리, 나가서 하인들에게 난로를 준비하라 이르게."

네 수하가 방에서 나가자 판관은 자리에서 일어섰다. 그는 보조 탁자 위에 놓여 있던 경대로 걸어가서 판관이 쓰는 탕건을 벗었다. 경대의 거울에 피로에 찌든 초췌한 얼굴이 나타났다.

디 공은 마음을 진정하려고 노력했다. 그러나 방금 전에 수하들에게 털어놓은 끔찍한 사건의 기억을 머릿속에서 겨우 지워 냈다 싶으면 다시금 눈앞에 중 열여덟 명의 참혹하게 짓뭉개진 시신이 떠오르고 팔다리가 떨어져 나간 린판의 미친 듯한 웃음소리가 귓전을 때리기 시작하는 것이었다. 어찌하여 하늘은 그토록 참혹한

디 공이 황제의 휘호 앞에 무릎을 꿇는다.

고통과 역겨운 피비린내를 인간 세상에 내리는 것인지 디 공은 절망감에 싸여 스스로에게 물었다.

걷잡을 수 없는 회의에 빠진 디 공은 책상 앞에 우두커니 서서 얼굴을 두 손에 파묻었다. 손을 내렸을 때 디 공은 눈 아래 태상시에서 온 편지가 놓여 있는 것을 발견했다. 한숨을 내쉬며 디 공은 아전들이 현판을 올바른 위치에 걸어 두었는지 확인해야 하는 책무가 있었음을 떠올렸다.

그는 집무실과 재판정을 구분하는 휘장을 젖히고 단상을 내려가 재판정 바닥에 서서 뒤로 몸을 돌렸다. 진홍빛 천이 씌워진 재판대가 보이고 텅 빈 그의 재판석이 보였다. 그 뒤편으로 예지의 상징인 용이 커다랗게 수놓인 휘장이 걸려 있었다. 더 위를 바라보니 황제의 휘호가 수평으로 걸려 있었다.

내용을 읽고 디 공은 감동에 휩싸여서 맨바닥에 무릎을 꿇고 앉았다. 아무도 없는 썰렁한 재판정에서 디 공은 오래오래 황제의 만수무강을 빌었다.

창문 틈 사이로 들어온 아침 햇살에 금박을 입힌 커다란 글씨 네 자가 빛나고 있었다. 황제의 필치로 적힌 그 현판의 내용은 다음과 같았다.

義重于生 (목숨보다 정의가 중하다)

이 소설에 대하여

  중국의 모든 추리 소설에 공통적으로 나타나는 특징 한 가지는 범죄가 발생한 고을의 수령이 언제나 수사관 역할을 맡는다는 사실이다.
  수령은 성으로 둘러싸인 도시 하나와 그 주변의 반경 약 팔십 킬로미터에 걸쳐 있는 농촌 지역으로 이루어진 자신의 관할 구역 안에서 일어나는 모든 행정 업무를 책임진다. 수령의 책무는 이루 말할 수 없이 많다. 그는 조세 징수, 출생·사망·혼인의 기록, 도지 대장 작성, 관내 치안 유지는 물론 해당 관아의 판관으로 복무하면서 범인의 검거와 처벌 및 모든 민·형사 사건의 재판을 맡아 보아야 했다. 이렇듯 수령은 사실상 백성의 일상생활 전반을 관리 감독하는 입장에 있었으므로 백성에게는 일종의 어버이와 같은 역할을 해야 했다.
  수령은 늘 업무에 쫓기며 살아야 했다. 관아 안에 별도로 마련된 관사에서 가족과 함께 생활하긴 했지만 깨어 있는 시간의 대부분을 공적 업무를 처리하는 데 쏟아 부어야 했다.

고을 수령은 고대 중국의 거대한 피라미드 식 관료 조직에서 서열상으로 맨 끝이다. 그는 이십여 곳의 고을을 관장하는 현감에게 보고를 올려야 하고 현감은 다시 십여 군데의 현을 책임지고 있는 자사에게 보고하도록 되어 있다. 자사는 다시 중앙 조정에 보고를 올리며 맨 위에 황제가 있다.

모든 중국 백성은 빈부라든지 사회적 신분에 구애받지 않고 과거 시험에만 붙으면 누구나 관직의 길로 들어서서 고을 수령이 될 수 있었다. 이런 점에서 볼 때 중국은 유럽이 중세 장원제의 질곡에 빠져 있을 무렵 상당한 수준의 민주적 제도를 운영하고 있었다고 말할 수 있다.

수령의 임기는 대개가 삼 년이었다. 임기가 끝나면 다른 고을로 이임되며 적절한 시기가 오면 현감으로 승진할 수 있었지만 승진은 아무나 하는 것이 아니었다. 뚜렷하게 능력을 발휘한 사람만이 상위직으로 발탁되었다. 능력이 모자라는 사람은 평생 고을 수령으로만 봉직을 하다가 관직을 물러나야 하는 경우도 적지 않았다.

수령은 나졸, 옥리, 검시관 등 관아에 소속된 아전들의 도움을 받아 일반적인 업무를 수행해 나갔다. 그러나 이들은 행정 업무만 수행했지 범죄 수사에는 관여하지 않았다.

범죄 수사는 수령 자신과 서너 명으로 이루어진 수하들이 맡아서 했다. 수령은 공직 생활을 시작할 때 이들 수하를 뽑았는데 수하들은 수령이 어디로 부임하든지 함께 따라갔다. 이들의 계급은 관아에 소속된 여타 아전보다도 높았다. 그들에게는 지역적 연고가 없었기 때문에 외압에 비교적 흔들리지 않고 수사를 진행할 수 있는 이점을 가지고 있었다. 이와 같은 이유로 관리는 자기 고향의 수령으로 부임할 수 없게 되어 있었다.

　이 소설은 고대 중국의 재판 과정을 전체적으로 조망하는 데 도움을 준다. 이 책의 삽화 중에는 재판정의 내부 구조를 보여 주는 그림이 있다. 재판이 시작되면 판관은 재판대 앞에 앉고 수하와 기사관은 그 옆에 선다. 재판대는 높은 책상이며 그 위에 덮인 붉은 천은 윗부분에서 바닥까지 늘어져 있다.

　재판대 위에는 언제나 똑같은 물품이 놓여 있었다. 적먹과 흑먹을 가는 벼루, 두 자루의 붓, 통에 담긴 가느다란 대나무 살들이 그것이었다. 대나무 살은 죄인이 맞게 될 곤장의 수를 헤아리는 데 쓰는 물건이었다. 나졸에게 곤장 열 대를 치라는 명령을 내리고 싶을 때 판관은 대나무 살 열 개를 집어 단상 앞 바닥에 던졌다. 그러면 곤장 한 대가 올라갈 때마다 포두가 그것을 하나씩 치운다.

　재판대 위에는 커다란 네모꼴의 관인과 재판봉이 놓여 있었다. 재판봉은 서양에서 쓰는 망치 모양의 재판봉과는 생김새가 다르다. 중국의 재판봉은 길이가 한 자쯤 되는 타원형의 나무 몽둥이였다. 중국에서는 그것을 장내를 접주는 나무라는 뜻으로 '경당목'이라고 불렀다.

　나졸들은 단상 앞에 왼쪽 오른쪽 두 줄로 나누어 서로 얼굴을 마주 보며 서 있었다. 원고와 피고는 이 두 줄 사이의 맨바닥에 무릎을 꿇고 앉아 재판이 진행되는 동안 내내 그런 자세로 있어야 했다. 그들은 변호사의 도움도 받을 수 없었으며 증인을 내세울 수도 없었으니 원고든 피고든 괴롭기는 마찬가지였다. 이것은 좌우지간

법적으로 연루된 사람은 말 못할 고초를 겪어야 한다는 사실을 백성에게 뚜렷이 보여 줌으로써 범죄 예방 효과를 노리겠다는 이유 때문이었다. 일반적으로 하루에 오전, 정오, 오후 모두 세 차례의 심리가 열렸다.

중국 법은 본인이 범죄를 자백하지 않는 한 유죄로 간주하지 않는다는 기본 원칙이 있다. 그래서 명백한 증거가 있는데도 악질적인 죄인이 이런 조항을 악용하여 끝까지 자백을 거부하여 처벌을 피해 가는 폐단을 방지하기 위하여 채찍이나 대나무로 구타를 한다든지 손이나 발목을 형구로 비튼다든지 하는 적정 수준의 체벌이 허용된다. 수령은 법이 허용하는 수준을 넘어서는 심한 고문을 하는 수도 왕왕 있었다. 그런 심한 고문을 받다가 만일 피고가 영영 불구가 되어 버린다든가 사망하는 날에는 수령과 관아에 딸린 전체 이속이 처벌을 받았고 때로는 극형도 감수해야 했다. 따라서 대부분의 판관들은 잔인한 고문을 하기보다는 날카로운 심리적 통찰과 수하들이 수집한 수사 정보에 의존하는 수가 많았다.

전체적으로 볼 때 고대 중국의 관료 기구는 상당히 합리적으로 운영되었다. 상부의 엄중한 통제는 하부 조직의 월권 행위를 차단했다. 사악하고 무책임한 수령에게 던지는 백성의 따가운 눈총도 그런 대로 통제력을 발휘했다. 사형 언도는 황제의 승인을 받아야 했으며 모든 피고인은 상급심으로 항소를 할 수 있었다. 나중에는 황제의 선까지 올라가는 경우도 있었다. 더욱이 수령은 비공개적으로 죄인을 신문할 수 없었고 예비 신문을 포함하여 사건에 관련된 모든 심리는 관아 재판정의 공개된 자리에서 이루어져야만 했다. 재판의 모든 과정은 세세히 기록했다가 추후에 상부로 보고하여 감사를 받았다.

서기가 공판 진행 과정을 속기술의 도움 없이도 어떻게 정확히 받아 적을 수 있었는지 궁금해하는 독자도 많을 것이다. 중국의 고대 문어는 그 자체가 일종의 속기문이었다. 가령 구어로는 스무 개 이상의 단어로 이루어진 문장을 네 개의 표의 문자로 압축하는 일이 가능했다. 게다가 다양한 형태의 흘림체가 발달하여 십여 번 이상 획을 그어야 하는 문자도 한 번의 휘갈림으로 줄이는 경우가 흔했다. 나 자신도 중국에서 근무하던 무렵 중국인 서기에게 복잡한 중국어 대화문을 받아 적게 한 일이 있었는데 그 놀라운 정확성에 감탄을 금치 못하던 기억이 난다.

고대 중국인은 글을 쓸 때 일반적으로 마침표를 찍지 않았다는 사실과 중국어에는 대문자와 소문자의 구별이 없다는 사실도 참고 삼아 밝혀 둔다. 본문 중에 량훙의 아내가 시아버님께 올리는 손수건에 쓴 편지를 린판이 고치는데 만약 알파벳 문자를 쓰는 언어였다면 불가능했을 것이다

디 공은 고대 중국의 명수사관 가운데 한 사람이다. 그는 역사적으로 실존한 인물로서 당나라 때의 이름난 정치가였다. 정식 이름은 디런지에이며 630년에서 700년까지 살았다. 젊은 시절 지방 관아의 수령으로 봉직하면서 어려운 사건을 수없이 해결하여 명성을 얻었다. 이러한 수사관으로서의 명성에 크게 힘입어 디 공은 후대의 중국 소설에서 숱한 범죄 사건을 해결하는 주인공으로 등장한다. 그러나 이런 추리 소설이 역사적 사실에 기초한 경우는 극히 드물다.

나중에 디런지에는 형부상서(刑部尙書)까지 올라 현명한 판단

으로 국정을 바람직한 방향으로 이끌어 가는 데 기여하기도 했다. 당시 실권을 휘두르고 있던 측천무후가 적법한 후계자를 젖혀 두고 자기가 총애하는 인물을 황제로 앉히려던 계획을 포기할 수밖에 없었던 것은 디런지에의 강한 반발에 부딪힌 때문이었다.

중국 추리 소설을 보면 한 수령이 세 가지 이상의 전혀 동떨어진 사건을 동시에 수사하는 경우가 흔하다. 나도 이 흥미로운 구성의 특징을 이 소설에서 차용하였는데 세 개의 플롯을 하나의 자연스러운 이야기로 연결하는 데 주안점을 두었다. 내가 생각하기에 중국의 범죄 소설이 서양 범죄 소설보다 더욱 현실적인 점은 바로 이런 면이다. 한 고을에는 수많은 사람이 살고 있기 때문에 여러 범죄 사건을 한꺼번에 다루는 것이 논리적으로도 강한 설득력을 갖는다.

나는 중국 소설의 전통에 따라 책 말미에 중립적인 관찰자에 의한 사건 조망을 끼워 넣었으며, 죄인들의 처형 장면도 상세히 묘사했다. 중국인은 죄인에게 가해지는 형벌이 자세히 묘사되지 않으면 분통을 터뜨린다. 그런가 하면 중국인 독자는 책 말미에서 뛰어난 수령이 승진하고 사건 해결에 공적을 세운 관련자들이 그 공적에 합당한 보상을 받는 모습을 보고 싶어한다. 그러한 특성을 나는 어느 정도 완화해서 반영하기로 했다. 따라서 디 공은 황제가 내리는 휘호라는 형태로 공식 표창을 받고 두 자매는 돈을 받는 선에서 그친다.

나는 명나라 때의 작가들이 쓴 16세기의 소설에 나오는 남자들과 그들의 생활을 그대로 따왔다. 비록 그 소설의 배경은 훨씬 옛

날로 거슬러 가지만 말이다. 삽화도 예외는 아니다. 그것은 당나라 때가 아닌 명나라 때의 풍습이나 복장을 묘사하고 있다. 당나라 때만 하더라도 아직 중국인은 담배도 아편도 피우지 않았고 변발을 하지도 않았다. 변발은 1644년 만주족의 침입을 받은 이후 들어온 풍습이었다. 그 당시에는 남자들은 길게 머리를 길러서 상투를 틀었다. 그리고 집 밖에서건 집 안에서건 늘 탕건을 쓰고 지냈다.

본문에 언급된 왕 서생과 춘위의 사후 혼례는 중국에서 일상적으로 행해지던 풍습이었다. 아직 태어나지 않은 자식들끼리의 혼례를 약속했을 때 그런 일이 생겼다. 나중에 아이들이 크다가 적령기에 이르기도 전에 죽어 버리는 일도 왕왕 있었고 그러면 사후에라도 남아 있는 상대와 혼례를 거행해야 했다. 신랑이 살아 있는 경우는 어려울 일이 없었다. 일부다처제였으므로 여러 여자를 부인으로 맞아들일 수 있었기 때문이다. 그러나 족보에는 어려서 죽은 신부가 큰 부인으로 당당히 올라 있었다.

이 소설에서 승려는 매우 부정적으로 묘사되고 있다. 이것 또한 중국적 전통을 따른 것이라고 말해 두고 싶다. 옛날 소설의 작자는 주로 사대부 계층이었는데 그들은 골수 유학도로서 불교에 선입견을 갖고 있었다. 중국의 범죄 소설에서 승려는 주로 악당으로 등장한다.

나는 또한 나중에 그 소설 속 주요 사건들을 모호한 표현으로 암시하는 도입의 짤막한 이야기로 소설의 초두를 여는 중국적 전통도 차용하였다. 그리고 두 개의 병렬된 문장을 각 장의 제목으로 다는 방법 역시 중국 소설에서 빌려 왔다.

'반월로 강간 치사 사건'의 구성은 송나라 때의 이름난 정치인으로 999년에 태어나 1062년에 죽은 파오 공(정식 이름은 파오정)이 해결한 것으로 알려진 유명한 사건에서 따왔다. 훨씬 나중에 와서 명나라 때 파오 공이 해결한 것으로 알려진 사건들을 모아 익명의 작자가 『룽쑤 판관(龍圖公案)』이라는 범죄 소설집으로 묶었다. 『파오 판관(包公案)』이라는 제목이 달린 똑같은 판본도 전해진다. 이 짤막한 이야기는 사건의 앙상한 골격만 알려 줄 뿐 수령이 진실에 도달하는 과정까지의 설명은 불충분하다. 원작에서 수령은 자기 수하를 염라대왕으로 분장시켜 범인을 자백을 이끌어내는데 이것은 중국 추리 소설이 종종 이용하는 수법이다. 나는 그것을 좀더 논리적인 해결책으로 대체하고 싶어 디 공에게 추리력을 발휘하도록 여지를 남겨 놓았다.

'절간의 비밀 사건'은 「왕 대인이 보련사를 불태우다(王大人火焚寶蓮寺)」라는 제목이 달린 이야기를 토대로 삼았다. 이것은 『세상을 일깨우는 영원한 말(醒世恒言)』이란 제목으로 17세기에 간행된 범죄 추리 소설집 가운데 서른아홉 번째로 나오는 이야기다. 이 소설집을 엮은 사람은 명나라 때 학자 풍몽룡(馮夢龍, ?~1646)이였다. 그는 비슷한 범죄 소설집을 두 권 더 낸 것 말고도 수많은 극과 소설, 논문을 써서 왕성한 필력을 과시했다. 나는 두 창녀의 등장을 비롯하여 플롯의 중요한 특성을 모두 그대로 살렸다. 원작은 수령이 사찰을 불태우고 중들을 즉결 처형하는 것으로 끝나는데 이는 고대 중국의 형법 체제 아래에서는 용인될 수 없는 자의적인 처사였다. 나는 그 대신 조정을 장악하려는 불교 세력의 음모를 집어넣어 사태를 좀더 복합적으로 만들었다. 실제로 당나라 때에는 디 공이 주도적인 역할을 맡아도 전혀 어색할 것이 없다. 사악한 음모가 판을 치는 사찰을 디 공이 수도 없이 정리했다는 것은 엄연한 역사적 사실이기 때문이다.

'의문의 해골 사건'의 뼈대는 1752년경 실제로 광둥에서 일어났던 아홉 명의 살인 사건을 바탕으로 하고 있다. 원래의 사건은 법정에서 별다른 어려움 없이 해결되었다. 명·청대에 간행된 범죄 추리 소설집에는 적어도 한 차례 이상은 절의 종 속에 사건의 실마리가 숨겨져 있어 소설의 줄거리가 좀더 박진감 있게 진행된다.

본문에 나오는 '돗자리 털기'는 13세기 중국의 판결 수사 사례집인 『당음비사(棠陰比事)』의 한 이야기인 「배나무 밑에서 일어나는 여러 사건들」에서 힌트를 얻었다.

후위(386~534) 시대 이휘라는 사람이 양주 현감으로 봉직하고 있을 때 소금 장수와 나무 장수가 서로 자기가 등에 걸치고 다니던 것이라며 양가죽을 놓고 다툼을 벌였다. 이를 안 이휘는 양가죽을 고문하면 주인이 누군지를 알게 되리라고 말했다. 모든 사람들이 어리둥절한 표정을 지으며 지켜보는 가운데 이휘는 양가죽을 돗자리 위에 놓은 뒤 막대기로 세게 치도록 했다. 그러자 소금 가루가 떨어져 나왔다. 소금 가루를 보여 주자 나무 장수가 자기 말이 거짓이었음을 실토했다고 한다.

본문에서 두 집안 사이의 반목을 비교적 상세하게 묘사한 것은 서구 독자의 흥미를 유발할 수 있을 것이라고 생각했기 때문이다. 중국인은 참을성이 많은 민족이어서 대부분의 갈등은 법정까지 가지 않고 타협으로 해결한다. 그러나 때로는 두 집안 또는 씨족 간, 아니면 그 밖의 집단 간에 서로를 철천지원수로 여기면서 갈 데까지 가는 경우도 드물지 않다. 린·량 사건이 그런 반목의 좋은 예다. 외국의 중국 이민 사회에서도 비슷한 사건이 종종 발생한다. 미국에서 있었던 중국인 조직 범죄단 간의 당전(堂戰), 19세기 말과 20세기 초두에 네덜란드 치하의 동인도 지역에서 중국계 비밀 결사 단체인 콩시끼리 벌였던 피비린내 나는 살육전도 비슷한 사례로 들 수 있겠다.

—로베르트 반 훌릭

 밀리언셀러 클럽을 펴내면서

지난 수백 년 동안 소설은 기묘하면서도 교양 넘치고, 자유로우면서도 현실에 뿌리박고 있으며, 흥미진진하면서도 감동적인 이야기로 독자들의 사랑을 독차지해 왔다.

민담이나 전설 등에 비해 비교적 최근에 탄생한 이야기 형식인 소설이 순식간에 이야기 왕국의 제왕으로 올라선 것은 현대인들이 살아가면서 느끼는 희망과 절망, 불안과 평화 등 온갖 삶의 양상들을 허구 속에 온전히 녹여 내어 재창조함으로써 이야기를 읽는 기쁨과 더불어 삶을 재발견하는 즐거움을 주어 온 까닭이다.

사실 이야기를 읽음으로써 삶을 다시 생각하고, 삶을 생각함으로써 이야기를 다시 만들어 온 것은 인간이라면 피할 수 없는 숙명이다.

그런데도 최근 이야기의 제왕이라는 소설의 위기를 말하는 목소리가 점점 늘어나고 있다. 만약에 이 말이 사실이라면, 그리하여 사람들이 소설을 점차 외면하고 있다면, 핏속에 스며들어 있으며 뼛속에 틀어박힌 이야기 본능이 무언가 다른 것에 홀려 있음에 틀림없다.

사람들은 이제 이야기를 소설이 아니라 거리에서, 인터넷에서, 영화에서, 드라마에서, 광고에서, 대중가요에서 즐기고 있는 것이다.

'밀리언셀러 클럽' 은 이러한 소설의 위기를 넘어서려는 마음에서 기획되었다. 국내뿐만 아니라 전 세계 각국에서 독자들의 사랑을 한껏 받은 작품들을 가려 뽑아 사람들 마음을 다시 소설로 되돌리고 이야기를 한껏 즐길 수 있도록 배려하였다.

'밀리언셀러' 라는 이름을 단 것은 소설이 다시 사람들의 마음을 끌어 널리 읽히기를 바라기 때문이고, '클럽' 이라는 이름을 단 것은 소설을 사랑하는 독자들이 이 작품들을 가운데 놓고 오랫동안 이야기를 나누기를 바라기 때문이다.

앞으로 '밀리언셀러 클럽' 에는 예로부터 오늘날까지, 동양에서 서양까지 시대와 장소를 가리지 않고 널리 독자들의 사랑을 받아 온 작품들 중에서 이야기로서 재미에 충실할 뿐만 아니라 인간 본연의 모습을 확인시켜 줄 수 있는 소설들이 엄선되어 수록될 것이다.

이 작품들이 부디 독자들을 소설의 바다로 끌어들여 읽기의 즐거움을 극대화함으로써 이야기 본능을 되살려 주어 새로운 독서 세대를 창출하기를 바라는 마음 간절하다.

옮긴이 | 이희재

1961년 서울 출생, 서울대 심리학과를 졸업하고 성균관대 대학원에서 독문과 수학. 전문 번역가.

쇠종 살인자

1판 1쇄 펴냄 2005년 9월 10일
1판 2쇄 펴냄 2014년 10월 8일

지은이 | 로베르트 반 훌릭
옮긴이 | 이희재
발행인 | 김세희
편집인 | 김준혁
펴낸곳 | 황금가지

출판등록 | 2009. 10. 8 (제2009-000273호)
주소 | 135-887 서울 강남구 신사동 506 강남출판문화센터 5층
전화 | 영업부 515-2000 편집부 3446-8774 팩시밀리 515-2007
홈페이지 | www.goldenbough.co.kr

© 황금가지, 2005. Printed in Seoul, Korea
ISBN 978-89-8273-861-4   03840

㈜민음인은 민음사 출판 그룹의 자회사입니다.
황금가지는 ㈜민음인의 픽션 전문 출간 브랜드입니다.